HEYNE

Das Buch

Die junge Australierin Kat Kennedy gewinnt bei einem Preisausschreiben eine Statistenrolle in einer Sitcom in Hollywood. Frohen Mutes fliegt sie nach Amerika, dem Land ihrer Träume, und hofft, hier auch endlich ihren Mr. Right zu finden. Doch als Kat sich dann ausgerechnet in den schönen Pierce, den unerreichbaren Star der Show, verliebt, muss sie feststellen, dass für Romantik in Hollywood kein Platz ist. Außerdem setzt die exzentrische Diva Rondah Rivers alles daran, die Australierin aus der Fernsehproduktion zu vertreiben. Doch Kat lässt sich nicht unterkriegen: Gemeinsam mit ihrer nymphomanischen Freundin Tash nimmt sie den Kampf gegen silikonbusige Filmsternchen und schmierige Produzenten auf. Und nach einem Date mit Pierce, bei dem Kat ein nahezu unverzeihlicher Fauxpas passiert, und anderen turbulenten Ereignissen, kommt sie ihrem Ziel letztlich doch ein Stückchen näher...

Die Autorin

Kathy Lette, England beliebtestes Enfant terrible, begann ihre abwechslungsreiche Karriere als Kabarett-Künstlerin, war dann Sängerin in einer Rockband, Fernsehjournalistin, Kolumnistin für Zeitungen in Sydney und New York und Drehbuchschreiberin für Seifenopern, bevor sie Bestseller schrieb. Im Heyne Verlag erscheint von Kathy Lette: *Drei sind ein tolles Paar* (01/13402).

Kathy Lette

Knall auf Fall

Roman

Aus dem Englischen
von
Sylveline Schönwald

WILHELM HEYNE VERLAG
MÜNCHEN

HEYNE ALLGEMEINE REIHE
Band-Nr. 01/13497

Die Originalausgabe
THE LLAMA PARLOUR
erschien bei Picador, England

Das Buch erschien bereits unter dem Titel
»Bonga Bonga«.

Umwelthinweis:
Dieses Buch wurde auf chlor- und
säurefreiem Papier gedruckt.

Taschenbuchausgabe 01/2002

Printed in Germany 2002
Umschlagillustration: Bavaria Bildagentur/Jakob Finger
und Bildagentur Mauritius/Benelux Press
Umschlaggestaltung: Nele Schütz Design, München
Satz: Schaber Satz- und Datentechnik, Wels
Druck und Bindung: Elsnerdruck, Berlin

ISBN 3-453-19986-3

http://www.heyne.de

Inhaltsverzeichnis

Erster Teil

Die Klugscheißer-Klausel

»Ausziehen«, befahl Tash dem Opa.

Ich beobachtete, wie er sich sein Hemd und die Hosen auszog und dann in seinen langen Strümpfen und diesen ausgebeulten Langweiler-Unterhosen, die amerikanische Männer tragen, dastand. Meine beste Freundin Natasha war gerade im Begriff, den Präsidenten eines mächtigen Filmstudios mit Handschellen an ein Messingbett zu fesseln und ihm den Hintern zu versohlen.

»Wer ist also heute ein unartiger Junge gewesen?« sagte Tash in ihrem Chicagoer Tonfall. Sie hatte eine Stimme, auf der man Käse hätte reiben können, ehrlich. Ein nervöses Kichern entschlüpfte mir. Auch Tash war kurz davor, in Lachen auszubrechen. Sie biß sich fest auf die Unterlippe und rief mich streng zur Ordnung: »Sch – Schnürsenkel!« Sie streckte ihre Hand aus wie ein Chirurg, der aufs Skalpell wartet. Ich fieselte fünf oder sechs Fäden aus dem Bündel von Lederstriemen auf dem Nachttisch.

Der alte Kauz streckte sich auf dem Bett aus, Gesicht nach unten. Tash band seine Handgelenke über dem Kopf zusammen. »Füße«, wies sie mich an, wobei ihre Stimme voller erzwungener Strenge war. Seine Haut war grau und hatte die Farbe von Cafeterien-Saucen, während seine lila Socken einen intensiven Geruch verbreiteten. Ich wußte absolut *nichts* über Fesselung. Ich hatte immer angenommen, es sei einfach eine innovative Art, seinen Partner daran zu hindern, nach Hause zu gehen. Während ich seine Knöchel an das Bettgestell knotete, drehte der Typ seinen Kopf auf eine Seite. Seine Augen waren nicht nur glasig, sie waren doppelt glasiert, und er hatte so ein dünnes, hoffnungsfrohes Lächeln auf den Lippen. Ich hatte schon hübschere Köpfe an Brücken gesehen, kann ich nur sagen.

Tash zerrte ihm die Höschen herunter. Der Nachttisch war mit beeindruckenden Bildern von ihm selbst im Geschäftsanzug vollgestellt. Die dunkelblauen Nadelstreifen verdeckten die Realität seiner zitternden Oberschenkel und der schlaffen Pobacken, die wie Sahneküchlein aussahen: weich und krumpelig. »Jetzt«, befahl sie, »will ich, daß du zählst.« Er ballte die Sahneküchlein zusammen. Tash erhob den Ledergürtel und zog ihm einen über den Hintern.

»Eins«, sagte er schwach. Sie gab ihm einen zweiten Hieb. »Zwei...«

»Nicht zu fest...ich meine, tut das nicht weh?« hörte ich mich aufgeregt quaken, wobei ich, während mir diese Worte herausrutschten, begriff, daß das natürlich der Sinn der Sache war. *Was machte ich überhaupt hier?* Ich war die Sorte Mädchen, die abends mit Zahnseide herumfuchtelte und sich die Nagelhäutchen zurückschob. Himmel noch mal, ich löste schwierige Kreuzworträtsel, aber doch nicht so was wie hier.

»Keine Bewegung, Abschaum«, wies sie ihn in einer tiefen, Internatsleiterinnen-Simme an, ehe sie mich in ihren knarrenden Lederstiefeln ins Badezimmer verfrachtete.

»Tash«, sagte ich, sobald sich die Tür hinter uns geschlossen hatte, »das hier ist mir zu merkwürdig.«

»Wo wohnst du eigentlich?« fragte sie sarkastisch. »In einer Kiste? *Alle* Männer wollen gefesselt werden, vor allem, wenn sie tagsüber im Büro richtige Ärsche sind.« Sie runzelte ihre Stirn beim Anblick des schwarzen Nagellacks, der von ihrem Zeigefinger absprang.

Tash war winzig und wurde ausschließlich von ihren Nerven zusammengehalten. Sie hatte einen zarten Mund, kupferfarbenes, kurzgeschnittenes Haar, einen Ring in ihrem rechten Nasenflügel und mächtige Brüste. (Sie hatte mir einmal erzählt, wie sehr sie es haßte, große Titten zu haben. Die Kerle waren immer dabei, nach ihnen zu geifern und zu sabbern. »Die vergessen einfach, daß es mich auch noch gibt! Es ist wirklich wie ...Hey! Verzeihung«, hatte sie vorgeführt, indem sie ihre Brust ansprach, als ob ein Mann sich dort befände, lutschend und schmatzend und sich vergnügend. »Wenn ihr drei da fertig seid..., laßt es mich wissen, okay?«)

Ich beobachtete, wie Tash sich ihren Fingernagel neu lackierte. »Was passiert als nächstes?« fragte ich, und versuchte dabei, wie eine Frau von Welt zu klingen.

»Nun ja, ich werde ihm noch ein paar Popoklatscher verpassen, und ihm dann einen schnellen Bums gönnen oder ihm einen blasen«, sagte sie mit resoluter Indifferenz. »Und das war's dann.«

»Bäh. Igitt.« Ich krümmte mich zusammen. »Du wirst ihn sein Teil in deinen Mund stecken lassen? Er ist doch praktisch ein Fossil! Er ist...«

»Ich blase den Leuten gerne einen«, erwiderte Tash mit fröhlicher Aggressivität. »Das ist für mich eine kleine Pause, weißt du, Zeit, um über etwas anderes nachzudenken.«

Etwas anderes? Etwas anderes? Und *was* zum Beispiel?

»Aber er darf nicht in meinem Mund kommen.«

»Ach so, richtig!« sagte ich mit gespielter Erleichterung. Ich konzentrierte mich auf die Badezimmerwände. Sie waren mit goldgerahmten Postern von Filmen bedeckt, die ich noch nie gesehen hatte und für die ich wohl auch fünf bis zehn Jahre zu spät dran war.

»Es gibt nur eine Methode, einen Cowboy, der so etwas tut, zu kurieren: Tu so, als ob du ihn küssen würdest und leere den ganzen Kram in *seinen* Mund zurück. Frag' ihn, wie es *ihm* gefällt, einen Viertelliter warmes, salziges Porridge zu schlucken.« Tash legte ihre behandschuhte Hand auf die Türklinke. »Und, Kat« – ihre in marokko-beige geschminkten Augen musterten mich von oben bis unten –, »das hier ist ein Power-Fick. Reiß dich ein bißchen zusammen!«

Ich blickte mich im Spiegel an. Ich sah lächerlich aus. Die leeren BH-Tüten in meinem Korsagenoberteil hingen schlaff herunter, und meine Hosenträger waren verrutscht. Als ich Tash gebeten hatte, mir einen Job zu besorgen, hatte ich mehr an Buchladen-Aushilfe oder Pizza-Taxi gedacht.

Als ich ins Schlafzimmer zurück kam, hatte Tash den alten Schulman wieder richtig herum gewendet, seinen riesigen Bauch zwischen ihre Beine geklemmt und war gerade dabei, ein seidenes Seil um seinen Hals zu binden.

»Ich werde bis hundert zählen«, sagte sie feierlich. »Wenn du bis dahin nicht gekommen bist, dann werde ich dieses Seil mächtig fest um deine Mandeln ziehen. Kapiert, Cowboy? Meine Assistentin ist da und wird mir helfen.«

»Ja«, sagte der Mogul demütig, der auf seinem Bett gelandet war wie ein Walroß am Strand.

Assistentin? Assistentin? Das einzige, was ich jemals geschlagen hatte, war Sahne. Um die Wahrheit zu sagen, sind meine Erfahrungen, was sexuelle Dinge angeht, eher begrenzt. Eine neue Stellung im Bett bedeutet für mich, daß ich mich auf die andere Seite drehe.

Tash rutschte, wie auf einem Hüpfball auf und nieder und zählte jeden Stoß. »Eins, zwei, drei, vier...« Dem alten Typen quollen vor lauter Vergnügen fast die Augen heraus. »...dreizehn, vierzehn, fünfzehn...« Es war schwer, sich vorzustellen, wie er hinter einem dicken Schreibtisch saß und Termine für Power-Frühstücke machte. »...einunddreißig, zweiunddreißig, dreiunddreißig...« Ich hatte Joel Schulmans Bild oft im *Variety-Magazine* gesehen, inmitten eines Haufens Filmsternchen, schmunzelnd und mit Zigarre im Mund; für die Kameras freundschaftliches Amüsement mimend.

»Fünfundfünfzig, sechsundfünfzig...« Tash zog das Seidenseil enger um seinen Hals. Seine Haut sah aus, als hätte er eine Woche lang in der Badewanne gelegen. Ich hätte nicht schlecht Lust gehabt, »Malen nach Zahlen« mit seinen Gänsehaut-Pickeln zu spielen. »Neunundsechzig, siebzig...« Ihre Stimme nahm einen strengeren Ton an. »Neunundsiebzig, achtzig...« Er wurde drängeliger, schlug um sich und zog an seinen Lederstriemen. »Zweiundachtzig, dreiundachtzig...« Sein Doppelkinn wackelte. Sein großer Bauch schwabbelte. »Sechsundneunzig, siebenundneunzig, achtundneunzig, neunundneunzig...«

Eine explosionsartige Erschütterung ging durch ihn. Sein ganzer Körper bog sich vom Bett ab. Er stöhnte ein Stöhnen völliger Ekstase und Erleichterung und schlichten, perfekten Vergnügens aus jeder Pore seines prähistorischen Körpers.

Tash stieg ab, gab seinem blassen Bein einen nachlässigen Klaps und machte mir ein Zeichen, ich solle ihr in die Küche folgen.

Sie machte uns beiden Tee – für mich Earl Grey und für sie Zitrone. »So«, sagte sie, »eine halbe Stunde und zweihundert Mäuse. Geradewegs in die heiße kleine Hand von C.J.«

Tash war keine wirklich wahrhaftige Nutte. Na ja, nur halbtags, um ihre Schulden abzubezahlen. Und es war nicht so, als hätte sie nicht auch schon andere Jobs versucht. Innerhalb des letzten Jahres war sie eine Straßenfegerin gewesen, vorgebliche Tarot-Kartenleserin, Fantasy-Sex-Telefon-Service-Mädchen und Discjockey in einem Krankenhaus, wo sie die Sportnachrichten und Todesmeldungen zu lesen hatte. Sie hatte sich als Weihnachtsmann verkleidet, in öffentlichen Parks Feuer geschluckt und war als menschliches Straßenschild umhergegangen. Sie hatte Benzin aus Autos geklaut und die ganze Nacht damit verbracht, ihre Innereien auf irgendeinem verlassenen Parkplatz in Downtown wieder herauszuspucken. Sie hatte ihr eigenes Auto gestohlen, um die Versicherungsprämie einzukassieren. Einmal hatte sie dreihundert Restaurants in L.A. angeschrieben und behauptet, ihr sei Tomatensuppe auf den weißen Designer-Anzug gekippt worden. Sie hatte jeweils fünf Dollar für die Reinigungskosten angefordert und erhalten. Aber sie war immer noch pleite.

Das meiste ihres Geldes ging an C.J., den Privatdetektiv, den sie angeheuert hatte, um irgendwelchen Kram aus ihrer Vergangenheit aufzuarbeiten. Tashs

Vergangenheit war die klassische Kleinstadt-Katastrophe aus dem Mittleren Westen. Inzest, Alkoholismus und eine Mutter, die sich mit Tierzucht befaßte. (Sie hatte sieben Ehemänner gehabt, jeder von ihnen ein Tier.) Irgendwelches Geld, das von C.J. übrigblieb, verwendete Tash auf ihren Gesangsunterricht und ihre Demo-Kassetten. Sie schrieb ihre eigenen Songs, die besten hießen »Everywhere I Go, Everywhere I Go, Everywhere I Go, I'm There« und »Fuck Me Now«.

Da es erst die zweite Nacht war, in der Tash diesen neuen Beruf ausübte, rief sie nach einigen Schlucken Tee ihre Puffmutter an, Candida. Die Nummer war nicht erreichbar. Ich war nicht überrascht, um ehrlich zu sein. Ich meine, was kann man von einer Frau erwarten, die nach einem Vaginal-Leiden genannt ist?

Erst als wir wieder reingingen, um den Alten loszubinden, stellte ich fest, daß die Telefonleitung nicht das einzige war, was heute abend tot war. Ich spürte die Hitzewelle purer Angst über mein Gesicht und meinen Hals herunter schießen.

»Er hat's geschmissen!« blökte ich.

Tash sah mich verständnislos an.

»Kaputt. Finito.«

»Häh?«

»Er ist von der Stange gefallen.« Ich zog meinen Finger über meinen Hals und gurgelte. »Er hat den Löffel abgegeben.« Immer noch kapierte sie es nicht. »Er ist TOT, verdammt noch mal!«

»Scheiße«, sagte sie verstört, »das sollte eigentlich nicht passieren.« Dann raffte sie sich auf. »Aber er hat noch nicht bezahlt.«

»Also dann mach was!« Ich fing an, von einer Seite des Bettes auf die andere zu laufen.

»Was?«

»Weiß ich nicht. Wie wäre es mit Mund-zu-Mund-Beatmung oder irgendwas...«

»Iirk. Bring mich nicht zum Kotzen!«

Das brachte mich fast um. »Tash, du hattest gerade Sex mit dem Jubelgreis, und du willst ihn nicht *küssen*? Worüber machst du dir Sorgen? Hast du etwa Angst vor *Bakterien*?«

Tash stieß ihn vorsichtig mit dem Fuß an. »Es ist sowieso zu spät. Dieser Typ ist vollkommen tot.«

Ich starrte die Leiche an. Das seidene Seil war immer noch um seinen Hals geschlungen. »Keine Panik«, panikte ich. Das Blut in meinen Adern gerann. Mein Gehirn pochte. Ich begann, mir Möglichkeiten zu überlegen, wie wir seine Leiche loswerden könnten. Wir könnten ihn in eine Badewanne voller Säure stecken... Nein. Wir könnten ihn aufhacken und ihn den Müllschlucker runterschicken. Aber alles, was ich bei mir hatte, war eine Nagelschere. »Wir könnten behaupten, es sei ein Selbstmord gewesen.«

»Ja klar«, sagte Tash, die gerade die Zigarre wieder belebte, die Joel Schulman vorher im Aschenbecher ausgedrückt hatte. »Er hat sich zu Tode gefickt? Wer soll denn das glauben?« Aber dann leuchtete ihr Gesicht auf. »Komm schon! Hilf mir, ihn rüber zum Fenster zu schaffen!« keuchte sie, während sie die Schnürsenkel um seine Knöchel abzog.

»Wozu denn?«

»Diese Wohnung befindet sich im dreißigsten Stock.«

»Na und?«

Sie sah mich an, als wäre ich ein Hilfsschüler. »Sagt dir das Wort ›Platsch‹ irgend etwas?«

Der alte Knacker war unglaublich schwer. Wir zogen

und hoben und fluchten wie die Kutscher und hatten ihn dann endlich über den Teppich zum Fenstersims hochgehievt. Zusammen hatten wir schon einen total überzeugenden und schrecklich bewegenden Abschiedsbrief entworfen, bis wir feststellten, daß das Fenster zugeschweißt war.

»Scheiße!« sagte Tash scharfsinnig. Und wir ließen seinen Körper zurück auf den Boden fallen.

»Herrgott. Was machen wir denn *jetzt*?«

Sie zuckte mit den Schultern, betrachtete einen Moment lang sein berühmtes Gesicht und lächelte ein kleines und zärtliches Lächeln. »Na ja. Wenigstens hatte er einen großartigen Orgasmus.«

»Orgasmus!« kreischte ich. »Orgasmus! Das war doch kein Orgasmus! Das war sein Todesröcheln, du Idiot...Herrgott!«

Ehrlich, Amerikaner sind das sentimentalste Volk der Welt. Sie sind eine Art psychologischer süßer Schleckermäuler. Tash zog einen Rülpser voller Zigarrenrauch durch ihren durchstochenen Nasenflügel. »Lass' uns einfach abhauen. Niemand wird wissen, daß wir es waren«, sagte sie. »Ich meine, er ist der Direktor eines Filmstudios. Es wird da Trillionen an Verdachtspersonen geben.«

»Tash!« Ich hyperventilierte. »Du hast mir erzählt, er wäre ein Müsli-Mensch gewesen, total fit.«

»Ja, ist er...war er... Guck' dir doch mal seine roten Bäckchen an.«

»Das sind keine roten Bäckchen. Das sind rote *Adern*!« zischte ich, um dann darauf hinzuweisen, daß es jetzt sowieso zu spät sei, abzuhauen. Wir hatten den alten Dickbauch so viel herumgehievt, daß es mittlerweile wirklich nach einem Mord aussah. Blaue Flecken entwickelten sich in Polaroid-Geschwindigkeit an seinen Armen und Beinen und auf der Rückseite seines Kopfes. Seine Haut begann gerade, etwas runzlig auszusehen. »Vielleicht sollten wir einfach die Bullen anrufen?« schlug ich vor.

»Wie denn...bist du wirklich in der Laune, die gesamte Mordkommission von Beverly Hills zu bumsen?« Tash stupste den riesigen Feuerwerkskörper, den sie geraucht hatte, wieder aus. »Der Typ, den wir *wirklich* anrufen sollten, ist Arnie Grossman.«

»Wer?«

»Er ist der Vizepräsident. Er wird sehr daran interessiert sein, die Sache totzuschweigen. Du weißt schon, die Ehre des Studios retten und den ganzen Scheiß.«

»Wirklich?« Erleichterung sickerte durch meinen Körper. »Und er hat haufenweise Einfluß und so?«

Tash gab mir einen dieser »Bist du noch bei Trost?«-Blicke. »Wir reden hier von dem Typen, der Israel dazu gebracht hat, sich wieder aus dem Libanon rauszumachen.« Sie nahm den Hörer auf. »Reicht dir das an Einfluß?« Dann, genau so schnell, legte sie ihn wieder auf. »Scheiße. Dann wird das Studio aber den Platten-Aufnahmetermin stornieren, den Joel mir organisiert hat.«

»Tash«, erklärte ich eisig, »wenn wir nicht bald was tun, wird die einzige Aufnahme, mit der du noch zu tun haben wirst, sich im Eingangsbereich eines Gefängnisses befinden.«

Ich dachte über den Knast nach. Über *Miami Vice, L.A. Law*. Den elektrischen Stuhl. Es gab keine Alternative. *Wir* mußten Selbstmord begehen.

»Okay, okay. Beruhige dich. Was ist mit deinem Produzenten, Epstein? Ja. Melde dich doch mal beim alten Abe.« Sie legte mir den Hörer in die Hand.

»Tash, wie kann ich ihn anrufen, wenn ich nicht mehr mit ihm rede?« Ich schob das Telefon zurück in ihre Richtung. »Ich habe seine Show mitten in den Aufnahmen verlassen, du erinnerst dich vielleicht? Der totale Hängenlasser. In gar keinem Fall werde ich diesen Hurensohn anru...«

»Er hat doch Kontakte zur Mafia, oder?«

»*Hat* er die?«

Tash wand meine Finger um den Hörer. »Ruf an!«

Ich hätte nie, nie nach Hollywood kommen sollen. Alles war seit dem Tag, an dem ich hier angekommen war, mies und mieser gelaufen. Ich hatte mich in einen Typen verliebt, der auf seinem Spiegel lauter Knutschflecken hatte. Ich war in einen Klub aufgenommen worden, der »*Ugly Unlimited*« hieß. Ich teilte mir eine Wohnung mit einem Mädchen, die sich die Haare am St. Patrick's Day grün färbte und teilzeitweise mit älteren Männern schlief, um die Aufnahmen von Liedern mit doofen Titeln zu bezahlen – und die soeben den Vorstand eines der größten Filmstudios in Hollywood umgebracht hatte. Abgesehen davon war alles wunderbar, fein, keine verdammten Schwierigkeiten. Ich wählte Abes Nummer. »Anrufbeantworter.«

Tash starrte die Leiche mit der verzweifelten Zuneigung an, die normalerweise einem toten Haustier vorbehalten bleibt. »Okay«, sagte sie, indem sie an dem Fingernagel knabberte, den sie eben frisch lackiert hatte, »dann warten wir eben und rufen später an.«

Oh, warum hatte ich nur nicht auf meine Kumpels gehört? Grub, Chook, Fang, Debbie, Macka, Cara – keiner von ihnen war besonders begeistert davon, daß ich mich in die Staaten aufmachte. Nicht, wie zu erwarten gewesen wäre, wegen der Raubüberfälle oder Autounfälle oder Massenmorde. Was sie beunruhigte war vielmehr, daß ich mich zu einem Klugscheißer entwickeln würde. Am Flughafen hatten sie mich gezwungen, eine »Klugscheißer-Klausel« zu unterschreiben. Es stand schlicht dort: »Es ist Zeit, nach Hause zu kommen. Du bist jetzt zu einem Klugscheißer mutiert.« Es war vereinbart worden, daß mir diese Notiz geschickt werden würde, wenn man mich jemals dabei erwischte, wie ich im Haus eine Sonnenbrille trug oder den Begriff »Power-Frühstück« benutzte. Nicht, als ob ich dachte, daß ich mich jemals in einen Klugscheißer verwandeln *könnte*. Mit einem Vater wie dem meinen zu leben, läßt einen eine ganz fein austarierte Bullshit-Antenne entwickeln. Aber auf den komme ich gleich zu sprechen.

Der Grund, warum ich mich überhaupt an einem Ort befand, an dem die Leute im Haus Sonnenbrillen trugen, war, daß ich eine Reise nach Hollywood gewonnen hatte, um eine Statistenrolle in so einer berühmten amerikanischen Comedy Show namens DINKS (Double Income, No Kids) zu spielen. Das Preisausschreiben war eines dieser widerlichen Reklame-Dinger gewesen. Die Show war gerade *Down Under* angelaufen, und die Produzenten dachten, es würde ganz niedlich sein, eine kleine Australierin da einen Gastauftritt machen zu lassen. Alles, was man machen mußte, war, eine Videoaufnahme von sich selber einzuschicken plus den Coupons von zehn Margarine-Papieren, und in maximal zehn Worten zu schreiben, was man von Amerika dachte.

Das war einfach. Ich liebte Amerika. Der Grund, warum ich Amerika liebte, war, daß mein Vater Amerika haßte. Und ich haßte meinen Vater. Ich weiß nicht, warum sich die Leute immer so aufregen über Kids, die Scheiße bauen. Was ich wollte, war ein Heim für pflichtvergessene Papis. Einmal, als ich ungefähr zehn war und er verreisen mußte, ließ er mich alle seine Postkarten schreiben, ehe er überhaupt abgereist war: für den Fall, daß er bei seiner Ankunft dort zu betrunken wäre, um sie selber zu schreiben. »Hallo. Amüsiere mich prächtig. Wünschte, du wärst hier...« usw. Ich mußte mir sogar selber eine schreiben: »Liebe Katrina...«

Das einzige Geburtstagsgeschenk, das ich je von ihm bekam, war das Angebot eines »Volltreffers« oder eines »Treffers« auf Lehrer meiner Wahl an der Schule. Ein »Volltreffer« hätte ihre gänzliche Beseitigung bedeutet, ein »Treffer« nur ihre Kniescheiben betroffen. Das war ein unheimlich guter Beitrag zum Elternabend, kann ich nur sagen.

Ich erinnere mich auch daran, ihn im Gefängnis zu besuchen. Die langen, freudlosen Zugreisen zum *Parramatta Prison*, durch die Fabriken und die Sozialwohnungen. Die Gefängnisseife, die nach Fliegenschutzmittel roch. Die blassen, seekrank-grünen Gefängnisuniformen. Der fettige Geruch nach Gefängnis-Eintopf – »Schlucken und Spucken« nannte man ihn dort. Und wie seine Stimme, die sich anstrengte, fröhlich und lässig zu sein, durch die Sprechanlage im Besuchszimmer verzerrt wurde. Und dann gab es noch die »Kontakt-Besuche« – der grausame, herablassende Blick der Wärter, während sie die Handtasche meiner Mutter durchsuchten. Eines Tages zerfetzten sie ihre Binde. Suchten nach Drogen, sagten sie. Schweine. Wir saßen dann, im Schneidersitz, auf dem pockennarbigen Rasen und warteten, daß sein strahlendes Gesicht aus dem kotzgrünen Meer von Männern herausschauen würde. Er würde dann eine Weile bei uns sitzen, einige Kartentricks machen und mich ungefähr hundertmal fragen, wie groß ich sei. Aber während die Sonne meinen Kopf verbrannte, würde sich das Thema auf Geld und Moral richten. Er regte sich dann immer über meine Mutter auf und nannte sie einen Snob und eine reiche Pute, »die dachte, ihre Scheiße würde nicht stinken«, – mein Vater hatte eine bemerkenswerte Formulierungskraft – und dann wanderte er weiter, um mit den Frauen anderer Knastbrüder zu flirten.

So habe ich ihn in Erinnerung.

Meine Mutter hatte »unter Stand« geheiratet. Einen »Taugenichts«, einen »Rowdy«, einen »Frauenhelden«, wie meine schicken Tantchen aus den *North Shore* Vororten sagten. Mum fand nach meiner Geburt heraus, daß Dad schon dreimal vorher verheiratet gewesen war. Sie dachte sich, er heiratete so oft, weil er ein ungebildeter Tropf war. Sie sagte, »ich« und »will« wie im Hochzeitsschwur stellten sein Gesamtvokabular dar.

Man nahm an, es sei Krebs gewesen, der sie umgebracht habe. Aber woran sie in Wirklichkeit starb, war mein Vater. Er war ein bösartiges Geschwür in Gestalt eines zwei Meter großen, blauäugigen Iren mit einem leuchtenden Lächeln und einem sonnenverbrannten Gesicht, durch das sich Lachfalten zogen.

Das Merkwürdige war, ich vermißte sie nicht wirklich. Um die Wahrheit zu sagen, gab es nicht so viel zu vermissen. Obwohl sie erst letzten Sommer gestorben ist, hatte sie sich tatsächlich schon vor Jahren selber stillgelegt. Ihre Gegenwart war wie die Musik in Einkaufspassagen; da, aber doch nicht wirklich da, mit der Umgebung verschmelzend; im Hintergrund, undeutlich. In meiner Erinnerung war ihr Gesicht verkniffen, ihre

Lippen vorgestülpt, als ob sie nähen würde und den Mund voller Nadeln hätte. Ich vermute, sie hatte Angst, daß, wenn sie jemals lächelte, sie sich einfach völlig auflösen würde.

Aber keine Sorge. Ich werde jetzt nicht in einer ganzen Menge Ach-ich-armes-Ding-Scheiße baden. Das Leben ist für mich eigentlich immer einfach gewesen, viel einfacher als für meine Kumpels. Ich habe einen Satz eingebauter Überzeugungen. Ich glaube einfach an all die Dinge, an die mein Vater nicht glaubt. Er haßt die Polizei, klassische Musik, süßlichen Romantik-Kram, Fernsehen (er nennt es das gespenstische Goldfisch-Aquarium) – und, mehr als all die anderen Sachen zusammen: Amerika. Er glaubt, Australien sei der dreiundfünfzigste Bundesstaat geworden. Er schimpft und lästert dauernd, daß, wenn wir aufgewachsen wären und russischen Fraß gegessen hätten, russisches Fernsehen geglotzt hätten und russische Klamotten getragen hätten, würde der Rest der Welt finden, wir seien erobert und gehirngewaschen worden. Aber nur weil es *amerikanische* Glotze und Fressen und Unterhaltung sind, scheint niemand es zu bemerken. Während er unsere McDonalds-Tüten herauswarf und seine Gabel gegen die amerikanischen Filme im Fernsehen schmiß, versuchte meine Mutter, sich mit ihm auseinanderzusetzen. Aber um die Wahrheit zu sagen, das einzige, was mein Vater wirklich in einer Diskussion in den Griff bekommen konnte, war eine Bierdose.

Als Konsequenz wuchs ich als klassische Musik hörende, Groschenroman lesende, ehrliche, fernsehende, heimliche Amerikanerin auf. Wenn man seinen Namen durch eine einseitige Erklärung der Namensänderung wechseln konnte, wieso konnte man dann nicht seine Herkunft ändern? Man kann sich das vorstellen: durch eine einseitige Erklärung der Familienänderung. Ich wollte Amerikanerin werden. Unbedingt.

Amerika ließ mich fühlen, als hätte ich mich schon mein ganzes Leben lang nach Dingen gesehnt, von denen ich noch nie gehört hatte: sprechende Badezimmerwaagen, zusammenfaltbare Schlitten, Helikopter für sie und ihn, Heim-Ski-Maschinen, ein sonarer Rattenabweiser... Und die Sache, nach der ich mich am meisten sehnte, war es, mich zu verlieben. Ich wollte einen amerikanischen Romeo; frisch aus dem Ofen, frei Haus geliefert. Oh, nichts Besonderes: solange er Brustmuskeln, einen Doktorgrad, einen hübschen Po, eine nicht-sexistische Haltung, einen schönen Teint, einen erfahrenen Penis und blaßblaue Augen hatte, Soufflés zubereiten konnte, mit Krokodilen Zweikampf übte und eine liebevolle Beziehung suchte mit knochenmark-wegschmelzendem Sex. Na, und ist das von einem Milliardär zuviel verlangt?

Das war der andere Grund, Amerikanerin zu werden. Man muß wissen, daß Australier nichts Besonderes sind, was den süßlich-romantischen Kram angeht. Leidenschaft ist da nicht modern, wo ich herkomme. Aussie-Typen, diejenigen ohne alkoholbedingte Impotenz oder Balkon über ihrem Spielzeugladen, mögen ja bronzefarben und blond sein, mit lachenden Augen und einem Humor, der so trocken ist wie die Sahara – aber sie sind außerdem noch *emotionaler Bonsai.* Nicht nur das, Emotion nur bei Erektion. Bei den Jungen, die ich kannte, wenigstens.

Tash meint, ich wäre pimmelscheu, aber das ist es nicht. Ich hatte sieben Liebhaber, ein ganz guter Schnitt für eine Zwanzigjährige, denke ich mal. Colin Pickles,

Chook, Fang, Fido, Scunge, Terry the Tooth und Garry Hudson. Garry war mein letzter Freund. Von meinen Freundinnen wurde er für einen superfeurigen Typen gehalten. Obwohl es mich etwas nervte, wie er immer seine Furze anzündete, man kennt das, als Fêtentrick. Jedenfalls, eines Nachts bremste ich Gaz mitten im Bums, um ihm in meinem allerbesten Filmsternchen-Stil meine Verehrung zu gestehen und ihm meine lebenslängliche Liebe und Zuneigung zu schwören. »Ich meine«, bettelte ich in meiner süßlichsten, wimperntuschen-verlaufenen Stimme, »Du liebst mich doch wirklich, oder?«

Gazza schaute völlig verwirrt auf mich herunter und zuckte mit der Schulter. »Herrje, ich bums' dich doch gerade, oder?«

Danach sandte ich die Margarinecoupons ein.

Tash meint, Liebe sei nicht »objektiv verifizierbar«. Sie findet, daß an die Liebe zu glauben genausoviel Sinn hat, wie an UFOs zu glauben. Auf eine bestimmte Art hat sie schon recht. Ich meine, Begegnungen der romantischen Art waren in meinem Zuhause jedenfalls nicht zu erleben. Eines Tages ging mein Vater aus dem Haus, um eine Packung Zigaretten zu kaufen, und kam zwei Jahre lang nicht wieder. Als er zur Tür hereinkam, pleite, sah ihn meine Mum nur an und fragte: »Gab es deine Marke nicht?«

Man muß wissen, daß der Grund, warum mein Vater so verantwortungslos handelt, seine Spielernatur ist. Mein Vater würde Wetten über die Länge des Pimmels einer Biene abschließen. Also jetzt ist der wahre Grund, warum ich an die Liebe glaube, heraus. Gegen schlechte Aussichten anzuwetten habe ich einfach im Blut. Und obwohl meine arme alte Mum ein so schlechtes Rennen gelaufen war (das meine ich wörtlich: Dad verlor regelmäßig seine gesamte Lohntüte bei Pferderennen – das heißt, die paar Male, die er Arbeit hatte), sagte sie mir trotzdem noch, daß sie wirklich glaube, es gäbe da draußen einen Typen für jedes Mädchen. Und daß ich eines Tages meinen Richtigen kennenlernen würde.

Allerdings sollte man auch wissen, daß sie mir auch immer sagte, ich solle nicht schwimmen gehen, wenn ich meine Tage hätte.

Jedenfalls, als ich den Wettbewerb gewonnen hatte (ich hatte denen erzählt, daß ich eine Nationalitäten-Verpflanzung wollte), ging ich meine Möglichkeiten durch: eine von Kakerlaken besetzte Bude, ein Freund, der seine Furze anzündete, der zunächst alles bumste, das warm war und erst hinterher die Beine zählte, und ein Vater, der beim Patiencespielen gegen sich selbst wettete. Es waren sie – oder Amerika. Ich beantragte ein Visum. Ich denke, so bin ich einfach – impulsiv.

»Bist du sicher, daß er tot ist?« Noch einmal stieß Tash vorsichtig mit ihrem Stiletto-Hacken dem alten Dickwanst in die Rippen.

»Tot? Natürlich ist er tot. Was glaubst du denn, was er ist? *Schüchtern?*« Ich war am Rande der Hysterie.

»Versuch' es bei Abe noch mal.«

Während ich die Nummer wählte, hörte ich dem Gejaule der Sirenen unten auf der Straße zu. Der Mond war wie ein riesiger Scheinwerfer im Himmel, der anklagend auf uns gerichtet war. »Maschine.« Ich legte auf, schlängelte mich aus dem klebrigen schwarzen Leder heraus und in meine Jeans und ein T-Shirt. Dann begriff ich, daß ich ein Klugscheißer geworden war – offiziell. Es war an der Zeit, den Brief zurückzuschicken: ich hatte meine Sonnenbrille aufgesetzt – *im Haus.*

Schwimmende Scheiße

An meinem ersten Tag in Los Angeles, dem vierten Juli, gab es drei Schießereien auf dem Freeway, einen Raubüberfall auf dem Parkplatz des *Paradise Studio*, Bandenkrieg zwischen den Bikern und den Latinos, einen Bericht im Radio, daß die Luftverschmutzung in Los Angeles die nationalen Gesundheitsstandards an 232 Tagen im Jahr überschreite, sechsundzwanzig Morde, zehn Vergewaltigungen, acht Selbstmorde, und ein Jogger wurde von einem Hund zu Tode gebissen. Ich kam aus Sydney. Das Gefährlichste, was ich jemals in meinem Leben gemacht habe, war, in einer Schnellstraße zu parken.

Die verlängerte Limousine bewegte sich so lautlos und bedrohlich durch die Straßen wie ein U-Boot. Unter Deck waren wir komplett ausgerüstet. Glotze, Bar, Video, Stereo, wahrscheinlich noch Badezimmer, Fitness-Studio und Tennisplatz, wenn ich mich bemüht hätte, unter den Rücksitz zu schauen. Wir rutschten, als wären wir mit Vaseline eingeschmiert, entlang den verwöhnten Gärten der Pacific Palisades. Ich war vom Fernsehproduzenten höchstpersönlich am Flughafen abgeholt worden. Eine große Ehre, wie er nicht müde wurde, mir zu sagen, da er ja immerhin einer der reichsten Fernsehproduzenten in Hollywood sei. Nicht nur war er der reichste, sondern auch der beste, der gemeinste, der größte und der am meisten respektierte...Abe Epstein war ein menschgewordener Superlativ.

Ich gähnte. Mein Körper schmerzte und mein Mund schmeckte wie der Boden eines Papageien-Käfigs. Ich hatte ungefähr eine Minute geschlafen während des gesamten Fluges, und in der war ich viermal aufgewacht. Ich konnte es kaum erwarten, in die Horizontale zu kommen.

Abe teilte mir dann die frohe Botschaft mit, daß ich – anstatt ins Hotel zu gehen – die gesamte Truppe der Show in seinem Haus in Malibu kennenlernen sollte – Friseure, Bühnenmanager, Laufburschen, Kostümdesigner, Einstimmungs-Komödianten, Werbeagenten, Produktionsleiter und ein ganzes Gipfeltreffen von Präsidenten. Präsidenten der Öffentlichkeitsarbeit und der Geschäftsbelange, Präsidenten der Besetzung, Präsidenten der Entwicklung von Komödien, plus die Präsidenten dieser Präsidenten...und am allerwichtigsten, der Star *par excellence* der Show, Rondah Rivers.

Obwohl er glatzköpfig und dicklich war, trug Abe die Ausrüstung eines Goldmedaillen-Gewinners: Gucci Thermo-Sporthosen, Tiefseetaucheruhr, High-Tech Laufschuhe. Ich beobachtete, wie er eine Flasche Dom Perignon öffnete; es war die sportlichste Aktion, die er den ganzen Tag lang unternommen hatte. Einen oder zwei Schlucke später bearbeitete er saugend und schmatzend seine Zähne mit Zahnseide, um dann das Zeug auf dem grünen Faden einer eingehenden Analyse zu unterziehen, ehe er das Ganze aus dem elektronisch hinabsummenden Fenster warf. Also, der alte Abe war *doch* in einer Hinsicht Weltklasse. *Down-under* wäre Epstein der Typ, den wir »olympiareif häßlich« nennen würden.

»Ich lebe seit zwei Jahren zölibatär, Katrina. Schwer zu glauben, nicht wahr?« Noch viel schwerer war, die dicken Vokale seines Akzentes auseinanderzuknoten. Ich nickte einfach viel. »Ja. Ein großer Verlust für die Frauen dieser Welt. Es passierte, als ich mich scheiden ließ, und meine Töchter alt genug waren, um mit ersten sexuellen Gehversuchen anzufangen. Da verlor ich meinen Sexualtrieb.« Wir bewegten uns nun in Schlangenlinien entlang dem *Pacific Coast Highway* in Richtung Malibu. »Viele Frauen haben schon versucht, mich zu bekehren...aber es ist unmöglich.«

Das Auto glitt in eine Auffahrt, die auf beiden Seiten von im Winde wehenden amerikanischen Fahnen flankiert wurde. Aber es war eher schwierig zu glauben, daß ich mich im Lande der freien Menschen befand. Der Eingang zu Abes Haus war ein elektronisches Fallgitter. Er drückte den Knopf auf seiner Fernbedienung. Die Überwachungskamera rotierte. Wir wurden mit einem Spotscheinwerfer angeleuchtet, wie Känguruhs auf der Jagd. Das Schloß klickte auf. Das riesige gußeiserne Tor schrammte auf und ein bewaffneter Sicherheitsmann, mit Killerhund im Schlepptau, winkte uns fröhlich durch. Diese Art von gastlichem Haus konnte einen ja direkt ins Krankenhaus bringen.

Abes Haus war riesig. Er hatte eine Dreier-Garage, ein Schwimmbad in fast olympischer Größe und einen Whirlpool, in dem man Runden schwimmen konnte. Das Grundstück schien mir ein bißchen kleiner als der Großraum Sydney. Die Tennisplätze waren riesig. Die Bilder waren riesig. Die Bildschirme der Fernseher waren riesig. Die Dobermänner waren riesig. Aber Abe selbst war sehr klein. Keine Sorge. Sein Selbstbewußtsein blähte sich auf, um den übriggebliebenen Raum auszufüllen. Ich sollte bald herausfinden, daß dies ein Naturgesetz in L.A. ist.

»Ich bin der beste Fernseh-Comedy-Produzent dieses Landes. Der beste. Ich mache die komischsten Shows, die am längsten laufen und am meisten Geld bringen. Weil ich weiß, was die Leute zum Lachen bringt. Weißt du, warum?« Er lehnte sich in mein Gesicht hinein, dicht genug, daß ich die Mitesser auf seiner Nase zählen konnte – es gab ihrer Millionen – und sprach mit düsterer Eindringlichkeit die Worte: »Weil ich ein zutiefst komischer Mensch bin.«

Ungefähr so komisch wie Menstruationsbeschwerden. »Ach wie nett«, sagte ich hilflos.

Indem wir durch den Hochflorteppich im Eingang seines Hauses wateten, erzählte er mir noch einmal, wie beliebt Australien gerade war. Wenn mein Gastauftritt in DINKS gut lief, dann würden sie mir einen Vertrag anbieten. Für immer. Abe sagte mir, ich sei ein »High Concept«. »Aussie-Mädchen-in-amerikanischer-Situation-Comedy«, schlagzeilte er mir vor. (Soweit ich das verstanden habe, ist ein »High Concept« eine Art japanisches Haiku-Gedicht in Hollywood). »Kapiert, Süße? Und hier ist sie also«, tönte er, während er die gigantischen Türen aufschwang und der Park sichtbar wurde. »Von ganz tief *Down-under*. Crocodile Dundette!«

Ich schaute Abe voller Verwirrung an. Erinnert man sich noch an die Bullshit-Antenne, von der ich vorhin erzählt habe? Nun ja, die wackelte mächtig. Am dichtesten war ich an Krokodilleder herangekommen, als ich einmal eine Handtasche am Muttertag vom David Jones Department Store »ausgeliehen« hatte. (In unserer Familie benutzten wir den Begriff »stehlen« nicht. Alles, was mitging, wurde als »Fünf-Finger-Preisnachlaß« bezeichnet.) Ich zuckte bei dem Neon-Sonnenschein zusammen und trat auf die Terrasse des Schwimmbads.

In völligem Kontrast zu den Ballons und Fähnchen und glitzernden »G'day«-Schildern – »Gooday« geschrieben – gab es nur eine popelige Handvoll Leute zu meiner Begrüßungsparty. Und ihren langen Gesichtern nach zu urteilen, sahen sie aus, als wären sie von einem Vergnügungsausschuß rekrutiert und hierher beordert worden. Abe gestikulierte über das Schwimmbecken hinüber zu einer Gruppe von meist mittelalten Männern, die ausgeblichene Jeans und abgestumpfte Gesichtsausdrücke trugen. »Die Autoren. Brillant! Haben alles geschrieben von den *Beverly Hill Billies* bis zum *Brady Brunch.*« Die Autoren sahen aus, als hätte man sie seit einem oder zwei Jahrzehnten im Wind stehenlassen. »Weißt du, wie wir eine Gruppe von Autoren nennen? Eine *Hackordnung.*« Er feuerte eine Salve Gelächter in ihre Richtung ab.

Auf der anderen Seite des türkisen Vierecks befanden sich die Schauspieler und ihre menschlichen Handtaschen. Zwei der »Regulars« der Show wurden herüberzitiert, um mir vorgestellt zu werden, wobei ihre hohen Hacken auf dem mit Kieselsteinen versetzten Beton klackerten. Es waren zwei gut gepolsterte Mädchen in den frühen Zwanzigern, die Phoebe Mercedez und Ping hießen. (Anscheinend hatte Pings Mutter gedacht, »Ping« sei der chinesische Begriff für »Frieden« und erst zehn Jahre später herausgefunden, daß es eigentlich »Klumpen« hieß. Und mannomann, sie machte ihrem Namen alle Ehre.) »G'day«, lächelte ich. Ping schaute mich klumpig an.

Ich versuchte mein Glück mit Phoebe Mercedez. Sie

erwiderte meine Begrüßung, als wäre sie soeben in einen Hundehaufen getreten. Was durchaus möglich gewesen wäre. Es muß eine »*Bring-Your-Own-Dog*«-Party gewesen sein. Jede Schauspielerin hatte einen kleinen Mohair-Pudel unter ihren Arm gesteckt. »Wie geht's denn so?« gab ich nicht auf. Aber sie behandelten mich weiterhin, als wären sie Trappistenmönche. Von ihrem Schweigen in Verlegenheit gebracht, zog ich mich bis auf meinen Badeanzug aus und schmierte mir rosa Zinksonnenschutz über die Nase. Ich brauchte eine Minute oder zwei, bis ich heraushatte, daß mich die anderen Gäste von oben bis unten musterten. Aus der Fassung gebracht, schaute ich an meinem schwarzen Einteiler herab. Ich bemerkte, wie blaß und unordentlich meine Beine aussahen nach einem Winter in Sydney, und auf einem Knie befand sich ein verschrumpeltes Pflaster von letzter Woche. Ich folgte ihrem gemeinsamen Blick in meine Achselhöhle. Ein winziger jugendfrischer kleiner Strubbel hatte sich während des vierzehnstündigen Fluges herausgewagt.

Ping drehte sich zu den anderen Schauspielern und brach das inquisitorische Schweigen. »Nun ja«, sagte sie sarkastisch, »es ist ein *Look*. Man kann sich so was ja *aussuchen.*« Meine Bullshit-Antenne fing schon wieder an, zu wackeln.

Es war eine Poolparty, aber niemand wurde dabei naß. Das einzige, worin sie eintauchten, war in ihre Cocktails mit Papiersonnenschirmchen.

»Was willst du?« fragte mich ein Mitglied der »Hackordnung« an der Bar. Was ich wollte war, in ein nettes ruhiges Bett zu krabbeln und zu versuchen, mich an meinen Namen zu erinnern. »Welchen Drink?« fragte sie knapp. Auf dem silbernen Anhänger um ihren Hals stand »Amy«. »Einen *Shark-Attack* oder einen *Total Wipe-Out?*«

Amy war dunkelhaarig, ungefähr dreißig, mit einer dauerhaft gefurchten Stirn. Sie erinnerte mich sofort an meine Mutter. Eine geborene Sorgenmacherin. Man kennt das ja, die Art Person, die sich schlecht fühlt, wenn es ihr gut geht, weil sie weiß, daß sie sich nur noch schlechter fühlen wird, wenn es aufhört, ihr besser zu gehen. Sie goß einen Becher mit greller blauer Flüssigkeit voll, gab einen heimlichen Schluck Wodka dazu und schloß daraufhin meine Finger um das Ganze.

»Danke«, sagte ich.

»Bitte sehr.« Sie nahm sich ihre eigenen Gläser Punsch mit Schuß und schob in Richtung der anderen Autoren ab.

»Hey...um...Amy, wollen wir uns nicht für eine kleine Sekunde irgendwohin setzen?« Ich hielt sie am Ärmel.

»Hör mal«, erklärte Amy, indem sie meine Hand abschüttelte. »Es ist ja nicht so, daß die Autoren irgendwas gegen dich persönlich hätten. Es ist nur so, daß nach unserer Meinung ›Schauspieler‹ sein die niedrigste aller möglichen Daseinsformen für ein mehrzelliges Wesen ist.«

»Oh.«

Als sie sich von mir abwandte, brach Abe mit der natürlichen Eleganz eines Lastwagens durch die Verandatüren. Anscheinend war meine Begrüßungsfete vorbei, und eine Flut von *Fourth-of-July-Party*-Leuten waren eingetroffen. Es sah aus, als hätte er Rent-a-Guest eingeschaltet. »Misch dich unter die Leute«, befahl er mir. Und so wurde ich für die nächsten zwei Stunden ein Rührstäbchen, das von einem Konversationscocktail zum nächsten wirbelte.

»Ich habe meinen Mann verlassen«, erklärte eine hagere Dame in Lederreithose der Menge. »Ich individualisiere zur Zeit.«

»Um Mitternacht, ja«, offenbarte eine Frau in einem durchsichtigen Plastikkleid und Calvin-Klein-Unterwäsche, »mußte ich den Notruf der Katzenpsychiatrie anrufen. Meine Katze...« – ihre Stimme pulsierte vor zurückgehaltenem Schluchzen – »...meine Katze *knurrte* ihr *Näpfchen* an.« Irgend jemand empfahl holistische Heilung für Katzen als die beste Therapie. Ein anderer Gast dachte, die kleine Süße könnte einen Urlaub in Palm Springs bei »Aristocat«, der Erholungsklinik für Katzen und Hunde, gebrauchen.

Dwights und Dwaynes und Wandas und Waynes ließen die Namen von Leuten fallen, von denen ich noch nie gehört hatte. Eine glamouröse Frau, die aussah wie Joan Collins, walzte an mir vorbei. Es *war* Joan Collins. Mädchen in T-Shirts, auf denen stand: »Nicaragua ist das spanische Vietnam«, verglichen ihre Haut- und Haartönungen.

Ein Typ mit Fönfrisur hielt Hof von einer Hängematte aus, die zwischen zwei Palmen aufgehängt war. Ich hatte von gepolsterten Strümpfen gehört, um etwas größer zu wirken, aber dieser Typ hatte gepolsterte *Unterhosen*. »Komm doch mal in die Realität zurück. Ich würde lieber *tot* und begraben sein, als einen Schwarzen zu wählen!«

»Ich auch!« dröhnte Abe. Er war von einem Schwarm blonder Mädchen umgeben. Dies waren die Models-Bindestrich-Schauspielerinnen, die Abe zur Zeit heranzüchtete. Sie lächelten unaufhörlich und hatten nicht den geringsten Schimmer, daß sie ungefähr so vergänglich waren wie die Wachsepilierungen ihrer Beine. Abe nahm einen Zug seiner Zigarre und fügte dann gedankenschwer hinzu: »Aber ich würde lieber einen schwarzen Mann wählen als eine Frau. Stell' dir vor. Alle achtundzwanzig Tage«, führte er aus, »würde sie von ihren Pflichten entbunden werden müssen.« Die Dwights und Dwaynes wieherten. Die Models-Bindestrich-Schauspielerinnen nuckelten nur an ihren Drinks und sahen gelangweilt aus. Ich schaute hoch auf das graue Federbett Smog über der Stadt. Pumpten sie Valium in die Luft von Los Angeles, oder was war hier los? Wenn ein Typ das bei uns zu Hause einer Frau gesagt hätte, hätte sie ihm derart eine runtergehauen, daß er fortan die Zähne am Hintern geputzt hätte.

»Hab' gerade einen Vertrag über zwei Filme mit *Mel* gemacht«, gab der Mann neben mir zum besten.

»*Jack* hat gerade unterschrieben. Wir fangen im November an«, gab sein Gefährte dagegen.

»Mein Projekt ist gerade in der Mache im *Sundance Institute*«, schwärmte ein Mädchen in Ledershorts mit Knöchelkettchen. »Anscheinend ist Redford total drüber ausgeflippt. Völlig von den Socken. Also, total.«

»Ist das ein netter Typ, Robert Redford«, versuchte ich einen Beitrag, »oder eher ein bißchen ein Klugscheißer?« Sie drehten alle ihre kalten, gefärbten Kontaktlinsen auf mich. Ich fühlte mich wie Alice im Wunderland, nach dem Keks. Ich schrumpfte sichtbar. Es war irgendwie kaum zu glauben, daß diese Leute Eltern hatten, die sich darum Sorgen machten, ob sie genügend Gemüse aßen.

Während Abe und seine Freunde weiter über Vorspiel-Seminare und Hundediäten schwatzten, blickte ich sehnsüchtig auf die Couch im Wintergarten, von der ich ahnte, daß sie sich bestimmt sehr einfach in ein Gästebett verwandeln ließe. Aber Abe war immer noch auf der Seite der Schlaflosigkeit. »Du mußt noch warten, bis Rondah kommt. Sie will dich unbedingt kennenlernen.«

Ich drehte mein Gesicht der Nachmittagssonne zu. Das Schwimmbad sah aus wie eins dieser Bilder von diesem David Hockney Typen. Ich warf mich mitten hinein. Während ich auf dem Rücken hin und her kraulte, schaute ich nach oben auf die sonnenverbrannten Gesichter meiner Mitgäste. Es gab irgend etwas bei ihnen allen, das nicht ganz in Ordnung war. Aber ich konnte es nicht genau benennen, was es war. Es war wie eins dieser Rätsel »Was fehlt auf diesem Bild?« Und es ist immer der Henkel der Teekanne oder der Schwanz des Hundes.

Ich sank unter die Fluten, und die chlorhaltigen Wasserwirbel verzerrten ihre berühmten Gesichter. In Wirklichkeit hatte ich mittlerweile Schwierigkeiten, irgend etwas schärfer in den Blick zu bekommen außer mein Bedürfnis, eine horizontale Fläche zu finden. Eine geblümte Luftmatratze schwamm auf der Oberfläche des Pools. Ich kam an selbige zurück und kletterte dankbar an Bord.

Aber kaum hatte ich mich in der Sonne zusammengerollt, als Abe die riesige Plastikblase mit seinem Turnschuh trat.

»Aufwachen! Es ist nicht Jet-lag, es ist Bums-lag«, stellte er fest. »Was du brauchst, ist ein Lover. Wir werden sehen, daß wir dich schnellstens aufs Kreuz gelegt bekommen.« Abe befahl mir, aus dem Pool herauszuklettern und mitzukommen, um mit einigen der »Jungs« zu reden. Ich konnte mir aus den »Talenten« jeden aussuchen. Es gab Rockstars, Filmstars, Modemänner, Sporthelden... Ich versuchte zu erklären, daß ich mich noch nicht einmal unterhalten wollte, geschweige denn jemanden anfassen. *Stille* war ungefähr das einzige Geräusch, was ich jetzt überhaupt noch aushalten zu können meinte. Ich flüchtete ins Haus. Gäste glotzten mich an, während ich auf der Suche nach einem Ort, um mich hinzuhauen, Wasser im ganzen Haus vertropfte. Für ein »High Concept« wie mich waren die Dinge ganz schön tief gesunken. Eine der Uhren auf der Mikrowelle in der Küche blinkte fünf Uhr. *Prima*. Bis jetzt war ich seit vier Stunden in Amerika und wurde von absolut allen gehaßt.

Die Küche war leer außer einer mittelalten Frau, die einen Barhocker ritt. Ein Buch war auf der Theke vor ihr aufgestellt. Ihre Augen wurden von dem wilden Haar, das von ihrem Kopf in allen möglichen Winkeln abstand, verdeckt. Es sah aus, als hätte sie eine Handgranate verschluckt. Obwohl sie schon einiges an Jahren hinter sich hatte, trug sie Ledershorts und ein Bikinioberteil aus Leopardenfell. Ihre Haut war straff gespannt. Diese Frau war vakuumverpackt. Als sie ihre Beine übereinander schlug, erwartete ich dieses pffffff-Geräusch zu hören, das erklingt, wenn man eine Kaffeetüte aufreißt. Ihre wilden Augen verließen die bunten Bilder des Buches, um mich anzuschauen.

»Du bist, was du ißt«, annoncierte sie mit verwischtem Enthusiasmus. »Wußtest du das schon?«

»Wie bitte?«

Die Frau rutschte vom Hocker herunter und kam auf mich zu. Sie schob mir die offenen Seiten unter die Nase. Ich blinzelte genauer hin. Die Photos waren von menschlichen Würsten. Kein Witz.

»Dein Stuhl sagt dir, was mit deiner Ernährung nicht in Ordnung ist. Schwer und dunkel – zu viele Kohlenhydrate. Klein und kieselig heißt, man braucht mehr Rohfasern. Wenn du wirklich gesund bist und Faserstoffe ißt, dann sollten deine Würste schwimmen.« Sie streckte mir das Buch entgegen. »Mach schon. Zeig' mal deine«, sagte sie großzügig. »Na los.«

Ich ging rückwärts wieder hinaus in den Flur und zur ersten Tür hinein, die ich fand. Ich verschloß sie hinter mir und drehte mich um. Und das war der Moment und die Art, in denen ich zum ersten Mal Pierce Reece-Scanlen Jr. (den Dritten) sah.

Er lehnte sich gerade in den Badezimmerspiegel hinein, mit gespreizten Nasenflügeln und Pinzette im Anschlag, und zog sich die Haare aus der Innenseite seiner Nase heraus. Ich sah mir ein grünäugiges, blondhaariges, olivenhäutiges, rotgelipptes, lebendes, atmendes Prachtexemplar des amerikansichen genetischen Volksgutes an. Aber in diesem Fall war der Schmelztiegel übergekocht. Leicht und beweglich, mit einem Haarschnitt, der der Schwerkraft trotzte und bis zum letzten Haarbalg vollgegelt war, und mit der Art Augen, die schon Millionen erledigt hatten – was sage ich, Billionen –, war dieser Typ ein Abenteurer. Die Art Mann, die keine Vergangenheit und keine Pläne hat. Pierce Scanlen wurde nicht geboren, er ist vom Lastwagen gefallen.

»G'day«, sagte ich vorsichtig.

Er legte seine winzige Zange ab und drehte sich um, mich anzusehen. Sogar seine zufälligste Bewegung war kalkuliert. Da war ein gefährliches Genießertum um ihn, das mir den Atem raubte.

»Wie heißt du? Wie hoch ist dein Intelligenzquotient? Du kannst doch nicht dieses verdammte australische

Mädchen sein. Du siehst viel zu intelligent aus, um für das verdammte Fernsehen zu arbeiten.« Er wandte langsam seinen Kopf wieder zurück in Schräglage und fuhr weiter fort, zu zupfen. »G'day, G'day«, machte er sich lustig. »was ist denn dieser G-Tag, Herrgott noch mal? Der Tag, an dem ganz Australien nach ihren G-Punkten sucht?« Die Akustik des Badezimmers ließ seine Stimme lauter sein, und die Spiegel vergrößerten sein Bild. »Ich hab' mit dem ganzen Scheiß aufgehört. Ich meine, genau in dem Moment, in dem ich die Klitoris gefunden habe, ziehen die Leute los und setzen sie woanders hin.«

Ich spürte mein Gesicht rot werden. Das war der andere Grund, warum ich Amerikanerin werden wollte. Sie waren total und absolut und hundertprozentig frei von irgendwelcher Befangenheit. Genau das Gegenteil von mir.

»Ich bitte um Entschuldigung, daß ich hier so...hereinbreche, aber ich mußte vor dieser verrückten Frau in der Küche fliehen. Sie liest ein Buch über, na ja, über *Scheiße.*«

Pierces Stimme fiel auf das gefährliche Vibrato eines Fernsehansagers herab. »Willkommen in der amerikanischen Zone«, raunte er.

»Sie wollte mit mir Form und Farbe diskutieren – ich meine, wer weiß denn so was? Wer will denn da kucken? Wenn's einmal vorbei ist, dann bin ich da raus!«

»Wirklich«, sagte er, nicht als Frage, sondern als Zustimmung. Seine Stimme war tief, leicht verächtlich. Sie hatte eine gewisse Sahnigkeit – als ob sie gerade aus dem Mixer gekommen wäre. »Ich meine, ich will dich schon kennenlernen, aber nicht gerade *so* gut.«

»Dann bist du der erste.«

»Was?«

»Der mich kennenlernen will.«

»Ich *muß* dich kennenlernen«, sprach er aus, wobei er andächtig sein Spiegelbild betrachtete. »Wir werden in derselben verdammten Show arbeiten. Ich spiele den unwiderstehlichen, aufsteigenden, herpesfreien Sexbolzen«, sagte er sachlich. »Mimi, die Verrückte, die du in der Küche kennengelernt hast, spielt die Millionärs-Mutter (geschieden) von Rondah. Rondah ist meine zickige ebensolche in der Show. Ping ist die *politically correct* Anstands-Mexikanerin. Phoebe Mercedez ist die *politically correct* Anstands-Schwarze. Und du bist die linkische, naive kleine Anstands-Australierin.«

Ich überlegte mir, jetzt und gleich hier abzuhauen, aber ich würde ja nur mit einem *anderen* Klugscheißer hängenbleiben. Diese Party war von oben bis unten voller Klugscheißer, falls damit klargeworden sein sollte, was ich meine. Wenigstens hatte er mich noch nicht gefragt, was für ein Auto ich fahre.

»Also, Kleine, was für ein Auto fährst du?« fragte mich Herr Nasenloch-Zupfer. Er zuckte auf mein Schweigen hin die Achseln und lehnte sich gegen das Waschbecken in einer lässigen Art. »*Ich* fahren ein schwarzes 911er Cabrio«, bot er an. »Einen schwarzen 928S Porsche – ich hab' mir dir Radkappen verchromen lassen. Wunderschön. Einen schwarzen Ford Bronco Geländewagen, und einen Ferrari Testarossa.« Der letzte aus der ganzen Truppe klang am ehrlichsten. Ich meine, wenigstens gibt das Ding zu, daß es ein motorisiertes männliches Hormon ist. »Ich gehe mal davon aus, Kleine, daß du meinen Namen wissen willst?«

Eins, was ich wirklich hasse, ist es, »Kleine« genannt

zu werden, vor allem von einem Affen, der gerade mal ein paar Jahre älter ist als ich. »Nein, nicht unbe...«

»Pierce«, sagte er, »Pierce Scanlen. Und, wie alle hier in dieser verdammten Branche, verdiene ich unglaublich gutes Geld dafür, daß ich absolut alles dafür mache. Was hast du gemacht, bevor du diese wichtige Rolle bekommen hast?« Völlig von dem Miniatur-Zopf auf dem Flaum seines Nackens fasziniert, konnte ich nicht gleich antworten. »Hallo?« Er schnippste mit den Fingern. »Erde an Aussie. Bitte melden. Lesen Sie meine Lippen. Was-hast-du-gemacht-«, sprach er überdeutlich aus, »ehe-du-in-diese-Scheiße-von-wegen-Croc-Dundett-hineingezogen-wurdest?«

Ich erzählte Pierce von dem Loch, das ich in Darlinghurst Zuhause genannt, und von dem Buchladen, in dem ich als Aushilfe gearbeitet hatte. Und darüber, daß es zehn Margarinepapiere waren, die mir den Weg ins amerikanische Fernsehen geschmiert hatten.

»Ein Buchladen?« wandte er sich an den Spiegel, fast sehnsüchtig. »Du hast das verlassen, um als Schauspielerin in L.A. zu arbeiten? Babe, das hier ist Sibirien. Außer, daß es warm ist. Das hier ist die Hölle. Du hast einen Schritt so weit nach unten gemacht, deine verdammten Ohren müssen dir geplatzt sein. Aua! Scheiße! Arsch! Jesses!« Er zerrte sich ein Bündel Kleenex an die Nase. Die tödliche kleine Zange der Pinzette hatte ein Stück seiner Nasenschleimhaut mit abgezogen. Während er den Blutstrom stillte, ließ er die Deckel seiner frechen grünen Augen wieder hochklappen und begutachtete mich. »Okay, sie fliegen dich hier erster Klasse rüber, fahren dich in Limousinen rum, mieten dich im Beverly Hills Hotel ein – aber in weniger als einer gottverdammten Woche wirst du nicht mehr als eine Gag-Maschine sein. Ein Witz-Nigger. Kapiert?«

»Abe sagte mir, ich wäre ein High Concept«, sagte ich defensiv.

Pierce prustete. »Was kriegst du, wenn du Analwarzen mit einem Fernsehproduzenten aus Hollywood kreuzt? Nichts. Analwarzen würden sich für so was nicht hergeben. Also, wieso krabbelst du nicht einfach zurück ins Land der Krokodile? Du wirst L.A. nicht überleben, wette ich mit dir.«

Wenn Pierce was über meinen alten Herrn gewußt hätte, dann hätte er über nichts mit mir gewettet. In der Abteilung »Familienähnlichkeit« hatte ich nur drei Gene meines Vaters geerbt. Ich hatte eingewachsene Zehennägel genau wie seine; ich konnte die Spitze meiner Nase mit meiner Zunge berühren; und ich konnte keiner Wette widerstehen. Ich war mit einem Päckchen Spielkarten in meiner Wiege geboren worden. Ich lernte im Wettbüro zählen. Ich konnte »abgemacht, biete zwei dagegen«, sagen, ehe ich das Alphabet aufsagen konnte. Auf Geburtstagsfesten spielten wir nicht Flaschendrehen oder Verstecken, sondern Black-Jack, Siebzehn und Vier und Two-Up. Das einzige Ziel, das mein Vater hatte (außer, das Pentagon in die Luft zu jagen), war, beim Kartenspielen zu sterben wie Al Jolson, Buster Keaton und Wild Bill Hickock. »Abgemacht«, sagte ich. »Einhundert Grüne«, und schob mich an ihm vorbei in das innere Heiligtum des Toilettenraumes.

Es war das merkwürdigste Örtchen, in das ich jemals gekommen war. Oh, nicht nur wegen der gigantischen Ausmaße, sondern es gab ein Telefon direkt neben dem Thron. Der Sitz selbst war mit einer dünnen Schicht Plastikfolie bedeckt. Ich beschloß, während ich meine Klamotten runterließ, daß Pierce wohl völlig neben der Rolle stand. Wie alle gutaussehenden Typen hatte er gute Karten. Er war eine Fönfrisur auf Beinen mit bionischen Zähnen. Aller Wahrscheinlichkeit nach ging er mit Mädchen aus, die »Bambi« hießen. Sein zweiter Vorname war wahrscheinlich »Klopfer«. Als ich die Spülung drückte, bewegte sich der Plastikring unter mir. Mehr Plastik wurde plötzlich von hinter der Zisterne heraus- und um die Toilettenbrille herumgeschoben. Erfahrenere Besucher als ich wußten wahrscheinlich, daß man wie ein Blitz wieder aufspringen mußte, um nicht in Küchenfolie einbalsamiert zu werden. Mein Hintern war allerdings gerade in die allerneueste Kreation von Christo verwandelt worden. Ich hackte mich von dem Kram frei, wand mich wieder in meinen Einteiler und schoß zurück ins Badezimmer. Was für ein unrühmliches Ende. Von einem Klositz aufgefressen. »Sogar das Klo hat versucht, mich umzubringen«, säuselte ich.

»AIDS«, sagte Pierce luftig. Er war schon wieder dabei, Nasenloch-Haare zu zupfen. »Die Leute tun diese verdammten Kondome auf die Sitze, damit man sich nichts holt.«

Ich setzte mich auf den Rand der eingelassenen Badewanne und ließ meine Augen durch das marmorne Badezimmer wandern. Da ich seit achtundvierzig Stunden wach war, eine Erdhälfte von zu Hause entfernt und mittlerweile von jedem beleidigt worden war, dem ich begegnete, fühlte ich mich eher wenig frisch. Wo immer ich hinsah, gab es einen Spiegel, der mir die Reflektion von Pierce, der seine perfekt geformten Nasenflügel hochstarrte, bot.

»Ähmmm. Was machst du da eigentlich?« Ich vermutete, es sei einfach noch eine dieser merkwürdigen

Angewohnheiten – wie andere Fahrer auf der Autobahn erschießen, weil sie zu langsam fahren, Poolparties zu schmeißen, bei denen niemand ins Wasser geht, oder sich bunte Bilder von Scheiße anzusehen. Ich war mittlerweile nicht mehr zu schocken.

»Häh? Ach so,...das. Na ja, nichts entwaffnet eine Frau so sehr wie ein weinender Mann. Man muß vielleicht ein paar Haare in der Nase rausziehen, aber es funktioniert jedes Mal. Selbst bei der rachsüchtigen Rondah Rivers.« Er explodierte in eine Serie von Niesern. Als sie abflauten, schaute er auf die Uhr und machte sich aus der Tür heraus. Er bewegte sich, bemerkte ich, wie ein Einbrecher. »Uhren auf Gleichstand. Wasserwerk«, sagte er im Kommandoton voraus, »in sechs bis sieben Minuten.« Er strahlte mich bionisch an und verschwand.

Ich folgte ihm, schockiert.

Exakt viereinhalb Minuten später machte Rondah Rivers ihren Auftritt. Ich stand auf der gegenüberliegenden Seite des Pools in der Nähe der Autoren, als sie in einem voluminösen grünen Sonnenkleid auf die Terrasse schwebte.

»Oh, schaut mal«, sagte Max, der Chef-Autor, seinen unter dem Sonnenschirm versammelten Schriftgelehrten. »Hier kommt der *Sherwood Forest.*«

Amy warf ihren Kopf nach hinten, um zu lachen, aber als sie mich sah, brachte sie ihre Kollegen mit einem dramatischen Rollen ihrer Augen zum Schweigen. »Schauspieler-Alarm«, warnte sie, »auf zehn Uhr.« Die Autoren blickten verdächtig in meine Richtung, während ihr Humor versickerte.

Ich bekam langsam den Eindruck, daß man es auf der Prestige-Skala der Berufe mit folgender Reihenfolge zu tun hat: Müllmann, Amöbe, Dosenöffner, Schauspieler. Ich ging fort, um mich im Schneidersitz auf den Grill zu setzen. Rondah wurde wie ein Mitglied der königlichen Familie begrüßt. Die Leute waren quasi dabei, Knickse zu machen, ernsthaft. Ihre be-Ray-Ban-ten Augen schossen wie Jagdvögel umher und kamen endlich bei Pierce zur Ruhe. Er lag auf einem Liegestuhl vor mir ausgestreckt, ganz goldbraun, hellhaarig und leuchtend. Sie stieß auf ihn herab.

»So, mein Süßer, wo warst du gestern abend?« hörte ich sie zischen. Indem sie seine Beine beiseite wischte, senkte Rondah ihren umfangreichen Körper nieder, wodurch der Stuhl nach links durchsackte.

»Ähmm...« bemühte sich Pierce um Zeit, »...würdest du mir glauben, wenn ich dir sage, ich hab' verschlafen?«

»Ich hab' dich angerufen.« Rondah hatte einen Vom-Winde-verweht-Akzent mit dem dazu passenden Décolleté. »Ich hab' mir die Finger wund gewählt!«

»Ja, aber weißt du...« Pierce setzte sich auf, wobei er sich mit einer Unterwasser-Langsamkeit bewegte, um sich noch einmal mehr Zeit zu geben, eine Entschuldigung zu finden. »Ich träumte, ich wäre...John Denver. Ich langweilte mich so irrsinnig als John Denver, daß ich sogar in meinem Traum eingeschlafen bin. Da *konnte* ich doch gar nicht mehr aufwachen, oder?«

Rondahs Mund war ein brutal rotgemalter Strich an modischem Braun. Sie benutzte ihn nun, um Pierce zu attackieren. Ich lehnte mich nach vorne, um nicht ein einziges Zischen zu verpassen. Er war egoistisch, unverantwortlich, unsensibel. Und wie ging es ihr, als sie zu einer Wohltätigkeitsveranstaltung alleine gehen mußte? Erniedrigt, so fühlte sie sich. Völ-lig er-nied-rigt.

Pierce sagte, es täte ihm leid. Wirklich sehr leid. Rondah schnaufte spöttisch. Aber ehe sie noch einmal mit ihrem verbalen Knüppel auf ihn losgehen konnte, nahm er seine Sonnenbrille ab. Pierces Augen glitzerten. Seine Lippen zitterten. Eine dicke Träne kam hoch und tropfte auf seine Wange. »Ich bin einfach in der Öffentlichkeit nicht so gut wie du, Rond...« Seine Stimme war vor Reue angeschwollen. »Weißt du, im Grunde ist es einfach so, unter all dem Machokram – bin ich schüchtern.«

Rondah inspizierte mißtrauisch sein Gesicht, ehe sich ihre Wut in einen mütterlichen Schub an Sentimentalität verwandelte. Sie nahm seinen Kopf zwischen ihre gepflegten Hände und küßte ihn auf die Nase. »Nun, nun. Ist ja gut. Ich glaub' dir ja. Nicht weinen, Süßer.« Sie wiegte Pierces Kopf auf ihrer Schulter. »Es gab da jede Menge andere Männer, die sich um mich gekümmert haben.«

Pierces Auftritt war fesselnd. Ich suchte sein Gesicht nach Spuren von Unaufrichtigkeit ab. Es gab keine. Aber genau in dem Moment, in dem ein Klumpen an Mitgefühl in meinem eigenen Hals hochkam, lugte Pierce über Rondahs Schulterpolster hinüber und zwinkerte mir zu, wobei seine verräterischen Lippen sich in ein breites und ungezogenes Grinsen verzogen.

Ich fing an, zurückzulächeln, biß mir dann aber auf die Lippen und sah weg.

Rondah wurde weggeholt, um ein paar Publicity-Aufnahmen für eine Fernsehzeitschrift aufnehmen zu lassen.

»Rondah trampelt auf jedem und allem herum. Sie ist Hund Nummer eins in der Show, wobei Hund der Gebrauchsterminus ist. Willst du ihren Spitznamen wissen?« Er setzte seine Sonnenbrille wieder auf. »Castrina. Dieses Weib hat die Eier von ihren Typen an der Wand montiert.«

»Inklusive deiner, ganz offensichtlich.«

Er lehnte sich triumphierend mit hinter dem Kopf verschränkten Armen im Klappstuhl zurück. »Oh, ich merke schon. Es ist mal wieder das Spiel: Die-Karten-auf-den-alten-Tisch-legen. Okay, erstens bin ich ein untreuer Bastard. Zweitens liebe ich niemanden. Drittens habe ich kein Rückgrat. Paß mal auf! Ich hab' mal bei einer Prostituierten einen Orgasmus vorgetäuscht, weil ich ihr nicht weh tun wollte. Und viertens bin ich ein Überlebenskünstler. Nach dem Holocaust, weißt du, wer dann noch übriggeblieben sein wird? Ich und ein paar Kakerlaken. Jedenfalls«, fuhr er fort, »es *gibt* Aspekte an Rondah, die ganz nett sind.«

Einen schrecklichen Moment lang dachte ich, er würde jetzt versuchen, alles wiedergutzumachen. Ich sah ihn an, als wäre er so falsch wie Vinyl. »Was zum Beispiel?«

»Zum Beispiel, wenn sie schläft.«

Im Gegensatz zu den anderen Gästen war Rondah fast schon karibisch in ihrer Art, mich zu begrüßen. Als sie von der Foto-Session wiederkam, steckte sie ihren Arm durch meinen. Sie gab mir einen Schluck Diet Coke. Sie nannte mich »Liiiebling.«

»Es ist merkwürdig, Liiiebling, das weiß ich«, hielt sie mir an der Bar am Pool einen Vortrag, »aber in einer *Situation Comedy* mit hohen Einschaltquoten zu sein, ist kein *Witz.*« Es war die Art von geschnurrter Einleitung, die sie ganz offensichtlich schon auf allen möglichen Talk-Shows poliert hatte. »DINKS läuft auf mehreren Sendern. Wir werden von einunddreißig Millionen Menschen überall in Amerika wöchentlich gesehen. Wir haben ein sehr treues Publikum. Du siehst, Liiieb-ling«, ihre Stimme triefte vor Aufrichtigkeit, »wir erfüllen ein Bedürfnis.«

»Ja, du weißt schon«, grinste Pierce, »genau wie Methadon.« Er zog an seiner Zigarette, die er in Pool-Hai-Manier zwischen Daumen und Zeigefinger hielt.

»Und der Grund, warum wir gebraucht werden, Schatz«, fuhr sie mit resoluter Freundlichkeit fort, indem sie ihrem Co-Star ein eisiges Lächeln schickte, »ist, weil wir eine christliche Botschaft von Liebe ausstrahlen.«

»Rondah ist eine wiedergeborene Christin«, informierte mich Pierce mit unterdrücktem Spott.

»Ja?«

»Was ist denn deine Glaubensrichtung?« schnurrte sie.

»Na ja, ähm...« Ich sah Pierce hilfesuchend nach einem Stichwort an, aber er war damit beschäftigt, mit Martini-Oliven Murmeln zu spielen, indem er sie über die glatte Kunststoff-Bar hin und her rollte. »Ich bin grundsätzlich mehr so eine wiedergeborene Atheistin.« Rondahs Mund zog sich zusammen, als hätte sie eine verfaulte Auster geschluckt. »Ähm, ich versuchte da gerade, bißchen ironisch zu sein«, fügte ich trostlos hinzu.

Rondah sah mich nur kalt an. Ihre Sonnenbrille, die auf ihrem Kopf saß, sah aus wie die Antenne einer Marsfrau. Es ist absolut ein Ironiemangel in L.A. festzustellen. Um die Wahrheit zu sagen, ich bin nicht so begeistert von Leuten wie Rondah Rivers. Sie ist die Art Person, die einem ein großes, warmes, freundliches Lächeln schicken kann, während ihre Augen den Blick eines Kindes haben, das gerade im Begriff ist, ein Insekt zu zerstören.

»Es wird ja einfach so erfrischend sein, dich dabei zu haben, Katrina, ist das nicht so, Pierce?« Ich schwöre es bei allen Heiligen, daß ihr Akzent mehr und mehr nach New Orleans roch, je weiter wir in der Unterhaltung kamen. »Es ist so erfrischend, in Hollywood eine Frau kennenzulernen, die durch kleine Brüste nicht gehemmt ist. Ich meine, jede Menge Küken würden sich mit deinem Busen bestimmt nicht vor eine Kamera trauen. Und wenn sie es täten, dann hätten sie das Bedürfnis, sich was anzuziehen. Es ist so verdammt lächerlich und, na ja, so *unehrlich*, findest du nicht auch, Schätzchen?« Ich linste unglücklich auf meine unterernährten Kurven. »Und bist du nicht direkt *mutig*, einen Einteiler zu tragen. Na ja, du kannst dich ja nicht von *hinten* sehen, also was soll's? Ich will natürlich nicht neugierig sein«, schmeichelte sie, »aber worauf beläuft sich eigentlich genau deine schauspielerische Erfahrung?«

»Na ja, eigentlich keine wirklich. Ich hab' ein bißchen gesungen und so.«

»*Moi aussi*«, begeisterte sie sich schließlich. Singst du auch Chansons?«

»Was?«

»Chansons.«

»Du meinst wie Cancan im großen Rock?«

Rondah klatschte in die Hände. Mit glitzernden Augen wiederholte sie das für die anderen Schauspieler. »Liebe Güte. Achtung an alle. Wir haben uns eine Landpomeranze eingebrockt«, jodelte sie begeistert.

Die Leute hörten auf, zu essen. Sie drehten sich in ihren Stühlen um oder lehnten sich aneinander an, um zu glotzen. Salate welkten. Sahnekuchen kippten. Teller voller Austern gerannen in der Sonne. Okay, also war ich nicht gerade der Welt größte Intellektuelle (bis vor kurzem dachte ich noch, ›cacciatore‹ wäre eine Oper), aber ich war auch kein offiziell anerkannter Döskopp. Außerdem waren es Rondahs Freunde, die sich wie Barbaren benahmen. Einige von ihnen fingen an, mich zu umzingeln, wobei sie mich der urgeschichtlichen Schnupperprobe unterzogen. Ich spürte es, wie ich unter ihrem Blick rot wurde. Rondahs Verachtung war ansteckend.

»Die errötende Jungfrau«, lästerte Ping, während sie den plüschigen Pudelball auf ihrem Schoß streichelte.

»Ja, erzähl's uns doch, *Down-Under*», verhörte mich Phoebe Mercedez, während sie ein Stück Kaugummi aus dem Mund ihres Begleiters holte und es sich in ihren eigenen steckte, »hast du einen Lover?«

Grinsend schob daraufhin ihr Muskelpaket an Freund seine Hand in seine Jeans, steckte seinen Zeigefinger durch den Schlitz und wackelte ihn. »Yo, weiße Muschi, steck' mal deinen nassen Schwamm auf diesen Bastard rauf.«

Alle machten sich fast in die Hosen vor Lachen. Während sie glucksten, schaute ich auf ihre be-bommelten Mokassins und von Designerhand zerrissenen Jeans, auf ihre zu sonnenverbrannten Gesichter und ihre zurechtgestutzten Zähne. (L.A. ist die weltweite Hauptstadt der Überbisse. Jeder hat Donny Osmond Zahnkunstwerke im Mund.) »'Tschuldigung, mein Freund«, sagte ich endlich, »ich sag' es dir nur ungerne, aber dein Pimmel könnte mal eine Maniküre brauchen.«

Phoebe Mercedez' Freund holte seine Hand zurück, knackte seine Fingerknöchel und schaute mich drohend an.

Das Gelächter erstarb auf ihren Lippen. Die Schauspieler schauten mich in entsetztem Schweigen an. Ich vermute mal, sie waren alle ein bißchen verloren ohne Teleprompter. Phoebe Mercedez' Typ knurrte, lang und tief und laut. Da fiel mir dann auf, wie sehr er einem der Bösen aus den Schwarzenegger-Filmen ähnelte. Man kennt das ja, die Sorte Typ, die sich mit einem Springmesser in den Zähnen rumpopelt. Pierce muß das auch aufgefallen sein. Er fing plötzlich an, rückwärts aus dem Bild heraus zu *moonwalken*. Und dann sprang der Böse aus dem Schwarzenegger-Film vorwärts. Zwei andere Typen hielten ihn an den Schultern fest und ließen so seine Unterarme in einem nicht zu entziffernden Winkspruch umherwedeln.

Der Fotograf glitt vor die glotzenden Komparsen. Als das Geräusch seines in Position fahrenden Fingers auf seinem neunkalibrigen Nikon-Auslöser hörbar wurde, trat Rondah zwischen uns. Oh, nicht um zu verhindern, daß ich einmal den Friedhof riechen müßte oder so was Nettes. Nein, es war nur, daß dies nicht die Art von Fotos waren, die sie vorne auf dem *TV Guide* sehen wollte. Vor allem nicht dann, wenn die *Sweeps Week* ins Haus stand – die Woche, in der die Einschaltquoten der Show ermittelt wurden.

»Ich hab' einmal einen Do-ku-men-tar-film über *Down-Under* gesehen«, sagte sie mit unermüdlicher Süßigkeit. »Liebes Gottchen. Es ist nicht gerade, was man ein *entwickeltes* Land nennen würde. Die essen praktisch ihre Kleinen, bei *lebendigem* Leibe!« Sie schob wieder ihre Haare zurück, auf diese provokative Art, die sie hatte. »Unsere kleine Aussie ist einfach noch nicht gezähmt worden.« Sie hob meinen Arm, um die stoppelige Achselhöhle vorzuzeigen. »Oder gepflegt. Seht ihr's? Wir haben es mit einer *Primitiven* zu tun.«

Erleichtert fingen alle an zu lachen. Der Fotograf sicherte wieder seine Kamera und ließ sie herabsinken. Rondah nahm meinen Angreifer am Arm und segelte mit ihm auf die Tanzfläche, wo ein unsichtbarer Discjockey ein Lied von Motley Crue spielte: »Hollywood, There's No Escape.«

Pierce hörte auf, Neil Armstrong nachzumachen, und nahm mich mitten in seinen grünen Blick. Ich vermute mal, er machte sich wegen seiner hundert Dollar Sorgen.

Die Unabhängigkeitstagfeier ging in die Nacht über. Mehr und mehr Leute kamen. Mittlerweile fand ich es fast unmöglich, senkrecht zu bleiben. Das einzige Bett, das ich finden konnte, das noch nicht belegt war, war ein herzförmiges Ensemble im Gästeflügel. Aber kaum hatte ich mich draufgelegt, kriegte es Herzjagen und cha-cha-te auf dem Teppich hin und her. Ein Vibrator-Bett ist nicht so eine wunderbare Sache nach sieben Flugzeugmahlzeiten, sechs Wodkas und einem Zusammentreffen mit einem fingerwedelnden Mastodon, das sich ins zwanzigste Jahrhundert verirrt hatte. Da ich den Schalter zum Ausdrehen nicht finden konnte, verließ ich die zuckende Matratze und ließ mich statt dessen in einem großen, gemütlichen Stuhl in Abes Arbeitszimmer nieder. Das Zimmer war witzigerweise mit seiner Sammlung von polynesischen Kriegsmasken und Schrumpfköpfen dekoriert. Kaum hatte ich mich in den weichen Leder-Marshmallow versinken lassen und schlummerte gerade ein, als Abe mich aus dem Hinterhalt erwischte. »Da bist du also, Crocodile Dundette!«

Mit meinen Schultern in seinem Zangengriff führte er mich durch den Rest seines klimatisierten, antiseptischen, desinfizierten, rost- und staubfreien, Einbrecher widerstehenden, milben- und termitenfreien, unglaublich geschmackvollen Hollywood-Hauses. Die Wände waren voller Monets und Manets. Abe führte mich von einem Meisterwerk zum nächsten, wobei er den Preis eines jeden genauestens elaborierte. Jedes Bild war von einem kleinen Licht angestrahlt, das die Unterschrift beleuchtete. Ich konnte nicht begreifen, warum Abe sich überhaupt die Mühe machte, Bilder zu kaufen. Er hätte einfach die Schecks rahmen sollen. Als ich ihm diese Einsicht mitteilte, schwebten seine Augenbrauen wütend in der Höhe seiner Nase, um dann wieder auf seine Stirn hochzuschießen.

»Ich will, daß du dich assimilierst.« Er biß die Kiefern zusammen und bewegte den Unterkiefer von links nach rechts, wobei ein kleines Stückchen Pastrami in der Falte seiner Lippen sichtbar wurde. »Ass-i-mi-lie-ren. Verstanden?«

Im großen Schlafzimmer befand sich ein marmorner Whirlpool. Er blubberte und schäumte wie ein riesiger Cappuccino, mit dem Unterschied allerdings, daß er gerammelt voll war mit nackten Körpern, die Joints miteinander teilten und zu laut über die Witze der jeweils anderen lachten. Abe warf seine Klamotten ab und versank in der Wanne. Assimilieren, sagte ich mir und folgte ihm hinein. Es war so, als würde ich in ein Becken voller Piranhas steigen.

»Oh, es besteht keine Notwendigkeit, deine Unterhosen anzulassen, Süße«, sagte eine Frau mit einer Tätowierung auf ihrem rasierten Kopf.

»Keine Sorge. Mir geht's damit gut, danke.« Keine Unterhosen, in *dieser* Gesellschaft? War sie noch bei Trost?«

»Laß *mich* sie tragen!« Die Stimme gehörte Denzil,

einem der Anstandsschwarzen oder eher Anstandsbeigen, einem Schauspieler der Show. »*Cross-dressing* ist eine der erotischsten Sachen der Welt.«

Ein anderer Typ gab an, die Unterwäsche seiner Frau zur Arbeit zu tragen. »Lindgrün ist meine Lieblingsfarbe.«

Eine körperlose Stimme fing an, zu weinen. Wie konnte sie *cross-dressen*, wenn sie noch nicht mal eine *enge persönliche Beziehung* eingehen konnte?

Ich würde mal sagen, wenn man splitterfasernackt in einem Whirlpool sitzt, ist es wohl kaum möglich, *nicht* eine enge persönliche Beziehung zu finden.

Die einzige Figur, die ich in diesem dekadenten Aquarium wiedererkannte, war Mimi Zarbo. Sie unterrichtete gerade ein kleine Gruppe in verschiedenen Joga-Knoten. Ihre halb unter Wasser befindlichen Körperteile sahen glatt aus, fast wie Plastik. Wenn ich darüber nachdenke, dann sahen alle die Körper um mich herum genau so straff und braungebrannt aus. Sie waren wie Barbie- und Ken-Puppen, auf LSD. Was war nur falsch mit dem Bild? Plötzlich dämmerte es mir. Falten. Los Angeles ist eine faltenfreie Zone. Ich war in ein Land gekommen, in dem es keine Schwerkraft gibt. Hier sackte Haut nach *oben*. Mimi war fünfundsechzig und hatte die Haut eines *Cheerleaders*. Sie muß so viele Facelifts gehabt haben, daß ihre Knöchel jetzt ihre Knie waren. Ihre Knie wären jetzt ihr Bauchnabel. Das würde ihre Klitoris ungefähr auf die Höhe ihres Kinns bringen. Ihre Hand ruhte genau da, unter ihren Lippen. Ich bemühte mich zu sehen, ob sie diesen genauen Punkt ein bißchen zu energisch rieb.

Abe grinste mich an und sank in die trüben Tiefen des Whirlpools. Ich suchte durch all die Schaumblasen nach ihm. Just in dem Moment, als ich ein volles Bondi-Beach-

Lebensrettungsmanöver mit Wiederbelebungsversuch überlegte, spürte ich, wie etwas an meinen Zehen saugte. Einzeln. Als Abe wieder an die Luft kam, erinnerte ich ihn enthusiastisch daran, wie schick es sei, ein radikaler Sexabstinenzler zu sein. Ich hatte den Eindruck, daß seine sexuelle Dürreperiode gerade im Begriff war, abzubrechen.

»Du willst doch nicht etwa deine Leistung schmälern, oder?« sagte ich und rutschte von ihm weg. Abe im Adamskostüm war nicht so ein hübscher Anblick. Er sah aus wie ein Pelzball, den irgendein Wesen ausgekotzt hatte.

»Lass' uns ins Schlafzimmer gehen, Süße, und ich werde dich bumsen, bis du nicht mehr klar denken kannst«, sagte mein neuer Produzent zuvorkommend. Ich lehnte ab mit dem Hinweis auf meinen sehr hohen Intelligenzquotienten. Er würde lange brauchen. Jahre. Jahrzehnte. Ewigkeiten.

Ich ging praktisch über Wasser, um da heraus zu kommen. Ich begriff in dem Moment, daß Mimi Zarbo tatsächlich der einzige vernünftige Mensch war, den ich an dem Tag kennengelernt hatte. Scheiße schwamm *wirklich* oben. Hier war sie, ganz *on top*, verdiente zehn Millionen Dollar im Jahr und produzierte amerikanische Fernsehsendungen.

Der verrückte amerikanische Salat

Es brauchte genau fünfzehn Stunden, bis die Autoaufkleber erschienen waren. »Erschießen Sie mich nicht«, stand auf einem Corvette auf dem *Hollywood Freeway*, »ich fahre so schnell ich kann.« Die langgezogene Limousine, in der ich zum Studio gefahren wurde, wechselte dauernd die Spur. Alle anderen Autos waren genauso nervös. Es war, als befänden wir uns in einer Schule vierrädriger Fische. Wie der Minifernseher, der in den Rücksitz eingelassen war, mitteilte, hatte es heute einen Bombenalarm im Büro des Staatsanwalts von L.A. gegeben, dafür nur zwei Erschießungen auf der Autobahn, ein Rottweiler hatte ein kleines Kind gefressen, drei Leute waren in einer Drogenrazzia totgeschossen worden, und dann gab's noch die übliche Anzahl Leichen als Resultat der Gang-Kriege in *Downtown*. Und das alles vor dem Frühstück. Als wir von der Autobahn runterkamen, hatte ich fürchterliche Gesichtsschmerzen davon, jeden vorbeikommenden Fahrer anzulächeln.

Die Paradise Studios befanden sich in einem der heruntergekommensten Teile der Stadt – was in L.A. wirklich etwas heißen will. Die Geschäfte boten schnelles Essen und schnellen Sex an. Es war ein Chaos von Gummiunterwäsche und *Rissoles, Hot dogs* und aufblasbaren Puppen, Hamburgern und Fesselungszubehör. Die Limousine manövrierte sich in eine verstopfte Seitenstraße. Wir schlichen entlang jungen Männern, die an Straßenecken herumlungerten, ihre Hosenlatze auf halbmast. »Hey, Motherfucker!« Diese Typen wußten wirklich, wie man mit einer Dame umzugehen hat. »Zeig uns mal deine Muschi!« Dieser gesamte Haufen von Crack Dealern, kopulierenden Hunden und sich zersetzenden Autoleichen wurde von den massigen Buchstaben des »Hollywood«-Schildes auf dem dürren Hügel über uns eingerahmt.

Auf das Gelände zu kommen, war einfach. Ich gab ihnen alles außer einer Urinprobe und fuhr geradewegs durch. Mit Schablone gemalte Namensschilder kennzeichneten die Parkplätze eines jeden 500 PS-starken Mustang, Maserati oder Mercedes in dem mehrstöckigen Parkhaus. Ich las die Namen, während wir uns nach oben wanden: Abe Epstein, Ping Sufuentes, Phoebe Mercedez, Pierce Scanlen, Rondah Rivers. Rondahs Platz war rosa angestrichen und in den Zementboden ein silbriger Stern aus Radkappen eingelassen.

Ich wanderte herunter auf das Gelände. Es war noch nicht Mittag, aber die Luft knisterte förmlich vor Hitze. Das Gelände war wie ein Konzentrationslager: voller fensterloser Gebäude und graffitiloser Wände. Fast alle der gegenwärtig größten *Comedies* und Seifenopern wurden hier jede Woche gedreht. Ich stand im Nervenzentrum von Amerikas Phantasie, im Herzen der Traumfabrik der Welt. Und es war ein Alptraum. Während meiner ersten Anprobe an meinem ersten Tag, als ich in Reithosen und Trägerkleider, Trikots und Freizeitanzüge hineinkletterte und wieder daraus ausstieg, hörte man plötzlich draußen automatische Feuerwaffen rattern. Durch den Lycra-Overall behindert, den ich beim Geräusch von draußen stattfindenden Schießereien fallen gelassen hatte, stolperte ich zum Fenster. Hinter dem Stacheldrahtzaun stieß ein Polizeihelikopter wie ein Raubvogel auf die Straßen herab, wobei seine menschliche Beute wegrannte. Sirenen heulten. Die Leute stoben auseinander. Kugeln schlugen ein. Die Garderobenleiterin, Betty, informierte mich lässig, daß es wohl eine Drogenrazzia sei. Betty machte das Fenster auf und rief zum Torwächter hinunter: »Hey, Nachbar, wie steht's?«

Er formte seine Hand zum Trichter und rief lässig zu ihr hoch: »Drei Tote. Zwei verwundet.«

Pierce, dessen Kopf von einem Walkman eingeklammert war, wurde gerade mit dem letzten Schrei an ausgewaschenen Jeans ausgerüstet. Ich schälte einen Hörer ab. »Entschuldigung, aber, äh, na ja, während wir hier drin Komödien braten, werden da draußen Leute erschossen.« Pierce zuckte statt der Achseln die Lippen. »Also, fällt dir das nicht als gerade mal ein bißchen merkwürdig auf?«

Pierce brachte seinen Walkman wieder in Position und kniff mein Ohrläppchen. »Ich hab' dir gesagt, du würdest es nicht lange aushalten.«

Das einzige, was einen Angeleno schockieren konnte, war, wenn jemand schockiert war. Man hätte sich alle Gliedmaßen mit einer Nagelfeile absägen und das Hirn durch einen Strohhalm aussaugen lassen müssen, ehe man ein kleines bißchen Mitleid erwarten könnte. Eine Beule im Kotflügel eines hunderttausend Dollar teuren Maserati allerdings, das war ausreichend, um alles und jeden in hysterische Krämpfe geraten zu lassen. »Du bist genauso sensibel wie ein, wie ein...« Pierce saugte gemütlich an seiner Selbstgedrehten, während ich nach dem richtigen Wort suchte. »Wie eine, ich weiß nicht, wie eine Leiche. Wußtest du das schon?«

Pierce sah mich gelangweilt an und machte sich dann aus der Tür heraus. Während ich dem Abmarsch seines in Jeans gefaßten Pos zusah, packte mich ein plötzliches Gefühl der Verzweiflung. Es war Freitag. Ein leeres Wochenende gähnte vor mir. Auf der Party hatte Abe versucht, irgend jemanden dazu zu zwingen, sich um mich zu kümmern. Aber Phoebe Mercedez hatte einen Kristalltherapie-Workshop. Und Ping war völlig mit ihrem Hundepsychiater beschäftigt, und dann wollte sie was mit ihren Freunden unternehmen, Cindy und George. (Am Tonfall ihrer Stimme war klar zu erkennen, daß sie Lauper und Michael meinte.) »Ähm, hey, Pierce, was machst du eigentlich, du weißt schon, am Wochenende?«

Er machte sich noch nicht einmal die Mühe, sich umzudrehen. »Verwesen.«

Nach dem Garderobentermin wurde ich zum Make-up verfrachtet. Der Präsident von Make-up, ein mittelalterlicher Typ namens Cosmo Vinyl, nahm mich klinisch genau unter die Lupe und wirbelte mich dann vor den Spiegel, um sein Urteil abzugeben. Ich hörte die nächsten zehn Minuten zu, während er eine schwindelerregende Liste von Tagescremes, Brustcremes, Augen- und Schenkelcremes, Bleich- und Sommersprossencremes verschrieb. Glänzende meterhohe Photos seiner berühmten Kunden strahlten selbstzufrieden aus ihren Walnußrahmen herunter, während Cosmo mich mit Bio-Blubber über Collagen und Elastin und Liposome und Microsome bombardierte – was alles eigentlich klang wie eine verrückt teure Ansammlung von vielfarbigen Cremes und Kleckereien. Ich dachte immer, die einzige Art, sich vor Falten zu schützen, sei, sich der Sonne fernzuhalten. Aber, was konnte ich schon wissen?

»Also«, beendete er die Rede, »heute machen wir die Wachsepilierung der Beine, Lippeneppilation, Bräunungsstudio, Haarschnitt und Streifen reingefärbt, Nagelhäutchen eingeweicht, Wimpern hochgedreht, Nägel...« Er spreizte meine Finger und untersuchte sie. »*Malibu Sunset*, Augenbrauen neu gestaltet, Pflegeemulsion und Brumisateur-Hydrierung. Abgesehen davon, werden wir uns um einen *natürlichen* Look bemühen.« Er gab mir daraufhin ein unanständiges, riesiges Zwinkern. Ich mochte Cosmo irgendwie. Der arme Kerl befand sich auf halber Strecke einer Haartransplantation. Wenn man dicht an ihn herankam, dann sah seine Kopfhaut aus wie eine kleine Palmenschule. Und er fand es überhaupt nicht komisch, als ich sagte, ich wolle im Bräunungsstudio meinen Badeanzug tragen.

Rondah lag auf einer Scheibe, die sie alle zwanzig Minuten umdrehte, wie ein Hühnchen auf dem Grillspieß. Sie hatte bereits die Farbe des Mahagonischrankes meiner Mutter.

»Ach, hallo«, begrüßte ich sie. Sie streckte einen faulen Arm zu einer Flasche Öl aus und ließ durchscheinende Tröpfchen auf ihren großen Bauch fallen. »Super Party neulich«, log ich. Immer noch keine Antwort. Cosmo zog hinter ihrem Rücken eine Grimasse und reichte mir dann eine Schwimmerbrille. Cosmos Salon war mit zwei regulären Vollbräunungs-Geräten und vier Turbobräunern ausgerüstet. Die ultravioletten Strahlen waren »ausreichend sicher für einen Bräunungsanfänger«, beruhigte er mich. Durch die Fensterscheiben konnte ich die erbarmungslose Sonne von heißem Autoblech abschimmern sehen.

Ich zog mich aus und legte mich vorsichtig auf der Toasterfläche hin. Es war so, als würde man sich in einen Sandwich-Röster begeben. Die malvenfarbenen Strahlen knallten auf mich herab. Alles, was noch fehlte, waren Majoran und Rosmarin. »Also, ähm, was machst du denn so übers Wochenende?«

Rondah sah mich an, als wäre ich radioaktiv, und drehte sich um.

Nachdem ich mit Fett begossen und gebräunt worden war, ging ich zurück ins Make-up-Zimmer, damit Cosmo mein Haar in Arbeit nehmen konnte. Während mein Kopf wie ein Teebeutel eingetunkt wurde, hörte ich Schnipsel der Unterhaltung. Es ging alles um Abes Party. Zwei der Komparsen berichteten von den Whirlpool-Beichten in bezug auf Unterhosentausch.

»Ihr schrecklichen Abweichler«, quengelte Cosmo mit gespielter Entrüstung. (Wenn seine Stimme Beine hätte, wäre sie getrippelt.) »Bin ich eigentlich der einzige, der hier in diesem Haufen noch *normal* ist?«

Ich war gerade davor, Cosmo zu fragen, was für Pläne er fürs Wochenende hatte, als ich ein heißes Flüstern in meinem Ohr hörte: »Verdammt noch mal, der Typ kriegt regelmäßig Schwänze seinen Arsch hochgeschoben. Man kann nicht normaler sein als so was.« Indem ich ein Auge aufblinzelte, erhaschte ich einen Blick auf ein blitzend weißes Gebiß, als Pierce sich in einen nahegelegenen Stuhl fallen ließ. Er hatte die weißesten Zähne der Welt. Tatsächlich hatte ich Zweifel, ob Pierce Scanlen jemals seinen fünfundzwanzigsten Geburtstag erreichen würde, ohne vorher von Elfenbeinwilderern erwischt zu werden. Er trug einen Overall mit einem großen aufgestickten »P« und »S« auf der Tasche.

»Und das von einem Typen gesagt, der sein Monogramm auf seinem Pullover haben muß, weil er zu doof ist, sich seinen eigenen Namen zu merken.« Es war schwierig, sich zu erinnern, wann ich zuletzt einen Typen kennengelernt hatte, der genauso zum Kotzen war wie Pierce Reece-Scanlen Jr. (der Dritte).

Indem er sich im Stuhl wie irgend so ein griechischer Gott lümmelte, lehnte Pierce seinen Kopf zurück und offenbarte dadurch seinen schlanken Hals, öffnete seine Lippen und ließ eine runde rote Traube hineinfallen. Sein Adamsapfel ritt auf seinem Hals auf und ab wie ein winziger Aufzug. Ich erinnerte mich plötzlich daran, daß ich seit dem Flug nichts mehr gegessen hatte. Hungrig sah ich auf die nächste fleischige Weintraube, die er von dem Zweig abbrach.

»Ich würde dir ja eine anbieten, aber...« er freute sich diebisch, während er auf meine Finger schaute, die auf einem Plastiktischchen vor mir ausgespreizt waren, die Nägel naß von glänzendem »*Malibu Sunset*«. Ich lehnte mich wie eine Robbe nach vorne und holte mir eine Weintraube aus seinen Fingern heraus.

Pierce lachte. Er hatte so ein warmes, wunderbares Lachen, wie Goldsirup, der von einem Löffel heruntertropft. Genau in dem Moment, in dem er mir eine weitere Traube reichte, schnurrte in meinem Rücken eine Stimme, die vor lauter Unehrlichkeit geschwollen klang.

»Liiieb-ling.« Rondah, mittlerweile in einen Seidenkimono gehüllt, küßte mir die Wange, als dächte sie, ich wäre der anziehendste Mensch in ganz Amerika. Sie manövrierte sich in den Freiraum zwischen Pierce und mir und schüttelte ihr popcornfarbenes Haar aus. Von nahem sah ich zum ersten Mal den Anschein von dunklen Wurzeln. Ohne Zweifel sind »Blondinen« der größte Beitrag, den die Wissenschaft zum kalifornischen *Way of Life* geleistet hat.

»Kein Witz, Rond«, rief Pierce aus, während er weiter Trauben schluckte. »Ich wußte gar nicht, daß deine Haare gesträhnt werden.«

»Werden sie *nicht*. Das hier ist meine *echte* Farbe!« Sie lehnte sich in den Spiegel hinein und begann, Pierce eine Tour jeder einzelnen Follikel auf ihrem Kopf zu geben. »Cosmo Schätzchen macht nur hier oben ein oder zwei Strähnchen hin, und ein winziges, mikroskopisch kleines bißchen an Tönung hier und da, aber das lenkt nicht von der *eigentlichen* Farbe ab, weil...«

»Das klingt für mich wie ein eindeutiges ›Ja‹«, sagte ich. Es war doof, so etwas zu sagen, ich weiß, aber ich konnte einfach die Art, in der sie plötzlich so nett zu mir tat, nicht ausstehen. Ich hatte noch nie jemanden kennengelernt, der so eindeutig über zwei Gesichter verfügte: diese Frau war praktisch ein wandelnder Januskopf.

Pierce lachte und lehnte sich vor Rondah nach vorne, um mich mit einer weiteren Traube zu belohnen.

Rondahs Augen verengten sich zu zwei schwarzen Löchern puren Hasses, während sie mir zusah, wie ich die Traube aus seinen Fingern knabberte. Sie nickte Cosmo zu, und mein Kopf wurde zurück ins Becken verfrachtet. Ich kam prustend wieder hervor, genau rechtzeitig, um Abe zu sehen, wie er ins Make-up-Zimmer hineingedonnert kam.

»Rondah!« dröhnte er, und bedeckte sie mit Küssen. Sie spielten praktisch Mandel-Hockey, verdammt noch mal. »Und was hast du dir fürs Wochenende vorgenommen? Irgendwas Schönes bestimmt?«

Rondah überlegte, daß sie sich nicht entscheiden konnte, ob sie sich lieber für einen super Ausflug nach New Orleans oder für einen ruhigen erholsamen Miniurlaub in einem Luxus-Domizil in den Rocky Mountains entscheiden sollte. »Und für letzteres, na ja, dafür würde ich jemanden mitnehmen müssen, der von einem *größeren* chirurgischen Eingriff Erholung sucht, oder irgend jemanden, der zutiefst langweilig und ätzend ist.« Sie flashte ihre insekten-tötenden Augen zu mir und lächelte süßlich: »Katrina, vielleicht hättest du ja Lust, zu kommen?«

Ehrlich gesagt, ließ Rondah Rivers die Zicken aus *Dallas* aussehen wie von Tür zu Tür laufende Sammeltanten für den Multiple-Sklerose-Fonds. Pierce miaute und machte Klauengriffe in die Luft.

Rondah sah ihn mit großen, unschuldigen Augen an. »Was denn?« schnurrte sie.

Meine einzige andere Einladung war zu Mimis Anal-Erforschungs-Party. Ich hätte fast zugesagt, bis Pierce mir den Ablauf dieser Zusammenkünfte erläuterte. Nach dem Abendbrot werden Gruppeneinläufe verabreicht, und die Gäste helfen sich gegenseitig dabei, ihre ernährungstechnischen Probleme zu diagnostizieren.

Die Leute fingen an, zusammenzupacken und »Nach-Hause-gehen«-Geräusche zu machen. Um die Wahrheit zu sagen, fühlte ich mich dadurch ziemlich deprimiert. Ich vergaß meine Fingernägel und krallte mir Abe, wobei ich ihm einen knallroten Fleck aufs Jacket machte. »Abe, Abe, ähm, was machst du eigentlich...«

Abe zog einen Haufen Banknoten aus seiner ausgebeulten Hosentasche und drückte sie mir in die Hand. »Wir gehen mal zum Lunch.«

»Super!« freute ich mich, erleichtert. Das war das größte Interesse, das ich den ganzen Tag über hatte wecken können. Ich machte meinen Terminkalender auf. Er sah aus wie die Wüste von Nevada. Ein Kichern ging durch den Raum.

»Ich werde meiner Sekretärin sagen, sie soll sich mit deiner Sekretärin in Verbindung setzen, Süße«, sagte Abe brüsk und ging. Ping und Phoebe Mercedez gluckten schadenfroh. Ich hatte noch nicht gelernt, daß »Laß uns mal Lunch machen«, ein Euphemismus ist für »Hau' ab und stirb' von mir aus«. Wenn Kalifornier alle die Lunches einhielten, die sie versprachen, dann wären sie bis zur Jahrtausendwende ausgebucht. Und das, wenn sie Lunch zum Frühstück, Abendessen *und* zum Lunch hätten.

Abe hatte mich in einem wirklich piekfeinen Laden namens *The Beverly* irgendwas untergebracht, ein riesiger rosa Marshmallow mit 300 Zimmern. Ich nahm mir eine Zeitschrift an der Rezeption und folgte den befrackten Kellnern, die Tabletts voller intensiv gefärbter Kreationen trugen. Sie sausten hin und zurück von einer todschicken Bar, die sich *»Polo Lounge«* nannte. Sie war voller glitzernder Frauen und ernster Männer in dunklen Anzügen. Der *maître d'hôtel*-Typ warf einen vorsichtigen Blick auf meine verlebten Jeans und mein vergammeltes T-Shirt und versuchte offensichtlich herauszufinden, ob ich nur eine stinklangweilige Normalbürgerin war und zu arm, mir anständige Klamotten zu leisten, oder so reich und berühmt, daß es mir völlig schnurz war, was ich anzog.

Indem ich eine Aura von »reich« und »berühmt« auszustrahlen bemüht war, bestieg ich einen der Barhocker. Jeder Platz war von einer Frau besetzt. Sie lehnten sich geschmeidig in die Bar hinein, völlig bewaffnet mit bemalten Krallen, riesigen Ausschnitten und diesen weißen, glänzenden Zähnen. Es war schon wieder der *Barbie* Look. Ich fragte mich, ob sie wohl ihre Beine um ihren Hals biegen und ihre Arme 360 Grad in ihren Gelenken drehen könnten.

Ich bestellte einen Drink und blätterte dann die Zeitschrift durch. Auf der dritten Seite, zwischen den Anzeigen für Super-Duper-Pupser-Schnüffler (also Magen-Darm-Spezialisten) und einem designten Platz im Paradies (alles, was man machen mußte, war 2000 Dollar und ein Lichtbild an einen gewissen Reverend Hogg in Biloxi zu senden), wurde mein Auge von der Anzeige eines Kasinos namens »Nirvana« in Las Vegas angezogen. Ich durchkämmte die Anzeige zweimal, um sicherzugehen, daß ich mich nicht verlesen hatte. Das Kasino warb für ein Black Jack Spiel, bei dem es anbot, dem Spieler die *zweite Karte* zu zeigen. Nun, das einzige Wissen, das mein Vater seiner einsamen Nachkommenschaft (mir) über die Jahre mitgegeben hatte, war, wie man ein Auto ohne Schlüssel zum Anspringen bringt, bei Monopoly schummelt, in sechzehn verschiedenen Sprachen »Hau' ab, Arschloch«, sagt, Karten versteckt und von der Unterseite des Kartenpakets aus austeilt, die Karten mit Vorbedacht mischt und nicht zuletzt, wie man Black Jack spielt. Die zweite Karte sehen zu können war ein gehirnerschütternder Vorsprung.

Ich stellte mir das Gesicht meines Vaters vor, wie er in eifriges Lachen ausbrach. »Kein Scheiß? Die zweite Karte? Teufel auch. Ein guter Cricketspieler schimpft nicht, ein gutes Pferd fällt nicht hin und ein guter Trinker stolpert nicht«, konnte ich ihn in seiner knarrenden Stimme sagen hören, während er in seine Schuhe schlüpfte, ohne die Schnürsenkel aufzumachen und dabei die Hacken herunterlatschte, was meine Mutter haßte, und mit der Miete in den Tiefen des Kasinos verschwand. (Mein Vater erzählte immer herum, wir wohnten in einem netten kleinen Bungalow, von dem aus man wunderbar die Miete übersehen konnte.)

Mit einem Schrecken merkte ich, daß ich soeben von den Gedanken an meinen Vater in einen Hinterhalt gelockt worden war. Von diesem unerwarteten Restchen an Zuneigung erschrocken, knallte ich die Zeitschrift wieder zu und fluchte laut. Die Damen an der Bar schauten mich beunruhigt an und drehten sich weg. Ihre absackenden Kurven, die sie in zu enge Cocktailkleider gequetscht hatten, quietschten vorwurfsvoll auf dem Leder der Barhocker. Als ich einen lauten Schluck aus meinem »*Jamaican Flirtation*« nahm, fiel mir auf, daß ich die einzige war, die es nicht tat. Flirten. Ich stieg ab und ging zu einem kleinen Tisch in der Nähe der Bar.

Eine junge Frau saß da schon. Sie war klein mit großen Brüsten, die über das Oberteil ihres Cocktailkleides hinausquollen. Vor ihr auf dem Tisch lag eine riesige Handtasche. Ich fragte mich, was in aller Welt sich darin befinden konnte. Wahrscheinlich alle ihre inneren Organe, dachte ich, als ich bemerkte, wie dünn sie war. Sie trug einen schwarzen kleinen Cocktailhut, dessen Schleier ihr Gesicht verdeckte. Ich erinnere mich, daß ich dachte, dies sei genau die richtige Art Hut, um ihn zu einem Mord anzuziehen.

»Entschuldigung, ist hier noch frei?«

Sie zuckte dramatisch mit den Achseln. Wir starrten

beide vor uns auf die Reihe paillettierter Frauen. Ernsthaft, wenn man das Strahlen der Designerkleider in Hollywood hätte einfangen können, dann könnte man ganz Sydney für Jahrhunderte beleuchten. »Ich glaube, die Damen da sind zu haben«, flüsterte ich. »Was meinst du?«

»Natürlich sind sie das. Wo wohnst du denn? In einer *Kiste?*« Sie schob den Schleier und zeigte mir ihr offenes, eifriges, zu sehr bemaltes Gesicht, das mich seinerseits gerade eingehend untersuchte. »Du bist Australierin? Echt? Hey, was für Autos fahrt ihr da unten?«

»Ich fahre nicht«, gab ich zu.

Sie sah mich mit einer Mischung aus Unglauben und Erschrecken an. »Was bist du denn?« rief sie aus. »Bißchen seltsam, oder was?« Im nächsten Atemzug offenbarte sie mir, daß sie soeben von einer zwölfstündigen Orgie mit einer Rockband aufgetaucht war. »Ich wachte auf«, – sie prüfte ihre Uhr –, »vor ungefähr einer Stunde, da oben in irgendeiner Suite, mit dem Pimmel eines Fremden in meinem Mund. Schockiert?« fragte sie hoffnungsvoll.

Die Wahrheit war, ich brauchte seit meiner Ankunft in dieser Stadt einen Stoßdämpfer für mein Hirn. »Häh? Nein, ich meine, ähm...«

»Was?«

»Ich hoffe nur, du knirscht im Schlaf nicht mit den Zähnen.«

Sie lachte dann und setzte sich in ihrem Stuhl zurück, um mich zu begutachten. »Ich heiße Tash«, sagte sie. »Abkürzung von Natasha. Meine Mutter wollte, daß ich eine Spionin oder Zigeunerin werde, aber alles, was ich bekommen konnte, war ein Job bei McDonald's.«

Ein Kellner wischte energisch den Tisch und fragte,

ob wir beiden Mädchen noch eine Runde Cocktails haben wollten. Tash sah mißbilligend auf den sahnigen Rest in meinem Glas. »Klar, Mensch. Aber krieg's mal mit. Du redest hier mit *Frauen.* Zwei Limetten-Sodas.« Sie drehte sich zu mir, um mir anzuvertrauen: »Keine Kalorien. Also«, sie lehnte sich über den Tisch, um den Namen auf meinem Getränkebon zu lesen, »Katrina Kennedy, was ist deine Lieblingsposition beim Sex?«

»Was?« Ich spürte, wie ich rot wurde. Wie ich schon sagte, der andere Grund, warum ich Amerikanerin werden wollte, war, daß ich dann endlich aufhören könnte, dauernd rot zu werden. Es ist in Amerika praktisch illegal, rot zu werden. »Weiß nicht. Zum gegenwärtigen Zeitpunkt in meinem Leben, alles, was einen Mann involviert. Wieso? Was ist denn deine?«

Tash blieb völlig im Takt mit ihrer Antwort. »Stehend, von hinten, und in Sahnecreme eingeschmiert.«

»Dein Freund ist ein Typ mit sehr viel Glück«, sagte ich. »Andererseits wird dieser Mann einfach *dahinsterben.*«

»Hast du irgendwas an Drogen?«

Meine Drogenzeiten begannen und endeten an meinem dreizehnten Geburtstag, als ich Flugzeugkleber schnüffelte und meinen rechten Nasenflügel an meine Oberlippe klebte. »Tut mir leid. In der Hinsicht bin ich genauso hilfreich wie eine Gittertür an einem U-Boot.«

Sie sah mich merkwürdig an. »Du redest schon wirklich komisch«, sagte sie in ihrem dicken, gangsterartig langgezogenen Tonfall. *Ich* redete komisch. Seit ich hier angekommen war, hatte ich kaum ein Wort verstanden, das man an mich gerichtet hatte. Die Leute versuchten dauernd, mich »blau zu himmeln«, mich »zum Max«

zu nehmen oder »etwas an mir vorbeilaufen« zu lassen. »Also gefällt es dir hier, oder was?«

Ich zuckte mit den Achseln. »Ich ass-i-mi-lie-re mich gerade.«

Tash erstarrte plötzlich, drehte ihre Augen himmelwärts und starrte intensiv über meine Schulter hinweg. Sie griff ihre Handtasche. Ich glaube, sie versuchte eigentlich, da *hinein* zu klettern. »Oh Scheiße.«

Dieser arabische Typ kam von der anderen Seite des Raumes geradewegs auf sie zugeschossen. »Wer ist das?«

»Ein Araber.«

»Danke, so weit war ich auch schon.«

»Nein. Ein *richtiger* Araber«, strömte es aus ihr. »Wir reden hier von Kamelen, Harem, Ölpferden.« Sie winkte ihre Arme in der Luft. »Der gesamte Scheich-Klamauk.«

Er bremste scharf an unserem Tisch und fing an, zu blubbern. Ich lehnte mich zurück. Man konnte ja in L.A. nie wissen. Der Typ hätte ja einen geladenen Kampfhund in seiner Hosentasche haben können. Er schien irgend etwas über einen Ring zu sagen. Kellner und Manager stießen herab. Sie nahmen Tash bei den Ellenbogen und hoben sie aus ihrem Platz heraus. Ihre mit Stilettos bewaffneten Füße ruderten in der Luft wie ein Comic-Fahrradfahrer.

»Ja, ja?« Tash reagierte sofort. »Ich hab' deinen Ring, Typ.« Sie packte sich eine Faust voller bestrumpften Schenkels. »Genau hier.« Sie trat den Kellner ans Schienbein, glitt auf den Teppich und wankte, von der Suada des Arabers verfolgt, zur Tür. In ihrem schrägen Hut und den zu großen Hochhaushacken sah sie aus wie das Bild, das sich ein kleines Mädchen von einer Dame macht. Ich folgte ihr. Ein massiger Typ an der Bar gluckste und fragte, als wir an ihm vorbeikamen, ob er uns zu einem Drink einladen könne.

Tashs Wut wurde für einen Moment gemildert. Sie lächelte dezent. »Na, aber vielen Dank, Sir.« Sie knallte ihm unsere Getränkebons in die Hand und sagte, wobei ihre Stimme wieder in die Kieselstein-Tonlage schaltete: »Zwei-Limetten-Sodas und ein –« Sie sah mich an –

»*Jamaican Flirtation*«, sagte ich und raste hinter ihr zur Tür raus.

»Beweg deinen Arsch«, zischte Tash mich auf dem Weg zum Parkplatz an.

»Warte!« Ich sauste zurück durch die Beine der Kellner hindurch, rettete meine Zeitschrift mit der Anzeige vom Nirvana Casino, steckte sie ein und machte mich aus dem Staub.

Tash redete nicht, ehe sie nicht ihren verbeulten alten Chevrolet-Sportwagen (der rote Sitze hatte, Magnum-Reifen, ein Paar flauschiger Würfel, die vom Rückspiegel baumelten und ein in limettengrünem Flor ausgelegtes Armaturenbrett. Sie nannte es ihre »Zuhälterschleuder«) ins absolute Halteverbot auf der *La Cienega* manövriert hatte. »Kamelficker«, war alles, was sie sagte. Ich folgte ihr in ein Café namens Ed Debevic's. Es war ein altmodisches Diner aus den Fünfzigern. Die Kellner rollten auf Rollschuhen vorbei und sangen »My Guy« und »California Girls«. Die Kellnerinnen sausten ebenfalls vorbei, wobei ihre haarigen Hochfrisuren gefährlich nach vorne ausschwenkten. Ein Schild an der Tür teilte uns mit: »Wenn du das Essen hier nicht magst, dann geh doch woanders hin.«

Sie las mit Begeisterung die Speisekarte. »Du mußt ja vor Hunger sterben.«

»Nein, eigentlich nicht. Ich...«

»Mußt du. Wut verbrennt ungefähr, laß mal sehen, oh, 200 Kalorien in der Minute.«

»Nein, eigentlich bin ich nicht hungrig.«

»Ja. Du wirst einen verboten-sahnigen Cocktail trinken und einen riesigen widerlichen Kuchen essen und ein *Fudge Sunday Delicious Surprise Supremo*«, erklärte sie als Kalorienkommandantin. »Oh, und einen Sahne-Doughnut.« Tash bestellte und steckte dann einen Quarter in den Mund der Miniatur-Jukebox an unserem Tisch.

»Wo hast du *den* eigentlich aufgetan?« fragte ich endlich. »Über seinen Bewährungshelfer?«

»Bist du sicher, daß du nicht weißt, wo ich mir ein bißchen Koks organisieren kann?« Als ich das Golden Triangle vorschlug, seufzte sie und drückte die Knöpfe auf der Jukebox. »Ich hab' früher so'n bißchen gemodelt und so'n Scheiß, nicht? Na ja, während dieser einen Session, da treffe ich diesen arabischen Typen. Er ist so auf mich, na, reingefallen, verstehst du? Araber sind ein bißchen merkwürdig mit Frauen. Sie, na ja, essen nur und spielen Karten den lieben langen Tag und ignorieren dich in der Nacht, und dann, so gegen Mitternacht, schnappen sie sich dich für ein paar Minuten schnellen Sex. Sie bestellen dich einfach rauf, so wie eine Pizza. Jedenfalls, in Paris hat er mir, na ja, irgendwie diesen Ring gegeben. Ich hab' ihn zu Cartier genommen, um ihn irgendwie geschätzt zu bekommen. Sie haben ihn ein, zwei Tage dabehalten. Und weißt du, was sie mir dann endlich gesagt haben? ›Was sie hier haben, Madame‹«, sie fiel in einen schlechten französischen Akzent, »›ist ein winziges Stück vom Mond.‹ Dieser verdammte Arabertyp hatte die Steine von der NASA abgekauft. Kannste's dir vorstellen? Ziemlich poetisch, was? Ein kleines Stück vom Mond.« Ihre Wehmut verschwand. »Also habe ich's verkauft und hab' mich vom Erlös nach Hause aufgemacht.« Die kleine Jukebox quengelte wach. Das Lied, das sie sich ausgesucht hatte, war »Bikini Girls With Machine Guns« von den Cramps. »Dieser arabische Typ fing wirklich an, mich ein bißchen zu beunruhigen, weißt du?«

Tash sah aus, als wäre sie nur ein paar Jahre älter als ich. Ungefähr dreiundzwanzig. »Du schläfst mit Männern, die dir total fremd sind?«

»Nur als Freizeitbeschäftigung.«

»Für Geld?«

»Nein, aber ich bekomme manchmal Geschenke. Die ich, du weißt schon, manchmal verkaufe.« Sie linste ihr Kleid herunter mit der professionellen Distanz eines Architekten, der ein Bauvorhaben begutachtet. »Ich spare für eine Brustreduzierung.«

»Wieso? Sind zwei nicht die normale Anzahl?« Was war es mit diesen Kaliforniern? Warum waren sie dauernd dabei, irgendwelche Körperteile zu schmelzen, zu formen oder neu zu arrangieren?

»Es wird mich vier Riesen für beide kosten, mit einem medizinischen Rabatt von 980 Eiern, pro Titte heißt das, und drei bis vier Tage im Krankenhaus. Und die einzige, na ja, Nebenwirkung ist eine Veränderung in der Sensibilität der Nippel.« Sie schlürfte an ihrem Wasserglas. »Ich hab' mich da irgendwie richtig reingekniet.«

»Oh«, sagte ich verblüfft. »Richtig. Aber, ähm, könntest du nicht, du weißt schon, mit einem normalen Job auch das Geld zusammenkriegen?«

»Hatte mal einen normalen Job, am Anfang, als ich gerade aus Chicago hergekommen war, und alles. Als eine Bürokraft. Aber die haben mich doch nur für T und A angestellt.«

Ich sah sie leer an. »Tanz und Abendunterhaltung?«

Sie sah mich an, als spräche ich einen entfernten bolivianischen Bergdialekt. »Willst du mich da gerade hochnehmen?« fragte sie brüsk, um mir dann – von meinem Kopfschütteln beruhigt – zu erklären: »Titten und Arsch.«

»Woher weißt du das denn? Ich meine...«

»Sie ließen mich dauernd Sachen unter ›Z‹ ablegen.«

»Na und?«

»Bewirtungen und Getränke? Wo *wohnst* du eigentlich?« fragte sie mich wieder. »In einer *Kiste*? Die wollten einfach, daß ich mich dauernd bücke. Jeder trägt hier seinen Hintern feil in dieser Stadt.« Tash klang nicht wie ein B-, sondern ein C-Movie. »Wir werden hier alle gelinkt«, – sie baggerte mit ihrem kleinen Finger den Zuckerguß von meinem Kuchen –, »auf eine Art oder die andere.« Und leckte ihn ab. »Also wieso bist du nach Amerika gekommen?«

Ich erzählte ihr von dem Margarine-Wettbewerb und der Show und über die Schauspieler und wie alle mich ignoriert hatten und daß ich hier keine Freunde hatte und wie verzweifelt ich eine Amerikanerin werden wollte.

»Also, ohne Drogen zu machen, kannst du keine Amerikanerin werden. Es ist unsere einzige Kultur, Herrgott noch mal. Wo ich gerade darauf komme, ich weiß tatsächlich einen Ort, wo wir ein bißchen Ecstasy bekommen können.«

»Bißchen was?«

»Oh, wach' doch mal auf. *Ecstasy*.« Sie sah mich erwartungsvoll an. »MDMA?« Sie rollte mit den Augen.

»Methylendioxymethamphetamin? Es ist nicht jedermanns Droge. Manche Leute erfahren dabei, na ja, Übelkeit, Schweißausbrüche, Anfälle, Kotzen, Sehstörungen, Koma, Krämpfe, Delirium, Ataxie, Angstzustände, Anorexie, Kopfschmerzen, Verfolgungsangst und Kieferanspannungen. Andere berichten, sich verliebt zu haben.« Sie senkte ihren Kopf und enthauptete den Schaum von meinem *Hot Fudge Sunday Delicious Surprise Supreme* mit ihrer Zunge. »Mir persönlich gibt es die phan-tas-to-geil-sten Orgasmen.«

»Das ist, was *ich* will.«

»Phantastogeile Orgasmen?«

»Nein. Mich verlieben. Das ist der wahre Grund, warum ich nach Amerik...«

Tash ließ sich plötzlich mit verdrehten Augen nach vorne fallen. Sie steckte ihren Finger in den Hals und gab Erstickungsgeräusche von sich. Ehe ich einen Notarzt rufen konnte, hatte sie aufgehört. Sie lehnte sich in ihrem Stuhl zurück, die Beine gespreizt.

»Du machst mich krank«, sagte sie. »Wir sind am Ende des zwanzigsten Jahrhunderts: Die Leute ›verlieben‹ sich nicht mehr. Wach' mal *auf*. An Liebe zu glauben, ist ungefähr so, wie an UFOs zu glauben. Du mußt ein bißchen *tougher* werden, weißt du das?«

Sie grub die Reste des Zuckergusses unter ihrem langen bemalten Fingernagel hervor. Dabei war dann auch der Dreck der vergangenen Woche. Nachdem sie diesen Dreck gedankenverloren untersucht hatte, strich sie ihn auf das Tischtuch ab, richtete ihre Augen himmelwärts und begutachtete mich dann, als ob sie etwas Wichtiges entscheiden müsse. Sie gab einen dramatischen Seufzer von sich, dann kreuzte sie die Arme auf ihrer beträchtlichen Brust.

Tash wollte mich also in ihre Überlebenstechnik einweihen. Sie nannte es ihre TG – ihre Toleranzgrenze. Um sich für all die Mißhandlungen zu stählen, die sie regelmäßig von rasenden Arabern, megalomanen Plattenproduzenten, aggressiven Vermietern und Männern im allgemeinen erfuhr, erhöhte Tash ihre Schmerzgrenze. Ihre Theorie war, daß, indem sie über ekelhafte Dinge sprach, sie sich bis zu dieser Grenze bringen, ihr Schmerz-Maximum erhöhen konnte. Es war eine Art von *Chuck-Yeager-Theorie der Selbstentwicklung*. Von Real-Life-Rambos bis zur Zerstörung des Regenwaldes – jeden Tag schob sie sie ein bißchen weiter weg. Eines Tages würde es einen Überschallknall geben, und dann hätte sie den Durchbruch in die schockfreie Zone geschafft. Dann würde ihr nichts mehr weh tun können, nie mehr im Leben.

»Glaub mir, ich war grüner hinter den Ohren als du, als ich herkam.« Sie sah mich von der Seite an. »Obwohl, vielleicht auch nicht. Jedenfalls, ich werde dich erst mal einen Grundkurs mit dem rassistischen und sexistischen Kram durchmachen lassen, und dann, wenn du gegen diese Belastungen immun geworden bist, dann werden wir zu Witzen über Querschnittgelähmte, Päderasten und Faustficken übergehen. Okay? Los jetzt.« Damit verschlang sie den Rest meines Doughnuts, leerte meinen *Sundae* und quetschte sich in ihre Stilettoschuhe hinein. »Laß uns die Biege machen.« Tash war eines dieser Mädchen, das man nur für zehn Sekunden kennen muß, und du hast das Gefühl, du kennst sie schon seit Jahren. Daß man zusammen in den Kindergarten gegangen ist. Daß man zusammen zum ersten Mal die Regel bekommen hat. Daß man zusammen das erste Mal Hasch geraucht hat.

Daß man sich zusammen das erste Diaphragma hat anpassen lassen.

Assimilieren, sagte ich mir, und sprintete hinter Tash durch die Drehtür durch, ohne zu bezahlen.

Ich fühlte mich wie Scott, der sein Basislager in der Antarktis verläßt.

Los Angeles hat die kürzeste Aufmerksamkeitsspanne von allen Städten der Welt. Diese Stadt ging die einzelnen Moden so schnell durch, daß man – kaum hatte man seinen durchsichtigen Koffer gegen den neuesten Swami getauscht und seinen Hund vom Hundepsychiater zum tibetanischen Diätexperten gebracht – doch schon wieder aus der Mode war. Der neueste Schrei in diesem Monat, in dieser Minute, in dieser Millisekunde, waren Klubs. Nicht *ein* Klub. Einfach Klubs. Es gab ihrer Tausende. Manche für Tapdancer. Manche für Jodler. Die anonymen Vampire. Es gab sogar Klubs für Leute, die nicht zu einem Klub gehören wollten.

Unser erster Stop war ein heruntergekommenes Lokal am Fuße der Hollywood Hills. Es war eine schlecht gebaute Pappbude. Schnarchende mexikanische Keramikfiguren lehnten sich gegen ein Neonschild, auf dem zu lesen war »Ugly Unlimited«.

Die widerlichen Lichter der Lobby beleuchteten eine merkwürdige Ansammlung an Zwergen, Frauen, deren Facelift uneben abgesackt war, Krüppeln, Anorektikern, Transvestiten und nadelkissenartigen Punks, an denen kein Körperteil mehr ungelöchert war. Es war kein so schöner Anblick. Tash haute einem muskulösen Zwerg auf den Rücken, der an der Tür die Karten abriß. »Kat, darf ich dir Hercules, den Rausschmeißer, vorstellen. Um die *Beautiful People* rauszuhalten. Ist das nicht einfach zum Brüllen komisch? Hast du irgendwelchen Stoff?« fragte sie und senkte die Stimme. Er führte uns die Treppe herauf, wobei er jede Stufe mit keuchender Energie nahm.

Das Wohnzimmer war von oben bis unten gefüllt mit vorzeitig glatzig werdenden Männern, die alle aussahen, als hießen sie Trevor, und massigen Frauen mit schuppenbedeckten Schultern. Eine Dame in einem Gymnastikanzug aus Lycra, der die Tatsache betonte, daß sie nur noch eine Brust hatte, wies mich in eine Photozelle ein. »Nein, ähm,...sehen Sie, ich bin nicht gekommen, um hier Mitglied zu werden oder so...«

»Hör' einfach auf, zu quasseln, und füll' dieses Dingsda aus.« Sie fragte mich nach Details aus – Name, Geburtsdatum, Gewicht, Sternzeichen – und machte dann ein Polaroidphoto. Ich würde darüber informiert werden, sagte sie, wenn ich für häßlich genug befunden worden wäre, um als Mitglied aufgenommen zu werden.

Nun ja, das war ja nun wirklich etwas, worauf man sich freuen konnte.

Im Flur ließ ich mich in einen Sessel plumpsen. Hercules rückte bedrohlich aus dem Dunkel näher. Er watschelte herüber und streckte mir die Speisekarte entgegen. Ich lächelte schwach und bestellte einen »All-American Salad«. Als er mit dem Teller zurückkam, setzte er sich, grabschte sich meine Hand und schickte mir einen stinkenden Stoß seines Atems in mein Gesicht. »Hey Baby, wie fändest du es denn, morgens das Trippel-Trappeln kleiner winziger Füße zu hören?«

Nur um diesen schönen Tag komplett zu machen, fand ich in diesem Moment eine kleine braune Kakerlake, die sich auf einer Limabohne verbarg. Man zog nur einen

Dollar von der Rechnung ab: »Fremdes Objekt im Salat« stand dann drauf.

Ich beschloß, im Auto auf Tash zu warten.

»Hab' ein paar Downers bekommen«, berichtete sie, als sie reinkletterte, in demselben Maße gleichgültig, wie ich verwirrt war. Wer brauchte nach diesem Erlebnis noch einen Downer? Ich fühlte mich plötzlich auf ganz natürliche Weise ganz schön deprimiert.

Tash brauchte Uppers, um den Downers entgegenzuwirken, und Downers, um wiederum den Uppers was gegenzusetzen, und Inbetweeners, um wieder Lust auf Uppers zu bekommen. Die Suche nach Drogen ist ein Hobby in Los Angeles. Jeder macht es, tagein, tagaus. Tash zerrte mich zu einem Klub nach dem anderen, die alle dieselbe dezibel-sprengende, nahtlose Acid-Musik spielten. Sie schien alle Einwohner der gesamten Stadt zu küssen und »Oh-Lieb-ling« zu nennen, wobei sie jede Begrüßung mit der Frage »Und was ist dein Gift heute abend?« abschloß.

»Ich muß jetzt wieder zusammengeklebt werden«, informierte sie mich gegen Mitternacht. Wir saßen in der Zuhälterschleuder an einer Ampel, umgeben von einem Wirrwarr an gläsernen Hochhäusern. »Was wir brauchen, sind ein paar erstklassige Drogen.« Ihr schwarzer Hut war ihr über ein Auge gerutscht. Sie sah aus wie ein Pirat. »Vertigo«, sagte sie.

»Was ist das?«

»Was ist das?« machte sie mich nach. »Nur *der* heißeste Night Club in der Stadt, das ist es. Wo wohnst du – in einer *Kiste*?«

»Weißt du, ich hab' eigentlich noch Jetlag und...«

Aber Tash war bereits in den Verkehr hinausgeschwenkt und machte sich auf nach Downtown. Auf dem

Parkplatz des Klubs marschierte sie umher und begutachtete die Nummernschilder. »Gott! Spielberg ist hier!«

»Wer?«

»Oh Gott! Und Schwarzeneggers Agent auch! Scheiße! Und die Bonzen von Columbia. Jesses.« Ihre Stimme senkte sich plötzlich. »Guck' dir mal die Schlange an.«

Obwohl es so spät war, wand sich eine Schlange modisch gekleideter hoffnungsfroher Menschen die Treppe herunter und über den Parkplatz. Die Frauen trugen Mao-Krägen und flache Schuhe, das Ganze oben abgeschlossen mit einem gebleichten Schopf kurzer Haare. Die Männer sahen alle aus wie eine blasse Ausgabe von Pierce: vorschriftsmäßige Mini-Pferdeschwänze, bunte, designermäßige, sackige Anzüge, die gesamte Aufmachung mit einem angestrengt gelangweilten Gesichtsausdruck komplettiert. Mit ein bißchen Glück würden wir es in zwei Wochen schaffen, da hineinzukommen – zu welchem Zeitpunkt das »Vertigo« schon nicht mehr *in* sein würde.

»Okay«, Tash nahm meinen Arm und holte tief Luft. »Denk französisch.«

»Was?«

Gestikulierend und zeigend pflügte sie mit mir im Schlepptau an den Anfang der Schlange und versuchte, sich an dem Rausschmeißer vorbeizuschieben. Sein Bein schoß quer über unseren Weg, und eine große haarige Pfote hielt mich am Oberarm fest. Der Kopf des Rausschmeißers sah zu klein aus für seinen riesigen Körper. Rosa Rollen Halsfett quollen aus seinem Anzug: er war wie ein köchelndes Würstchen, das gleich aus seiner Haut herausplatzen würde. »Was zum Teufel?« erkundigte er sich.

In falschem, gebrochenem Französisch versuchte Tash dem Killerwürstchen beizubringen, daß wir in der Gruppe von Columbia seien. Es war ungefähr das Döfste, was ich jemals jemanden hatte machen sehen. Und ich war auch keine große Hilfe. Meine Französischkenntnisse beliefen sich auf drei Worte: »lingerie«, »toupet« und »sécateurs«. Tash »moisenrr-te« und »mercite« wie wild herum, während der Rausschmeißer ungerührt zusah.

»Nehmen wir mal an, deine Freundin hier ist auch Französin, ja?«

»Oui, oui.« Tash sah mich böse an.

»Sécateurs«, sagte ich.

Der Rausschmeißer faltete seine massigen Arme über seiner tonnenartigen Brust.

Tash besiegt, fiel zurück in ihren Chicagoer Singsang. »Also, wenn ich wirklich Französin *wäre*, mein Schätzlein, dann wärst du très bien, genau richtig für mich«, sagte sie dem Rausschmeißer, lehnte sich vor und kniff ihn spielerisch in den Penis.

»Ja?« Das fleischige Fallgitter seines Beines hob sich. »Wir sehen uns später, Baby«, zwinkerte er, als sie durchwalzte. Dieses Mädchen kannte mehr Überlebenstechniken als ein Dschungelkommando, kein Zweifel.

Tash zog mich in die Erschütterungszone der Leute auf der Tanzfläche hinein. Alle trugen sie Schwarz und hatten eine perfekte Knochenstruktur. Sie waren wie sorgfältig gearbeitete Schuhe – glatt, weich, perfekt angepaßt. Neben ihnen fühlte ich mich geradezu wie eine Stammkundin in der Orthopädie. Die Rückseite eines Kopfes neben mir sah ziemlich aus wie Jack Nicholson. Er drehte sich um. Die Vorderseite seines Kopfes sah ziemlich aus wie Jack Nicholson. Er sprach. Es war Jack

Nicholson. Ich drehte mich häufig um und streckte dann und wann mein Bein aus, so daß er ein bißchen stolpern und sich zu mir drehen mußte. Jetzt konnte ich nach Hause schreiben und ehrlicherweise behaupten, ich hätte mit dem berühmtesten Filmstar der westlichen Welt getanzt.

Ich war gerade schnurstracks auf dem Weg zu Warren Beatty, um dieselbe avantgardistische Tanztechnik bei ihm auszuprobieren, als Abe Epstein aus dem dunklen Schoß der Disco auftauchte. Er war wie ein flaches U-Boot, das an die Oberfläche des Meeres kam. »Aha. Good-day«, dröhnte er, wobei sein in ein Karohemd gefaßter Bauch über angestrengten Jeans hervorquoll. »Hey Babe. Kenne ich dich nicht aus einem früheren Leben?«

Eine meiner größeren Abneigungen im Leben sind Typen, die solche Angrab-Sprüche benutzen. Sie sind immer so abgestanden. Dieser hatte jedenfalls sein Amüsement-Haltbarkeitsdatum überschritten.

»Ja«, kreischte ich über die Musik hinweg, »und Sie schulden mir tausend Dollar.«

Während er seinen Kopf zurückwarf, um zu wiehern, griffen seine riesigen Hände eine Gürtelschnalle von der Größe einer Satellitenschüssel. Ich beschloß, mich aus seinem Sendebereich zu machen. »Wir machen mal Lunch«, hörte ich ihn hinter mir her rufen.

Ich fand Tash in den Toiletten, wo sie einer Frau im Minirock zusetzte, weil sie Drogen wollte. Ich erkannte ihr Gesicht von den Titelseiten von Modezeitschriften.

»Laß uns hier weggehen«, blökte ich.

Tash bestand darauf, daß sie viel zu sehr »aus der Sache« sei, um sich auch nur einen Zentimeter zu bewegen. Es war unmöglich. Eine völlig ausgeschlossene

Idee...das heißt, bis ich ihr erzählte, ich hätte ihren arabischen Typen an der Bar gesehen. Dann rannte sie los wie ein steroid-gedopter Sprinter.

Von nun an wurden die Dinge etwas verschwommen, vor allem, nachdem wir mehr und mehr Drinks mit so bizarren Namen wie *Earth-Shattering Cosmic Orgasms on Ice* und *Knee Trembler Screw Sideways with Milk* bestellt hatten. Ich glaube, ich war es, die Tashs schwarzen Hut anzog, um mich auf einen Tisch zu stellen und das Lied von den Talking Heads zu singen: »Stop Making Sense«. Zuerst auf englisch. Und dann auf arabisch.

Ungefähr bei Sonnenaufgang wedelte Tash eine triumphierende Faust in meinem Gesicht herum. »Aufbruch«, annoncierte sie.

Wir fuhren zurück zu ihrer Wohnung in Hollywood. Die kühle Morgenluft muß uns ein bißchen ernüchtert haben, denn wir fuhren nur ungefähr zehnmal gegen die Bordsteinkante. Nicht, daß das irgendeinen Unterschied gemacht hätte: Die Zuhälterschleuder hatte keine Federung. Es war mehr Trampolinspringen als Fahrvergnügen.

»Scheiße, bin ich ausgebrannt.« Tash warf ihre Schuhe zuerst durch die Tür, wie ein Soldat, der checkt, ob es Minen gibt, ehe sie sich nach ihnen hineinwarf. Das Merkwürdige war, ihr Apartment war genau das Gegenteil dessen, was ich erwartet hatte. Statt in eine Orgie von Schmutz und Dreck führte sie mich in ein fleckenlos sauberes Zimmer, das in Pastelltönen und Blumenmustern hergerichtet war. Während Tash Kaffee kochte, untersuchte ich die Regale, auf denen gläserner und Keramik-Krimskrams stand. Die United Nations in Puppenform mit Folklore-Kostümen kabbelte sich mit einem ganzen Zoo an Miniaturviechern um Platz, die über winzige Teakfelder (made in Korea) marschierten. In einer Ecke des Zimmers wuchs ein Notenständer hervor, auf dem zwei schmale Bände mit den Titeln »Stimmübungen für die Tonbildung und Aussprache« und »Vierundzwanzig italienische Arien des 17. und 18. Jahrhunderts« lagerten. Das Gewürzregal war alphabetisch arrangiert, von Basilikum bis Zimt. Wie auch die Pillen und Vitamintabletten im Badezimmerschrank. Dieses Mädchen wurde sogar alphabetisch gesund.

»Wohnst du alleine hier?« fragte ich und ging zurück in die Küche.

Ich sah zu, wie sie Kokain, das sie über ein Stück Silberfolie auf dem Tisch ausgeschüttet hatte, hochzog. Sie schüttelte sich vor Vergnügen, als die pure Spannung ihren Blutkreislauf traf. »Willst du auch mal?«

Ich schüttelte den Kopf. »Tust du's?«

»Was?«

»Hier alleine leben?«

»So ungefähr. Na ja, ich hatte diese Mitbewohnerin, Karin Oppenheim. Aber die doofe Kuh ist nach New York gezogen.« Nachdem ihre Erschöpfung nun verdampft war, bewegte sie sich mit Hochgeschwindigkeit in Richtung Schlafzimmer. »Sie hat sich nicht entblödet, sich vollkommen lächerlich in einen Ton-Dichter-Akupunkteur-Kristall-Kanalisierer zu verlieben.« Ich sah zu, wie sie sich ihr Cocktailkleid abstreifte. »Noch so eine Blöde, was diesen Romanzenscheiß angeht.«

»Ach, nun komm' schon. Hast du dich noch nie verliebt?«

»Ich würde lieber in ein Zugunglück geraten«, stöhnte sie, während sie sich in einen Straps hineinwand. »Lieber stehe ich im Supermarkt Schlange.« Sie steckte ihre bleistiftdünnen Beine in ein Paar laufmaschiger schwarzer Strümpfe. »Oder trete einer AIDS-Risikogruppe bei. Allerdings«, sie hielt inne, um sich im Spiegel zu begutachten, und schickte mir dann eine schlaue Scheibe von Grinsen, »da stecke ich wahrscheinlich schon drin.«

Ihre Stimme war einen Moment lang gedämpft, während sie sich eine Schuluniform über den Kopf zog. »Wieso um Himmels willen willst du eigentlich ›verliebt‹ sein?« giftete sie, nachdem ihr Kopf aus dem Halsloch des Ginghamkleides wieder herauskam.

Ich zuckte mit den Achseln. »Es muß irgend etwas auf sich haben. Ich meine, Dichter behaupten das schon seit Jahrhunderten. Willst du nicht mal die...wie nennt man das...die Intensität der Leidenschaft erfahren? Du weißt schon, der gute alte emotionale Kick.«

»Ich krieg' mehr Kicks, wenn ich mir den Tampon wechsle.«

Während sie ihre Garderobe beendete, dämmerte ich auf ihrem Doppelbett. Nach einigen Minuten wachte ich voller Panik auf. Für einen Moment dachte ich, ich wäre auf dem Boden von Abe Epsteins Whirlpool. Nach Luft röchelnd, kämpfte ich mich an die Oberfläche, die Laken wie Seetang um mich herum geschlungen. Ein Scheibchen Sonne schien durch den pastellgetönten Vorhang hindurch. Durch die Düsternis und die bohrenden Anfänge eines beginnenden Katers hindurch sah ich, wie jemand sich in einer Ecke des Zimmers bewegte. Die Figur drehte sich zum Spiegel. Es war Tash, nur daß sie aussah wie ungefähr dreizehn. Ihre Haut war außerordentlich blaß, ihr Gesicht zerbrechlich. »Wieviel Uhr ist es?«

»Zeit für mich, hier abzuhauen.«

Ich beobachtete, wie sie eine Perücke mit Pferdeschwanz auf ihrem Kopf arrangierte, ein Strumpfband an ihrem Schenkel festmachte und ihre Uniform hochzog, bis sie sich über ihrem Gürtel bauschte und aufplusterte. Sie nahm noch ein Näschen ihres kostbaren Kokains.

»Ich treffe mich immer mal mit diesem Typen, der Schulmädchen mag«, sagte sie als Antwort auf meinen fragenden Blick. »Jesses. Ein Mädchen braucht jede Menge Erfahrung, um wie eine Jungfrau zu bumsen, laß es dir gesagt sein.« Sie warf sich auf die Bettkante herab. »Hey, hör' mal. Das fällt mir gerade dabei ein. Jetzt wo Karin, na ja, eine lebende, redende, zweibeinige Liebessklavin geworden ist...wieso ziehst du nicht hier ein? Das heißt, so lange du deine Teller abspülst, ehe du sie in die Geschirrspülmaschine steckst. Ich kann Leute nicht ausstehen, die sie einfach, na ja, total schmierig da 'rein tun, du nicht auch?« Sie machte eine Pause, um die letzte Explosion an weißem Puder zu inhalieren. Wir hatten also die gesamte Nacht damit verbracht, die Stadt nach etwas abzusuchen, was binnen zwei Sekunden verschwunden war. »Wir lassen dich nicht da zurück nach *Down-under* gehen in dem Glauben, wir wären hier alle Verrückte oder so was, stimmt's? Ich meine«, sie nieste, »wach' mal auf.«

Ich sah sie an, wie sie da mit ihrer ein bißchen schiefen Perücke saß, mit den wilden Augen und den strategischen Laufmaschen in den Strümpfen. »Hey, vielen Dank, Tash, aber weißt du, ich bin sicher, das Studio wird mich weiter im Hotel unterbringen.«

Sie sah mich skeptisch an. »Ah-hah.«

»Bis demnächst mal«, rief sie mir zu, als sie die Zuhälterschleuder aus dem Parkplatz des Beverly Hills Hotel zog, und hupte ein derart lautes kleines Konzert, daß es sowohl den Türsteher als auch die Empfangsangestellten nach vorne unter die Markise des Eingangs zog.

»Und *wer* sind Sie?« fragte mich der Dobermann-Pinscher hinter der Rezeption, ehe er mir den Schlüssel aushändigte.

Ich erwischte mein Spiegelbild in den rosa marmorierten Wänden des Foyers. Ein hahnenkammartiger Schopf Haare umrahmte ein zerknittertes, rotäugiges Gesicht mit dem Aussehen einer Wasserleiche. Wer war ich? dachte ich. Kat Kennedy. Ein fremdes Objekt in einem verrückten amerikanischen Salat.

Bonga Bonga

Es gibt nur drei Dinge, die man über Hollywood wissen muß, denke ich mal. Das erste ist, daß man eine ganz neue Sprache lernen muß. Ernsthaft. Zum Beispiel, wenn jemand sagt: »Es ist brillant. Ich find's toll«, dann heißt das in Wirklichkeit: »Es ist schon ganz in Ordnung.« »Es ist schon ganz in Ordnung«, heißt eigentlich »Das hier ist Scheiße.« »Das hier ist Scheiße« heißt »Es ist brillant. Ich find's toll und will die Rechte kaufen, aber *billig*.«

Zweitens, die Autoren und Schauspieler können sich nicht ausstehen. Das einzige, was sie unter einen Hut bringen kann, ist, daß sie alle zusammen den Regisseur nicht ausstehen können. Das einzige, was die Schauspieler, Autoren und den Regisseur unter einen Hut bringt, ist, daß sie alle zusammen das Publikum nicht ausstehen können. Die Zuschauer werden als »Knöchelschleifer«, »Mundatmer« und »Baumbewohner« bezeichnet. Und das, wenn man gerade seinen höflichen Tag hat.

Und das dritte, was man kennen muß, ist der »Bonga-Bonga-Witz«. Jeder in Hollywood erzählt dir diesen doofen Witz ungefähr zehn Millionen Mal am Tag. Der Witz, falls jemand seit einiger Zeit im Koma lag oder aus Australien kommt, ist über diese zwei Typen, die von Kannibalen gefangengenommen werden. Der Häuptling sagt ihnen, sie hätten die Wahl: »Tod oder Bonga Bonga«. Der erste Typ, nicht so begeistert von der Todesoption, sucht sich »Bonga Bonga« aus. Er wird daraufhin prompt von zweihundert Watusi-Indianern vergewaltigt. Der zweite Typ, der das blutende, zerbrochene, jammernde Wrack sieht, das sich »Bonga Bonga« ausgesucht hat, wählt die Todesstrafe. »Es sei«, sagt der Häuptling, »Tod durch ›Bonga Bonga‹.«

»Das war's?« fragte ich Pierce, als er mir morgens den Witz erzählte. Er machte sich fast in die Hosen wegen der komischen Brillanz dieser Anekdote.

Es war der erste Tag der Leseproben, und wir befanden uns im Proberaum, wo wir auf die anderen Schauspieler warteten. Das Zimmer hatte die Ausmaße eines Ozeandampfers, war voller Staub und toter Aschenbecher und dunkler Ecken. Es gab eine Küche an einem Ende und einen großen länglichen Zeichentisch am anderen, der in ein dottergelbes Licht getaucht war. Die erschöpften Autoren hingen über ihren Kaffees und Diet Cokes und sahen aus, als wären sie lieber in Beirut. Wie Gefangene redeten sie von ihren Sechzehn-Stunden-Tagen und von dem »Leben da draußen«.

Während ich vorsichtig an einem Brötchen knabberte, erschienen Rondah, Ping und Phoebe zusammen in einem parfümierten Grüppchen und machten sich sofort über das Essen her. Die Produktionsmitarbeiter stellten jeden Tag wahre Plantagen an Obst, Weizenfelder an Backwaren und Ströme an Mineralwasser in allen möglichen Geschmacksrichtungen zur Verfügung. Jetzt wußte ich auch, warum Amerikaner keine Falten haben. Ihr Essen war so voller Haltbarkeitsmittel, daß sie geradezu *eingemacht* waren. Und das Erstaunliche daran war, daß ihr einziges Konversationsthema Diäten waren. Obwohl jede Frau *die* perfekte Diät hatte, waren sie alle übergewichtig und aßen wie die Geier. Vielleicht hatten sie alle Bulimie – und hatten nur das Wiederausspeien vergessen.

Mir waren die verdeckten Blicke und die geflüsterten Kommentare der anderen Schauspieler wohl bewußt, aber ich blieb auf meinem vorgesehenen Platz sitzen und tat so, als würde ich durch das Drehbuch blättern. Pierce hatte sich rittlings auf den Stuhl neben mir gesetzt. Gegen sein eukalyptusgrünes Hemd sah er braungebrannt aus.

»Und?«

»Es ist ein doofer Witz«, sagte ich abweisend. Aber es ist ganz schön schwer, einen Typen abzuweisen, dessen Anwesenheit wie eine elektrische Spannung ist, die seinen Stuhl hinuntersaust, über den Boden in meinen großen Zeh hineinkommt und mein Jeansbein hochdüst. Es mußte natürlich Rondah sein, die diese Spannung dann zum Kurzschluß brachte.

»Lieb-ling.« Ihr nasser lackierter Mund senkte sich auf meine Wange. »Was für ein großer Tag für so ein kleines Mädchen.« Ihre Stimme war so dick und feucht wie Mayonnaise. »Es ist ja ein wahrhaftiges Zeugnis deines Talents, mein liebes Kind, daß du überhaupt hier bist.« Pierces linke Augenbraue machte auf seiner Stirn eine Pyramide vor lauter Vergnügen. »Ich meine, viele Mädchen schaffen es nur aufgrund ihres Aussehens nach Hollywood.« Sie flapste ihre Haare aus dem Gesicht. Ich glotzte sie an, völlig überrumpelt. Rondah Rivers war der Champion des hinterhältigen Kompliments. »Tja, in ganz kurzer Zeit wirst du noch ganz *heiß* sein, Schätzchen«, sagte sie süßlich und walzte vorbei, wobei ihre Hinterbacken in ihrem Stretchanzug wackelten.

Heiß? Heiß! dachte ich bei mir selber. Ich würde feuergefährlich werden. Wir hatten es hier mit *thermo-nuklearem* Zeugs zu tun. Mit mir.

Pierces Mund drehte sich zu einem zynischen Lächeln hoch. »Wie wär's, wenn du jetzt mal zahlen würdest, Kleine?« schlug er großzügig vor und klapste mir auf den Oberschenkel.

»Und warum ziehst du nicht ab und entdeckst mal ein Mittel gegen eine gräßliche Krankheit oder so was.« Während mein Gesicht sich rötete, vergrub ich mich wieder ins Drehbuch.

DINKS war die übliche hirnschädigende Scheiße. Wie alle anderen *Situation Comedies*, die man jemals gesehen hat, gab es eine wundersam glückliche Familie, haufenweise gutaussehende Typen namens Brad, jede Menge schöner, natürlicher Frauen namens Betty Jo, viele glückliche, kotzige, angeberische Kids namens Tiffany und Zachary, eine Menge neugieriger Nachbarn, die ohne zu klopfen einfielen, und einen Hund. Pierce spielte den tatsächlichen Herzensbrecher. Und Rondah hatte die Rolle der zickigen Karrierefrau. Sie erinnerte einen gerne daran – so ungefähr hundertmal am Tag –, wie viele Emmy Awards sie für diese Rolle bekommen hatte. Was nicht weiter erstaunlich war. Wenn es sich darum drehte, eine erstklassige Zicke zu sein, war Rondah perfektes Zuchtgut.

Abe klatschte in die Hände und rief uns zur Ordnung. Ping, Phoebe, Rondah und die anderen, alle mit Kuchen und Teilchen und heißem Kaffee beladen, schleppten sich zu ihren Sitzen. Abe hatte versprochen, daß das Drehbuch, in dem meine Figur vorgestellt wurde, etwas »Neues und Originelles« bieten würde. Man erinnere sich daran, daß hierzulande keiner Englisch spricht –

»neu« und »originell« stellte sich als das neue und originelle Zeugs heraus, auf das sich Glotzprogrammdirektoren in Zeiten wie diesen *immer* zurückbesinnen.

Ich fange mal mit einem kleinen Überblick über die Story an.

1) Rondahs Figur zieht sich eine tödliche mongolische Viruserkrankung zu.
2) Braucht eine Bluttransfusion.
3) Entdeckt, daß sie einer seltenen Blutgruppe angehört.
4) Eine einzige Person in der ganzen Welt hat dieselbe Blutgruppe wie sie. Es stellt sich heraus, daß dies eine kleine Aussie aus dem Outback ist, genannt Kylie, und, Schock, Horror (jawohl, die Geschichte wird unerträglich):
5) Kylie stellt sich als die lang verloren geglaubte kleine Schwester Rondahs heraus, die bei ihrer Geburt von Zigeunern geraubt worden war.

Es ist wohl unnötig, auszuführen, daß, als Abe diese »neue« und »originelle« Idee der Truppe vorstellte, diese Aussicht mit der Begeisterung, die man sich sonst für Begräbnisse aufhebt, begrüßt wurde. »Die Voraussetzung«, fuhr Abe mit der bemühten Fröhlichkeit eines Club Med Animateurs fort, »ist, daß Kylie aus der Wildheit des barbarischen *Outback*-Australien nach Hause, nach Amerika geflogen und dort von uns zivilisiert wird.«

Zivilisiert? Obwohl sie in Jeans gekleidet und mit Lippenstift bemalt waren, schienen mir die Leute um mich herum plötzlich das mörderische Aussehen eines Stammes der Watusi-Indianer angenommen zu haben.

Indem er weiter verbal in die eisige Stille hineinstolperte (ehrlich, dieser Typ könnte noch unter nassem

Zement mit einem Mund voller Murmeln reden), hielt Abe der mürrischen Versammlung noch eine Vorlesung darüber wie wichtig es sei, vom »Crocodile-Dundee«-Phänomen noch zu profitieren. »Australien ist jetzt soo beliebt«, fuhr er mit gezwungener Begeisterung fort, »und das wird unsere eigene kleine Aussie auch sein, nicht wahr?« Abe drehte sich zu mir wie auch alle anderen. Ich bettelte mich selber an, jetzt nicht rot zu werden. Ich bot mir Deals an. Ich versprach, meine Zähne regelmäßiger zu putzen und keine Mitesser mehr auszudrücken. Ich versprach, Spinat zu essen und meine Bauchmuskulatur-Übungen zu machen. Aber mein Körper verriet mich. Während ich da so stand und spürte, wie mein Gesicht von Rosa über Rote Bete zu knallrot aufdrehte, sehnte ich mich danach, auch Amerikanerin zu sein wie sie. Warum hätte ich nicht in Kalifornien geboren werden können, wo Chuzpe und Zuversicht mit dem Trinkwasser aufgesogen werden?

Abe holte mich endlich aus meinem Unglück heraus, indem er mit dem Durchlesen anfing. Das Drehbuch, obwohl ziemlich weit hergeholt, war komisch. Aber niemand lachte. Gags wurden von einem dröhnenden, lähmenden Schweigen erwidert. Rondah, Ping und Phoebe lasen die Dialoge völlig flach. Sie sabotierten die Pointen, indem sie mitten im Satz aufhörten, um in ein Stück Kuchen zu beißen, laut auf Äpfeln herumzukauen, klingelnde Armbänder über gebräunte Arme hochzuhieven oder in tuberkulöse Hustenanfälle zu verfallen. Rondah hatte einen Stempel in der Hand. Sie knallte ihn auf jeder Seite herab. Indem ich mich über den Zeichentisch lehnte, sah ich, daß der Abdruck lautete: »NFF«. Die Autoren zuckten jedes Mal zusammen, wenn sie ihn benutzte.

Ich lehnte mich zu Pierce hinüber. »Was soll denn das bedeuten? NFF?«

Pierces Jeans schrappten, als er seine langen Beine über den Tisch ausbreitete. Er kippte in seinem Stuhl zurück und schwankte dabei gefährlich: »*Not Fucking Funny.*«

Am Ende des Drehbuchs, als ich in dem Schoß der amerikanischen Familie begrüßt wurde, und es allenthalben glückliches Lächeln gab, stand Rondah langsam auf. Alle Augen im Raum waren auf sie gerichtet. Abe knackte nervös seine Knöchel, einen nach dem anderen. Ich knabberte ein Muster um den Rand meines Styroporbechers. Die Autoren tauschten erschöpfte Blicke aus und blinzelten dann wieder hoch zu Rondah. Sie strich sich mit bewußter Koketterie ihre Haare aus dem Gesicht und lächelte maliziös.

»Wer hat denn diesen Scheiß geschrieben?« fragte sie und schleuderte dann das Drehbuch wie einen Frisbee durch den Probenraum, an dessen Ende es dann gegen den Eisschrank klatschte.

Pierce lümmelte sich in seinen Stuhl zurück und zwinkerte mir zu. »Tod«, flüsterte er weithin hörbar, »durch Bonga Bonga.«

Hier also hatten wir endlich mal eine Pointe, die selbst ich kapierte. Tatsache war, wenn Rondah nicht bald aufpaßte, dann würde »Pointe« in bezug auf diverse, noch von mir auszusuchende Stech- und Schneidwerkzeuge zu verstehen sein.

Während Pierce sich aus dem Zimmer schlich, versammelten sich Rondah und die anderen Schauspieler um Abe, der wild gestikulierte. »Na ja«, hörte ich ihn mit belegter Stimme sagen, »vielleicht haben wir wirklich den Beliebtheitsgrad von Australien überschätzt.«

Abe Epstein. Ich fragte mich, ob die Schauspieler sich

überhaupt die Mühe machten, ihn vorher betrunken zu machen.

Rondah drehte sich zu den Autoren und lächelte herablassend. »Macht euch nur mal auf in euer kleines Häuschen und macht eure kleinen Augen zu und dreht die kleinen Diaprojektoren in euren Herzen an. Ich werde für euch alle um Inspiration beten.«

Als ich meine Augen schloß und meinen privaten Projektor anschaltete, war alles, was ich erkennen konnte, Rondah Rivers, die an ihren Nippeln über einem Bottich mit Schwefelsäure aufgehängt war.

»Wir verlangen ein umgeschriebenes Drehbuch«, sprach sie, und stolzierte aus dem Raum, wobei ihr die anderen Schauspieler auf dem hochmütigen Fuße folgten.

Abe zündete sich eine Zigarre an und schritt hinüber zu den müden Autoren. »Wir brauchen ein neues Drehbuch«, teilte er ihnen mit.

Die Autoren trugen alle Erkennungsmarken mit Photos. Die glücklichen, gesunden Polaroidbilder, die am Anfang der Saison gemacht worden waren, hatten nicht die geringste Ähnlichkeit mit ihren gegenwärtigen zerknitterten Visagen. Man konnte nicht nur das Tages-, sondern das gesamte Wochenmenü auf ihren Hemden ablesen, und sie schienen auf ihren Zähnen Plankton zu kultivieren. Ich mochte sie aber irgendwie trotzdem.

»Das Drehbuch«, insistierte Max, der Hauptautor, wütend, »ist gut, so wie es ist. Es ist ein verdammtes Übermaß an Reichtümern!«

»Also, du hast zur Hälfte recht«, zischte Abe. »Es ist ein Übermaß, aber an Peinlichkeiten.«

»Ich dachte, du würdest es mögen? Ich dachte du hättest gesagt, es sei originell...«

»Na und? Ändert einfach ein oder zwei Worte. Es ist kein Heiligtum!«

Die Autoren sahen Abe mit unverhohlenem Abscheu an. Während Amy sich in die Küche herübermachte, um sich mit einem Stück Kuchen zu trösten, hakte ich mich in ihren Ärmel ein. »Warum läßt man den Schauspielern so was durchgehen?«

Sie zuckte mit den Achseln. »Warum lecken sich Hunde die Eier? Weil sie's dürfen. Jetzt weißt du immerhin, warum wir Abe den ›Veterinär‹ nennen«, sagte sie tonlos. »Weil er sich um die Tiere kümmert.«

»Bis morgen früh.« Abe sog an seiner Zigarre. »Sagt alle Abendverabredungen ab«, befahl er und hustete eine Kumuluswolkenformation aus.

Die zehn Autoren arbeiteten in einem Raum, der *»Das Boot«* genannt wurde und sich auf der anderen Seite des Geländes befand. Sie waren den ganzen Tag über im »Gag Gulag« eingeschlossen, über Lunch und Abendessen hinweg, und entwarfen Witze. Sie waren eigentlich wie Stehauf-Komiker, nur daß sie eben saßen. Obwohl *Das Boot* für Schauspieler verbotenes Terrain war, riskierte ich Leben und Gesundheit, um das offene Schlachtfeld des Parkplatzes zu überqueren. Entlang des um den Platz gezogenen Stacheldrahtzauns drängelten sich die »Fans« mit geladenen, mit Langstrecken-Objektiven bewehrten Kameras gegen die Rudel junger Hispanics, die Flaschen und Ketten schwangen. Ich konnte mich nicht entscheiden, wer von beiden tödlicher war.

Ich kam an der Tür des *Boot* zu einem erstaunten Halt. Auf Max' Kopf war eine Freiheitsstatue aus Schaumstoff gewachsen. Amys Hirnschale war durch einen großen, karierten Gummistiefel verziert. Ein Typ, dessen Namensschild ihn als George bekanntgab, war redlich bemüht, ein Geweih in der Luft zu behalten. Man muß wissen, daß die Autoren, um sich überhaupt noch vor dem Wahnsinn zu bewahren, jede Woche ein neues Thema bestimmten. Eine Woche lang waren es komische Socken. Dann bizarre T-Shirts. Verrückte Unterwäsche. Dann verrückte Unterwäsche *über* den Jeans getragen. Dann *sehr* verrückte Unterwäsche auf dem Kopf getragen. Diese Woche waren komische Hüte dran.

Während ich mich umsah, bemerkte ich, daß das Zimmer kein Fenster hatte und die Wände gepolstert waren.

»Wir haben keine andere Wahl, als diese Änderungen zu machen«, quengelte Max, wobei sich seine Statue of Liberty gefährlich nach hinten lehnte.

Es gab ein kollektives Aufstöhnen von den Autoren. Dave würgte und gab vor, zu kotzen. Damien warf eine Dose Bleistifte auf Max, der sich duckte. Das bleierne Geschoß explodierte, als die Dose auf die Wand traf. Während Max' Hand über dem Schreibtisch auftauchte und ein weißes Tempotaschentuch Kapitulation winkte, bemerkte mich Amy, wie ich in der Tür stand. »Schauspieleralarm«, warnte sie eindringlich und wies auf meine Anwesenheit hin. Die Autoren glotzten mich in mißtrauischem Schweigen an.

»Ähm, ich wollte nur sagen...« Gott, was sagte man Autoren? Hals und Beinbruch? Eher wohl *Arm*bruch. Ich fing an zu wünschen, ich wäre nie gekommen. »Ähm...und ich wollte nicht irgendwelche Ärsche hochkriechen, aber ich fand euer Drehbuch, ihr wißt schon, die Dialoge und alles, ich meine, es war schärfstens.« Sie sahen mich leer an. »ATG.« Immer noch keine Reaktion.

»Ist das gut oder schlecht?« fragte Max seine ungläubigen Gefährten.

«Ich glaube, gut«, interpretierte Amy.

Die dachten, meine Sprache sei merkwürdig. Diese Leute redeten wirr. Den ganzen Tag hatte ich gehört, wie sie über »good buttons« und »buchbeendende Szenen« und »aufkaubare Szenerie« kläfften. Die Sachen waren entweder »Auf-die-Nase-Treffer« oder brauchten noch einen »Henkel« oder »Kopfstücke« oder mußten »von einer Laterne gehängt werden.« Es gab WÄRs (Witz-ähnliche Rhythmen) und AWs (Avisierte Witze). Es gab »Zweierpacks« (ein Dialogbeitrag mit gleich zwei Witzen) und »Verkehrsstaus« (zu viele Schauspieler auf der Bühne) und »Rohrbruch« (eine zu offensichtliche Einleitung der komischen Situation. *Unsere* Drehbücher hatten genug Stahlrohre, um Öl aus Alaska zu bringen). Last but not least, »Eisschrankpointen«. Dies, so stellte sich heraus, war eine goldene Regel beim Schreiben von Comedies. Man sollte nie einen logischen Punkt übertünchen, denn ohne Zweifel wird das Manko die Zuschauer um drei Uhr morgens überfallen, wenn sie gerade den Eisschrank plündern.

Amy wand ihre mageren Arme um meinen Hals. »Hör' mal Babe, denk' einfach immer an die Ecke oben links in *Hollywood Squares.*«

Hollywood Squares, wie mir Pierce bereits erklärt hatte, war der Ort, an den sich ausgebrannte Schauspieler zurückzogen, um zu sterben. In die mittlere Reihe plaziert zu werden oder sogar oben oder unten in der Mitte, hieß, daß man noch auf den Markt zu bringen war, beliebt, »heiß«, ein »Go-Projekt«. Aber sich oben links in der Ecke wiederzufinden, war Hollywoods Entsprechung eines Todesurteils.

Die Autoren sackten am Tisch wie zehn übel zugerichtete Sitzsäcke in sich zusammen. Ich bedachte den

Nachmittag und Abend, den ich vor mir hatte. Ein Kartoffelsalat aus der Cafeteria, was ungefähr den Effekt einer Zementinjektion direkt in die Vene haben würde, oder ich könnte *Hollywood Squares* in meiner Hotelzelle angucken.

Ich entschloß, hier noch ein bißchen herumzulungern. Ich vermute mal, weil ich eben so bin – voller Abenteuerlust. Ich schlich mich in die Kabine ein und rollte mich in einer Ecke der Couch zusammen. Das Zimmer roch heiß und muffig. Es war ein bißchen so, als wäre ich in die Socke eines Marathonläufers hineingeklettert.

»Tausend Geschichten in der nackten Stadt«, sagte Max schließlich im Bariton eines Fernseh-Nachrichtensprechers, um dann in seinen eigenen Bronxer Quengelton zurückzufallen: »Und wir können uns keine einzige einfallen lassen.«

»Laß uns einfach alle Figuren in einem Autounfall umbringen.« Amys Idee wurde enthusiastisch aufgenommen. Während der nächsten halben Stunde diskutierten sie diabolische Wege und Möglichkeiten, alle Star-Leichname zu beseitigen. Dann fiel ein deprimiertes Schweigen über das Zimmer. Max zog seinen Schuh ab und prokelte an seinen Zehen herum. Amy nahm sich eine Schere und schnitt ihren Haarspliß ab, wobei sie den haarigen Müll auf ihrem Drehbuch sammelte.

Sie saßen noch die folgenden zehn Stunden in ihren dämlichen Hüten da und fanden nichts. Um Mitternacht herum verließ Damien einen Moment lang die Kabine und kam mit einem Arm voller Kekse, Lollies, Kuchen und Schokolade wieder. Die Autoren hoben ihre Kiefer aus den Angeln wie eine Boa Constrictor und verschlangen alles.

»Okay.« Max sah auf seine Uhr. »Warten wir noch ein paar Minuten, bis der Zucker reingehauen hat.«

Sie fielen alle vornüber, Köpfe auf gefalteten Unterarmen, vom grellen Licht der Neonlampe an der Decke angestrahlt.

»Schnell!« befahl Max, der seine Komödiencrew schon mit dem Schiff untergehen sah. »Kennt keiner einen neuen *Witz*?«

Nun bin ich nicht dafür bekannt, eine große Komikerin zu sein. Aber Garry, mein Exfreund, war neben seiner Berufung als Pups-Anzünder und Urin-Unterschreiber im Sand auch noch ein Witzeerzähler. Ich räusperte mich.

»Was ist der beste Ort, an dem man mit einem Schaf Sex haben kann?« Er war mir aus dem Mund gefahren, ehe ich mich daran erinnerte, wie doof der war. »Auf einer Klippe. Sie stoßen fester zurück.«

Das Geräusch meiner Stimme gab ihnen ein Peitschenhiebsyndrom. Rondah hatte recht, was meinen Mangel an Persönlichkeit betraf. Ich war so charismatisch, daß jeder einzelne von ihnen vollkommen vergessen hatte, daß ich überhaupt anwesend war. Sie setzten sich ruckartig wieder aufrecht und sahen mich mit tellergroßen Augen an. Es gab eine kollektive Explosion von Gelächter.

Max kam herüber und schlang seine Arme um mich. »Hey, Kid, du bist zu intelligent, um Schauspielerin zu sein«, sagte er.

George annoncierte, daß von jetzte an alle *Situation Comedies* über Schafe sein sollten. »Golden Sheep«, sagte er.

»Six Million Dollar Sheep«, fügte Amy hinzu.

»Wir sind auf den Witz gekommen«, kreischte Max.

Ich vermute mal, der Zucker hatte reingehauen.

Nach einer schlaflosen Nacht, hundert Tassen Kaffee und einem riesigen Berg an Kuchen und Schokolade trafen wir uns erneut im Proberaum für eine neue Probelesung. Die Schauspieler, frisch von ihren Malibu-Parties und Schickimicki-Filmpremieren, machten Scherze und schlugen sich auf die Schulter – und verwarfen erneut das Drehbuch. Und die Autoren gingen zurück in *Das Boot*.

Am Dienstag warfen Rondah, Ping und Phoebe die dritte Version über Bord, weil Rondah beschlossen hatte, daß der Name meiner Figur, Kylie, zu häßlich sei. Die Autoren tauschten ihren witzigen Schmuck gegen witzige Suspensòrien aus und marschierten zurück in *Das Boot*.

»Wie geht's denn so?« fragte mich Pierce, indem er mein Gesicht mit einem mitgenommenen Taschenbuch fächelte, das er gerade gelesen hatte.

»Phantastisch! Hervorragend!«

Er stellte einen Fuß auf eine Sprosse meines Stuhls wie ein Conquistador. »So schlecht also?«

Am Mittwoch lehnte Rondah das Drehbuch ab, weil es eine Regieanweisung beinhaltete, die sie anwies, die Augen gen Himmel zu heben. »Das ist blasphemisch«, sagte sie.

Pierce schenkte mir einen Flugplan Los Angeles – Sydney. Ich schnitt meine Fingernägel darauf und zerfledderte ihn dann über dem Mülleimer.

Am Donnerstag wurde das Drehbuch von den Schauspielern verworfen, weil die Regieanweisungen Phoebe Mercedez aus der Hintertür herausgehen ließen.

»Das ist rassistisch«, annoncierte Rondah mitten in der Lesung. »Ist es nicht so, Phoebe?«

Phoebe sah Rondah leer an. »Ist es das?«

»Nur weil sie *schwarz* ist, laßt Ihr sie aus der *Hintertür* herausgehen.«

»Rondah«, erklärte Max mit einem Knurren, »sie geht aus der *Hinter*tür heraus, weil diese Szene in der *Küche* spielt.«

Pierce zwinkerte mir zu und zog dann seine Baseballmütze über die Augen. »Fernsehen war so unglaublich viel einfacher, als es nur intelligente Hunde brauchte, findest du nicht?«

Die Autoren zogen sich in *Das Boot* zurück und trugen ihre Unterhosen auf dem Kopf.

Am Freitag schmissen die Schauspieler das Drehbuch wieder um. In der umgeschriebenen Version kam Pierces Figur in einem Hühnchenkostüm hinein. Rondah unterbrach die Lesung. Sie weigere sich, über ein Huhn Witze zu machen, während es im Raum war. Es sei eine Beleidigung gegenüber den Tieren, sie als dumm hinzustellen.

Rondah war schon auf den Füßen. »Ping? Phoebe?« rief sie, und die beiden jungen Frauen drehten sich auf dem Fuße um und folgten ihrer Herrin aus dem Probenraum wie zwei kleine hechelnde Welpen.

Ich verbrachte die meiste Zeit dieser Woche in den Waschräumen. Alle müssen gedacht haben, ich hätte den flotten Otto oder so was. Aber hier war der einzige Ort, an dem ich ein bißchen für mich sein konnte. Außerdem wurde ich langsam der Welt sauberster Mensch. Die Dusche war der einzige Ort, an dem man unentdeckt heulen konnte. Nun ja, fast unentdeckt. Ein goldener Schopf tauchte über dem Rand der Duschkabine auf. »Also, wann kriege ich meine Piepen?«

»Hör' mal, was fällt dir ein?« Ich nahm eine Art Feigenblatt-Pose ein. Was dachte dieser Typ eigentlich, wer er sei? Er war ein totaler Döskopp, ein Bananenbieger. Der Typ war regelrecht ein Fußknöchel – noch einen Meter niedriger als ein Arschloch.

»Los, Mädel, Zahltag.«

»Verschwinde.«

»Na ja, dann hör' auf, hier rumzublubbern. Ich bin es leid, daß du dauernd die verdammte Dusche in Anspruch nimmst.« Er war wirklich ein besonders von Mitleid geprägter Bastard. Pierce öffnete die Tür der Kabine und drehte an den Wasserhähnen. Die Rohre krächzten ein bronchiales Rauschen. »Es gibt in dieser Welt keine Opfer.« Er musterte mich nüchtern von oben bis unten. »Nur Freiwillige.«

Ich schnappte mir mein Handtuch von der Stange und wand mich in Frottee hinein. »Oh ja, gesprochen wie ein wahrer Unterdrücker. Warum rufst du nicht mal den alten Deng Xiaoping an? Ihr beiden würdet euch super verstehen.«

»Hey, sieh' mal die Tatsachen, Kiddo. Du bist Abschaum. Genau wie ich. Wir verkaufen Lügen, um unseren Lebensunterhalt zu verdienen – ein sehr wettbewerbsorientiertes Betätigungsfeld in den guten alten *US of A.*«

Ich schob mich an ihm vorbei. »Du bist ein richtiger Klugscheißer, weißt du das?« Meine Stimme war so dick wie ein Milchshake geworden, und ich bekam dieses eklige wacklige Gefühl, das man bekommt, wenn man gerade kurz davor ist, in einen Ozean voller Tränen zu fallen.

»Sag' mir mal«, sagte er vernichtend, »haben dich diese Gefühle von Verzweiflung und Unzulänglichkeit plötzlich überfallen oder haben sie sich einfach normal entwickelt, nachdem du deine Seele an die Traumfabrik verkauft hast?«

Ich senkte den Kopf und fing energisch damit an, mich zwischen den Zehen abzutrocknen. »Ich weiß nicht, was genau ich falsch mache. Ich meine, ich versuche, eine Amerikanerin zu sein. Ich habe mir Raybans und Reeboks gekauft. Ich bestelle *›BLTs hold the mayo with legs‹* zum Lunch. Ich meine, ich bin praktisch eine Eingeborene, Herrgott noch...«

»Das hat überhaupt nichts damit zu tun.«

»Na ja, was *dann*?«

Pierce musterte mich von oben bis unten. »Du bist zu verdammt dünn«, sagte er. »Das ist alles.«

»Was?«

»Hast du noch nicht bemerkt, daß es nie einen Hinweis auf Essen in den Drehbüchern gibt? Rondah hat es mit dem Essen. Sie hat alle Witze über Fett, Essen, Diät, Magen, Mund, Fleisch oder Küchen verbannt.«

»Kann sie so was machen? Ich meine, können die Autoren da nicht...«

»Zurückschlagen? Klar. Sie haben wöchentlich einen Preis ausgeschrieben für denjenigen in *Das Boot*, der den besten Fetti-Witz erzählen kann. Du weißt schon, so nach dem Motto, sie ist so dick, daß die Leute Filme *auf* ihr zeigen. Sie ist so dick, daß die Wale an den Strand kommen, um *sie* zu beobachten. Sie ist so dick, daß ihr Hintern eine eigene Postleitzahl bekommen hat.« Er runzelte vor Konzentration einen Moment die Stirn. »Und, sie ist so dick, daß Christo ihren Regenmantel benutzt, um damit ganze Inseln einzupacken.«

»Die können mich doch nicht hassen, nur weil ich dünn bin. Das ist fettistisch.«

»Na komm' schon. Macht dich jemand Gutaussehendes nicht an?« Pierce pellte sein T-Shirt ab und bückte sich dann, um sich die Schuhe auszuziehen. Sein brauner Rücken war mit weichem Flaum bedeckt. Seine Hinternmuskeln gähnten in diese Dehnung hinein.

Ich sah schnell weg und attackierte meine Zehen mit der Nagelschere. »Ich war früher mal ganz heiß auf Typen, die mich nur physisch anzogen, aber das war, als ich noch sehr unerwachsen war, bevor ich mich *entwickelte*«, sagte ich, und meine Stimme tropfte nur so vor Herablassung. »Wenn ich jemanden mag, dann wird er einfach sexy, das ist alles.«

»Du bist sexy«, sagte er plötzlich. »Du hast so eine *Art-deco*-Figur, weißt du? Kleine Brüste, starke Beine, dünne muskulöse Arme, fester Bauch. Du siehst aus wie eine dieser *Art-deco*-Lampen, weißt du, wo eine Maus in einem ganz kurzen Rock sich nach hinten lehnt, mit einem Globus und allem, so«, demonstrierte er, »oben ohne.«

Ich ließ mich völlig von einem Hühnerauge in Anspruch nehmen. Ehrlich, Füße waren noch nie so faszinierend gewesen. »Also was ist *dein* Überlebenstip für L.A.?« fragte ich und wechselte das Thema so rasant, wie Tash die Fahrbahnen wechselte. »Jeder scheint hier einen zu haben.«

»Bleib' besser nicht hier.« Er drehte die Wasserhähne in der Dusche an. »Hollywood ist nicht der glamouröse Ort, den die Leute immer daraus machen. Im Grunde ist es nicht mehr als eine heiße und räudige Stadt im letzten U des amerikanischen Rohrleitungssystems.«

»Aha, und wieso bleibst du dann hier?«

Er lehnte sich näher zu mir und blies mir ins Ohr. »Weil ich Scheiße bin, natürlich.«

»Wenigstens tust du so, als wärst du's«, sagte ich verwirrt. »Ich meine, du machst ein bißchen Pleite mit diesem ›Fieser-Typ-Auftritt‹. Du bist der einzige, der sich in letzter Zeit ein bißchen um mich gekümmert hat, zum Beisp...«

»Was?« Pierce drehte sich von mir weg. »Hey, bilde dir mal nichts ein. Ich bin hier nicht hereingekommen, um nach *dir* zu sehen. Ich bin hier hereingekommen, um zu *kotzen.*«

Ich wollte in die milchigen Tiefen der Kacheln versinken. »Warum?« fragte ich, während ein plötzlicher Sonnenbrand mein Gesicht bedeckte.

Pierce zuckte mit den Achseln. »Ich bin ein Schauspieler. Es läuft zu gut. Ich werde krank, wenn ich nichts habe, weshalb ich krank werden könnte. Es gibt da eine Gewerkschaftsrichtlinie für Schauspieler. Du mußt paranoisch, neurotisch, selbstzufrieden und drogenabhängig sein. Wußtest du das noch nicht?« Ich hörte, wie sein Hosenstall aufging und mimte Faszination mit dem Stückchen tote Haut, das von meinem Zehennagel herabhing. »Mußt du eigentlich die ganze Zeit an deinen Zehen herumpopeln?« fragte er. »Es ist widerlich.«

»Sag' mal, warst du immer schon so ein Bullshit-Künstler? Oder nimmst du darin Unterricht?« platzte ich heraus und wurde noch ein bißchen röter.

Zu meinem Erstaunen wurde Pierces Ausdruck verkniffen und düster. »Hör' mal, ich war früher mal ganz in Ordnung. Kein Scherz. Ich glaubte an Sachen. Ich hatte Tugenden.«

Ich glaubte es ihm, wirklich. Dann erinnerte ich mich an die gezupften Nasenlöcher. Ich sah ihn an, wie er da stand, Beine gespreizt, Hände auf seinen schlanken Hüften, in seinen roten Calvin-Klein-Unterhosen. War dieser Typ Kunde von Rent-a-Beule, oder was?

»Ach, hör' schon auf damit. Du würdest die Tugend nicht erkennen, wenn sie dir auf dem Gesicht herumsäße«, sagte ich. »Du willst mich nur in Schrecken versetzen, damit du deine hundert Eier kriegst.«

»Ach, spar's dir doch für einen anderen Idioten auf«, gähnte er. »Du wirst hier nicht überleben.«

Ich wünschte, er würde sterben und als Stuhl in Marlon Brandos Haus wiedergeboren werden. »Weißt du was?« Ich hob meine Stimme über das metallische Pochen der Wasserrohre. Er war zum Kotzen, wirklich. »Du bist der unhöflichste Schmieri-Kotztyp, den ich jemals in meinem ganzen Leben kennengelernt habe.«

»Ja, na ja, ich wünsch' dir auch noch einen schönen Tag«, sagte Pierce, zog seine Unterhose aus und knallte die Tür der Duschkabine zu. Sein Hintern, bemerkte ich, war braungebrannt.

Abe war plötzlich kühl geworden. Vorbei waren die Kommentare über »High Concept Croc Dundettes« und lebenslängliche Verträge. Vorbei mit der Limousine. Mit einem weiteren leeren Terminkalender vor mir ging ich zurück ins Beverly Hills Hotel. Ich legte mich neben den Pool und bestellte einen *»Jamaican Flirtation«*, sprang dann hinein und strampelte mich einmal hoch und wieder hinunter. Die anderen Gäste sahen mich an, als wäre ich ein Eindringling, der aus dem Hotel geworfen werden sollte. Als ich dem Kellner meine Zimmernummer gab, stellte sich heraus, daß ich *tatsächlich* ein Eindringling war und aus dem Hotel geworfen *wurde*. Meine Rechnung, sagte er mir, würde nicht mehr vom Studio bezahlt werden. Mein Koffer war bereits gepackt worden und wartete auf mich in der Gepäckaufbewahrung. Da es keine Taxis gab (L.A., Auto-Hauptstadt der Welt, hat nur *zwei* Taxen, und man muß Jahrhunderte warten, um eins von beiden zu erwischen), marschierte ich den ganzen Sunset Boulevard hoch, mit meinem Koffer im Schlepptau. Es ist eins dieser Teile mit Leine. Ich fing an, ihn Rover zu nennen und machte immer mal einen Halt, damit er mal seine Rolle an Sträuchern und Büschen und ähnlichem heben konnte. Es lenkte mich ein bißchen davon ab, daß ich eine heimatlose Vertriebene war. Ein Niemand...ich meine, früher habe ich an meinen Zehen gepult, aber *das* machte ich nun auch nicht mehr.

Die Gefühle von Alice im Wunderland stellten sich wieder ein. Ich war schlicht durch ein Loch in der Welt hindurchgefallen. Ein Typ auf Rollschuhen reichte mir ein Blättchen, das eine Band namens »Sandy Duncans' Eyeball. Live« anpries. Etwas weiter hinunter saß eine Gruppe von Männern auf Klappstühlen auf dem Bürgersteig und hielt ein Picknick ab. Ein riesiges Pappschild war hinter ihnen aufgestellt. Auf ihm war zu lesen: »Gays gegen Brunch«. Ich fühlte mich wie der einzige normale Mensch in der ganzen Stadt – was immerhin etwas heißt, wenn man bedenkt, daß ich gerade den gesamten Nachmittag damit verbracht hatte, mich mit meinem Koffer zu unterhalten.

Als ich versuchte, an einer roten Ampel die Straße zu überqueren, holte mich eine Hand zurück auf den Bürgersteig. Sie befand sich an einem Arm, der einem Typen in geblümten Surfshorts gehörte. Während ich auf Grün wartete, informierte er mich, daß er ein »Manager für persönliche Erfüllung« sei. »Oh ja, ich war ein Steward bei einer Luftfahrtgesellschaft, und dann merkte ich aber, daß ich persönlich nicht davon ausgefüllt wurde. Ich hab' den Job aufgegeben und machte einen Kurs über radikale Onanie und einen Workshop über die Odysseen der vergangenen Leben mit, nicht wahr«, gähnte er, »das Übliche. Und dann entdeckte ich, daß das, was mich wirklich persönlich erfüllte, war, *andere* Leute persönlich zu erfüllen.« Er schnipste mir seine Karte rüber. »Also berate ich jetzt die Leute, auf Vollzeitbasis. Nun, was würde *dich* persönlich erfüllen?«

Ich sah auf zu dem blinkenden Neo-Hot dog über dem nächsten Café, und auf den Photoladen, der wie eine Sofortbildkamera gestaltet war mit der Tür in der Linse, und auf den automatischen Neongolfer, der einen Neonball in ein Neonloch über dem Sportartikelgeschäft schob. Nun ja, ich wollte mich »assimilieren«, ohne ein Klugscheißer zu werden. Ich wollte Amerikanerin werden. Ich wollte »mein Niveau verbessern«. (Der Bewährungshelfer meines Dad sagte mir mal, wenn ich nicht mein Niveau verbesserte, dann würde ich genau wie mein Alter enden.) Ich wollte einen Mann kennenlernen, der romantisch war – man kennt das, die Sorte Typ, die auch nach dem Sex noch mit einem redet. Ich wollte berühmt genug werden, um Rondah Rivers zu sagen, sie solle einen gebrauchten Lolli lutschen gehen. Ich wollte reich genug werden, um jemanden anzustellen, der für mich die Pistazien schält, damit mein Daumen nicht immer diese kleine Rille kriegt. Ich wollte eine Cappuccino-Maschine. Ich wollte Russisch lernen. Bauchtanzstunden nehmen. Aber was würde mich *persönlich erfüllen*? Während ich da so stand und darauf wartete, daß die Ampel an der Ecke Melrose und Fairfax grün wurde, traf es mich wie ein Schlag. Die Ampel blinkte auf Grün. Ich sah ihm mit Entsetzen in die Pupille, als die Erkenntnis durch meinen Körper schwang. »Pierce Reece-Scanlen Jr. der Dritte«, erwiderte ich tiefgründig.

Auto-Gebläse

Tashs Wohnung war dunkel, als ich dort ankam, und die Tür war verschlossen. Sie wohnte in einem schlecht gebauten kleinen Bungalow knapp über dem Sunset Boulevard, auf der Dick Street. Sie hatte sie wahrscheinlich ausgesucht, meinte sie, damit sie den Leuten erzählen könne, sie lebe *»on Dick«*. Ich hievte mich durch das Badezimmer durch, machte mir ein Täßchen (der Tee war selbstverständlich unter »T« im Gewürzschrank einsortiert) und blätterte dann ein Kunstbuch durch, das ich auf dem Weg gekauft hatte. Als ich das Kapitel über *Art deco* gefunden hatte, zog ich mich vor Tashs Schlafzimmerspiegel aus und verglich meine Figur mit einer Dame aus Bronze und Silber, die sich geschmeidig nach hinten lehnte, mit einem Bein erhoben, und einen goldenen Globus hochhielt. Ich persönlich konnte keine Ähnlichkeit feststellen. Das einzige, was mich auch nur halbwegs wie eine Lampe aussehen ließ, war der Tamponfaden, der mir zwischen den Beinen herumhing. Ich lehnte mich noch ein bißchen weiter zurück und versuchte ein schmerzliches Lächeln à la dreißiger Jahre. So fand Tash mich vor.

»Laß mich raten.« Sie plumpste hinter mir auf das Bett. »Marsmenschen sind in deinen Körper eingedrungen.«

»Oh, ähm...hallo.« Ich fuhr in meine Kleider. »Ich hab' dich nicht kommen hören... Ich hoffe, es macht dir... Das Badezimmerfenster war...«

»Was für ein Tag.« Sie schmiß ihre hohen Hacken von den Füßen und massierte sich die Zehen. »Ich bin, na ja, ab-so-lut fertig. Erst gehe ich in diesen Aufnahmeladen, nicht, für einen Jingle für eine Klopapierreklame. Ich *weiß*, ich *weiß*, aber ich bin pleite. C.J. – dieser Privatdetektiv, von dem ich dir erzählt hab', nicht? – blutet mich einfach *aus*. Der Bastard. Jedenfalls, der Aufnahmeleiter taucht nie auf, das Arschloch. Also, damit ich nicht das Gefühl habe, ich hätte den *ganzen* Morgen vertrödelt, schlafe ich mit dem Reklamedirektor. Ich *weiß*, ich *weiß*. Nun ja, es stellt sich heraus, dieser Typ ist nicht nur ein Flop im Bett, sondern er ist auch noch so ein totaler Frauenheld. Erstens habe ich nur mit diesem Typen geschlafen, weil er mir erzählt hat, er wäre Single. Also was passiert, na ja, genau danach? Ich finde einen Schnuller in seiner Tasche. ›Erzähl's mir nicht‹, sag' ich zu ihm, ›du zahnst noch.‹ Da wird er ganz, na ja, scheißerig und sagt mir: ›Ich hab nur mit dir geschlafen, weil du das brauchtest.‹ Er sagte, Frauen würden ›läufig‹, weswegen er sich denkt, daß uns die Hunde dauernd auf der Straße hinterherlaufen. Ich meine, kannst du dir diesen Typen einfach mal vorstellen? Und ich sage, na ja: ›Der einzige Moment, in dem Hunde einer Frau auf der Straße hinterherlaufen, ist, wenn ihr das *Sperma* die verdammten Beine herunterläuft. Weil Hunde, genauso wie Männer, grundsätzlich schwul sind.‹ Und wie war dein Tag?«

Selbst erschossen war dieses Mädchen manisch. Tash war ein gehendes, redendes Ausrufungszeichen mit Busen. »Bist du...«

»Was? Von Hunden verfolgt worden, weil Sperma meine Beine ›'runterlief...‹«

»...Karins Zimmer schon los geworden?«

»Ach so, nee. Laß uns was essen.« Tash holte eine Flasche aus ihrer Tasche, goß sich ihr Abendbrot von purem Whiskey in ein Glas und servierte mir dann meine eigene flüssige Portion.

»Abe – der Produzententyp, von dem ich dir erzählt habe – hat mich aus dem Hotel rausgeschmissen.«

»Oh, welch riesige Überraschung«, sagte sie mit einem mokanten Näseln in der Stimme. »Aber, hey, super. Zieh hier ein. Hör mal, ich weiß, daß ich ein bißchen merkwürdig bin und so, aber wenn du ein Schulterpolster brauchst, um dich auszuweinen, dann bin ich, na ja, eben für dich da, stimmt's? Ich muß dir aber Miete abknöpfen. *Banken*. Ich hasse diese verdammten Banken. Banken leihen dir nur Geld, wenn du beweisen kannst, daß du keins brauchst, ist dir das schon mal aufgefallen?« Sie runzelte die Stirn in den Spiegel des Necessaire-Tischchens hinein, völlig konzentriert auf ihre Make-up-Entfernung. Während ich ihr zusah, wie sie ihr Gesicht bearbeitete, fühlte ich mich zum ersten Mal, seit ich in dieser verrückten Stadt gelandet war, ruhig. Tash *war* ein bißchen merkwürdig und so – die Art, wie sie alles in alphabetische Ordnung brachte und die Art, wie sie mit Klugscheißern schlief und ihre Schamhaare in unterschiedlichen Farben tönte, aber für mich war sie eine Oase an Wärme. »*Bon Appétit*«, sagte sie und schluckte aus ihrem Glas. »Also, ziehst du nun ein, oder was?«

Ich dachte plötzlich, wie schön es wäre, meinen eigenen Eisschrank zu haben mit meinem eigenen Glas Vegemite drin. Wie schön es wäre, jemanden zu haben, mit dem man Geheimnisse haben könnte und die gucken würde, daß es keine SSL (sichtbare Slip-Linie) auf meiner Jeans gibt und mir notfalls eine Slipeinlage leiht und mir sagt, daß ich nett aussehe, wenn es überhaupt nicht stimmt. Einfach genau die Sachen, für die eine Freundin eben wichtig ist. »*Bon Appétit.*« Der Whiskey kniff sich meinen Hals hinunter. »Tash«, versuchte ich, und zog mein T-Shirt über den Kopf, während ich mich in Lampenposition zurücklehnte. »Findest du, ich habe einen *Art-deco*-Körper?«

Sie sah mich im Spiegel an. »Scheiße. Weiß ich nicht. Ich wünschte aber, ich hätte deine Titten.«

»Rondah Rivers findet, sie sind zu klein.«

»Na ja, du kannst bißchen was von meinen einsetzen lassen, wenn ich sie abschneiden lasse. Also«, fragte sie mit gieriger Neugier, »wer hat dir gesagt, du hättest 'ne hübsche Figur?«

»Niemand. Nur so'n Typ.«

Tash schickte mir einen wissenden Blick und zog die aktuelle Kalenderseite vom August von der Wand. Sie legte sie bäuchlings auf den Tisch. »Buchstabier' seinen Namen.«

»Wozu denn das?« Ich beobachtete sie, wie sie die Seite konzentriert mit ihrem eigenen Namen, Natasha Marilyn Kerlowski, vollschrieb. Sie biß vor Konzentration auf ihre Unterlippe. Ihr Kleines-Mädchen-Aussehen bildete einen deutlichen Kontrast zu ihren Punk-Accessoires aus Leder und Spitzen.

»Es ist ein Spiel. Wir haben es, na ja, als Kinder viel gespielt. Es heißt ›Liebe, Hochzeit, Freundschaft, Haß‹.« Sie erklärte die Regeln. Die Idee war, daß man den Namen eines Typen über seinen eigenen auf ein Papier schrieb, dann all die Buchstaben ausstrich, die beiden gemeinsam waren. Danach zählt man die verbleibenden ab, wobei man »Liebe, Hochzeit, Freundschaft, Haß« aufsagt, um das »Verbindungspotential« der Beziehung festzustellen. Tash schrieb den Namen ihres Kokaindealers auf. Sein Name war Hank. Es wurde »Haß«. Ich schrieb den Namen von Pierce Scanlen auf. Es wurde »Liebe«.

Tash knüllte meine romantische Zukunft zusammen und warf den Papierball in den Papierkorb. »Ich vermute mal, du bist, na ja, verhungert?«

»Nein, nicht wirklich...«

»Komm' mit.« Sie sprang vom Bett herunter. Ehe ich ihr aus dem Zimmer folgte, holte ich das Papier aus dem Eimer. Als ich die Küche erreicht hatte, war Tash dabei, eine Scheibe eines grellgrünen Desserts namens *Key Lime Pie* abzuschneiden, die ich mit meinem Whiskey essen sollte. Sie schickte mir einen mißbilligenden Seitenblick, als ich das Papier auf den Tisch legte und die Knicke mit meiner Handfläche ausbügelte. »Ach du Scheiße. Du bist nicht, na ja, immer noch ernsthaft in dieser Liebesphase, oder? Kat, das war ein Witz.« Sie gab mir eine Scheibe Kuchen. »Kinderkram. Hör' mal. Die Wahrheit ist doch, wenn Dildos Spinnen im Badezimmer beseitigen könnten, dann brauchten wir die Männer überhaupt nicht. Kapiert?«

»Glaubst du, ich bin damit glücklich? Das hier war überhaupt nicht geplant. Pierce Scanlen ist das letzte. Er ist eitel, selbstsüchtig, von sich selbst eingenommen, arrogant, unhöflich. Und was noch schlimmer ist, ich winde mich vor Übelkeit, wann immer ich irgendwo in seine Nähe komme – also weiß ich, daß es wirklich ernst ist.«

Tash langte über den Tisch herüber und benutzte ihre orangefarbenen, ovalen, angeklebten Nägel dazu, scheibenweise Zuckerguß von meinem Kuchen abzupellen. Die Scheibchen lagen da auf einem Haufen wie brandige Schneewehen. »Vergiß es!« Sie knabberte an einem Stückchen Kuchenkruste, *meiner* Kuchenkruste. »Unmöglich.«

»Was ist unmöglich?«

»Sich in einen Mann in Kalifornien zu verlieben. Wußtest du das noch nicht? Männer in dieser Stadt verlieben sich nur in ihre Autos. Ich meine, hier macht man Fernsehsendungen wie ›Meine Mutter, das Auto‹. Eine Art Mutterleib auf Rädern. Sie nennen einen One-Night Stand einen ›Schnellzünder‹.« Sie schaufelte sich nun mit ihren Fingern eine Ecke von Kuchenfüllung heraus, *meiner* Kuchenfüllung, und verschlang sie, ehe sie den Fernseher anschaltete. »Schau dir das an!« befahl sie mir mit vollem Mund.

»Tash«, sagte ich genervt und betrachtete die wenigen verbleibenden Krümel auf meinem Teller. »Möchtest du nicht, daß ich dir deine eigene Scheibe abschneide?«

Der Fernseher klickte ins Leben an. Indem sie mit der Fernbedienung zielte, feuerte sie eine Maschinengewehrsalve auf die verschiedenen Kanäle ab. Es gab Sportautos, Polizeiautos, Reklame für Autos, Liebesszenen in Autos, Autojagden, Autounfälle, zusätzlich zu einer Show für Bestellkunden, die es einem ermöglichte, sein Auto zu kaufen, ohne das Wohnzimmer zu verlassen, und sein Wohnzimmer zu kaufen, ohne das Wohnzimmer zu verlassen. Um gar nicht auf die Reklame für diverse *Automobile Aftermarket Car Center* einzugehen, die über Diskos und Sushi Bars verfügten, um die Kunden glücklich zu halten, während ihre Autos in der Inspektion waren. Es gab sogar eine Nachrichtenmeldung über ein Hotel namens »Car Country International«, ein Urlaubsparadies, das ausschließlich den Freuden eines Automobilkaufs gewidmet war.

»Ganz gut, daß es mich jetzt gibt, um auf dich aufzupassen, mein Mädchen«, schlußfolgerte Tash, während sie Kuchenkrustenkrümel versprühte und den Fernseher wieder verstummen ließ. »Du würdest keine zwei Stunden in dieser Stadt ohne mich überleben. Immer noch hungrig?« fragte sie hoffnungsvoll. »Jede Wette bist du's. Ich wette, du würdest gerne ein paar Schokoladenkekse essen.«

Wir blieben die ganze Nacht auf, tranken Whiskey und taten so, als ob ich Hunger hätte, damit Tash essen konnte, sangen die Titelmelodien von Fernsehsendungen, mit denen wir groß geworden waren und machten Listen aller beschissenen Sachen in der Welt: das Loch in der Ozonschicht (ausschließlich verursacht, beschlossen wir, durch die heiße Luft, die man in Hollywood produzierte); der saure Regen (nach Tash hatte jede Wolke einen Rand aus Diochlorotetrafluoroethan); die Methanemissionen furzender Tiere; radioaktive Meere; die Bevölkerungsexplosion (vor allem zu verantworten, so Tash, von den Leuten, die ihre Marke an Spermizidgel benutzten – sie hatte in diesem Jahr bereits zweimal abgetrieben); die Delphine, die aus Versehen zu Sushi-Scheiben geschnitten wurden, weil sie in japanische Fischernetze gerieten; die nach Tschernobyl radioaktiven Rentiere Lapplands; die Tatsache, daß man zweiundzwanzig Quadratmeter Regenwald braucht, um genug Rindfleisch für einen amerikanischen Hamburger zu produzieren; die drohende Ausrottung des Elephanten, der Minkwale, des Rhinozeros und natürlich, fügte Tash hinzu, des unverheirateten heterosexuellen

Mannes – bis wir vor lauter Schreckenstatsachen ganz betrunken waren. Dann fielen wir beide vor Lachen über dem Tisch zusammen, wobei uns jedes Luftholen in neue Belustigungskrämpfe schickte. Als unser Lachen endlich nachließ, sah ich Tash genau an.

»Aber wenigstens«, murmelte ich, »gibt es noch Liebe.« Ich weiß, daß es ein bißchen zum Kotzen klang, aber ich glaubte daran. Wirklich.

Tash zuckte mit den Achseln und gähnte mächtig. »Ich würde ja, na ja, mit dir um Geld wetten, aber ich hab' keins. Wo wir gerade davon reden, wieviel Uhr ist es eigentlich?« Sie holte meinen Arm von der Stuhllehne herunter, auf den ich ihn geworfen hatte, und schaute auf mein Handgelenk. »Jesus. Hol' deinen Bikini.«

»Was? Tash, es ist sieben Uhr morgens, verdammt noch mal.«

»Wir gehen schwimmen.«

Tash hatte fünf größere Ausgabenposten: Haarspray, Singstunden, Kondome, Kokain und C.J. Der Grund, warum Tash diesen Privatdetektiv angeheuert hatte, war, ihren kleinen Bruder zu finden. Ihre Alte hatte mehr Ehemänner als warme Mahlzeiten gehabt, und irgendwann waren alle Kinder in Erziehungsheimen gelandet. Manche wurden wegadoptiert. Der jüngste, Elvis Raymond Kerlowski, war einfach verlorengegangen. »Wie eine alte Socke«, sagte Tash. Das war vor acht Jahren. Tash hatte seitdem nach ihm gesucht. Sie erzählte mir, daß er genau so aussähe wie sie. Einen Moment lang dachte ich, sie würde anfangen, zu weinen, aber dann stählte sie sich und grinste. »Mom war, na ja, zu verrückt, um jedem von uns ein eigenes Gesicht zu gönnen.«

C.J. war seit nunmehr zwei Jahren mit dem Fall beschäftigt. Auf seiner Karte stand »C.J. O'Connell. Privatdetektiv. Dreht für Sie jeden Stein um.« Wenn man von der Höhe seiner Rechnungen ausging, dann mußte er mittlerweile ein Loch in der Größe des Grand Canyon gegraben haben. Laut Tash hatte er am Anfang eher vernünftig gewirkt. Es sollten zwei Zahlungen geleistet werden: 500 Dollar für eine »versuchte Lokalisierung« und 1000 Dollar für eine »erfolgreiche Lokalisierung«. Aber C.J. hatte bei jedem Schritt des Weges mehr Geld verlangt. Wann auch immer er einen Hinweis bekam, mußte irgendein Beamter bestochen werden, um eine Akte zu prüfen oder eine Kontaktperson anzurufen. Tashs Zahlungen waren mittlerweile auf 3000 Dollar hochgeschnellt. Wenn man mich fragt, dann war der einzige Stein, um den der alte O'Connell sich bislang gekümmert hatte, sein eigener Gallenstein – so wenig war bislang geschehen. Also war es hauptsächlich seinetwegen, daß Tash dauernd versuchte, Geld zu verdienen. Abgesehen von ihren sängerischen Auftritten, ihren Reklame-Jingles und ihren »Geschenken« aus der Hand seltsamer männlicher Wesen, machte sie sich regelmäßig zum menschlichen Versuchskaninchen für die Zwecke wissenschaftlicher Forschungen. Für 100 Dollar pro Mal hatte sie im letzten Monat genügend Hustensaft für einen ganzen Tag auf einmal getrunken, zehn Packungen Zigaretten im Kopfstand geraucht und war mit Drähten versehen worden, um elektrische Strömungen während des Orgasmus zu verfolgen. Und nun wollte sie testen, ob man ein kleines Bad in der Santa Monica Bay überleben würde oder nicht.

»Was muß man da genau machen?« Indem ich in eine Tasse Kaffee gähnte, beobachtete ich sie, wie sie ihre Brüste einzeln in ihr gepunktetes Bikinioberteil hievte.

»Nur einen kleinen Sprung rein machen, und dann später über die Nebenwirkungen berichten.«

Ich hatte gerade angefangen, mich in meinen Badeanzug zu winden, hörte nun aber, mit einem Bein in schwarzem Lycra gefesselt, auf und sah sie an. »Nebenwirkungen? Was für eine Art Neben...?«

»Wie soll ich das denn vorher wissen? Das Wasser ist voller Dioxin oder so was. Der Fisch, der gefangen wird, hat, na ja, drei Köpfe, Klumpflossen, kleine Unterwasserrollstühle. Es ist tragisch.«

Ich schob meinen Anzug zurück in die Schublade und zuckelte hinter ihr her zum Auto. Ein kurzer Hüpfer in ein Dioxinbad oder ein ganzer Tag voll hingegebenen Bauchnabelbetrachtens. Es war nicht gerade so, als würde ich mit anderen Angeboten geradezu überschwemmt. Zu der frühen Morgenstunde war der Himmel voller kühler Pastellfarben, es gab ein warmes Aroma von Jasmin und frisch gemahlenem Kaffee, und die Vögel sangen auch. Obwohl wir die ganze Nacht aufgewesen waren, spürte ich eine Welle der Lebenslust.

»Was grinst du denn so?« fragte Tash, als wir in die Zuhälterschleuder kletterten.

»Ich weiß nicht, es sind nur, die Vögel und die Blumen und so. Es ist ein bißchen wie dieses Lied. Wie geht das noch – ›Love is in the air‹, weißt du?«

Tash drehte sich zu mir und verdrehte ihre Nase. »Oh, Nein. Es ist nicht Liebe, du Idiot«, sagte sie nüchtern, »es sind Autoabgase.« Tash senkte den Kopf, um mit den losen Drähten unter dem Armaturenbrett zu fummeln.

»Was *ist* dieses Dioxinzeugs eigentlich? Du solltest lieber nichts runterschlucken«, beharrte ich, während sie das Auto kurzschloß und es ins Leben rief.

»Tue ich nie, Liebling.«

Reifen quietschten und Autos machten Ausweichschlenker, als Tash einige Male vom Bürgersteig abprallte, ehe sie ihr Auto in den Verkehr auf den Sunset katapultierte.

Tash hatte oft damit angegeben, daß sie ihren Führerschein dadurch bekommen hatte, daß sie den Prüfer bestochen hatte. Für ein Blaskonzert auf dem Rücksitz hatte er sich bereit erklärt, solche Nebensächlichkeiten wie Spurenwechsel auf zwei Rädern, rückwärtiges Belästigen stehender Wagen und das Fahren mit einer Hand, während die andere permanent auf die Hupe drückte, zu übersehen. Indem ich das Armaturenbrett in schweigender Angst festhielt, las ich die Nummernschilder, die an uns vorbeiblinkten: BIG BUKS, STAR LET, LUV CASH, MOGUL, BITCH 1...

Während wir an der Ampel des Doheny Drive warteten, hielten sechs Typen im Auto neben uns Punktkarten aus Pappe hoch, auf denen unser Sex-Appeal benotet wurde. Tash drehte ihnen ihr Gesicht zu und lächelte breit, ehe sie die Luft mit einem brutalen Finger stach. »Setzt euch drauf und dreht euch rum«, gab sie ihnen einen Rat. Die Ampel blinkte auf Grün, und Tash schmiß die Zuhälterschleuder nach vorwärts. Während wir ein Wettrennen veranstalteten, riskierte ich erneut einen Blick. Unsere Note war von acht auf drei gefallen. Ein seitwärts gerichtetes Blinzeln offenbarte uns sechs picklige Hintern, die gegen die Fenster gedrückt waren. »Glaubst du *jetzt*, daß die Typen hier nur auf *Autos* stehen?« forderte Tash, als sie schon wieder eine rote Ampel überfuhr und auf zwei Rädern um die Ecke in die Wilshire hineinschiffte. »Und das ist nicht alles. Es gibt Drive-in-Banken, Kirchen...Es gibt einen Drive-in-

Tierpräparator, der vierundzwanzig Stunden am Tag aufhat, um Himmels willen...« Sie triumphierte geradezu, daß sie ihre Behauptung beweisen konnte. »Tatsache ist, daß es ein Wunder ist, daß sie keine Präparatoren für Autos haben.«

»OK, ich glaube dir, daß kalifornische Männer ihre Autos lieben, aber ihre Autos können sie doch nicht zurücklieben, oder?«

»Oh nein?«

Tash latschte auf die Bremse. Es gab das übliche Ausschwenken und Kreischen, als der Kombi direkt hinter uns unsere Stoßstange rammte. (Tash hielt nicht an. Sie fand, daß dies genau das sei, wofür Stoßstangen gemacht seien: für Zusammenstöße.) Sie zerrte das Steuer herum, was die Zuhälterschleuder in eine Vollgas-Drehung schickte, die uns in die entgegengesetzte Richtung fahren ließ. »Vergiß den Strand, wir fahren jetzt zu *Pleasure Chest*. Wenn dich das nicht kuriert, dann bist du wirklich hoffnungslos.«

Die *Pleasure Chest* war ein Sexshop auf dem Santa Monica Boulevard. Neben dem üblichen Sortiment an pulsierenden, gerippten, rotierenden oder psychedelischen Dildos, Lederpeitschen und Nippelzangen hatte dieser Laden lebensgroße, vollgarantierte, elektronische männliche Puppen namens »Dave« und »Steve«. Der Verkäufer, ein Schleimer in Cowboy-Lederchaps, schlich sich an mich heran, um mir »Daves« verführerische Eigenschaften zu erklären. »Darf ich den großen Dave vorstellen. Zwar aus Plastik, aber der total elastische Mann Ihrer Träume. Nicht nur sagt Big Dave niemals nein, sondern, indem man hier diesen Knopf drückt, ejakuliert er eine Flüssigkeit ihrer Wahl. Er ist ein Macho, aber ein zärtlicher Liebhaber«, versicherte mir der Verkäufer. »Zu Ihrer Sicherheit ist er isoliert. Und das ganze Vergnügen für nur 49 Dollar 95.«

Die Dave-Puppe mag ja schockresistent gewesen sein, ich war es jedenfalls nicht. »Ah, ähm, vielleicht nicht gerade heute. Ich bin nur hier, weil meine Freundin...und ähm...Tash?«

Hinter den Plastikjungs befand sich eine Reihe gigantischer geballter Fäuste, die an Plastikunterarmen angebracht waren. »Was glaubst du bloß, was die Leute mit *so was* machen?« fragte ich ungläubig, während ich an Tashs T-Shirt-Ärmel hing.

Tash gab mir einen »Das-darf-ja-wohl-nicht-wahrsein«-Blick. »Ich vermute mal, die Leute benutzen sie auf Demonstrationen«, sagte sie scherzhaft. »Du weißt schon, falls ihre Arme mal müde werden. Was *glaubst* du denn, wofür die Leute das benutzen. Herrgott, Mädchen. Es ist an der Zeit, daß du mal einen kleinen Aufklärungsunterricht bekommst.«

»Ach, hör' schon auf damit.« Ich ließ ihren Arm wieder fallen und versuchte, wie eine Dame von Welt auszusehen. »Was willst du mir da erzählen?«

»Ach, nur so die Grundlagen, zum Beispiel, wer zuerst kopfüber von der Duschvorhangstange hängen darf, so was.« Tash, sichtlich genervt, führte mich am Ellbogen zum hinteren Ende des Ladens. »Da«, sagte sie und zeige triumphierend auf etwas, das wie ein Euter mit nur einer großen Zitze aussah, die in einen langen Gummischlauch überging, der an einem Ende einen Stutzen hatte.

Ich sah von dem Ding zu ihr. »Und?«

»*Auto-Gebläse*«, weidete sie sich an meiner Überraschung.

»Na und?«

»Typen stecken es in ihren Zigarettenanzünder im

Auto und stecken den Stutzen auf einen bestimmten, na ja, Teil ihrer *Anatomie*«, half sie mir auf die Sprünge.

Ich zuckte mit den Schultern.

»Es macht ihnen eine Fellatio«, sagte sie ungeduldig, »während sie *fahren.*« Sie schnipste das Monster in Aktion. Es vibrierte und machte dabei widerliche schlürfende und saugende Geräusche. Der Blick, den sie mir gab, war von oben herab, mit einem gewissen Anteil am alten »Hab-ich's-dir-doch-gesagt«. »Glaubst du mir *jetzt*?«

Ich stand da und beglotzte die Schlange, die sich da vor mir wand. Überall um mich herum gab es mysteriöse Apparate, die sich drehten und gurgelten. Alle Kunden sprachen in der gedämpften, andächtigen Tonlage von Leuten, die vor einer Audienz beim Papst Schlange stehen. Ich fühlte mich plötzlich schrecklich deprimiert. Es war zum Kotzen, wirklich.

»Alles in Ordnung?« Tash stand auf einem Bein und pellte sich ein Stück Kaugummi von ihrem anderen Stilett. Mit ihren unordentlichen Haaren, dem verschmierten Lippenstift, ihrem Nasenring und den schrägen Klamotten und einem Bein hinter sich hochgenommen, sah sie aus wie irgendeine exotische Stammesfrau im *National Geographic Magazine*. Sie lächelte süffisant. »Ein bißchen *autokrank*, was? Nur aus Neugier, was für eine Größe Auto fährt eigentlich unser Pierce-Baby?«

»Was? Keine Ahnung. Vermutlich ein großes.«

»Na ja, dann ist er auch nichts, worum sich der Kummer gelohnt hätte. Das ist eine der ersten Sachen, die man über amerikanische Männer lernt. *Großes* Auto« – sie wackelte ihren kleinen Finger vor meiner Nase herum –, »*kleiner* Schwanz.«

Als ob das Autofahren in L.A. nicht schon kompliziert genug wäre. Am nächsten Morgen bekam ich ein Peitschenhiebsyndrom im Taxi zum Studio, weil ich dauernd den Kopf umdrehte, um herauszufinden, welche Männer beim Fahren zu *glücklich* aussahen.

Als ich dann auf dem Gelände angekommen war, bezog ich auf dem silbernen Kotflügel eines roten Sportautos gegenüber von Pierces Stellplatz Position und las in meiner Straßenordnung herum. Eins, was ich über L.A. gelernt hatte, ist, daß, während man Blut trinken, Hunde heiraten und Exkremente-Feten abhalten kann – es ein Sakrileg gibt: Fußgängertum. Während ich auswendig lernte, wieviel Zentimeter vom Bürgersteig entfernt man parken muß, kam Pierce in seinem Ferrari Testarossa angeröhrt, stieg aus bzw. »ent-autote«, wie man in Kalifornien sagt, und hob die Motorhaube hoch. Wie ein Zahnarzt steckte er seinen Kopf in die motorisierte Höhle. Er bemerkte mich noch nicht einmal.

»Dieses Auto ist für dich viel zu groß«, rief ich ihm gereizt zu.

Pierce schien sich mit etwas anderem auseinanderzusetzen. »Häh?«

»*Kleine* Männer fahren *große* Autos«, führte ich zehn Dezibel lauter aus. »Das ist eine der ersten Sachen, die man über Männer lernt: großes Auto, kleiner Schwanz.«

Pierce holte seinen Kopf wieder heraus und warf einen flüchtigen Blick in meine Richtung, dann kam er auf mich zugeschlendert. Er schnappte sich die Broschüre aus meinen Händen. Eine amüsierte Augenbraue schoß über seine makellose Stirn.

»Straßenordnung, was?« Während er die Seiten durchblätterte, genoß ich seine Anwesenheit. Heute hatte er die Haare wie ein Gangster zurückgegelt. »Okay, was machst du an einem ›Stop‹-Schild?«

»Nach kalifornischem Usus«, antwortete ich trotzig, »ziehe ich meine Knarre heraus und ziele auf den Fahrer in der Spur neben mir.«

Pierces Augen blitzten. »Richtig. Und jetzt, was ist ein Fußgängerüberweg?«

»Ähm, ein Trick, um Fußgänger in die Mitte der Straße zu locken?« schlug ich vor.

Pierce küßte seinen Zeigefinger und drückte ihn dann gegen meine Lippen. Ich spürte ein Kitzeln in der Rückseite meiner Knie. »Sehr gut. Setz dich vorne in die erste Reihe. Erinner' dich immer daran, für Hunde und Jogger langsamer zu werden und beim Anblick eines Fußgängers Gas zu geben. Und versuch', Verkehrsstaus zu umfahren. Wenn du zu lange in dieser Stadt stehenbleibst, wird irgend jemand versuchen, dir einen gottverdammten EST-Kurs aufzuschwatzen.« Ich lachte. »Jetzt«, fuhr Pierce fort und blinzelte über seine Raybans hinweg, »welche Pistole ist auf einer Autobahn sinnvoller? Eine 38er *Smith & Wesson*, eine abgesägte Flinte oder eine automatische Waffe?«

Ehe ich ihm antworten konnte, kam Abes glatte schwarze Limousine neben uns herangeschlichen. Ein elektronisches Fenster aus Rauchglas senkte sich. »Rondah sucht dich«, informierte Abe Pierce. Das Fenster ging wieder hoch, und das Auto schlich auf die Sicherheitstore zu.

Pierce schob seine Raybans wieder auf sein Nasenbein hoch. Seine gute Laune verflog. »Scheiße.« Er vergrub seinen Kopf wieder unter der Haube und fuhrt fort, da herumzubasteln.

Um die Wahrheit zu sagen, waren wir bei uns zu Hause

nie besonders erpicht auf moralisches Wohlverhalten gewesen. Dad sagte, daß wir uns im Grunde nicht leisten konnten. Aber es gab zwei Regeln, nach denen ich mich richtete. Erstens, täusche nie einen Orgasmus vor, und zweitens, spanne nie einer anderen Frau den Typen aus. Obwohl ich fand, daß Rondah das war, was wir zu Hause einen totalen Rücksauger nannten (ihre Mutter hätte sie bei der Geburt zurücksaugen sollen), war es gegen den Aussie-Damen-Code, auf ihr Territorium vorzugehen. »Wie lange bist du schon mit Rondah zusammen?«

Pierces Kopf schnellte nach oben und knallte gegen die Motorhaube. »Was? Komm' mal zurück auf die Erde. Diese Frau könnte einen Dildo zum Versagen bringen.«

»Na ja, ich dachte nur. Du hast in ihren Armen geweint, am Tag, als wir uns kennenlernten...«

»Auf dem Glücksstab dieser Frau steht Harley Davidson drauf.« Pierce ging um sein Auto herum und trat dabei jeden einzelnen Reifen, wie Männer das eben so machen. »Diese Frau hat jeden Ehehygieneartikel, der der Menschheit je geschaffen worden ist.« Kick. »Sie braucht Starthilfekabel, um in die Sache reinzukommen.« Kick. »Wenn *sie* dann startet, dann werden in L.A. die Lichter schwächer.« Kick.

»Und warum scharwenzelst du dann um sie herum?«

Er beruhigte sich, lehnte sich gegen das Auto und zuckte mit den Achseln. »Ich habe kein Rückgrat. Hab' ich dir doch gesagt. Es ist verdammt viel einfacher, mit ihr mitzumachen als auf der falschen Seite von ihr zu stehen. Sieh' doch mal, was sie mit dir anstellt.«

Erleichterung durchspülte mich. Aber nur, weil Pierce momentan nicht Mandel-Hockey mit Rondah spielte, hieß das noch lange nicht, daß er keine andere hatte. Wie konnte ich diese Information aus ihm herausbekommen, ohne meine Gefühle zu verraten? Ich würde geschickt, phantasievoll, cool sein müssen. »*Bist* du denn in jemanden verliebt«, platzte ich heraus, »oder was?«

Pierce schlüpfte plötzlich wieder in sein cooles Ego zurück. »Es ist der verdammte Keilriemen.« Er bückte sich über den Motor mit dem besorgten Ausdruck eines Elternteils, das sich mit einem Spiegel in der Hand über eine Wiege beugt, um festzustellen, ob das Baby noch atmet. »Setz dich hinter das Steuer«, befahl er. Ich gehorchte. »Stell' sie mal an.« Während ich den Schlüssel in das Loch steckte, verspürte ich ein Zwicken an Angst in meiner Magengrube. Er nannte das Auto *sie*. »Okay, tritt mal auf die Bremse! Gas. Bremse. Gas.«

»Also, bist du's nun?« rief ich aus dem Fenster und pumpte auf den Pedalen herum.

Er trat einen Schritt zurück und faltete über seinem Bauch die Hände. »Scheiße.« Seine Daumen drehten und drehten sich umeinander, wie zwei kleine fleischige Turbinen in einem Motor. »Ich werde sie direkt zur Reparatur geben müssen. Und ich wollte heute abend doch nach Malibu fahren.«

»Seidenstrümpfe.«

»Was?«

»Na ja, weißt du, wenn ein Keilriemen kaputtgeht, dann passiert es, daß die Wasserpumpe aufhört, das heiße Wasser in den Kühler zu pumpen, wo es, du weißt schon, gekühlt wird. Aber du kannst eine Art Übergangskeilriemen aus einem Seidenstrumpf basteln. Du ziehst ihn um die Zugrollen, ziehst ihn fest und machst einen Knoten.«

Pierce schaltete seine Daumen wieder ab und schaute mich intensiv an. »Du weißt wirklich über all diese Autoreparaturgeschichten Bescheid?«

Ich nickte. Ich weiß, es muß merkwürdig gewirkt haben, wo ich doch nicht mal fahren konnte und so. Aber es gab einen Grund, warum ich alles über Autos wußte: Mein Vater haßte sie. Er ist der einzige Gangster der Welt, der ein Fluchtfahrrad besitzt. Nachdem Dad so oft im Knast saß, machte ich alle Reparaturen in Mums Haus, vom Wechseln einer Glühbirne bis zum Kontrollieren des Schmieröls, und alles für lau. Möglicherweise weiß ich nicht, wie man rückwärts einparkt, aber ich weiß sehr wohl, daß man geplatzte Zündkolben in einem Motor mit Nagellack versiegeln kann, ein geplatztes Heizrohr mit Tipp-Ex reparieren kann und Risse im Heizradiator mit Eiweiß verstopfen kann.

Pierce sah mich einen Moment lang zweifelnd an und warf dann seinen Schlüsselbund herüber. »Okay«, sagte er und glitt geschmeidig über den Parkplatz. »Sie steht ganz zu deiner Verfügung.«

Der Motor lag offen vor mir. Ich schaute in seinen aufgesperrten roten Schlund hinab, direkt in seine glänzenden Metall-Innereien. Und dann machte ich etwas wirklich klugscheißerisches. Indem ich mir selber vormachte, daß ich eine Kassette spielen wollte, glitt ich zurück in den Fahrersitz. Ich schaute die Reihe von Autos auf und nieder. Der Parkplatz war menschenleer. Meine Beine schwitzten auf dem heißen Leder. Ich grabbelte unter dem Sitz. Nichts. Mit feuchten Händen suchte ich den Rücksitz ab. Nichts. Ich durchwühlte das Handschuhfach. Und da war es – unter den Parknöllchen, Kondompackungen, Schwimmbrillen, Schweißbändern, staubbedeckten Bonbons, pelzigen

Stücken Hamburger, Haarspraydosen und schimmeligen Suspensorien: ein Auto-Gebläse. Ich spürte, wie sich mein Herz zusammenzog. Ich hatte mich in einen Kerl verliebt, der in sein Auto verliebt war. Prima. Ich fand es schon schwierig genug, mit einer anderen Frau zu konkurrieren, aber eine glatte, rote, super Maschine, die in 2,9 Sekunden von 0 auf 100 kommt? Ich zog meine Strumpfhose aus und wand sie fest um die Zugrollen. Ich knallte die Motorhaube zu, setzte mich unter der brennenden Sonne auf sie drauf und schmollte.

Nun ja, dachte ich, immerhin gab dies dem Begriff »Sexualtrieb« ein ganz neues Bedeutungsfeld.

Komödien-Killer

»Ich weiß auch nicht, warum man so was ein *live* Publikum nennt«, spottete Pierce, als er sich hinter mir heranschlich und über meine Schulter auf die zehn oder zwölf Reihen von Leuten im Studio schaute. Ich untersuchte die Reihen unbewegter Gesichter. Das Publikum von DINKS schien ausschließlich aus Rentnern zu bestehen, die mit Bussen aus geschützten Milieu-Therapie-Situationen für die unheilbar Langweiligen herangeschleppt worden waren, beziehungsweise aus Teenies, die schon beim bloßen Anblick von Pierce Scanlen loskreischten.

Wann immer Pierce öffentlich auftrat, fielen Frauen in Ohnmacht, im Schnitt eine alle zwölf Sekunden. Sein Autogramm wurde momentan für 20 Dollar auf Schulhöfen gehandelt, und sein Fanclub hatte kürzlich einen Wettbewerb unter den Mitgliedern veranstaltet, dessen Preis eine Dose seines *Atems* war. So wie ich Pierce kannte, hatte er sich vorher bestimmt nicht die Zähne geputzt.

Rondah hatte es fertiggebracht, mein Debüt bis kurz vor *Thanksgiving* hinauszuzögern, als endlich im Aufnahmezeitplan dafür ein Termin geschaffen worden war. Die erste und zweite Szene gingen so glatt runter wie Milchshakes. Erst bei meinem Auftritt wurde die ganze Sache sauer. Kaum hatte ich einen Lacher im Publikum erzielt, als Rondah ihren nächsten Einsatz verbaselte, die Kameras wegwinkte und in die Hände klatschte.

»Sterling«, befahl sie mit lässiger Arroganz, »einen Zahnstocher.« Sterling war Rondahs Vollzeitsklave. Er spielte für den Weg zum Studio und zurück den Chauffeur, hielt ihr die Fans vom Leibe und wurde von ihr gezwungen, öffentlich vor ihr zu dienern und ihr womöglich noch den Hintern zu wischen. »Ich *muß* jetzt einfach einen Zahnstocher haben.« Während er vom Set wegsprintete, fragte ich mich, was er wohl unter »Beruf« auf seiner Einkommenssteuererklärung stehen hatte. Wahrscheinlich »Vollzeit-Zahnstocher-Holer und Hausinterner Arschwischer.«

Ich setzte mich in nervösem Schweigen auf die Kante der Couch, umgeben von monströsen Kameras. Sie waren alle wie Pterodaktylen, die sich ihr Opfer gerade unter die Lupe nahmen. Die anderen Schauspieler lümmelten sich nonchalant überall im Set herum und sahen mit offener Verachtung das zutiefst beeindruckte Publikum an.

Rondah strahlte ihre Fans an und wünschte ihnen allen ein fröhliches *Thanksgiving*-Fest, drehte sich dann um und machte ein Affengesicht für die anderen Schauspieler.

»Knöchelschleifer«, zischte sie.

Die Kameramänner klimperten mit losen Münzen in ihren Taschen. Die Autoren runzelten ihre Stirn in die Luft hinein. Ping und Phoebe grasten gelangweilt das übriggebliebene Essen auf dem Set ab. Mimi wählte eine Orange aus einer Requisitenschale, holte sie mit schnellen Griffen aus der Haut, warf die Frucht weg und knabberte gierig an der Rinde. »Da sind die Vitamine drin«, empfahl sie mir, und bot mir ein Stück an. »In der Schale.« Jawohl, dachte ich mir, während ich danke, nein, den Kopf schüttelte. Und genau da werden sie auch bleiben.

Pierce brachte sich auf der Lehne meines Sessels in Position und holte einen fluoreszierenden Jojo aus seiner Tasche, den er mit Expertise fortschleuderte und wieder einholte.

»Weißt du, was ich mir gerade überlegt habe?« sagte er mir. »Laß uns mal annehmen, man wird achtzig – weißt du, wieviele Jahre deines Lebens du damit verbringen wirst, dich zu paaren? Sechs. Plus fünf Jahre Arbeit im Haushalt. Was der Grund dafür ist, daß ich keine mache. Zwei Jahre lang versucht man, Leute anzurufen, sechs Jahre Onanie, und ein Jahr auf der Suche nach Kram, den man verloren hat. Hast du jemals darüber nachgedacht?«

Ich sah ihn leer an. Alles, woran ich denken konnte, war, wie langweilig Fernsehen wirklich ist. Das arme Publikum hätte wahrscheinlich mehr Spaß dabei, einer Waschmaschine zuzusehen.

Pierce hatte mittlerweile zehn *Walk-the-dogs* und zwanzig *Around-the-Worlds* vorgeführt, als Sterling keuchend wieder auftauchte und Rondah den Zahnstocher reichte.

Sie brach das maßgeschneiderte Holzstückchen entzwei und schnipste es auf den Boden. »Zu spät«, erklärte sie. »Der Moment ist vorübergegangen.«

Sterlings mittelaltes Gesicht lief rot an. Er nickte und ging steif zurück auf seinen Platz an der Seite der Bühne. Die Kameras blinkten wieder ins Leben zurück. Das »Lachen«-Schild leuchtete auf, und die Szene rollte weiter.

Aber fünf Minuten nach dem Beginn von Szene Vier ließ Rondah die Komödie wieder entgleisen. »Brrr. Brrrr!« Sie hielt ihre Hand hoch, mit nach außen gerichteter Handfläche, als ob sie einen riesigen Waggontreck im Mittleren Westen beim Anblick von gefährlichen Indianern zum Halten brächte. »Mentale Zwerge?« rief sie wegen einer meiner Partien im Dialog aus. »Wißt ihr, ach je, ich finde diesen Kommentar einfach so total anstößig gegenüber den Menschen, die von minimaler Körpergröße sind«, sagte sie und manövrierte sich zwischen mich und die Kamera.

Ein Knoten an Wut zog sich in meinem Bauch fester zusammen. »Ähm«, hörte ich mich sagen, »ich verstehe eigentlich nicht, was die ganze Aufregung soll.« Ein Raum, der nur noch aus Augen bestand, drehte sich auf mich. »Ich meine«, stotterte ich, »wenn irgendein geistig Behinderter das hört, der würde doch die Anspielung nicht verstehen, oder? Und wenn's ein Zwerg ist, der wäre zu kurz, um ans Telefon ranzukommen und einen Beschwerdeanruf zu machen.« Rondah tippte irritiert ihren Fuß auf den Boden. Diese Frau würde selbst auf einem Witz-Festival keine Miene verziehen, kein Scherz. »Ich denke, daß...«

Sie wirbelte herum, um mich anzusehen. »*Ich* bin hier der Star der Show«, zischte sie. »Wenn *du* der Star der Show bist, dann kannst du anfangen zu denken.«

Schweigen fiel auf den Saal herunter. Rondah signalisierte Ping und Phoebe, sie sollten sich drüben beim »Lachen«-Schild zum Kriegsrat einfinden. Abe erschien auf dem Set mit gerunzelter Stirn. Max kam hinter ihm mit langsamen, schweren Schritten hereingetrampelt.

»Es tut mir einfach so leid«, erklärte Rondah mit süßer Stimme, »aber ich glaube einfach nicht, daß wir mit der

Aufnahme weitermachen können, solange diese Aussage noch im Drehbuch ist. Oder, Mädchen?« Phoebe und Ping nickten wie die Spielzeughundchen mit Federn in den Hälsen, die man hinten in Autofenstern sieht. »Liebes Gottchen. Ich weiß gar nicht, wie ich das während der Proben habe übersehen können, wirklich nicht.« Sie lächelte so breit und so lange, daß ich sie sicherlich, wenn sie mal ermordet im städtischen Leichenschauhaus aufkreuzen sollte (Wunschdenken hätten wir da mal wieder), allein schon an ihren Zähnen hätte identifizieren können.

Abe drehte sich zu mir und schraubte seine Lippen nach oben. »Nimm's nicht so tragisch. Es ist immerhin keine Gehirnchirurgie, meine Süße. Wir machen dir nächste Woche einen witzigen Dialog.«

Pierce linste über sein eselsohriges Buch hinweg. Als er meinen Blick abfind, streckte er seinen Hals hoch und zog seinen Zeigefinger über seine blasse Kehle, als ob sie aufgeschlitzt würde. Aber er mußte mir das gar nicht sagen. Ich wußte schon jetzt, daß, wenn ich es jetzt nicht schaffte, es keine nächste Woche geben würde. Es würde nur die Ecke oben links bei *Hollywood Squares* geben.

Während Max und Abe sich zu einer geflüsterten Konferenz zurückzogen, ließ Rondah sich neben mir auf der Couch nieder und klapste mir tröstend auf den Unterarm. Ihre Finger fühlten sich an wie gepolsterte Krallen. »Nimm's nicht persönlich, Schätzelchen. Es ist nicht deine Schuld. Keineswegs. Es sind diese verdammten Autoren. Aber wenigstens läßt uns das Zeit für eine kleine Unterhaltung, nicht wahr, hmmm?« Sie schlang eine Locke ihres langen Haares um einen bemalten Finger herum.

»Meine Spione berichten mir, daß du gesehen worden bist, wie du in Pierces Nähe herumhängst. Verschwende mal nicht deine Zeit, Liebes.« Obwohl sie mich anlächelte, hatten ihre Augen ein teuflisches Leuchten. »Ich weiß, daß es in einer neuen Stadt immer schwer ist, sich einzugewöhnen. Aber weißt du, um ehrlich zu sein, meine Süße, du bist einfach nicht sein Typ. Pierce fliegt auf *raffiniertere* Frauen. Frauen mit Klasse, verstehst du, was ich meine? Jemand mit Geschmack, mit Eleganz, mit Erziehung. Die Sorte Frau, die in die besten Restaurants der Stadt mit nur fünf Minuten Vorwarnung reinkommt. Nimm's mir nicht übel«, sie ließ die Locke sich wieder aufribbeln, »aber du würdest wahrscheinlich Schwierigkeiten haben, bei McDonald's einen Tisch zu kriegen.« Es gab ein scharrendes Geräusch, als sie ihre bestrumpften Beine wieder aus dem Knoten löste und aufstand. »Ich sage dir das als deine Freundin.« Während sie sich auf einem Bleistiftabsatz umdrehte, wischte sie einen Haufen »freundschaftlicher« Haare über ihre Schulter und in mein Gesicht, ehe sie die Bühne überquerte, um sich auf die Lehne von Pierces Stuhl zu setzen und dort mit Besitzermiene nichtexistente Schuppen von seiner Schulter zu bürsten.

Ich wünschte ihr was wirklich Nettes – man ahnt es, zum Beispiel, daß sie von einem verrückten Sexualverbrecher mit Mundgeruch entführt würde.

Max machte ein Zeichen allgemeiner Niederlage in meine grobe Richtung und machte sich auf nach hinten, um den anderen Autoren die Nachricht zu übermitteln. Die Aufnahme stolperte weiter, wobei mehr und mehr meines Dialogs herausgeschnitten wurde. Rondah erreichte es, daß der gesamte Witz meiner Rolle wegamputiert wurde. Am Ende der Show, gerade als ich überlegte, eine Verabredung mit einer beruhigenden Flasche Seconal zu treffen, kam Pierce herübergeschlichen.

»Hey Kid, ich hab' vergessen, dir die vierte Regel Hollywoods zu sagen. Lerne, dich vornüber zu beugen, den Hintern in die Luft zu strecken und dich an den Fußknöcheln festzuhalten.«

»Was?«

Er hievte seine Jeans hoch und offenbarte mir eine braungebrannte und muskulöse Wade. »Siehst du? Permanente Griffspuren.«

»Sie hat gerade meiner Rolle die totale Witz-Ektomie verpaßt.«

»Rondah Rivers«, sagte er, »Komödien-Killer. Na ja, wenigstens, wenn du gefeuert wirst, hast du noch einen Beruf, auf den du zurückgreifen kannst. Du bist ein großartiger Mechaniker, weißt du das?« Er steckte seinen Zeigefinger in die Lücke zwischen seinen vorderen Schneidezähnen und holte dort eine Tabakfluse heraus. »Die alte Ferrari-Schleuder läuft immer noch. Hey, du hast was gut bei mir.«

Ich sah rüber zu Rondah, die ganz in lippenstiftigem Lächeln aufging und den Baumbewohnern, über die sie sich eben noch mokiert hatte, Autogramme unterschrieb. »Abendessen.«

»Was?«

»Das ist es, was ich bei dir gut haben will.«

»Häh?«

»Essen gehen. Irgendwas Schickes. Ich mach' die Reservierung.«

Klasse-Frau

Tash legte Gurkenscheiben auf meine Augen. »Was bin ich? Ein Salat? Ich fühle mich *läch*erlich.«

»Ssscchh.«

»Das wird eine Katastrophe, ich weiß es einfach. Er ist glamouröse Frauen gewöhnt. Du weißt schon, die Pailletten tragen und maßgeschneiderte Zähne haben.«

»Würdest du bitte aufhören, dich hier herumzuwinden.« Tash, mit konzentriert offenem Mund, beschmierte mein Gesicht mit einer Maske aus Eis und Schlamm. Meine Hände waren in irgendeine Art von Napalmflüssigkeit eingetunkt, und meine Haare, mit Henna bestrichen, waren in einem Turban aus Frischhaltefolie versiegelt. »Ja, du wirst genauso raffiniert aussehen wie alle diese Mädchen, wenn ich erst mal mit dir fertig bin.«

Ich entfernte einen Gemüse-Augenschutz und fing an, ihn zu verspeisen, während ich Tash anstarrte wie ein Zyklop. »Warum bist du eigentlich plötzlich so scharf drauf, daß ich heute abend mit ihm ausgehe?«

»Wenn du einmal mit diesem Typen ausgegangen bist, wirst du endlich erkennen, was für ein Blödmann er ist und endlich über diesen ganzen Liebes-Bullshit hinwegkommen.« Sie trocknete meine Hand und fing an, Acryl-Spitzen auf meine echten geschnittenen Nägel zu modellieren. »Und dann können wir endlich zur *Pleasure Chest* gehen und dir deinen ersten Ehehygiene-Artikel kaufen.«

»Gott«, stöhnte ich sehnsüchtig, während ich an meinem anderen Augenschutz knabberte. »Ich wünschte, ich wäre wie ihr alle. Ihr Amerikaner... Ihr seid alle so stark. So...ich weiß nicht...so optimistisch.«

»Natürlich sind wir optimistisch.« Tash beschlagnahmte die Gurkenscheibe von meinen Fingern und arrangierte sie wieder über meinem Auge. »Dies ist ein Land, in dem alles möglich ist. Ich meine, Jesus, Sylvester Stallone ist, na ja, ein *Riesen-Star*!«

Wir hatten erst meine linke Hand gegelt und gemodelt und gebacken, als einer von Tashs menschlichen Ehehygiene-Artikeln an der Schlafzimmertür klopfte. »Hey! Was macht ihr Mädels da drin? Leckt eure *irrigenen* Zonen?«

Wenn Tashs Freunde noch ein bißchen doofer wären, dann müßte man sie wahrscheinlich einmal wöchentlich gießen.

»Ich komme«, rief ihm Tash zu. Sie lehnte ihren Kopf auf die Seite und lauschte seinem stapfenden Rückzug in ihr Schlafzimmer, ehe sie mir mit einem verschwörerischen Flüstern mitteilte:

»Unterhosen-Schnüffler. Wahr. Er hat eine ganze Sammlung, von alten Freundinnen und so.«

»Quatsch.«

»Kein Scherz. Es fing an, als er im College war und einen Job bekam als Teilzeit-Möbelpacker bei einer Umzugsfirma.« Tash hob meine Hand am Handgelenk hoch und begann, die nassen Fingernägel in der Luft hin und her zu wedeln. »Er fand damals immer unter irgendwelchen Betten und so Damenunterhosen. Er, na ja, frischt sie auf, indem er den Schritt über eine Glühbirne hängt. Du weißt schon, um – um – den Geruch wieder zu beleben. Und dann schnüffelt er los wie ein Weltmeister. Also paß ein bißchen auf!«

»Igitt. Was für ein Drongo. Wieso um Gottes willen gehst du mit so einem...«

»Drongo?«

»Ich wollte Ratte, Abschaum sagen. Du weißt schon, totaler Klugscheißer.«

Sie zuckte mit den Achseln. »Ich brauche ein Darlehen. Er mag ja in der Nacht ein bißchen seltsam sein«, sagte sie und drehte den Türknopf, »aber tagsüber ist er Banker. Und jetzt«, sie checkte ihre Mickymaus-Swatch, »krieg' mal deinen *Arsch* hoch, Mädchen.«

Als sie zurückkam, hatte ich meine gesamte Garderobe anprobiert und wieder verworfen. Eine Kaskade an Stoff floß über das Bett und auf den Boden. Tash betrachtete meinen nackten Körper, der am Spiegel zusammengesackt war.

»Willst du was von mir ausleihen?«

»Ja«, ich wandte mich an mein kümmerliches Spiegelbild. »Deinen Kopf, deine Beine und deinen Ausschnitt.«

»Hör' mal, es ist nicht wichtig, was du tragst, okay, sondern wie du's trägst. Sieh' einfach zu, daß du nicht die Fassung verlierst. Benimm dich bißchen blasé.«

»*Blasé*? Wie kann ich mich *blasé* benehmen? Ich gehe mit dem sexysten Mann der Welt essen, und du willst, daß ich mich *blasé* benehme?«

»Hör' mal, wenn du denkst, daß du den Faden verlierst und gleich was ganz Doofes sagst, dann weiß ich auch nicht. Erinner' dich an irgendwas ganz Langweiliges. Das ist die beste Art, blasé zu wirken.«

»Was zum Beispiel?«

»Weiß ich doch nicht, oder? Sag' die amerikanischen Präsidenten nacheinander auf. Zähl' auf Französisch bis zehn. Und bestell' irgendein cooles Essen. Das beeindruckt die Typen immer höllisch. Wie, ich weiß nicht, Pâté.«

Tash befreite mein Haar, spülte und trocknete es, fixierte meine Gesichtszüge in Make-up-Zement, schmierte mir den Lippenstift drauf und hebelte mich dann in eins ihrer mit Pailletten ausgestatteten Kleider hinein. Es hatte die riesigsten Schulterpolster, die man sich vorstellen konnte. Ich sah aus wie ein Gürteltier, das Steroide genommen hatte. Das Restaurant, in dem Tash für mich reserviert hatte, hieß »Spago's«. Das war die Sorte Lokal, bei dem man praktisch bei seiner Geburt schon den Namen vormerken lassen mußte, um eine Reservierung dort zu bekommen. Tash hatte so tun müssen, als sei ich mit Paul Hogan und Princess Di verwandt und dem Chefkellner einen Phantasy-Sex-Anruf versprechen müssen, ehe der überhaupt anfing, darüber nachzudenken, ob er noch einen Tisch frei hatte.

Während ich am Tisch saß und auf Pierce wartete, wurde mir endlich klar, warum die Damen in L.A. so auf Pailletten stehen. Man kann, während man in die Unmengen Minispiegel linst, entgangene Augenbrauenhärchen entfernen, den einen oder anderen Pickel ausdrücken oder nach Lippenstift-Schmierern suchen. Ich war mit alldem beschäftigt, als Pierce seinen verspäteten und köpfeverdrehenden Auftritt hatte. Er kreuzte den Raum herauf, wobei er an verschiedenen Tischen kurz einlief, um spontan vorbereitete Sprüche loszulassen und die Wangen der BBBs zu küssen (der *blond, bronzed and beautiful)*. Beiderlei Geschlechts. Man glaube mir, wenn man in L.A. lebt, lernt man, daß der Begriff Bimbo nicht geschlechtsspezifisch verwendet werden muß.). Als er näher kam, merkte ich mit Entsetzen, daß er immer noch in seinem schweißdurchtränkten Trainingsanzug steckte und eine Sporttasche locker über eine body-gebuildete Schulter geworfen hatte. Ich sank in meinem Stuhl nieder und wünschte mir einen Dimmerschalter an meinen Pailletten. Pierce rutschte auf den Stuhl mir gegenüber. Er stank nach Haargel und Schweiß. Ein intensiver, berauschender Geruch. Nachdem er mich gelinde amüsiert und von oben bis unten gemustert hatte, würgte er plötzlich und hielt sich die Nase.

»Was?«

»Dein Parfum.«

»Zu intensiv?«

»Intensiv? Mein Himmel, nächstes Mal lasse ich vorher einen Kanarienvogel im Käfig hereintragen.«

Ich nahm einen Schluck meines Mineralwassers. Das war gar nicht so leicht. Erstens hatte Tash nur Zeit gehabt, mir diese Acryl-Fingernägel auf die linke Hand zu backen. Ich bin Rechtshänderin. Meine Linke dauernd benutzen zu müssen, war schon anstrengend genug, aber dann waren das auch noch Fingernägel in waffenscheinpflichtiger Länge. Kein Wunder, daß glamouröse Frauen immer nur herumsitzen und viel lächeln. Sie können gar nichts anderes *machen*. Mit vor lauter Konzentration gefurchter Stirn manövrierte ich das Glas wieder auf den Tisch. »Ich hab' uns etwas Pâté bestellt«, sagte ich cool und schob ihm den Teller mit meinem Ellbogen rüber.

Pierce schreckte zurück. »Ich bin, ähm, Vegetarier.«

»Wirklich?«

»Ja. Ich kann nichts essen, das früher mal ein Gesicht hatte.«

»Oh.« Ich rückte den Teller langsam hinter die Speisekarte und aus seinem Gesichtsfeld. Tashs Kleid war so eng, daß ich bei jeder Bewegung ungefähr tausend Pailletten um mich sprühte. Eine fiel genau in die Mitte der Pâté, saß da und zwinkerte obszön. »Es ist sowieso politisch nicht korrekt, französisches Essen zu sich zu nehmen. Ich boykottiere es. Na ja, ich *girl* kottiere es. Ich meine«, stürzte ich mich immer weiter hinein, »sie zerstören ja den ganzen pazifischen Ozean mit ihren ganzen Atomtests und –«

»Ja! Ich bin frankophil. Total.« Pierce schaute träge in den Raum hinein. »Finde alles Französische großartig. Flaubert, Molière, Camembert.«

»Sicher«, stimmte ich ihm cool zu, wobei ich nicht die geringste Ahnung hatte, von wem oder von was er überhaupt redete. »Ich auch. Alle Bären.« Ich merkte plötzlich, daß mein linkes Schulterpolster dem Schwerkraftgesetz nachgab. Es war etwas verrutscht und senkte sich langsam in Richtung meines Schulterblattes ab. Es gab mir ein Gefühl von Schlagseite. Um es auszugleichen, lehnte ich mich in die andere Richtung.

Pierce bestellte Salate und zwei Margheritas.

»Was ist das denn?«

Er sah mich an, als hätte ich gerade meine Eierstockzysten-Operation mit dazugehöriger nachoperativer Infektion beschrieben. »Du machst dich lustig. Es ist, was *Gott im Himmel* trinkt, das ist es, was es ist«, sagte er. »Jesus, ich bin unterwegs mit einer Barbarin!«

Indem er in der Tasche seiner Lederjacke herumfischte, erklärte mir Pierce, daß er nach dem Sport im Studio »vorbeigeschaut« habe, um das Drehbuch für diese

Woche abzuholen, und dazu auch noch einen Haufen Fanpost bekommen habe. Er zog den parfümierten Stapel heraus und pellte die ersten paar Umschläge ab. »Hör' dir das mal an«, gluckste er und fing an, eine Liste von Namen und Nummern herunterzubeten. Ein Fan berichtete unsterbliche Liebe und Lust. Andere versprachen Fellatio und selbstgekochte Abendessen. Es gab die Erklärung einer Mystikerin, die ihm offenbarte, daß sie und Pierce in einem vorherigen Leben schon einmal ein Liebespaar waren. Einem Brief war eine detaillierte Skizze der *labia majora* eines Fans beigefügt. Ein anderer Umschlag beinhaltete eine kleine Locke Schamhaar, die mit einer rosa Schleife zusammengebunden war.

Ich schluckte meine Margherita praktisch in einem Zug.

Der nächste Fanbrief bezeugte, daß während einer Freudschen Tiefenanalyse der Psychiater der Autorin des Briefes festgestellt hatte, daß ausschließlich Pierce sie körperlich, emotional und geistig befriedigen konnte und daß, wenn sie ihn nicht kennenlerne, die Balance ihres Yin und Yang vom organischen Gegenrhythmus gestört werden würde. »Ziemlich erregendes Zeug, was?«

Ich zuckte kühl mit den Achseln und fuhr mit meiner Zunge den Glasrand entlang.

»Lächerlich. Wie kann man nur zum Psychiater gehen.« Pierce beobachtete mich unter halbgeschlossenen Augenlidern. Ich stürmte nervös weiter geradeaus. »Ich meine, tagein, tagaus über sich selber reden. Es ist so nachgiebig gegen sich selbst. Es ist nur ein Hobby, weißt du. Wie Golf. Das ist es!« stellte ich eifrig fest. »Analysen sind einfach die amerikanische Version von Golf!«

Pierce faltete die Briefe zusammen und warf sie in den Aschenbecher. »Ich gehe zum Psychiater«, sagte er. »Jede Woche.«

Ich sandte dem Kellner einen Winkspruch nach einer neuen Margherita. »Wirklich? Mein Hobby ist es, mir Schlittschuhe aus Fett anzuziehen, dann brauche ich nicht in die Näpfchen zu treten, falls du das noch nicht bemerkt hast. Mache ich immer.« Er fuhr fort, mich intensiv zu betrachten. Ich wand mich unter seinem Blick. »Na ja, heute abend sind meine Füße aber auch ganz anständig angezogen. »Guck' mal.« Ich stemmte mein Bein auf die Tischkante hoch. »Tash, das ist meine Freundin, nennt das hier ihre ›Folge-mir-nach-Hause-und-bums-mich‹-hohen Hacken.« Pierce, der sich lässig seine Rippen kraulte, blinzelte mit milder Neugier. »Ich meine, nicht daß ich wollte, daß du... Ich meinte nicht, daß ich...« Gott sei Dank war Los Angeles in einer Erdbebenzone. Mit ein bißchen Glück käme jetzt gleich eins und würde mich aus diesem Schlamassel herausholen.

»Weißt du was? Jeder, der in L.A. wohnt und behauptet, er oder sie brauche keinen Psychiater, der braucht bestimmt einen Psychiater. Du als erste von allen.« Pierce lehnte sich im Stuhl zurück und legte einen sockenlosen Knöchel über ein trainingsbehostes Knie. Ich blickte kurz auf seine engen Hosen und fragte mich, ob er Unterhosen trug oder nicht. »Das Problem ist, daß wir mit unseren ganzen Überschall-Satelliten-Schüsseln und tele-verdammten-Kommunikationssystemen und allem an einem verteufelten Mangel an *Zuhörern* leiden.« Er senkte sein Bein auf eine Sprosse des Stuhls und kippelte gefährlich. »Ich meine, was machst du? Wer hört dir zu?«

Nein. Definitiv keine Unterhosen. »Verzeihung?« Ich

merkte plötzlich, daß Pierce mich etwas gefragt hatte. »Entschuldigung?«

Er warf seine Hände in die Luft. »Siehst du, was ich meine? Was-macht-ihr-zu-Hause-und-so«, dröhnte er, »wenn ihr ein gottverdammtes PLT durchlebt?«

»-?«

»Persönliches Lebenstrauma«, entzifferte er es mir.

»Oh na ja, wir gehen fischen. Oder tanzen. Oder in einen Pub mit unseren Freunden und jammern stundenlang herum. Dafür sind Freunde da. Ich vermute mal, ihr Kalifornier geht zum Psychiater, anstatt gute Freunde zu haben. Du weißt schon. Jemand, mit dem man Geheimnisse haben kann und so was.«

»Ich habe auch verdammte Geheimnisse mit manchen Leuten.«

»Was zum Beispiel?«

»Zum Beispiel, wußtest du schon, daß ich eine Turnschuhsammlung habe? 147 verschiedene Paare.«

»Nein, ich meine *echte* Geheimnisse.«

»Ehe ich mir einen runterhole, setze ich mich auf meine Hand, bis sie einschläft, damit ich glaube, sie gehöre jemandem anderen... Was? Ich weiß nicht. Frag' mich was. Mach' schon. Frag' mich.«

Ich zählte auf Französisch bis zehn, ich sagte die Namen der amerikanischen Präsidenten der Reihe nach auf, und dann, blasé wie ein Arschfick, sagte ich: »Findest du, daß man genausogut an UFOs glauben könnte, wenn man an die Liebe glaubt?«

Ich kippte meine Margherita hinunter und machte dem Kellner Signale, er solle mir eine weitere bringen. Ich konnte fühlen, wie mein Schulterpolster weiter auf seinem eingeschlagenen Weg hinunterrutschte. Es bewegte sich wie ein Gletscher meinen Rücken hinunter, und dies war jedenfalls nicht der Moment, um es zurückzuholen.

Pierce fuhr mit der Hand durch seine gegelte Mähne. Sie sprang weg von seinem Gesicht und zurück in Form wie ein haariger Heiligenschein. »Liebe ist Bullshit. Sie ist genau auf meiner Bullshit-Liste, zusammen mit Fernsehproduzenten, Politikern, Eltern und Umweltschützern.«

Er erinnerte mich für einen ekelerregenden Moment an meinen Alten. Mein Vater hatte mal ein Schild gemalt und es am Haus aufgehängt, auf dem all die Leute standen, die er nicht ausstehen konnte. Neben einer ausführlichen Auflistung aller unserer Nachbarn benannte diese Liste Politiker, Autoverkäufer, Geizkragen, Kapitalistenschweine, Kommunistenärsche, Bullshiterzähler, fönfrisierte Moderatoren im Frühstücksfernsehen und, selbstverständlich, Amerikaner. *Alle* Amerikaner.

»Umweltschützer?« fragte ich ihn, als ich wieder in die Gegenwart zurückgeknallt war. »Machst du dir keine Sorgen um den Zustand unserer Erde und so?«

Pierce Scanlen schob seinen Salat von sich und zuckte mit den Achseln. »Es gibt immer noch den Mond. Hör' mal, Kid, wir leben in den neunziger Jahren. Wir müssen uns für die ganze Scheiße und die schweren Zeiten vor uns stählen. Atomare Holocausts. Spanische Revolutionen. Amerika geht das gottverdammte Klo hinunter. Das achtzehnte Jahrhundert war für die Franzosen. Das neunzehnte war das englische Jahrhundert. Das zwanzigste amerikanisch. Und das einundzwanzigste wird das Sushi-Jahrhundert sein. Jesus. Demnächst wird alles nur noch aus Mikrochips und Sashimi bestehen.« Mittlerweile hatte es sich das Schulterpolster unter meinem BH-Riemen gemütlich gemacht. Ich fühlte mich wie ein bucklig Männlein. »Das hier ist Amerika. Verbraucherhauptstadt der Welt.« Ich konnte es spüren, wie die Augen nahegelegener Dinierer auf mich einzoomten. »Wir werden wegen *Sachen* emotional, nicht Leuten. Wir lieben unsere Häuser, und, weiß nicht, unsere Whirlpools und Turnschuhsammlungen und...«

»– und Autos?« frage ich leise.

»Ja, und unsere *Autos*. Nicht unsere Mitmenschen, um Himmels willen.«

Angst breitete sich in meinem Körper aus. Un, deux, trois, quatre, cinq, six, sept, huit, neuf, dix.

»Also, wie *geht's* dem Ferrari?«

Sein Gesicht leuchtete auf wie eine Ampel. »Was kann ich dir sagen? Ich hab' sie heute aus der Werkstatt geholt. Sie ist wunderschön.«

Sie? Sie?

»Fährt sich wie ein Traum. Niedrige Umdrehungszahl, hohe Kilometerzahl pro Liter.«

»Wie interessant.« Mittlerweile fingen meine Worte an, ineinander zu laufen. Meinewoore fingn an, inanner ssu lauffn.

Er hob frech eine Augenbraue hoch. »Hey, du hast dich da ziemlich vollgetankt, was?«

Mein gemargheritater Mund wurde trocken. *Vollgetankt*, er hatte *vollgetankt* gesagt. Ich schauderte und sandte noch einmal eine Runde Pailletten in die Umgebung. Kennedy, Johnson, wer kam nach Johnson? »Pierce. Es gibt da etwas, was ich über dich wissen muß?«

In dem Moment kam mein Geburtstagskuchen mit einundzwanzig Kerzen an. Das gesamte Restaurant drehte sich um, um zu applaudieren. Ich holte meinen Rock hoch, sammelte das abtrünnige Schulterpolster wieder ein und versuchte, es unter meiner Serviette zu verstecken. Es sah ziemlich genau aus wie eine große weiße Binde. Die anderen Restaurantbesucher waren mittlerweile ohne Zweifel davon überzeugt, daß ich nicht nur einen Buckel hatte, sondern auch noch geistig zurückgeblieben war. Es schien mir, daß sie Pierce mit mitleidigen Augen betrachteten, wobei ihnen gleichwohl warm ums Herz wurde, daß ein berühmter Schauspieler einer verkrüppelten Idiotin seine Mildtätigkeit erwies.

»Ich wußte nicht, daß du heute Geburtstag hast«, sagte Pierce, schrappste seinen Zeigefinger durch einen dicken Keil an Zuckerguß und leckte ihn sauber wieder ab.

Ich spürte eine Beichte auf meiner Zungenspitze. Ich konnte sie schon schmecken. Blasé, drillte ich mich. Bleib' cool. Nimm' die konversationstechnischen Kurven professionell. Laß dich bei niedrigen Umdrehungszahlen traumhaft fahren. Nixon, ja, Nixon, Ford, Carter. »Hör' mal, ich weiß, daß ich nicht dein Typ bin. Tatsächlich bin ich wahrscheinlich sogar die total falsche Marke. Ich meine, du bist die Sorte Mann, die mit einem Porsche Rennen fährt. Und ich, das muß einfach gesagt werden, bin einfach das übliche, japanische zweitürige Rostbeulen-Modell aus zweiter Hand, aber...«

Pierce gab mir einen langen Blick, ohne mit den Wimpern zu zucken. »Worüber zum Teufel sprichst du gerade?«

»Aber könnte ich nicht einfach mal auseinandergenommen und neu lackiert werden?« Pierces linke Augenbraue hob sich rätselnd.

»Hey Kid. Du weißt doch, dieser Psychiater, von dem ich dir erzählt habe, also...«

»Was ich gerade zu sagen versuche, ist«, sprudelte ich weiter eher inkohärent heraus, »glaubst du, du könntest mich jemals mögen? Nur ein kleines bißchen? Obwohl ich keine vier Räder habe und hinten nicht automatisch den Beschlag wegheizen kann?«

Durch meine tequiladurchweichte Benommenheit bemerkte ich plötzlich, daß eine Flamme vom Tisch aufschoß. Es gab eine kleine Explosion. Dann noch eine. Fünf insgesamt. Meine Hand brannte. Die Geburtstagskerzen hatten meine neuen Acrylnägel in Brand gesetzt. Besoffen saß ich da und starrte meine sich langsam durchgrillenden Finger an. Pierce griff sich die feuersprühende Hand und steckte sie in seinen Cocktail. Das wohlmeinende Lächeln auf den Gesichtern der anderen Restaurantbesucher verflog. Ihre süße, leicht gestörte Buckelige war soeben zu einer gestörten Brandstifterin mit Buckel mutiert.

Als sich der Rauch verzogen hatte, lehnte sich die schicke Mieze am Tisch nebenan zu Pierce herüber. »Hey, sind Sie nicht aus dieser Komödie DINKS?« Obwohl es seit ungefähr sechs Wochen nicht mehr in Los Angeles geregnet hatte, trug sie einen durchsichtigen Regenmantel und hochhackige Galoschen. Man konnte ihre Designer-Unterwäsche sehen. Man konnte außerdem auch ihre Blinddarmnarbe sehen, Herrgott noch mal. Pierce lächelte und zeigte seine fehlerlosen Fangzähne. Sie rückte ihren Stuhl näher an ihn heran. »Wissen Sie was? Sie sehen im wirklichen Leben noch viel besser aus.« Dies war der schrecklichste Geburtstag, der noch nicht mal mein Geburtstag war, den ich jemals verbracht habe. »Sie sind in der Show so lustig«, schmachtete sie und brachte sich so in Position, daß sie mir komplett den Rücken zuwandte.

Kennedy, Carter, Ford, Reagan,...nein, Nixon... Ich spürte, wie der Schritt meiner Strumpfhose herunterrutschte... »Un, deux...Gott, was kommt nach deux?« sprach ich den Leberfleck auf ihrem linken Schulterblatt an. Sie schoß mir einen »Sink-einfach-tot-darnieder-du-gestörter-Groupie«-Blick, griff sich dann Pierces Unterarm und lehnte sich zu ihm, um noch ein bißchen vertrauter über die verführerischen Feinheiten seiner On-Camera-Präsenz zu plaudern. Ich meine, *bitte*.

Es gibt drei Dinge, die ich immer schon mal machen wollte.

1) Bei einer Hochzeit zur Frage »Hat irgend jemand der Anwesenden einen Grund vorzubringen, warum dieser Mann diese Frau nicht heiraten sollte?« aufzustehen und sagen: »Ja, ich. Der Typ ist ein totaler Wichser, und du wirst den Rest deines Lebens damit verbringen, Klopapierrollen wieder auf die Halterung zu stecken.«
2) Einem Mann die Wahrheit sagen, wenn er fragt: »Bin ich groß, bin ich der Größte?«
3) Jemandem einen Kuchen ins Gesicht schmeißen. Vor allem in L.A. – der Komödienhauptstadt der Welt.

Nun, von da an ging alles im Zeitlupentempo. Das gesamte Restaurant drehte sich um, um sich die mit Kuchen vollgekleckerte Gesellschaftsdame und die geistesgestörte menschgewordene Paillette zu betrachten. Fräulein Durchsichtiger Regenmantel sprang mir an den Hals und kippte mich damit aus dem Stuhl. Ich griff mir das Tischtuch, während ich mich dem Boden näherte, und verursachte damit eine Lawine an Geschirr. Der Chefkellner hievte mich wieder auf die Füße. Pailletten schossen wie Schrapnelle durch das Lokal. Ich wurde durch das Restaurant getragen und unsanft in Pierces

Auto geworfen. Der folgte mir auf dem Fuß, wobei er große grüne Scheine an all die Leute verteilte, die ich während meines Abtransportes getreten oder gekratzt hatte.

Das Armaturenbrett schien im Dunkeln so kompliziert und mysteriös wie das Bedienungsfeld einer Raumfähre. Ich drehte und zog an allen Knöpfen. Die hydraulischen Sitze vibrierten und drehten sich, warfen sich dann vorwärts, rückwärts, seitwärts, ran. Das automatisch aufklappbare Stoffdach über mir machte einen Cha-cha-cha. Die hyperaktiven elektronischen Fenster spulten sich auf und wieder nieder. Die wildgewordenen Scheibenwischer knallten über die Windschutzscheibe und hielten denselben Takt ein wie die Warnblinkanlage. Während Pierce versuchte, zu fahren und gleichzeitig meine Hände von den Knöpfen fernzuhalten, kreischte und jagte ich meine Stimme hoch zu aufregenden *Brummm-Brummm*-Geräuschen, bis ich mich plötzlich sehr, sehr flau fühlte. »Ich muß gleich spucken«, erklärte ich romantisch. Pierce kurvte an den Straßenrand. Aber ich schaffte es nicht und warf eine Kotzwelle an Pâté und Margherita die Innenseite seines Autos entlang und in die Rille des elektronischen Fensters hinein. Laßt mich es euch sagen, die »verführerischen Feinheiten« sind eher schwierig durchzuführen, wenn man gerade über die heißgeliebten Polster eines Typen kotzt. Das verstopfte Fenster kriegte einen Kurzschluß und ließ sich nicht mehr schließen. »Scheiße, Kat« hörte ich dumpf Pierce seufzen, während er meine Haare zurückhielt und ich noch einmal spuckte, »du bist wirklich eine Klassefrau, Kiddo.«

Zu Hause im gespenstischen Goldfisch-Aquarium

Nach dieser Szene hörte ich nichts mehr von Pierce. Alles, was ich tagein, tagaus hörte, war eine dämliche Nachricht auf seinem Anrufbeantworter. »Ich kann momentan nicht ans Telefon kommen, da ich gerade eine Vampir-Orgien-Seance durchführe. Bitte hinterlassen Sie Ihren Namen, Ihre Nummer und Ihre Blutgruppe, wenn sie den kosmischen Ton hören.« Ich kriegte das eine geschlagene Woche lang zu hören. Ich meine, wieviel Blut und Sex konnte ein Junge alleine ertragen?

Meine Debütshow war »gesüßt« worden (so nennt man das, wenn eine Spur mit Konservengelächter nachsynchronisiert wird), runtergeschnitten und dann ausgestrahlt. Am Ende der Woche würden wir die Einschaltquoten hören und die Reaktion der Zuschauer, und ob ich für die Saison unter Vertrag genommen werden würde oder nicht. Ich hing zu Hause herum, aß Joghurteis und heißen Schokoladenfudge und phantasierte, ein Auto-Gebläse für Frauen zu erfinden. Die Tage schlitterten runter wie Austern. Ich konnte in nichts so richtig meine Zähne hineinbeißen. Tash versuchte in der Zwischenzeit, mir ihre männlichen Bettreste zwangweise zu füttern.

»Es ist so lange her, daß du mal aufs Kreuz gelegt

wurdest«, sagt sie mir. »Wenn du bei einem Autounfall umkommst, wird niemand in der Lage sein, deinen *Körper* zu identifizieren.«

Die Abende und Nächte freitags und sonnabends waren bei uns ein vaginales Varieté. Es war die Ed Sullivan Show sexueller Auftritte. Tash hatte ein ganzes Repertoire an Freunden, die zu allen möglichen Nachtstunden kamen (wortwörtlich). Sie waren alle blond und blauäugig mit Fönfrisuren und hießen Andy, Sandy, Chuck oder Hank. Ich konnte sie alle nicht auseinanderhalten. Außerdem mußte ich alle vier Stunden zum Einkaufen losdüsen, um den Eisschrank zu füllen. Diese Typen aßen nicht nur – die gingen die Schränke durch und aßen mit der Geschwindigkeit von Müllschluckern.

Als ich am Freitagabend meiner Langweilerwoche vom Supermarkt zurückkehrte, lehnte sich eine blonde, blauäugige Fönfrisur in den Eisschrank hinein, ein Handtuch um die Hüften gebunden, und löffelte Erdnußbutter direkt aus dem Glas. »Hallo, Andy, Sandy, Chuck oder Hank«, sagte ich kühl.

»Kat, nicht wahr? Hey, erkennst du mich nicht? Hey, das freut mich. Wie, na ja, erfrischend. Ich meine, ich hätte es lieber, wenn du mich für mich *selbst* mögen würdest.«

Andy/Sandy/Chuck/Hank kippelte auf seinen Hacken zurück und wartete darauf, daß ich ihm sagen würde, wie beeindruckt ich sei, einen halb-berühmten Rockmusiker in meiner Küche zu Gast zu haben. Nachdem ich die Einkäufe auf den Tresen hingeworfen hatte, knallte ich den Eisschrank zu und schnappte ihm das Erdnußbutterglas aus der Hand.

»Hey, willst du auch was haben? Ein Erdnußbutterfreak, was. Man sagt«, fügte er hinzu, »daß das ein Aphro-di-si-akum ist. Hey«, er grinste mich an, »hast du etwas Amerikanisches in dir?« Er stellte sich dicht vor mich hin, und er bekam eine Art Asthmaanfall in meinen Gehörgang hinein. »Hättest du gern was Amerikanisches in dir?« Er war zum Kotzen, wirklich. »Kennst du mein Geheimrezept, wenn ich mit einer Frau schlafe? Ich sauge ihre Zehen.«

»Ach ja?« Ich schob ihn weg. »Nun ja, leider habe ich Fußpilz.«

Sein Lächeln gerann vor mir. »Ja, äh. Ich bin momentan sowieso ein bißchen ausgebucht. Tash wartet im Badezimmer auf mich.« Er streckte mir den Daumen entgegen und zwinkerte. »Vielleicht später mal, ja?«

Zehn Minuten später hörte ich, wie sich die Wohnungstür schloß und Mister-Erdnußbutter-Fresser war verschwunden.

»Ein Frühchen«, erklärte Tash, die Seifenblasen auf den Flurteppich dribbelte. »Die Niete kam, während wir uns im verdammten Badezimmer küßten.« Das also als weiterer Beleg für die aphrodisiakischen Kräfte von Erdnußbutter, dachte ich mir. »*Männer*«, stöhnte sie, »entweder kommen sie zu schnell, oder sie brauchen zu lange. Ejaculatio praecox oder Oh-mein-Gott-die-Decke-muß-mal-wieder-gestrichen-werden-Ejaculatio, weißt du? Was soll ich denn *jetzt* mit dem angebrochenen Abend anfangen?«

Ich beobachtete sie, wie sie direkt aus der Flasche trank, wobei sie ihren Kopf zurückwarf und gurgelte. Tash benutzte immer ihr Mundwasser, nachdem sie mit einem Typen zusammengewesen war. Meines Erachtens brauchte sie mehr als ein Mundwasser nach den meisten dieser Typen. Sie brauchte ein Vollkörpergurgelmittel, wenn man mich fragte. Sie schluckte laut und wählte dann die Autotelefonnummer eines ihrer neuen Liebhaber. »Hallo, Sandy?« Aber er war gerade mitten in einem Kokaintransport. Tash versuchte noch ein paar andere Nummern. Ein verheirateter Rechtsanwalt, der sich neben Unterhaltszahlungsfällen mit Shiatsu-Massage und Entspannungstanks befaßte, sagte, er würde sofort vorbeikommen. Sie waren ungefähr eine Stunde im Schlafzimmer verschwunden, als die Türklingel ging und ein weiterer Andy/Sandy/Chuck/Hank hereinspazierte. Es war der Koksdealer. Er hatte es doch noch geschafft, »einmal vorbeizuschwingen«, sagte er. Wie in irgendeiner französischen Klischee-Schlafzimmer-Farce wurde der Shiatsu-Rechtsanwalt aus der Hintertür transportiert und Mr. Cocaine hereingebeten.

Ich saß in meinem Zimmer und vereinte meine losen Socken wieder zu Paaren. Ich schob meine Nagelhäutchen bis zu meinen Ellbogen zurück. Nach etwa einer Stunde dieser Beschäftigung versuchte ich, ein Puzzle von Pierce zusammenzufügen, das ich im Supermarkt gefunden hatte. Ich schaffte es, seine Nase mit seinem Mund wiederzuvereinigen, aber konnte nur ein Ohrläppchen, eine halbe Achselhöhle und einen Adamsapfel, der so aussah, als hätte jemand hineingebissen, hinkriegen. Ich ließ das sein und las alles, das mir irgendwie in die Hände fiel. Als ich die Lebensgeschichten jedes einzelnen amerikanischen Baseballspielers seit der Jahrhundertwende gelesen hatte und aus der Kummerkastentante-Kolumne jeder Zeitschrift, die im Haus herumlag, entnommen hatte, was man bei gescheiterter Fettabsaugung oder unerwünschten Haaren auf den Nippeln machen könnte und daß Kochen im Evakostüm besonders aufregend sei, legte ich mich auf das Bett und sehnte mich nach Pierce. Eine geclonte

Stimme im Radio schnulzte »Love Will Find A Way«. Yeah, dachte ich. Außer wenn *du* eine nette, unverstandene, sensible, einsame kleine Australierin bist und *er* ein egoistischer, sexistischer, macho, schleimig-arschiger amerikanischer Scheißkerl. Klar, ich hatte mich verlieben wollen. Aber nicht in *ihn*. Ich hatte gehofft, mich in jemanden Menschliches zu verlieben, einen, der nichts dagegen hatte, wenn man gelegentlich an den Fingernägeln knabberte und ab und zu die Ausbeute durch das Zimmer spuckte. Jemand Normales eben. Nicht in den *Most Wanted-Man* in ganz Amerika. Und hier saß ich also und griff nach den Sternen. Gott. Und hier saß ich also und dachte tatsächlich solch kotzige Sätze von wegen »nach den Sternen greifen«. *Was war mit mir passiert?*

Um ungefähr Mitternacht steckte Tash ihren Kopf in meine Schlafzimmertür hinein. »Weißt du, was mit dir los ist?« diagnostizierte sie und warf sich mit einem langen, zufriedenen Stöhnen neben mich aufs Bett. »Du hast eine Zuneigungs-Defizienz.«

Ich beobachtete, wie sie lässig die Innenseite ihres Oberschenkels nach irgendwelchen abtrünnigen eingewachsenen Härchen abforschte. »Dweezil kommt gleich vorbei. Weißt du, von der Band. Ich dachte mir so, vielleicht könnte er einen seiner Kumpel vorbeibringen. Zum Beispiel den Schlagzeuger. Hast du den schon mal gesehen?«

»Nein.«

»Wieso nicht?«

»Einfach *nein*. Darum. Und fang hier nicht an, mir eine Strafpredigt zu halten. Ich bin ver*liebt*, verdammt noch mal. Ich bin in Pierce Scanlen verliebt.« Die Worte hingen zwischen uns in der Luft.

»Na ja, eine Sache ist dann ja mal jedenfalls gesichert«, sagte Tash kühl. »Das Gefühl habt ihr gemeinsam. *Er* ist auch in sich verliebt.«

»Ernsthaft Tash, ich weiß, daß es lächerlich und so ist, aber ich kann an niemand anderen denken.«

»Oh Gott«, sie rollte ihre heftig bemalten Augen. »Und die Leute glauben, AIDS wäre tödlich. Okay. Laß uns die Lektion noch mal wiederholen. Was passierte, als ihr zum Essen ausgegangen seid? Es war eine Katastrophe. Jetzt hör genau zu. Er wird nie auf eine wie dich stehen. Okay? Es sei denn, du verwandelst dich in eine dieser raffinierten Pseudo-Frauen. *Die* sind die Art, auf die er steht. Kapiert? Die Sorte Frau, die die Spitznamen von mindestens drei Filmregisseuren kennt. Die Sorte Mieze, deren Idee eines tollen Abends eine tantrische Joga-Delphin-Meditationsspielgruppe ist ... verstehst du? Und wer will schon sein wie die? Also, *gib es auf.*«

»Kann ich nicht.«

Tash zuckte mit den Schultern. »Okay, bitte sehr. Mach was du willst. Aber während du hier saßt und vor dich hin vegetiertest, hatte ich zwölf sensationelle Orgasmen.« Sie räkelte sich neben mir in wollüstiger Schlaffheit. »Hab zwei Tickets zum Konzert von den Eurythmics gekriegt – und dic sind *Gold* wert. Willst du mitkommen? Einen Nachlaß beim Hautarzt, zwei Gramm Koks und«, sie holte ein Bündel Geldnoten aus ihrem BH, gangsterbrautmäßig, »hundert Piepen.«

»Tash. Das hast du nicht *getan.*«

»Nee, 'türlich nicht. Aber ich hab nicht na ja, nein gesagt, als er mir was dagelassen hat. Das wird mir mit C.J. helfen. Ich schulde ihm Squillionen.«

»Du bist verrückt.«

»Und du bist prüde.«

Ich zog meine Beine an meinen Brustkorb. Wie konnte ich ihr erklären, was es bedeutete, in Australien groß zu werden? Das Problem war, daß ich aus einem Land kam, in dem die Typen eine Vagina ein »Dreckloch« nannten und die Schamlippen »Pißflügel«. Wo die männliche Version von Vorspiel sich so anhörte: »Lust auf einen Fick? ... Also, würdest du dich dann bitte hinlegen, während ich mir einen hole?« Ich wollte was anderes. Ich wollte mehr.

»Ich will mehr«, wagte ich mich vor. »Ich will, na ja, ich weiß, daß es ziemlich schmalzig klingt ... « Ich holte tief Luft und sagte es. »Romantik.« Ich entdeckte ein Gähnen hinter Tashs Lächeln, machte aber nichtsdestotrotz weiter. »Ich will Leidenschaft. Intimität.«

»Hey. Ich habe gerade einen Typen mit einem Blatt nassen Salat ausgepeitscht. Man kann kaum intimer als so was werden.« Tash klickte ein Döschen auf und erneuerte ihren Lippenstift.

»Oh Gott, Tash. Du kennst noch nicht einmal die lexikalische Bedeutung des Wortes. Ich meine, du schläfst mit allen diesen Typen und stellst alles mögliche und Vorstellbare mit ihnen an, und trotzdem, na ja ... « »Was?« Sie preßte ihre Lippen zusammen und fuhr mit der Zunge vor und zurück über ihre Zähne.

»Nichts.«

»Was?« Lächelnd schaute sie noch einmal in den Spiegel im Döschen.

»Na ja, ich meine, du gehst noch nicht einmal aufs Klo, wenn sie da sind.«

Tash knipste das Döschen zu und sah mich scharf an. »Was meinst du damit?«

»Ach, komm. Es macht nichts. Vergiß es einfach.«

»Nein. Nein, werde ich nicht. Was wolltest du sagen?«

»Es ist nur, na ja, du wartest, bis er das Haus verlassen hat, ehe du aufs Klo gehst. Ist mir aufgefallen.«

»Bullshit. Komm mal wieder auf die Erde zurück.«

»Das ist wahr.«

»Natürlich gehe ich aufs Klo, wenn ein Liebhaber in der Nähe ist. Herrje, was glaubst du denn, daß ich ...«

»Yeah, aber nicht, um zu *scheißen*.« Ich weiß, daß es ein ekelhaftes Thema ist, aber es stimmte. »Und die Typen sind genau so. Wenn sie die Nacht hier verbringen und so, dann gehen sie nicht aufs Klo, ehe du nicht das Haus verlassen hast.«

Tash veränderte verlegen ihre Sitzstellung. »Also, Jesus. Weißt du, zum erstenmal aufs Schei ... also groß machen mit einem Liebhaber in der Nähe. Ich meine. Das ist ein großer Schritt.« Tashs Augen maßen das Zimmer von links nach rechts, rechts nach links. Sie schlug die Beine übereinander und legte sie wieder gerade hin. »Es ist schwierig zu wissen, wie man so was machen soll. Ich meine, Jesus. Das ist eine eklige Unterhaltung, ist dir das klar? Erwähnst du es nicht und machst es einfach und hoffst, daß er nicht gleich nach dir aufs Klo muß. Redet man erst mal darüber? Was? Seien wir ehrlich. Einen, du weißt schon, ... Haufen machen, ist nicht gerade sexy, oder?«

Tash, völlig verlegen, stand vom Bett auf und balancierte auf einem gefährlich hohen roten Lederabsatz, während sie den Riemen des anderen neu festzog. Sie trug, was sie »Vorschriftsmäßige Sex-Sklavinnen-Dienstschuhe« nannte. »Nein. Nein. Es ist zu sehr ein – ein – ich weiß nicht, eine Bindung.«

»Und siehst du, das ist es, was ich will.«

»Was?« Tash sah mich blinzelnd an. »Einen Haufen machen, wenn ein ...?«

»Nein, du Klugscheißer. Mich verlieben. Totale Intimität erleben.«

»Was der Grund dafür ist, daß du es vorgezogen hast, dich in einen Typen zu verlieben, der wiederum sein Auto liebt. Guter Witz.«

Kaum war Tash mit Dweezil in ihr Schlafzimmer verschwunden, sauste ich in die Küche, versteckte alles Eßbare im Wäschekorb, nahm mir einen Löffel und aß alle verbleibende Erdnußbutter direkt aus dem Glas. Und dann, um wirklich gemein zu sein, verschmierte ich die Innenseite des leeren Glases so, daß es herrlich voll aussah, und stellte es zurück in den Eisschrank.

An dem Tag, an dem die Einschaltquoten der Show mitgeteilt werden sollten, gab mir Tash eine dreifache Dosis an Überlebenstechnik-Ekelhaftigkeiten mit auf den Weg. Nicht nur teilte sie mir mit, daß die normale Plastikverpackung eines Sixpacks vierhundertfünfzig Jahre braucht, um sich zu zersetzen, sie nannte mir außerdem die Namen und Vergehen von Nazi-Kriegsverbrechern, die noch frei herumliefen und erklärte mir, was »Apotemnophile« sind: Typen, meinte sie, die nur dann erregt werden, wenn sie Sex mit Leuten haben, denen eine Gliedmaße fehlt. Kein Scherz.

Als mich das Taxi an den Toren des Studios rausließ, fühlte ich mich zuversichtlich und auf alles vorbereitet. Die Show würde hohe Erfolgsquoten haben. Ich konnte es spüren. Ich würde noch komisch sein. Ich würde noch berühmt werden. Ich würde noch eine Amerikanerin werden. Ich würde mein Zuhause im gespenstischen Goldfisch-Aquarium einrichten.

Eine kichernde Gruppe von Teenagern auf der Jagd nach Autogrammen stand am Tor mit in Position gebrachten Stiften. »Wer ist das? Wer ist das?« sagten sie im Chor und glotzten eifrig. Ich warf ihnen ein riesiges »Cheese» in ihre Richtung. Sie wogten auf mich zu und hörten dann genauso plötzlich wieder damit auf. »Oh, niemand«, befand ihr von Akne gezeichneter Anführer.

Alle Schauspieler außer Pierce saßen im Probenraum herum, feilten sich die Fingernägel und betrieben Namedropping. Nachdem ich weder das eine noch das andere konnte – die einzigen Namen, die ich gelegentlich fallen lassen konnte, würden niemals wieder hochgehoben werden, und meine Nägel waren immer noch ganz geschmolzen –, riß ich die Zellophanfolie einer Kartenpackung auf, die ich an dem Morgen in Tashs Schublade gefunden hatte. Indem ich mir den Anschein gab, völlig darin aufzugehen, setzte ich mich gerade in meinem Stuhl hin, brachte die Karten sorgsam in Stellung und ließ sie dann extravagant in meinen Fingern ausfächern. Ich muß sagen, es gibt wenige Dinge, in denen ich wirklich gut bin, aber mit Karten bin ich ein As. Mit einem fachmännischen Schnipsen meines Handgelenks schnellte ich den Fächer wieder zu. Ich mischte und fächerte sie erneut auf, ehe ich merkte, daß jede Karte ein Photo verschiedener nackter Männer zeigte. Ich konnte mich nicht mehr auf die Farben oder Zahlen konzentrieren, nur noch auf zusammengezogene Pos, lange Schwänze mit Kapuzen und das rätselhafte Lächeln von Männern mit Schnurrbart und pelziger Brust.

Rondah, die Einladungen für ein *Thanksgiving*-Gebet-Treffen in ihrer Kirchengemeinde austeilte, stand mir im Licht und sah mir über die Schulter. Die Sehnen meiner Hand spannten sich an, und ich knallte das Päckchen wieder zu. Aber nicht rechtzeitig genug. Ihre

Finger schossen vor und schnappten sich eine Karte. Ihre Fingernägel sahen aus wie ein glänzendes rotes Set von Exocet-Raketen. Ich steckte meine eigenen verkohlten Exemplare in meine Handfläche.

»Hey, wenn es dir nichts ausmacht? Du stehst mir genau im Li...«

»Himmel, Katrina.« Rondah hob eine perfekt gezupfte Augenbraue, ehe sie eine Broschüre auf den Tisch vor mir knallte. »Betrunkene Szenen in einem Restaurant und jetzt Pornographie. Wir bekommen ja in letzter Zeit eine eher schäbige Seite von dir zu sehen, Süße. Ich habe auf der Buschtrommel von deinem kleinen Abendessen im Spago's mit Pierce gehört.«

Die *Bullshit*-Buschtrommel. »Ja, und? Es war klasse«, log ich und versuchte so zu tun, als würde ich nicht rot. »Ich denke mal, er ist ein richtig netter Typ.«

»Oh ja, tatsächlich, das ist er wirklich«, stimmte sie mir zu, wobei sie ihre Haare mit ihrer einstudierten Art zurückwarf. »Nur ein Jammer, daß es alles chemisch ist.«

»Was?« Ich strich mit meinem Daumennagel entlang der Kante meines Kartenpäckchens.

»Antidepressiva.«

Tash geht davon aus, daß jeder die Angelegenheiten der anderen so gut kennt in L.A., weil sie alle zum gleichen Psychiater gehen. »Da er ja mit dir zusammenarbeitet«, schnappte ich zurück, »hat er ja auch einiges, worüber er deprimiert sein muß.«

Ihr Mund zog sich in einem Saure-Zitronen-Schnüßchen zusammen. Aber obwohl sich ihr Gesicht zusammengeballt hatte wie eine Faust, sprach sie immer noch in ihren warmen Crème-Caramel-Tönen. »Ich weiß, daß du momentan eine Menge Feindseligkeit spüren mußt, Schätzchen. Es gibt Kurse an der University of Southern California, weißt du, wie man mit Zurückweisung umgeht.« So wie momentan meine Sache lief, würden sie mich da wahrscheinlich noch nicht einmal einschreiben.

»Jetzt geh nicht mit dir zu Rate, hörst du? Wenn wir uns jetzt *Thanksgiving* nähern, dann solltest du dem Herrn danken für alle deine anderen Segnungen. Ich meine, du bist ja durchaus ganz attraktiv, außer was deine Haare angeht und natürlich deine Brustgegend. Aber du dürftest gar keine Schwierigkeiten haben, eine andere Art von Arbeit zu finden.«

»Meine *Haare*? Meine *Brustgegend*...?« Während ich hinunterschaute, um meine Mini-Milchdrüsen zu begutachten, bemerkte ich, daß die Kirchenbroschüre, die sie austeilte, den Gefahren des Trinkens und des Spiels gewidmet war. Und dann machte ich etwas wirklich Erleuchtetes. Beim Ausräumen meiner Jeanstasche an dem Morgen hatte ich zwischen der benutzten Zahnseide, den Kaugummibällen in Folie und irgendwelchen Reklameblättern über Fahrschulen die Zeitschriftenannonce für das Nirvana Casino gefunden. Ich schob mich vom Tisch ab und marschierte in Richtung Telefon, holte die Nummer heraus und wählte Las Vegas. Der hypnotisch surrende Ton des Ferngesprächs wurde von dem nasalen Quengeln eines Croupiers unterbrochen.

»Nirvana Casino?« antworete ich laut, damit Rondah mit hören konnte. »Ich würde mich gerne nach Ihrem Black-Jack-Spiel erkundigen.« Der Croupier stellte mich zu seiner Aufsicht durch. »So ...« Ich grinste Rondah an, die mich mit einem Gesicht beobachtete, das ein einziger mißbilligender Knoten war. »Mister ...« Ich klang mit jeder Sekunde zusehends verkommener, tatsächlich, »Ihr gebt also dem Spieler einen Blick auf die alte zweite Karte, was?«

»Jawohl, Ma'am.«

»Da muß es doch irgendeinen Haken geben, was, mein Freund ...?«

Rondah, die zu sich selbst kleine selbstgerechte *tz – tz* Geräusche machte, verteilte weiter ihre Kirchenbulletins mit einem völlig unaufrichtigen, heiligen Gesichtsausdruck auf ihren Lefzen.

»Übrigens, Süße«, informierte Rondah mich selbstgefällig, als ich aufgelgt hatte (das Kasino hatte mir zugesichert, obwohl sie von sich aus keine weiteren Informationen herausgeben wollten, mir jede Frage zu beantworten, die ich ihnen noch in bezug auf ihr unübliches Angebot stellen wollte), »*niemand* geht mehr zu Spago's. Es ist da immer viel zu voll.«

Ehe ich sie noch fragen konnte, wie ein Lokal eigentlich voll sein konnte, wenn niemand hinging, kamen die Fernsehdirektoren in das Zimmer hineingetrippelt. Sie waren eine nervöse, reizbare Rasse. Obwohl sie erst Ende Zwanzig waren, sahen sie alle etwas grau aus und kauten dauernd auf Nikotin-Kaugummi herum oder nahmen Schlucke aus Flachmännern, in denen sich ein Magenberuhigungsmittel namens Mylanta befand.

»Nun, ich mochte die Show«, offerierte Jackie, die einzige weibliche Direktorin, nervös. »Ich fand, es war ein sehr tüchtiges Debüt.«

»Es war Scheiße«, rief ihr Boß, Nesbit.

»Na ja, als ich sagte, ich hätte es gemocht«, Jackie machte einen Rückzieher, »war, was ich meinte, es brauchte schon, nun ja, ein bißchen mehr des Üblichen – aber eben anders. Findest du nicht auch?«

Niemand kam, um sie zu retten. Sie wurde über einem

Grand Canyon an Schweigen hängengelassen, bis Abe erschien. Er schritt durch den Raum mit den Einschaltquoten in der Hand. Die Köpfe der verstummten Versammlung folgten seiner Route, als befänden sie sich auf einem Tennisturnier.

»Na ja, wir haben es wenigstens versucht, nicht wahr?« annoncierte Nesbit, und hob sich auf seine Reebok-beschuhten Füße hoch. »Aber ich meine, was hatten wir denn auch erwartet? Das Kid kann nicht schauspielern, sie kann nicht singen, sie hat keine komische Ausstrah...«

Abe ließ einen Jodler vor Begeisterung hochjuchzen. »Sie lieben sie. Sie hat ausgezeichnet beim Publikum abgeschnitten.« Abe kniff meine Wange zwischen zwei Fingern und drückte fest zu. »Oh, Süße. Liebt die Kamera dieses Persönchen, oder etwa nicht? Crocodile Dundette«, er klebte mir eine auf die andere Backe, »dich nehme ich für ewig unter Vertrag.«

Diese Nachricht verursachte einen kollektiven Herzinfarkt bei der gesamten Versammlung von Autoren, Schauspielern, Haarstylisten, Bühnenmanagern, Laufburschen, Kameramännern, Caterern, Kostümdesignern, Make-up-Experten, Garderobenleiterinnen, Einstimmungskomödianten, Werbeagenten, Produktionsleitern, Networkproduzenten und dem gesamten Gipfeltreffen der verschiedenen Präsidenten. Das erstaunte Schweigen wich endlich einem langen, tiefen Raunen, das durch den Raum lief.

Jackie nahm einen gigantischen Schluck von ihrer Verdauungshilfe. »Du warst gerade dabei, etwas zu sagen ...« erkundigte sie sich zuckersüß bei Nesbit.

Während die Autoren sich in einen Blitzkrieg von Rückenklapsern begaben, und die Direktoren die Korken ihres Jahrgangs-Mylanta knallen ließen, boxte sich Rondah durch die Menge, um die erste an meiner Seite zu sein. Das strahlende Gesicht auf ihrer Kennmarke stand in außerordentlichem Kontrast zu der haßerfüllten Miene, die sie mir nun zuwandte. »Also, nein, wie wun-der-bar, Süßes«, log sie und drückte ihre arktisch kalte Wange gegen meine. »Herz-li-chen-Glückwunsch, meine Liebe.« Sie zwang ihre Lippen in ein erwürgtes Lächeln.

An dem Nachmittag tauchte die Limousine wie aus Zauberhand wieder auf, wie auch die Blumen, die »High Concepts« und die Einladungen zu Power-Frühstücken. Alte, alte Freunde, die ich noch nie in meinem Leben gesehen hatte, erzählten dauernd, wie saaagenhaft und fantastisch ich doch sei. Als es in den Zeitschriften verbreitet wurde, daß ich einen Vertrag bekommen sollte für mein gesamtes Leben bis zu seinem unnatürlichen Ende, kam eine merkwürdige Spezies Mensch namens »Agent« aus allen möglichen Löchern Hollywoods gekrochen. Leute, die Amyl, B.J. und Sky hießen, riefen an mit dem Angebot, so seltsame Dinge zu tun wie »einen nach Gotham zu flügeln« für eine »Konfabulation« mit »besonderen Bossen« – was auch immer das alles bedeuten mochte.

Aber am hartnäckigsten waren die Mitglieder der Gumleaf Mafia. Seit *Crocodile Dundee* war Kalifornien vollgepfropft mit professionellen Aussies. Diese Typen, die sich die Namen von Bazza und Macka zugelegt hatten, trugen eine Uniform von Acubras, Maulwurfshäuten und R.M.Williams-Reitstiefeln. Sie sprachen laut von »Olivia« und »Paul« und pfefferten die Unterhaltung mit jeder Menge »mates«, »G'days« und »Don't come the raw prawns.« Ihre Akzente wurden noch durchdringender nasal, wenn ein Amerikaner auftauchte. Eine Armee dieser zweibeinigen Kakerlaken lieferte die menschliche Kulisse bei meiner »Vertragsunterzeichnungs«-Fete. Sie wurde im *Young Executives Singles Club* – YES – abgehalten. Außerdem nahmen teil die Fernsehdirektoren, die Presse und das Bratpack kleiner Schauspielkids, die zur Zeit die schlaflosen Nächte heranwachsender amerikanischer Weiblichkeit erfüllte. Der Rest war das übliche Rent-a-Menge-Gewusel von ehemaligen Talk-Show-Moderatoren, halbwegs bekannten Wetteransagerinnen, ehemaligen Astronauten und Stadtcowboys. Die einzigen Leute in ganz L.A., die nicht gekommen waren, waren die Schauspieler in meiner eigenen Show.

»Wo ist Rondah?« kreischte ich Abe über das metallische Bummern eines Songs von den Deagitators namens »We Rape Grandmothers« an.

Er sah einen Moment lang angepeint aus, na ja, so angepeint, wie eben ein größenwahnsinniger unmoralischer Hai aussehen kann, und sagte dann in einer verklebten Stimme: »Rondah? Oh, sie ist hier irgendwo. Wahrscheinlich ist sie besoffen, oder,« er zwinkerte, »sie wird gerade aufs Kreuz gelegt.« Er schmiß die Arme auseinander. »Ihr Frauen«, seufzte er. »Zwei Gläser Wein und ihr habt ein Bein in Kalifornien und das andere in Connecticut.« Er lachte unmäßig und weidete sich an seiner wundervollen Witzigkeit. Er fing dann an, mir einen laufenden Kommentar über jede Frau, die an unserem Tisch vorbeikam, zu liefern. »Ooooh«, stupste er mich an. »Ich wünschte , sie käme und setzte sich auf mein Gesicht. Oh mein Gott!« Er zeigte mir eine traurige, verblühte Blondine an der Bar. Mit einem zu engen Ballonkleid, Pferdeschwanz und gelackten Gesicht war sie eine dieser Fünfzig-wird-bald-fünfzehn-Klasse. »Scheiße«, sprach Abe kultiviert, »die würde ich noch nicht mal mit Cosmos Schwanz bumsen wollen.«

Ich hasse es einfach, wenn Typen solche Sprüche lassen. Vor allen Dingen häßliche Typen. Ich sah mir Abe und seine Gefährten an, ihre schwammigen Gesichter und hängenden Backen, ihre beginnenden Glatzen und Schweinsäugelchen. Ich meine, rasieren die sich einfach nicht? Sehen die nicht ihre Spiegelbilder? Um es mal deutlich zu sagen, diese Leute waren so häßlich wie eine Tüte voller Arschlöcher.

»Wieso sind ältere Frauen wie Hundeknödel? Weil, je älter sie sind, desto leichter lassen sie sich aufsammeln«, ließ uns Abe wissen und explodierte in Gelächter hinein.

»Hey, wißt Ihr, Ihr Kerle seid auch nicht gerade die Arnold-Schwarzenegger-Typen, oder?«

Abe hörte auf zu lachen, steckte sich eine Zigarre in der Größe eines Schößlings zwischen seine Fettfinger und zündete sie an. »Du hast mich da vollkommen mißverstanden, Süße«, sagte er und wedelte seine flammende Feuerwurst umher. »Ich bin ein Feminist. Ich finde, Frauen sind sinnlich und schön und geil und ...«

»Und was ist mit ihren Gehirnen?«

»Häh?« Er starrte mich an und winkte dann herablassend mit der Hand. »Ja, ja das auch. Ich stelle gerne Frauen ein. Sie sind genauso kompetent wie Männer, genauso engagiert wie Männer – und es gibt immer noch die Chance, sie am Ende des Tages zu bumsen!«

Ein plötzliches Verlangen, mich auf die Tanzfläche zu begeben, überkam mich. Das bedeutete, daß man sich in den Quirl der Tänzer hineinschlängelte und einfach ein bißchen herumwackelte. Es war da draußen Hintern-an-Hintern-Verkehr. Im Grunde stand jeder da ein bißchen herum und sah sich gegenseitig in die Achselhöhle. Aber irgendwann sah ich durch das Halbdunkel, daß ich nicht eine Achselhöhle vor mir hatte, sondern die dickste Leistengegend der ganzen Welt. Es war Mount Rushmore in Jeans. Meine Augen reisten hoch zu einer riesigen Brust, die sich vor lauter Muskeln buckelte und noch weiter oben an einen dicken, pulsierenden Hals anschloß. Auf dem Hals drauf war ein massiger Schädel, auf welchem wiederum ein bionisches Lächeln saß, das in meine Richtung hinunterstrahlte. Ich tanzte mit einer Ken-Puppe. Man kennt sie, die Art Puppe, die mit Skiausrüstung, Smoking, Tauchgeräten aus Plastik, Rennauto und vorschriftsmäßiger Barbie verkauft wird. Ungefähr sechs Barbies lächelten ihn bewundernd an, als er dann sprach.

»Hal-lo, kleine Lady.« Seine mit Kronen versehenen Zähne gaben ihm das Aussehen eines fleischfressenden Dinosauriers.

»G'day.«

Er bückte sich auf meine Höhe. »Hey. Kein Scheiß. Du bist die kleine Aussie?« Er machte praktisch Gu-guda-da mit mir. Es war zum Kotzen. »Also, hast du so was schon mal erlebt.« Er senkte zwei massige Arme um meine Taille und hob mich in die Luft. Er schwang mich an die Seite, steckte mich unter einen muskelstrotzenden Arm, nahm den Kopf herunter und mähte durch die Leute durch zur Bar, indem er wie ein läufiger Büffel brüllte. Aus meiner horizontalen Position konnte ich nur eine Masse von Reeboks und Bleistiftabsätzen sehen, als die Tänzer spontane Schritte zur Seite in ihre Choreographie hinein improvisierten. Mit einem lauten »touch down« warf er mich auf einem Barhocker ab, machte mit dem Barkeeper *Highfives* und bestellte Getränke. Einen Moment später reichte er mir ein Glas irgendeiner gemein-grünen Flüssigkeit, in der Kokosnußflocken herumschwammen.

»Was ist das?«

»Ein *Leg-Opener*«, sagte er kurz und knapp. »Prost, prost«, und er schlürfte seine Diätcola. »Ich bin im Training, weißt du«, erklärte er, und zeigte auf sein Glas.

»Wofür denn?« Ich sah ihn leer an.

»Du weißt nicht, wer ich bin? Chuck Larson!« Er wartete auf mein beeindrucktes Keuchen. »Chicago Bears«, führte er weiter aus mit einer Stimme, die vor Wichtigtuerei angeschwollen war wie ein Magenballon. Chuck nahm eine geübte Pose ein. Es sah aus, als bereite er sich auf einen Fototermin vor.

»Ähm, ist das Football oder Baseball?

Sein verblüffter Gesichtausdruck wich einem herzlichen Lachen. Er hieb mir auf die Schulter. »Supergeil«, sagte er gut hörbar. Chuck Larson sah filmstarmäßig gut aus, mit einer lockigen Mähne aus schwarzem Haar, die auf seine massigen Schultern hinabwellte. Von seinen Konversationskünsten her zu urteilen, hatte er noch mehr desselben zwischen den Ohren. »Wie lange bist du denn schon auf dieser Seite des Ozeans, häh?« Er verkündete sein Sportlersprech, wie andere Leute Schläge austeilen, mit »voll, eh« und »mußma« und »fucking« dies oder das, das Ganze mit »Highfives« und Fingerschnipsern garniert.

»Ein paar Monate«, sagte ich, während ich prüfte, wie viele gebrochene Rippen durch meine Haut durchstachen. »Aber es kommt mir vor wie ein Jahrzehnt.«

»Oh ...« Sein riesiges Gesicht wurde ganz matschig, als ob er sich in einer Katzenfutterreklame befände, in der lauter süße kleine Kätzchen mit Leukämie oder so was vorkommen. »Heimweh, was?«

Ich hielt meine Nase über mein Glas und würgte. »Meine Freundin Tash meint, ich hätte eine Zuneigungsdefizienz.«

»Ja?« Chuck drehte sich eifrig zu mir. »Supergeil. Ich bin gerade auch geil drauf.« Ich untersuchte seine große Kinnlade und den dicken Hals und die riesige Fläche seiner fliehenden Stirn. Es war schwer, sich vorzustellen, daß er tatsächlich das Endprodukt von sechs Billionen Jahren Evolution sein sollte. »Tja, Schätzchen. Heute ist dein Glückstag. Mach' ma'n Küßchen.« Sogar seine Lippen waren muskulös. Ich duckte weg, als sie sich auf mir niederlassen wollten. Ich meine, dieser Typ war beliebt. Man konnte nicht wissen, wo sein Mund schon überall gewesen war. »Scheiße, sag' bloß, du bist schüchtern?«

»Nein. Nein. Es ist nur, daß ich noch nicht geimpft worden bin.«

»Hör' mal Baby. Hast du irgendeine Ahnung, wieviel ich in einer Saison verdiene?« Er ließ sein gigantisches Bein auf der Sprosse meines Barhockers nieder. »Dreieinhalb Millionen. Ich kann mir jedes Stück Hintern in Amerika gönnen. Aber ich will dir mal was sagen, weißt du, mit mir, ja, ich steh' nie nur auf die Titten einer Maus oder ihren Beinen oder ihren Arsch oder ihren ... was mich antörnt, ist das *Gesicht* einer Lady.« Er stellte auf jeder Seite von mir einen seiner Säulenarme ab, so daß ich mich im Schwitzkasten mit der Bar befand. »Ich vermute mal, eine Schönheitsoperation wäre also außer Frage?« Er drückte sich gegen mich. »Ich mag Frauen, verstehst du? Ich hab's gerne, eine Frau festzuhalten und sie unter mir zu spüren.«

Soweit ich das beurteilen konnte, war es nahezu unmöglich, unter Chuck Larson zu sein. Niemand konnte niedriger sein als er. Er war ungefähr so niedrig, wie man es nur sein konnte. Außer natürlich eine Amöbe oder ein Stück Entenflott. Ich dachte daran, ihm diese Information nicht vorzuenthalten, entschloß mich dann aber, ihm zu sagen, daß es für eine Frau dieser Tage ideologisch nicht vertretbar sei, es in der Missionarsposition zu machen. »Sorry, Chuck, aber wir modernen Mädchen, wir, ähm, machen es nur noch oben mittlerweile.«

Das gute alte Chuck Baby sah mich an, als wäre ich aus einem feindlichen Raumschiff auf ihn zugekommen. »Häh?«

Ich tauchte unter seinen Armen durch und schwamm, indem ich die Tänzer mit Brustschwimmer-Bewegungen wegschob, wieder stromaufwärts. Eine weitere Flutwelle von Leuten brandete auf die Tanzfläche, und ich wurde von der Strömung mitgerissen. Bei mir setzte Luftdruckkrankheit ein. Ich konnte nicht mehr atmen. Gerade, als mein armes kleines Leben mir vor den Augen abfilmte, spürte ich eine warme Hand auf meinem Arm. Sie hievte mich auf die Seite der Tanzfläche, und ich wurde vom Blitz des Pierceschen Lächelns getroffen.

Nachdem meine Augen sich an die Blendung gewöhnt hatten, untersuchte ich sein Gesicht. Er sah unter seiner Bräune blaß aus, wenn man versteht, was ich damit meine, und an den Kanten etwas ausgefrasselt. Sein Haar war ganz durcheinander, als ob ein Haufen wilder Tiere dort gegrast hätte. Ich spürte eine so starke Welle Verlangen, daß mein Hals einfach austrocknete. Dann bemerkte ich die drei glamourösen Frauen, die er mit sich herumschleppte. Es war klar: die glatte, blasé Sorte. Man konnte erkennen, wenn man sie nur ansah, daß sie die

Spitznamen von mindestens drei Top-Regisseuren kannten. Diese Frauen würden nie in das Auto des Mannes, auf den sie gerade standen, hineinkotzen. Diese Frauen kotzten nicht. Tatsache war, diese Frauen hatten überhaupt keinerlei Körperfunktionen.

Pierce drückte mir einen Stapel Geld in die Hand.

»Hundert Dollar«, sagte er. »Glückwunsch, Kid. Du hast es geschafft.«

»Niemand sonst ist gekommen.«

»Machst du Witze? Kostenloses Essen, und Rondah ist nicht da?«

Es war da eine brüchige, angestrengte Munterkeit in seiner Stimme. Ein Gähnen rollte sein berühmtes Gesicht hinunter. »Komm' mit.« Er zwinkerte mir komplizenhaft zu und, nachdem er seine Damenbekanntschaften losgeworden war, nahm meinen Oberarm, während wir zu zweit durch die Tische gingen.

»Pierce, wo gehen wir hin?« fragte ich, als wir uns näher und näher auf das Damenklo zubewegten. »Pierce?« sagte ich, als ich merkte, daß wir auch genau da hineingingen. Wie ein Revolverheld in irgendeinem B-Western kickte er die Tür mit einem Fuß auf und latschte hinein. Indem er die Frauen, die neuen Lippenstift auftrugen und ihre Ausschnitte neu arrangierten, ignorierte, marschierte er geradewegs mit mir im Schlepptau in eine Kabine hinein und verriegelte die Tür. »Pierce«, flüsterte ich, »hast du gerade eine Geschlechtskrise, oder was ist los?«

Er schwang den Klodeckel hinunter und plazierte sich darauf. Ein schwaches Inselchen Licht beleuchtete das winzige Fläschchen in seiner Handfläche. Er betrachtete es andächtig, ehe er einige Linien Kokain auf einem kleinen Handspiegel auslegte, der wie durch Zauberei aus seiner Jackettasche erschienen war. Mein Herz sackte ab. Es schien so zu sein, daß jeder in dieser Stadt einen Tick wie Tash hatte. Was mich anging, fand ich, daß Drogen in L.A. total überflüssig waren. Ich meine, die Dinge waren sowieso schon unwirklich genug. Und es war nicht so, daß ich keinen Mumm hatte. Ich hatte mir vorgenommen, jede Menge Sachen mal zu machen – Freeclimbing, in einer Raumfähre fahren, eine Beethoven-Sonate spielen lernen. Aber es gab ein paar Dinge, von denen ich mir geschworen hatte, sie nicht zu tun, ehe ich nicht achtzig Jahre alt wäre – Fallschirmspringen, mit zwei Männern auf einmal schlafen, Fugu essen (eine japanische Delikatesse, die, obwohl sie ein totaler – wie Tash es bezeichnen würde – »Gaumenfick« war, ungefähr zehn Top-Gourmets im Jahr vergiftet) und Kokain nehmen. Ich meine, in dem hohen Alter würde es nichts ausmachen, wenn ich zermanscht, AIDS-infiziert, vergiftet oder drogenabhängig würde. Aber bis dahin hatte ich mir geschworen, nie, nie Drogen zu nehmen.

Aus der Tasche seiner knacke-engen Jeans holte Pierce einen Kugelschreiber, nahm die Mine heraus, steckte das Plastikgehäuse in seine Nase, saugte eine weiße Linie hoch und reichte mir den Exkuli. »Willst du auch mal?«

Das Problem war, Pierce hätte mich fragen können, ob ich das Hirn eines frisch skalpierten Affen durch einen Strohhalm hätte aussaugen wollen, oder schlimmer noch, die Republikaner hätte wählen wollen, und ich hätte ja gesagt.

»Ja«, sagte ich, steckte den Stift mein Nasenloch hoch und machte seine Staubsauger-Imitation nach. Ich lehnte mich an der Klotür an und atmete einen tiefen, staubigen, würzigen Seufzer aus, als der warme Rush der Droge in mein System hineinexplodierte. Ich hatte das deutliche Gefühl, daß ich gerade von einer tantrischen Joga-Delphin-Meditationsspielgruppe kam. Ich lächelte cool, aber dann sah Pierce zu mir hoch, und ich enteiste mich wieder.

»Pierce«, meine Stimme gehörte einer Fremden. »Pierce.« Bis jetzt dachte ich immer, die Leute würden in Los Angeles soviel herumsprudeln, weil der ganze Ort über lauter Ölfeldern gebaut war. Aber plötzlich erkannte ich, warum der Geysir-Modus hier so verbreitet war. Kokain läßt einen schnell reden. Wirklich wirklich wirklich schnell schnell schneller und schneller und du fühlst dich sicher daß das was du zu sagen hast phantastisch sprühend und interessant ist und daß alle soviel davon hören wollen wie du selbst. Ich nahm einen tiefen Atemzug. »Pierce, ich mach' mir Sorgen um dich. Wo warst du? Es ist nämlich so, es mag ja sein, daß ich eine Landpomeranze bin und so, aber ich habe jede Menge Zeug in meinem Leben schon gemacht. Mengen. Weißt du, ich kann Purzelbäume schlagen, Autos kurzschließen. Ich kann ein Lagerfeuer machen, um Himmels willen, aber das hier, dieses ... Gefühl, das ich habe, ist mir neu. Ich kann kein Wort herausbringen und keinen Schritt gerade gehen kann. Es macht mich irgendwie « Meine Lippen fühlten sich benommen an, als ob ich gerade vom Zahnarzt käme mit einem Mund voller Novocain. »Hör mal, ich weiß, daß ich nicht cool bin, und ich kann nicht tanzen und ich kenne keine Spitznamen von Regisseuren. Und obwohl ich dir in dein Auto gereihert habe und so, möchte ich, daß du weißt, daß ich nicht immer so ein hundertprozentiger Trottel bin und na ja, können wir nicht noch ein einziges Mal ausgehen?«

Diese unerwartete Suada rüttelte ein Lachen aus ihm

heraus, das er sofort hinter seinen Raybans verbarg. »Na ja, ich bin für das nächste Jahrzehnt ziemlich ausgebucht, aber ich könnte dir einen Platz auf der Warteliste für den Anfang des nächsten Jahrhunderts einräumen.«

»Nein, jetzt mal ernsthaft.« Ich konnte kaum reden, so sehr war ich damit beschäftigt, meine Füße in die umstehenden Fettnäpfe zu stellen: »Irgendeine Chance?«

Pierce zuckte mit den Achseln. »Na ja, ich gewöhne mich langsam schon an dich.«

»Klasse. Ich fühle mich wie eine Hauterkrankung oder so was.« Sein wunderschönes Gesicht blieb ausdruckslos. »Und weißt du, was noch ist?« Ich riß ihm die Raybans vom Gesicht. »Ich glaube diesen ganzen toughen Scheiß nicht, den du da immer verbreitest, weißt du, von wegen niemanden lieben und so'n Kram. Du läßt es einfach nicht zu. Weil es gerade nicht Mode ist und weil ...«

Pierce legte seine Hand auf meinen Mund. »Hör auf, mich hier so süßlich zu bequatschen«, sagte er, erneut unerforschlich hinter seiner Brille. »Ich bin ein emotionaler Diabetiker. So ein Zuckerkram könnte mir einen Anfall verursachen oder so was.«

»Mußt du immer klingen, als wärst du in einer *Situation Comedy*? murmelte ich durch seine Finger hindurch. »Ich -ab -ich -e-isst.«

»Was?«

Ich biß seinen Zeigefinger. Er nahm seine Hand von meinem Gesicht. »Ich hab dich vermißt«, gab ich zu, was mir augenblicklich leid tat. Wenn es einen Gott gab, betete ich, dann bitte, bitte solle er sich doch im Nahen Osten einen Moment frei nehmen und mich hier herausholen.

Pierce wich zurück, sah argwöhnisch in der Kabine

umher, faltete sich dann wieder auseinander und stand auf. »Fang' hier nicht an, verrückt zu werden. Du spinnst wohl. Du weißt ja gar nicht, was du da sagst.«

»Weiß ich wohl, weiß ich wohl. Was ich sagen will, ist nur ...« Aber was wollte ich eigentlich sagen? Ich versuchte, mich daran zu erinnern, konnte mich aber nicht darauf konzentrieren. Merkwürdige Sachen passierten in unserer Kabine. Eine Armee von Ameisen knabberte an meinem Bein herum, und anscheinend waren das Tintenfische, die über die Kante der Kloschüssel hochkletterten.

»Ach so, ich hab' vergessen, dir das zu sagen. Dieser Koks ist mit irgendeinem ziemlich tödlichen Scheiß vermischt. Er ist wahrscheinlich viel zu stark für so ein kleines Beuteltier wie dich.«

»Es ist nicht zu ... Was glaubst du eigentlich, was ich bin? Ein Versager?« polterte ich, während ich mich nach einer Harpunenbüchse umschaute.

»Na ja, dann mach' dir mal keine Sorgen, wenn du anfängst, Gott zu sehen oder so was.« Pierce leckte langsam seinen Finger, lehnte sich vor, führte ihn einmal um den Rand meines Nasenlochs und rieb dann den Rest an Kokain über sein rosa Zahnfleisch. »Wenn wir Gott sehen, wenn wir high werden, was meinst du wohl, was Gott sieht, wenn *er* high ist? Leute?« Pierce pellte ein paar Zwanziger von dem Haufen, den er mir gegeben hatte, und stieß die Tür mit seinem Fuß auf. »Hast einen gut bei mir.«

»Wo gehst du jetzt hin?«

»Ich muß eine kleine Spazierfahrt machen.« In seiner Stimme war ein Ton übertriebener Lässigkeit. Obwohl er zuversichtlich lächelte, hielt er seine Hände so fest zusammengepreßt, daß die Sehnen hervortraten.

Mein Herz sank hinunter. »In deinem *Auto*?«

»Worin sollte ich wohl sonst eine Spazierfahrt machen?« Indem er sich am Türrahmen festhielt, schwang er sich an mir vorbei. »In meinem Raumschiff. Achtung! Gefährlich! Fremdlings-Invasion.« Niemand achtete auf ihn, als er durch das Damenklo schritt und Marsmenschengeräusche machte.

»Weißt du was? Ich könnte mit jeder Menge Männern ausgehen. Dén *Besten.*« Während ich hinter ihm herzottelte, bemerkte ich, daß unter den meisten der Kabinentürchen zwei Paar Füße zu sehen waren. »Chuck Larson ist geil auf mich, wußtest du das?«

Ich sah plötzlich die zweimeterlange Schlaftablette, die ich an der Bar gelassen hatte, vor mir. »Er ist *wirklich* interessant. Ich find' ihn selber eigentlich auch ganz toll. Pierce? Glaubst du, ich sollte mal mit ihm ausgehen? Pierce?«

Draußen boomte die Party. Ich hörte, wie man meinen Namen rief, und sah Abe auf mich zusprinten, während seine Arme Winkzeichen sendeten. »Die Presse will dich interviewen.« Während Pierce verschwand, führte Abe mich in die Eingangshalle, indem er meinen Arm so fest umgriff wie ein Polizist bei Abführen eines Einbrechers. »Bleib' *laid back*«, wies er mich grob an.

Abe führte mich in einen brodelnden Schlick menschlicher Lava. Die Lava sprach, wobei sie mich mit einem Sperrfeuer doofer Fragen beschoß. Aus irgendeinem Grund ist es so, daß, wenn das Gesicht eines Menschen in der Zeitung auftaucht, alle Welt wissen will, was dessen Lieblingsfarbe und Lieblingsgericht ist. Sie wollen Bilder von einem machen im Lieblingsbadeanzug, wie man seinen Lieblingscocktail trinkt und in seinem Lieblingsstuhl sitzt. »Ich habe keinen Lieblingsstuhl«, informierte ich die Dame vom *National Enquirer.* Abe rollte mit den Augen, womit mir nebulös klar wurde, daß ich wohl die falsche Antwort gegeben hatte.

»Und wie fühlst du dich jetzt, wo du's als Fernsehsternchen geschafft hast?« Ein Kameralicht verbrannte meine Augenbrauen.

Während ich da so auf den mit Teppichboden ausgelegten Stufen saß, hielt ich meine Knie an meine Brust gedrückt und sah auf meine Zehen herab. Wenn Verwirrung, Drogen und ein gebrochenes Herz Zeichen des beginnenden Ruhmes eines Filmsternchen waren, dann würde ich wohl bald Marilyn Monroe und John Belushi Gesellschaft leisten. Ich zuckte mit den Achseln. »Weiß nicht.«

Abe sah aus, als hätte eine Familie Taranteln ihren Wohnsitz in meiner Kleidung aufgeschlagen.

»Was machst du für Sex?« fragte ein klebriger Schleimbrocken. Ich sah ihn durch seine getönten Kontaktlinsen an und sagte, ich hätte mir einen Ehehygieneartikel gekauft. »Und was hältst du vom Star der Show?« ließ er nicht locker, »von Rondah Rivers? Es hat Gerüchte über eine künstlerische Spannung am Set gegeben. Und sie ist heute abend, wie ich bemerkt habe, nicht hier.«

»Ich finde, sie ist ein Drongo.«

Die Reporter schauten sich gegenseitig an. »Drongo?« hakte einer von ihnen nach.

»Oh, ja«, improvisierte ich, »das ist ein uraltes australisches Wort für eine faszinierende und wahrhaftig nette Person.«

»Du hattest keine Angst, heute abend zur Fete zu kommen«, dröhnte ein Fernsehunterhaltungsreporter, »trotz der Morddrohung?«

Ich starrte ihn in vollkommener Verblüffung an. »Wie bitte?«

»Die Abteilung Öffentlichkeitsarbeit von *DINKS* hat heute abend eine gegen dich gerichtete Morddrohung erhalten. Wußtest du das noch nicht?« fragte er mit gieriger Sensationslust. Das Foyer, das mit Spiegeln versehen worden war, vergrößerte die Menge. Die Unterhaltungen brachen zusammen. Sie sahen mich alle begierig an – so wie eine Frau einen Schokoladenkeks am zweiten Tag ihrer Sellerie-undWasser-Diät anschaut.

Ich drehte mich mit trockenem Mund zu Abe.

»Ja, ja, das wußte sie schon. Aber *Down-under* werden die Mädchen tough, nicht wahr?« Er gab sein unermüdliches Grinsen von sich und zerrte mich auf meine Füße hoch. »Danke schön, meine Damen und Herren.« Ich verlor und gewann wieder mein Gleichgewicht, indem ich vorsichtig nach Abes Arm griff. Er führte mich prompt zur Party zurück.

Ich spürte, wie ich vom Gehirn abwärts taub wurde. Nicht nur mein Fuß, sondern mein gesamter Körper schien eingeschlafen zu sein. »Eine Morddrohung? Ist das ernsthaft wahr?«

»Hat Rondah dir das nicht erzählt? Sie hatte sich erboten, dir das gleich vor der Veranstaltung zu erzählen. Ich dachte, sie hätte es dir gesagt.« Ich nahm das in genau derselben Art auf, wie ich Hitlers Zusicherung, er würde die Tschechoslowakei nicht angreifen, aufgenommen haben würde.

»Wieso Rondah bitten, mir so was zu sagen, wenn sie sowieso diejenige ist, die den verdammten Anruf gemacht hat?«

»Hör' mal. Wir haben beschlossen, dir das nicht zu sagen, weil du dann möglicherweise nicht zur Party gekommen wärst. Und außerdem, stell' dir mal das Aufsehen vor, wenn du *wirklich* erschossen worden wärst?« Seine verräterischen Augen flackerten einen Moment lang groß auf. »Ist nur ein Witz«, sagte er unaufrichtig, ehe er einen Lacher weghustete.

Die Presse erschien noch einmal um die Ecke. Sie waren wie Ameisen um eine tote Eidechse herum.

»'tschuldigung die Dame, hätten Sie gerne eine photographische Erinnerung an Ihre große Nacht?« Ich erkannte die Käsereiberstimme sofort und drehte mich um. Tash, als französiches Zimmermädchen verkleidet, machte ein Polaroidbild von mir. »Tut mir leid, daß ich so spät bin. Ich hab' einen neuen Job gekriegt. Komm mal mit.« Sie schleppte mich in die tanzende Menge ab, durch den Wald an Lametta, der zwischen den an die Spiegeldecke geklebten Ballons herunterhing, durch den Angestelltenausgang hinaus auf den Parkplatz. Auf dem Rücken von Tashs Uniform stand zu lesen: »Pierres-Focus-Pocus-Photo-Service. Machen Sie Ihren Abend zur bleibenden Erinnerung«.

»Ich hab mich schon immer gefragt, was für eine Art Leute diesen Job machen. Durch Restaurants gehen und Photos machen.«

»Na, und jetzt weißt du's. Verzweifelte. Beschissen Bezahlte. Aber ich kriege jede Menge Trinkgelder. Es ist diese Zimmermädchenuniform. Männer sind wie Fische. Schmeiß ihnen den richtigen Köder vor, und du hast sie sofort bei den Kiemen, weißt du?«

Die frische Luft beruhigte mich wieder. Ich hatte keine Halluzinationen mehr. Nur noch ein paar dünne Tentakel, die aus dem Cocktailglas, das Tash fest umgriffen hielt, in die Richtung meines Halses herauswedelten.

»Vielen Dank, daß du gekommen bist, Tash. Niemand ist gekommen, kannst du dir das vorstellen, außer Pierce, und der war so merkwürdig, daß der sowieso auch nicht richtig da war. Hörst du mir zu?« Tash war gegen eine Mülltonne gesackt und starrte unverwandt auf ihre Füße. Eine Zigarette brannte dicht an ihre Fingerspitzen heran, von denen ich bemerkte, daß sie angeknabbert und blutig waren. Mit ihrer anderen Hand holte sie eine Strähne ihrer Haare aus ihrem Gesicht, steckte sie abwesend hinter ihr Ohr und sagte etwas, das ich nicht ganz hören konnte. »Was?«

»Er hat ihn gefunden.« Ohne besondere Eile ließ sie die Zigarette zwischen ihre netzbestrumpften Beine fallen und zündete sich eine nächste an. »Fast.»

»Was?«

»Na ja, er *glaubt* es jedenfalls.«

»Wer? Wen gefunden? Wer hat wen gefunden?« Der Boden seilte sich ab und schien hoch in den Himmel zu schweben. Ich wollte mich setzen, aber ich hatte immense Schwierigkeiten, mich zu erinnern, in welche Richtung meine Knie sich biegen.

»C.J.« Tash sah mich wie durch einen Nebel an. »Hey, bist du stoned?«

Mein Gehirn fand in seine Laufbahn zurück. »Nein! Na ja, ein bißchen. Doch.«

»Er hat den Namen der Agentur, die ihn wegadoptiert hat, herausgefunden«, sagte sie tonlos.

»Das ist doch phantastisch.«

»Aber er macht nichts mehr, ehe ich ihm nicht alles bezahle, was ich ihm noch schulde, der Arsch, und noch mehr obendrauf.«

»Wieviel?«

»Sechstausend Eier. Er *sagt* das sei, um die Beamten

zu bestechen, um an die Information ranzukommen. Der Schweinehund. Ich hab's mir schon überlegt.« Sie wandte sich an ihr Champagnerglas. »Weißt du, mit Männern für Geld schlafen? Na ja, so schlimm kann's ja auch nicht sein.«

Ich steckte ihr die circa sechzig Dollar zu, die von Pierces Stapel übriggeblieben waren. »Ich besorg' dir Geld. Ich lass' mir einen Vorschuß auf mein, du weißt schon, auf mein Gehalt geben.«

Sie zählte das Geld und zuckte trostlos mit den Achseln. »Nur Männer, die ich *mag*. Entweder das oder Oben-ohne-Modell spielen. Hier.« Sie schob mir ihre Kamera in die Hände und hievte ihr Oberteil hoch. »Mach' ein Bild, ja? Die glauben mir sonst nie im Leben meine Angaben.«

»Tash, bleib' mal auf dem Boden.«

»Tu' ich. Sie glauben's nicht.«

»Ich kann das nicht.«

»Natürlich kannst du's. Siehst du da den roten Knopf? Du mußt einfach ...«

»Nein. Ich meine, ich kann nicht.«

»Okay, na ja, dann muß ich wohl meinen Hintern auf dem Hollywood Boulevard verkaufen gehen. Hättest du's lieber, wenn ich das mache?«

Der Blitz beleuchtete ihren schmalen Körper gegen die mit Stuck verzierte Wand. Eine Flotte von Luxuslimousinen kurvte die Straßen außerhalb des Clubparkplatzes entlang, wie eine Schule glatter schwarzer Haie. Tash zog ihr Oberteil wieder runter. »Ich schick' das an eine Zeitung, als Probe.«

»Tash«, keuchte ich, als die Nachricht endlich meine Hirnschale durchdrungen hatte. »Das könnte es ja jetzt sein. Du könntest ihn jetzt gefunden haben.«

»Ja«, zuckte sie mit den Achseln.

Ich sah mir meine Freundin genauer an. Sie sah so freudig erregt aus wie jemand, die gleich einen Abstrichtermin hat. »Tash, ist alles in Ordnung?«

»Laß uns was wünschen«, sagte sie neutral und hob ihr Glas.

»Was hast du dir gewünscht?« fragte ich sie, als wir in die Zuhälterschleuder fielen.

»Ach, nicht so viel. Frieden auf der Welt, ein Pflaster über dem Ozonloch, die Erhaltung der Elephanten und Wale, eine Frau als Präsidentin, und Demokratie in ...« Sie zählte die Länder an ihren Fingern ab, »Saudi-Arabien, Südafrika, Kuwait, El Salvador, Irak und China.«

»Oh.«

»Und was ist mit dir? Was hast *du* dir gewünscht?«

Ich nahm einen Schluck Schampus. »Daß Pierce Scanlen einen Stromspannungsstoß mit seinem Auto-Gebläse bekommt.«

Zweiter Teil

Das unmöglichste China-Restaurant

In Pierce Scanlen verliebt zu sein, war wie eine Fahrt in einem wildgewordenen Auto – aber *drei Monate lang*. Nicht nur tat er LSD in den Direktoren-Trinkwasser-Tank, sondern er wurde auch noch dabei ertappt, wie er »Uppers-Flaschendrehen« mit den Fans am Eingangstor spielte. Das Spiel lief anscheinend so ab, daß jeder Spieler die Flasche mit Uppers-Pillen drehte und dann genau die Menge davon schluckte, die mit der gleichzeitig gewürfelten Anzahl Augen identisch war. Jeder, der nicht eine Überdosis einwerfen wollte, mußte ein Kleidungsstück ablegen. Zwei minderjährige Valley-Mädchen waren schon bei der Unterwäsche angekommen – und an der Oberkante der Unterlippe, was das »High«-sein anging – als Abe sie fand. Als man ihm drohte, sein Gehalt zu kürzen, versprach Pierce, clean zu werden ... wobei er so stink-high wie eh und je blieb. Ich vermute mal, er dachte, er hätte uns alle nasgeführt, aber man mußte nicht gerade Einstein sein, um zu kapieren, was da wirklich vor sich ging. Ich meine, an einem Abend ließ er die gesamte Schauspielertruppe und die Crew zwischen zwei Takes einem Jimi-Hendrix-Gitarrensolo *zweiundzwanzig Mal hintereinander* lauschen. Weihnachten kam und ging wieder, wie auch Silvester. An beiden Abenden ließ er mich sitzen. Ach ja, er entschuldigte sich jedes Mal, lächelte sein schmalziges Lächeln und fragte mich, ob ich böse wäre. Er hätte mich genausogut fragen können, ob es ihm wohl an Sex-Appeal mangele, seien wir ehrlich.

Aber es war nicht nur Pierce, der sich auf Kollisionskurs mit der Katastrophe befand. Tash ging es genauso. Sie rannte wie ein kopfloses Hühnchen durch die Gegend und versuchte, Geld für C.J. aufzutreiben. Sie schrieb nicht nur Songs in der Hoffnung, mal ein Demoband aufnehmen zu können, sondern sie hatte auch unsere Plattensammlung verkauft, dreizehn Autoradios geklaut und hatte angefangen, an Straßenecken Saxophon zu spielen. Ich mußte mit dem Hut herumgehen und ein T-Shirt tragen, auf dem stand: »Sax Appeal – bitte Spenden Sie großzügig.« Abends hatte sie Auftritte in scheußlichen Läden in *Downtown* oder kotzüblen Schmier-Läden im Valley. Ich wollte ihr verzweifelt helfen, die Knete aufzutreiben. Nicht nur ihres kleinen Bruders wegen, sondern auch, weil sich die Situation als Katastrophe für meinen Teint auszuweiten drohte. Es war nämlich so, daß Tashs eigentliche Sucht Zucker war. Während die meisten Rocksänger von Drogen und Alkohol zerstört werden, ist Natasha Kerlowski die einzige Rock 'n' Rollerin, die von Kuchen zerstört werden wird. Kein Scherz. Sie kam immer von der Bühne herunter und ließ *mich* sechs Negerküsse bestellen. Indem sie nämlich keine bestellte, konnte sie so tun, als ob sie auch keine gegessen hätte, was ihr wiederum ermöglichte, so zu tun, als sei sie kein bestätigter *Cake*-aholic.

Tash war so dringend hinter Geld her, daß sie sogar versuchte, einen dieser Hollywood-Knüller zu schreiben: einen *Shop 'n' Fuck*-Roman. Das einzige Problem, fand sie, war, daß sie zu wenig über Shopping wußte.

Dann waren da die Männer. In den letzten vier Wochen waren Tashs Beine grundsätzlich auf Viertel vor drei eingestellt gewesen. Aber neben den üblichen Andy/Sandy/Chuck/Hanks hüpfte sie nunmehr auch noch in die Kiste mit einem Reklamedirektor, noch einer anderen gesamten Rockgruppe, und einem verheirateten Typen namens Brendon aus dem Valley. Den sah sie allerdings nur, wenn er nach *Downtown* kam, um sein Auto in der Werkstatt oder sich selbst beim Zahnarzt abzuliefern. Ihre gesamte Beziehung basierte auf Reifen und Zähnen. Es war nicht so, daß diese Typen sie bar bezahlt hätten, aber sie gaben ihr Geschenke – die sie kühl zu Barem machte. Sie hatte schon 2263 Dollar zusammen. Es fehlten nur noch 3737.

Wenn ich mir um Tash keine Sorgen machte, dann machte ich mir welche über die Arbeit. Seit ich angenommen worden war und den Vertrag unterschrieben hatte, waren die Dinge geradewegs den Kloschlund hinunter gerauscht. Man denke mal an die drei Dinge im Leben, die man am meisten zu tun haßt. Für mich ist es, mir die Spirale einsetzen zu lassen (der einzige Moment, in dem ich jemals wieder Steigbügel sehen will, ist, wenn ich reiten gehe), das Klo putzen und Zufallstreffen auf dem Klo. Man zähle die alle zusammen und multipliziere das Ganze mit sechs Millionen, und das würde immer noch ordentlich aussehen im Vergleich zum täglichen Leben in DINKS.

Um die Sache noch zu verschlimmern, war Cosmo seit Wochen immer mal wieder krank. Am Anfang lachte er darüber hinweg: »Es ist eben keine so gute Idee, Liebling, sich auf ein Schwing-Bett zu legen, nachdem man gerade Häagen-Dazs-Eis gegessen hat«, sagte er mir, nachdem er den Morgen damit verbracht hatte, seine

Eingeweide von sich zu schleudern. Aber ich glaubte ihm nicht. Niemand konnte sich auf so viele Schwing-Betten legen. Cosmo war täglich krank. Damit war nicht nur mein einziger Verbündeter wegen merkwürdiger Krankheiten öfter und öfter abwesend, aber die Schauspieler machten auch noch weiter damit, jedes Drehbuch zu sabotieren.

Rondahs Technik, um die Show zum Halten zu bringen, war, einen Aufnahmestop mitten in meinen größten Szenen zu ordern, da sie ihre Schafszelleninjektionen genau jetzt bekommen mußte. Das war die neueste schwedische Schönheitskur. Als niemand da war, taten ihr Pierce und ich eine Flasche Pfefferminz-Sauce in ihre Garderobe. Allerdings habe ich für diesen Streich bezahlt. Das Drehbuch der nächsten Woche ließ *ihre* Figur *meiner* Figur eine Ohrfeige geben. Nun ist Rondah Rivers das, was man in der Branche eine »One-Take-Schauspielerin« nennt. Gleich beim erstenmal sitzt es. Nun ja, *fünfundzwanzig* Takes später konnte sie ihren Text immer noch nicht richtig hinkriegen.

Alle diese Verzögerungen ließen die Senderbonzen in Panik ausbrechen. Weil sie auch dafür bezahlt wurden, am Drehbuch beratend tätig zu sein, hatten diese Deppen das Gefühl, sie müßten *beraten*, egal, was da sei. So weit ich das erkennen konnte, wurden Punkte dadurch gewonnen, daß man Punkte zur Sprache brachte, egal wie kleinknickerig oder einfach doof sie waren.

Aber genau in dem Moment, in dem ich mir eine stärker erfüllende Karriere als Fußgeruchtesterin oder als Gabelstaplerfahrerin oder als Fließbandüberwacherin überlegte, wurde ich zu einem Treffen in Abe Epsteins Herrensitz zitiert.

Abe legte seinen dicklichen Finger auf die Lippen, nickte in Richtung der Terrassentür und machte mir Zeichen, ich solle ihm folgen. Er führte mich schweigend entlang dem Pool, in dem nie irgend jemand schwamm, über den üppigen Rasen zum Hundezwinger.

»Abe, wo gehen wir hier ...«

»Schhhh.« Er machte mir Zeichen, durch das Tor zu gehen und ließ dann ein langes, tiefes Pfeifen ertönen. Dreißig Rassepudel kamen aus allen Richtungen auf uns zugeschleudert. Sie zogen ihre Bahnen um seine Beine wie fellige, nicht ganz richtig funktionierende Sputniks. »Jetzt können wir uns unterhalten«, dröhnte Abe über das Kläffen hinweg. Er bückte sich, damit die Hunde seine Hände lecken und mit ihren Schnauzen reiben konnten. »Man kann nie zu vorsichtig sein.« Seine Augen schossen von links nach rechts. »Spione!« zischte er verschwörerisch.

»Was?«

»Spione! Das Haus könnte verwanzt sein. Das hier ist der einzig sichere Platz, an dem wir uns unterhalten können. Die anderen Sender würden alles *mögliche* machen, um an meine brillanten Ideen zu kommen. Von denen« – er spießte mich mit seinem Blick auf – »du, Crocodile Dundette, eine bist.« Ein kleiner rosa Pudel suchte sich diesen Moment aus, um freundlich an meinem Schritt herumzuschnüffeln. »Du bist gerne in der Show, ja?«

Es war ein bißchen so, als hätte man eine Gans gefragt, ob sie Weihnachten mag. »Oh, ja. Es ist klasse.«

Der Hund, der das Vorspiel hinter sich gebracht hatte, bemühte sich nunmehr darum, unsere neue Freundschaft zu vollziehen. Er attackierte mein Bein mit dribbelnder Heftigkeit. Während ich Abe aufmerksam zunickte, versuchte ich, meinen neuen Verehrer abzuschütteln. Abe unterbrach sich mitten im Satz, bückte sich, entfernte die Zähne des Hundes von der Innenseite meines Oberschenkels und schwang ihn auf in seine Arme. »Der Kleine hier mag dich, was?«

Ich schreckte vor diesem spitzen kleinen Gesicht zurück. Man verstehe mich nicht falsch. Ich mag Tiere, aber hauptsächlich in der Vergangenheitsform. Boeuf Stroganoff und Steak Diane insbesondere.

»Die moderne Gesellschaft«, fuhr Abe fort, »hat keine Ahnung mehr von Liebe oder Ehre oder Religion. Heute ist das einzige, was eine Person über den Rest erhebt, deren Anteil an Ruhm. Was ich sagen will, ist«, er pfiff erneut, was die Hunde in eine noch lautere und höhere Tonlage der Angst schickte, »wenn deine Beliebtheit so hoch bleibt, dann werden wir einen Spin-Off für dich machen und dir eine eigene Serie geben.« Er küßte den stinkenden rosa Klecks auf die Schnauze. »Du magst ihn? Ja? Meinen Pudel?«

Ich tätschelte die tierische Puderquaste in seinen Armen mit vorgetäuschter Zuneigung. »Ja«, log ich, rückgratloses Wunder, das ich war. »Oh, ja. Sehr niedlich.«

Abe nickte wohlwollend, als hätte ich irgendeinen Geheimtest bestanden. »Mit der richtigen Zusammenstellung und dem korrekten Marketing werden wir mit dir ein Vermögen verdienen.« Abe Epstein nannte sich selbst eine Hitfabrik, der seine *Situation Comedies* wie Autoteile produzierte. Er war stolz darauf, seine Zuschauer genau festzumachen, bis hin zum letzten pubertären Pickel. Er drehte sich nun zu mir. Das Glänzen in seinen Augen leuchtete wie eine Messerschneide im Licht. Er ließ seine rosa Zunge um seinen speichelnden Mund gleiten, der plötzlich vor Gier angeschwollen zu sein schien. »Es wird wie Monopoly sein, außer daß wir immer und immer wieder um das Brett sausen und auf Los landen werden.« Seine Lippen sahen nun wie ein Paar kopulierender Schnecken aus. »Wenn wir diesen Deal machen«, sagten die Schnecken, »ist dieser Hund dein.«

»Oh, vielen, ähm, Dank.«

Abe Epstein lächelte, von seiner eigenen Großzügigkeit begeistert. Der rosa Pudel in seinen Armen streckte sich plötzlich vor und versuchte, mich in einen leidenschaftlichen Zungenkuß zu verwickeln. Abe klatschte ihm auf die Schnute und steckte ihn dann in ein abgetrenntes Gehege. Das nächste, was ich wußte, war, daß sich sein Arm um meine nackten Schultern wand.

Er schien sich an meiner Haut festzusaugen wie eine Tentakel mit Goldarmband. Er pfiff noch einmal, damit wir uns wieder beim Geräusch von dreißig kläffenden Pudeln unterhalten konnte. Abe fuhr fort, mir die raffinierten Geheimnisse seines Erfolges zu offenbaren – irgendwas darüber, wie man simplen Schrott zum Aufwärmen und Servieren macht, der an der Fernsehmattscheibe haftet wie Kaugummi.

Wie raffiniert man nur sein kann, dachte ich mir.

»Das wird dich zu einem Star machen, Katrina, unter einer Bedingung.« Die Schnecken drehten sich umeinander, als hätte ihnen jemand ein Pestizid übergebraten. »Halt' dich von Pierce Scanlen fern. Dieser Junge ist ein Verrückter.«

Ich mußte fast laut lachen. Sich von Pierce Scanlen fernzuhalten würde nicht sehr schwer werden. Die einzigen Male, die ich ihn zu Gesicht bekam, war, wenn er sich Geld leihen mußte. Als DINKS anfing, hatte Pierce den Standard-Hollywood-Vertrag unterschrieben, mit dem Standard-Hollywood-Kleingedruckten. Also war es jetzt so, daß, obwohl die Show ein Riesenhit war, Pierce immer noch Peanuts verdiente. Seine Ausrede dafür, daß er sich Geld lieh, war jedesmal eine Monatsrate für das eine oder andere seiner Autos. Es schien mir, daß täglich eine Monatsrate fällig wurde. Wann auch immer ich ihm Bares überreichte, versprach er mir einen Lunch. Aber »Lunch« stellte sich unweigerlich als eine Tasse kalten Kaffees heraus während eines Friseurtermins oder ein warmes Eis, während wir darauf warteten, daß eins seiner Autos aus der Werkstatt entlassen würde. Allerdings konnte ich nicht allzu sauer auf ihn werden. Das Fenster auf der Beifahrerseite ging immer noch nicht richtig zu. Tash hatte recht. So weit ich das erkennen konnte, würde er mich erst dann attraktiv finden, wenn ich mir chirurgisch einen Auspuff oder ein Lenkrad anmontieren ließe.

Also, um die Wahrheit zu sagen, hätte ich wahrscheinlich Abes Bedingung zugestimmt, wenn nicht in dem Moment der verliebte rosa Pudel, dessen Liebeswerbung durchkreuzt worden war, sich vom Dach seiner Hundehütte geworfen hätte. Er segelte über die Drahtwand direkt auf Abe zu und versenkte seine Fangzähne in Abes fleischige Wade.

Kaum war diese Nachricht verbreitet worden, daß Abe einen Tag lang durch einen Hundebiß außer Gefecht gesetzt worden war, war Pierce schon dabei, Genesungswunschkarten zu organisieren – für den Hund. Bis zum Nachmittag des nächsten Tages war ein beachtlicher Postsack in Abes Haus angekommen. Der Stand, so Pierce, war vier Grußkarten für den Patienten, und 362 für den Köter.

Man muß wohl kaum betonen, daß Abes Laune, als

er am nächsten Morgen zur Arbeit humpelte, alles andere als jovial zu nennen war. Dem wurde auch durch Pierces Begrüßung »Hey Abe, was ist denn das für ein Schaum um deinen Mund?« nicht abgeholfen.

Abe schoß Pierce einen tödlichen Blick zu – die Art Blick, die Killerfremdlinge den Erdlingen in Comicbüchern zuschießen. Pierce war in letzter Zeit zu den Proben zu spät und noch später erschienen, gewappnet mit wilden und noch wilderen Ausreden, um dann nur noch mehr und mehr von seinen Dialogpartien zu versaubeuteln und, während andere ihre sprachen, dazwischen zu quatschen.

»Kannst du mir das Taxigeld für die Fahrt nach Hause leihen?« haute Pierce mich an, wobei er durch Mimis Text quatschte.

»Wo ist denn der Ferrari?« flüsterte ich.

»Hab' ihn verkauft.«

Ich griff mir seinen Ärmel. »Du hast IHN *verkauft*?«

Pierce zuckte kaum bemerkbar zusammen und bewegte sich ein bißchen von mir weg. »Verstehst du, meine Freundin zieht das weniger aufdringliche Auto vor. Sie ist eine Minimalistin.«

»Deine *Freundin*?« Mein Magen fuhr auf meiner Speiseröhre auf und ab wie ein Aufzug.

»Ja.«

»Du hast nie erwähnt, daß du eine ...«

»Das war, weil es da nicht viel zu erwähnen gibt. Wie ich schon sagte, ist sie Minimalistin. Sie hat das alles beieinander, weißt du. Sie besitzt zum Beispiel ein Buch Gedichte, ein Set Seidenbettwäsche, ein Bild, eine Jeans, ein Kleid – Designer, wenig Möbel, weiße Flächen. Sie ist Malerin. Sehr künstlerisch. Ein unheimlich ausdrucksvolles Gesicht, weißt du?«

Ich haßte diese L.A.-Tante. Sie war ganz offensichtlich Minimalistin, weil nur eine minimale Menge an Leuten sie mochte.

»Also wie steht's? Taxigeld?«

Abe zappte Pierce mit noch einem unsichtbaren Todesstrahl. Pierce hob eine Hinterbacke von der Couch, runzelte vor Konzentration die Stirn und ließ dann ein explosives Schmettern an Blähungen los. Jedes Auge im Raum stielte in Pierces Richtung. »Die Fähigkeit, dann zu furzen, wann man will, ist eine virtuose Kunst«, erklärte er. »Sie wird demnächst bei den Olympischen Spielen eingeführt.«

Es gab einen Grund, warum Pierce dieses Abe-sichere Kräftefeld entwickelt hatte. Er hatte so dezent wie Hiroshima angedeutet, daß er seinen Vertrag brechen werde, wenn er nicht bald mehr Geld zu sehen bekäme.

Pierce wartete, bis sich das Gelächter wieder legte und die Proben wieder begannen, ehe er mich wieder beiseite nahm.

»Nun?«

»Gott. Was machst du eigentlich mit deinem ganzen Geld?« flüsterte ich zurück und wühlte in meiner Handtasche nach meinem Portemonnaie. »Kannst du denn nicht deine Ausgaben bilanzieren?«

»Geld langweilt mich«, gähnte er. »Ich kann damit nicht umgehen.«

»Pierce jetzt *komm' mal*. Es ist nicht so, als würde ich dich bitten, den Umfang der Erde auszurechnen.«

Abe klatschte seine Hände und erinnerte die Truppe an die Publicity-Fotos am nächsten Tag. »Es ist wichtig, daß ihr alle *pünktlich* seid. Verstanden?« Er feuerte noch einen Killerblick in die Richtung von Pierce.

»Nicht verstanden«, erwiderte Pierce.

Abe schloß forsch sein Drehbuch. »Paß auf, Scanlen. Sei pünktlich, oder du kriegst ernsthaft Ärger.«

Vom Ton seiner Stimme aus zu schließen, meinte er nicht nur *Ärger*, Ärger. Er meinte Ich-schneide-dir-die-Eier-mit-der-Nagelschere-ab-Ärger. »Pünktlich. Kannst du mich verstehen?«

»Sorry, Chief. Ich hab' mein Hörgerät nicht da.« Pierce hob sich von der Couch hoch und latschte aus dem Zimmer, wobei er noch einen Furz abschoß, ehe er verschwand.

Während des ganzen Abends übte ich, minimal zu sein. Während des ganzen Abends bewegte ich mich nur, wenn ich einen Zweck damit erfüllen wollte, und sprach nur, wenn ich mich tiefsinnig fühlte.

»Was zum Teufel ist denn in *dich* gefahren, um Himmels willen?« forderte mich Tash und unterbrach ihre Stimmübungen. Ihr Lehrer hatte sie mit ihren »Zwischenrippen« geplagt, was auch immer die sein sollten, und Tash hatte nun seit zwei Wochen wie eine Verrückte geübt. Während sie die Tonleiter auf und ab trällerte, beschäftigte sie sich damit, eine weitere ihrer merkwürdigen kulinarischen Erfindungen zusammenzurühren: Apfel-Lakritz-Tasche mit Sahne, weil sie einfach *wußte*, daß ich darauf Lust hatte. (Ich hatte seit neuestem versucht, sie davon zu überzeugen, daß es keine Straftat war, in der Öffentlichkeit essend erwischt zu werden. Daß Essen tatsächlich ein wichtiger Bestandteil einer gesunden Ernährung ist. Aber die Message war offensichtlich nicht bei ihr angekommen.)

Indem ich mich gegen die Theke lümmelte, erzählte ich ihr die guten und die schlechten Nachrichten. Pierce war nicht in etwas verliebt, das vier Räder hatte. Er war verliebt in etwas, das zwei Beine hatte. »Na ja, wenigstens ist es menschlich«, murmelte ich, »oder so ähnlich.«

»Jesus. Okay.« Tash gab ihre Arpeggios auf und knallte den Löffel auf die Theke. »Laß uns das jetzt ein für alle mal regeln!« Sie drehte die Apfelschale von dem Schälmesser ab. »Dreh dich um.« Sie wirbelte mich mit dem Gesicht zur Wand hin. »Jetzt wirf das über deine Schulter.«

»Was?«

Sie reichte mir die lange grüne Spirale. »*Mach* das jetzt. Die Buchstabenform, in der es landet, ist der erste Buchstabe des Namens von dem Mann, in den du dich verlieben und den du heiraten wirst.« Ich gab ihr einen Blick, der besagte: »Du bist jetzt endgültig übergeschnappt.« »Es ist wahr. Mach's.«

Da ich ein artiges Mädchen bin, warf ich die Apfelschale über meine Schulter. Wir schwangen uns beide herum und untersuchten die Form auf dem Linoleum-Fußboden. »Es ist ein J«, sagte sie. »Also kannst du den Quatsch mit Pierce jetzt vergessen. Es ist einfach nicht in deiner Zukunft vorgesehen.«

»Tash, ich kann ihn nicht vergessen.«

»Hör mal, wenn du was großes Dickes in deinem Leben brauchst, dann geh' doch mit einem, ich weiß nicht, mit einem Telefonbuch ins Bett, um Gottes willen. Jetzt bin ich dran.« Sie katapultierte die Schale über ihre Schulter hinweg und hockte sich dann hin, um das Ergebnis zu begutachten. »Es ist ein B.«

»B? Wie im Himmel willst du erkennen ...«

»*Ist* es aber. Herrjeh«, lachte sie und fuhr die Schale mit ihrem bemalten Zeigefinger entlang. »Vielleicht ist es Bernard.« Bernard war der verheiratete Typ aus dem Valley, von dem ich vorhin schon erzählt habe. Mister

Reifen und Zähne. »Ich mag ihn ja schon.« Ihre Küchenschürze war voller Bilder von Gurken und Witzen darüber, wie sehr sie doch begehrenswerter sind als Männer.

»Vielleicht ist es ein B wie Bullshit«, spottete ich und ging in mein Zimmer, um artistische Gesichtsausdrücke zu üben.

Am nächsten Tag versammelten wir uns für den Publicity-Fototermin und taten für die Kameras kameradschaftlich. Pierce fehlte. Abe marschierte fluchend und gestikulierend auf dem Set hin und her, wobei die Adern auf seinem Gesicht hervorstanden wie auf einem Kohlkopf. Endlich zischte die Tür auf – und Pierce kam hereinspaziert. Zum ersten Mal seit Wochen sah er anständig angezogen und hellwach aus, mit klaren Augen und stinknormal – abgesehen von der Tatsache, daß seine Haare und Augenbrauen total weg waren. Kein Scherz. Ein glatzköpfiges Ei auf Beinen kam auf uns zugeschlendert und setzte sich auf seinen Platz in der ersten Reihe.

Das hörbare Luftholen klang wie eine pneumatische Trainingsstunde.

Der Fototermin wurde abgesagt.

Ich fand Pierce später im Make-up-Raum, wo er alle verbleibenden Stoppeln auf seinem Schädel abmähte. Rondah, Phoebe und Ping waren auch da und bemutterten Cosmo, der mal wieder krank gewesen war. Cosmo war der einzige Mensch, zu dem die drei Schauspielerinnen jemals nett waren. Hauptsächlich aufgrund der Tatsache, daß *sie* wußten, daß *er* mehr über sie wußte als irgend jemand sonst auf der Welt. Cosmo hatte sie alle schon mal brav, nackt, bewegungslos im Make-up-Stuhl ausgesetzt gesehen. Er allein besaß ein volles Inventar jeder Falte und Kräuselung. Er allein hatte die Macht, sie aussehen zu lassen wie ein Hunde-Frühstück.

»Also, Kid«, sagte Pierce, als ich mich ihm näherte. »Welchen Beruf kannst du dir vorstellen, in dem ich noch gut sein könnte? Astronaut? Postbote? Hey, wie wär's mit Präsident? Eigentlich habe ich immer davon geträumt, ein supergutes China-Restaurant zu betreiben.«

Ich versuchte, mein Gesicht artistisch und ausdrucksvoll aussehen zu lassen. Jedes Mal, wenn er mich ansah, ließ ich ein Auge glubschen, einen Nasenflügel sich weiten oder eine Augenbraue hochgehen.

»Ja, es konnte das unmöglichste China-Restaurant der Welt werden«, begeisterte er sich, während der Rasierapparat lief. »Alle Gerichte könnten Namen haben wie ›Langschwanz-Suppe‹ oder ›Heiße Fickente‹ ... Hey, du könntest mir nicht dein Gehalt bis zum Ende der Woche ausleihen, was? Ich bin, na ja, total ausgepowert.« Er schaltete den Rasierer ab. »Na?«

»Ich ... Ich kann nicht. Ich muß meine Miete bezahlen.« Pierce zuckte mit den Achseln und fuhr fort, sich zu rasieren. »Wirst du wirklich aufhören?« Ich drehte provokativ die Lippe nach oben, während ich ihn unter herabgelassenen Lidern ansah.

»Allerdings. Ich hab' genug von diesem Scheißladen. Jesus«, Pierce, der gerade mein Spiegelbild sah, fragte mich nervös: »Hey, du wirst doch nicht schon wieder reihern, oder? Dein Gesicht ist ganz merkwürdig geworden.«

»Wirst du es nicht vermissen?« fragte ich, wobei ich meine Gesichtsmuskeln entspannte. »Ich meine die Bewunderung, die Fanbriefe.«

»Du liebe Zeit. Hast du mal meine Fanbriefe gesehen?

Sie sind entweder von merkwürdigen Sexfreaks oder von verdammten Fünfjährigen. Die meisten schreiben: ›Ich liebe dich. Ich habe zwei Schwestern und eine Katze und ich wohne bei meiner Mom und meinem Dad.‹ Obwohl, guck mal, was heute angekommen ist.« Er holte ein Kondom aus seiner Tasche. Drangehängt war ein frankierter, adressierter Umschlag und eine Karte, auf der zu lesen stand: »Pierce, bitte füllen und zurückschicken.« »Merkwürdig, was?«

Ich spürte, wie mein Gesicht sich aufwärmte für eine Rote-Bete-Imitation. »Aber alle in Amerika wollen genau das haben, was du hast. Ruhm, Geld, schnelle Autos. Ich meine, das ist die amerikanische Religion. Du bist wie ein Hohepriester. Du bist wie ...«

»Gott. Das Evangelium nach Abe Epstein. Hat er dir schon einen Pudel angeboten? Wir haben alle schon einen dieser vierbeinigen Teekannenwärmer. Ich hab' meinen vor vier Jahren bekommen, als er mir meine eigene *Spin-off*-Serie versprochen hat. Ich lass' den blöden Köter bei mir rumlaufen, damit er mich immer daran erinnert, niemals irgend jemandem oder irgendwas im Fernsehen zu glauben.«

Cosmo, der sich aus Rondahs Umklammerung freigehebelt hatte, rieb voller Zuneigung seine Hand über Pierces stoppeligen Kopf. »Du bist gerufen worden«, sagte er mit Grabesstimme.

»Komm mit mir mit«, befahl Pierce.

»Nein«, sagte ich – minimal.

Pierce griff meinen Ellbogen und führte mich zu Abes Büro. Er platzte gleich herein.

Abes Büro war ein Heiligtum schnell erworbenen Reichtums. Jeder verfügbare Quadratzentimeter war mit protzigen Antiquitäten vollgestellt. Es gab Glasschränke voller alter Gewehre (der gute alte Abe zog dauernd los auf Kurse mit dem Titel »Schießen lernen zum Schutz und als Sport«), zusätzlich zu seiner Sammlung von Miniatursportwagen, die rein zufällig seiner Sammlung in Originalgröße entsprach. Aber heute sah das Büro völlig anders aus. Ich zählte zwölf zum Niederknien schöne männliche Wesen, die sich in einer nonchalanten Reihe lümmelten. Sie trugen Jeanshemden. Genau wie Pierce. Sie trugen Segelschuhe ohne Socken. Genau wie Pierce. Ihre Haare hingen über einem Auge und waren im Nacken zu einem kleinen Pferdeschwanz zusammengebunden. Genau wie Pierce – zu Zeiten, als er noch Haare *hatte*, heißt das.

Abe saugte an seinem kubanischen Knüppel und ließ die Asche auf den Boden rieseln. »Es gibt noch jede Menge mehr von deiner Sorte da, wo du herkommst.« Er schob ein Stück Papier über den Tisch. Es war Pierces Vertrag. »Ich habe eine Klausel eingefügt, in der zu lesen steht, daß du eine ›Imagepolitur‹ unternehmen wirst.« Pierces Blick ging langsam durch das Zimmer herum und ruhte dann auf mir.

»Pierce, was ist mit dem unmöglichsten China-Restaurant?«

Abe hob seinen Stift auf und drehte die Kappe über der Goldfeder ab. »Außerdem, welches andere Studio wird dich einstellen, wenn man erst einmal dein kleines Problem herausfindet?

Pierce sah von Abe zu mir und zurück, schnappte den Füller, schmierte über die gepunktete Linie, drehte sich auf dem Hacken um und marschierte zur Tür.

»Crocodile Dundette«, sagte Abe streng, als ich Anstalten machte, Pierce zu folgen. »Bleib stehen, wo du bist.« Da ich mich an Abes Zwinger voller vierbeiniger

Teekannenwärmer erinnerte, ging ich geradeaus weiter. »Erinner' dich an meine Worte«, ging mir seine Stimme nach. »Es gibt auch da, wo *du* herkommst, noch jede Menge von deiner Sorte.«

Ich holte Pierce auf dem Parkplatz ein. Er saß schon hinter dem Steuer seines frisch lackierten Autos und ließ den Motor laufen. »Was meint er mit deinem kleinen Problem?«

»Nichts.«

»Pierce, laß uns darüber reden.«

»Kann ich nicht.«

»Also dann, wie wär's mit heute abend?«

»Was? Oh, Jesus, Hör' mal, ich muß einen Kumpel treffen, okay. Er hat dieses, ähm, kranke Lama, weißt du? Es ist ihm zu heiß.« Er drehte sich um und sah, daß ich ihm meinen Wochenscheck hinreichte. »Lamas sind sehr sensibel, was Streß und Anstrengung angeht.« Er schnappte sich den Gehaltsscheck, der Motor heulte auf, und er ließ mich auf dem Bürgersteig stehen und an Auspuffgasen würgen. Persönlich hatte ich keine Ahnung, warum er irgendwo Hilfe brauchte, sein Image aufrechtzuerhalten. Das besondere an Pierce war, daß er so zuverlässig war – er war immer da, wenn er dich brauchte.

Valentinstag

Als ich in der Nacht zurück kam, war es still im Haus. »Tash?« Ich fand sie, wie sie ganz alleine auf ihrem Bett saß, eingeschnürt in schenkelhohe Stiefel und einem schwarzen BH, mit einer wunderschönen Sektflöte in einer Hand und mit der größten Kiste Kondome, die die Welt je gesehen hat, auf ihrem Schoß. »Sparpackung«, stand drauf.

Sie hob mir ihr Glas entgegen. »Fröhlichen Valentinstag.«

»Ist das heute?«

»Ja. Zwei Frauen, ganz allein am Valentinstag. Wie verdammt symbolisch.«

Ein zweites Glas mit Sekt stand neben ihr. »Wo ist Andy/Sandy/Chuck/Hank?« fragte ich und schleuderte meine Schuhe von mir.

»Bernard.«

Ich nahm die Riesenschachtel Kondome von ihrem Schoß und stellte sie auf den Teppich. »Was ist los? War seine Größe nicht dabei?« neckte ich sie, als ich mich aufs Bett warf.

Sie rollte ihre schwerbemalten Augen. Ehrlich gesagt trug sie so viel Make-up, daß es wie Gewichtheben für ihre Augenlider sein mußte. »Weißt du was? Ich dachte, er würde mich wirklich mögen.« Ihr Lippenstift war über den Rand ihrer Lippen hinübergekleckst und ihr zu rotes Rouge war verschmiert. »Ich hab' ihm gesagt, ich hätte Herpes, und er ist ausgeflippt.«

Ich sah sie düster an. »Du hast *Herpes*?« flippte ich aus.

»*Jeder* in L.A. hat Herpes«, sagte sie mit lässiger Ruhe, als würde sie eine Erkältung feststellen. »Der Arsch ist vom Bett gesprungen, als ob ich Lepra hätte, verdammt noch mal.«

»Wirklich?« sagte ich, während ich vom Bett sprang, als hätte sie Lepra. Ich ging rückwärts zur Tür. Ich hatte vor, das ganze Schlafzimmer zu desinfizieren. Das Badezimmer. Das ganze Haus. Die gesamte Nachbarschaft.

»Du kannst dich nicht anstecken. Gott, Mädchen, wo wohnst du eigentlich?« ermahnte sie mich. »*In einer Kiste*? Es ist nur dreimal im Jahr ansteckend. Jesus, ich kann's gar nicht glauben, wie er mich reingelegt hat. Ich hätte es wissen müssen. Ich meine, in diesen Zeiten, wenn ein Typ sagt, er wolle »dich besser kennenlernen«, dann heißt das nur, daß er wissen will, ob du schon einen AIDS-Test hast machen lassen.« Sie leerte ihr Sektglas in einem Schluck und strich dann mit ihrem Zeigefinger über den Rand, wodurch ein hohes Quietschen ertönte.

»Schöne Gläser«, probierte ich. »Hat Bernard ...«

»Es ist dämlich, von Männern Geschenke zu kriegen. Es ist unehrlich. Ich meine, warum zum Teufel sollte man nicht für Geld mit ihnen schlafen?«

»Ach Tash, nun sei mal nicht gemein. Sie sind zu nett, um –«

»Kat, ich schulde C.J. sechstausend. Ich habe erst zweieinhalb zusammen. Diese hier bringen mir vielleicht hundert Mäuse.«

»Wo wir gerade beim Thema sind. Wegen der Miete ...«

»Jesus, Katrina. Wo geht denn dein ganzes Geld hin, Mädchen?« Tash hob ihre beeindruckenden Brüste. »Du hast dich doch nicht wieder von diesem Widerling beschwatzen lassen, oder?« Tash nahm einen Schluck, diesmal aus der anderen, vollen Sektflöte. Mittlerweile hatte sie in jeder Hand ein Glas. »Gott, wir sind zu weich. Das ist unser Problem. Siehst du, was passiert, wenn du einem Typen irgendeine Art von Verwundbarkeit zeigst? Weißt du was«, sagte Tash, »ich habe dieses unglaubliche Bedürfnis, jeden Mann umzubringen, dem ich je begegnet bin – und meine Tage sind noch *lange* nicht zu erwarten.«

»Ich auch«, gestand ich und ließ mich wieder auf das Bett fallen.

»Hier«, Tash reichte mir die Sektflasche. »Tröste dich. Pierce wäre wahrscheinlich sowieso beschissen im Bett gewesen. Gutaussehende Männer sind das immer. Weil sie sich nicht so anstrengen müssen. Mach dich nächstes Mal an einen häßlichen, zerrupften Dichter oder so was ran, klar?«

Tash hatte recht. Mein Mangel an Phantasie entsetzte mich plötzlich. Ich hätte auf einen bulgarischen Bibliothekar oder einen Atomphysiker mit Buckel hereinfallen sollen. Ich war einem solchen Klischee verfallen. So voraussehbar. Ich hatte mein Herz an Pierce Scanlen verloren; ich hatte den Verstand verloren.

Tash machte erneut ihren Finger naß und ließ ihn schneller und schneller um den Glasrand sausen. »Okay. Es ist Zeit für eine nächste Survival-Technik. Klitori-Dektomien«, artikulierte sie. »Wußtest du, daß es Länder in der Welt gibt, in denen tatsächlich Frauen beschnitten werden? Eklig, was? Jordanien, Indonesien, der südliche Teil von Saudi-Arabien.« Plötzlich schoß ihr Arm nach vorne und sie schmiß eins der Gläser quer durch das Zimmer, an dessen Ende es auch folgerichtig an die Wand knallte. »Teile vom Irak, Iran und der beschissene Sudan«, brüllte sie und warf das andere Sektglas in seine Umlaufbahn. Wir saßen beide in geschocktem Schweigen und sahen uns das gläserne Geschoß an. »Scheiße«, sagte sie endlich. »Die waren auch noch aus Kristall. Ablehnung bringt einfach die schlimmsten meiner Charaktereigenschaften zu Tage.«

Gut, daß ich keinen Lunch gegessen hatte. Ich hatte so ein Gefühl, das hier würde eine *Zehn*-Kuchen-Nacht werden.

»Nun denn. Zurück zum Anfang. 2564 Dollar.« Tash nahm mir die Flasche aus der Hand und nahm einen Schluck daraus. »Ich habe beschlossen, Feministin zu werden. Das heißt: *keine Männer mehr.*«

»Ach, jetzt komm' schon. Du kannst Feministin sein und gleichzeitig Männer mögen.«

»Kat, komm' mal auf den Boden zurück. Das wäre wie Vegetarier sein und immer noch Fleisch essen.«

Ich stützte mich auf einen Ellbogen hoch. »Das hängt von der Sorte Mann ab. Genauso, wie es von der Sorte Fleisch abhängt. Ich meine, du kannst ja Vegetarier werden und immer noch Fisch essen, stimmt's?«

»Also, dann werde ich eine vegetarische Feministin werden. Von jetzt an werde ich eine soziale Diät halten, die völlig frei ist von *tierischen* Produkten.« Tash nahm einen weiteren Zug aus der Flasche und reichte sie mir rüber.

Ich dachte an Pierce, an die Leichtigkeit, mit der er log, an die Knutschflecken auf seinem Spiegel. »Ich auch.

Keine Männer mehr auf unserer Speisekarte, stimmt's?« Ich tat meinen Mund auf die Flasche, kippte meinen Kopf zurück und schluckte.

»Richtig!«

Wir fielen gegen die Spitzenkissen zurück und reichten uns schweigend die Flasche hin und her.

»Weißt du«, sagte Tash traurig, nachdem sie die Decke volle fünf Minuten angestarrt hatte, »daß mehr Leute Selbstmordversuche am Valtentinstag unternehmen als an jedem anderen Tag im Jahr?«

Wir ändern das Programm zu einer *Zwanzig*-Kuchen-Nacht.

Dann, als hätte man sie elektrisiert, sprang Tash vom Bett, zog ihre Stiefel aus und fing an, ihre Strümpfe abzupellen. Wobei die Nylonkringel sich um ihre Knöchel rankten.

»Okay, laß uns tanzen gehen und uns ein paar Uppers holen und high werden wie sonst noch was und bis zum Morgengrauen aufbleiben. Ich muß mich *entspannen.*«

In einem weiteren Versuch, mich von Pierce zu heilen, nahm mich Tash in ein Überraschungslokal mit. Ich sah mich um. Laute Musik; Pfützen Erbrochenes im Klo; Gäste mit gespreizten Beinen hingen herum, mit hängenden Köpfen, wenn deren Besitzer es vergessen hatten, sie auf Fäusten aufzustützen. Es sah einfach wie jede andere Bar aus, in der ich jemals gewesen war. Es schien ein fürchterlich gewöhnlicher sozialer Cocktail zu sein: Agententypen, die viel machten, Schauspieler, die es langsam zu was brachten, dazwischen die üblichen männlichen und weiblichen Barbiepuppen, gepflegt und gecremt bis zum Gehtnichtmehr. Ich kriegte es nicht heraus. Mein einziger Hinweis war mein Bierdeckel. Er war mit dem Namen »Simplex« bedruckt. Ich warf ihn wie einen Frisbee zu Tash, die mir auf der Kante eines Hockers gegenübersaß. »Ich kapier' das nicht.«

»Simplex. Herpes Simplex. Es nimmt die Angst aus den Verabredungen heraus.«

»Du meinst«, fragte ich nervös, »daß jeder hier hat ... daß sie alle ...«

»Sagen wir mal so, wenn dich irgendein Typ über sein persönliches Wachstum aufklären will, dann redet er nicht von EST.«

Tash faltete ihre Lippen um eine blaßgrüne Olive, saugte sie in ihren Mund hinein, nahm dann den Zahnstocher und knackte ihn entzwei. »Verstehst du«, sagte sie und erwärmte sich für ihr Thema, »es gibt da einen neuen Benimm-Kodex in L.A. Der geht so –« Sie machte eine Pause, um zu schlucken. »Du verabredest dich, ja? Die Sache wird, na ja, amourös. Du sagst dem Typen, du hast Herpes. Er flippt aus. Du gibst ihm dann die Visitenkarte von deinem Frauenarzt. Er sagt dann *seinem* Doktor, er soll *deinen* Gynäkologen anrufen. Die Ärzte unterhalten sich. Nachdem sie ihre Kalender befragt und die Streßsituation und Biorhythmen ihrer Patienten verglichen haben, raten die Doktoren dann ihren jeweiligen Klienten, daß es am 3. Juni 1995 um 15.00 Uhr sicher sein wird, zu bumsen. Und bis dahin«, sie nahm einen Schluck von ihrem Cocktail und war einen Moment in dem ihn verzierenden Urwald verloren, »bist du wahrscheinlich losgezogen und hast dir irgendeine andere Krankheit geholt und kannst noch mal ganz von vorne anfangen.«

»Toll. Wie romantisch.« Mir wurde plötzlich bewußt, auf was für einem Hocker ich gerade saß. Mein Kleid war kurz., und der Sitz war aus Plastik. Er fühlte sich ausgesprochen heiß und klebrig an. Ich schwebte praktisch hoch, kann ich nur sagen. Ich entschied genau dann und dort, daß ich von nun an nur noch Beziehungen mit franziskanischen Mönchen eingehen würde. Und selbst dann würde ich mich vom Knie bis zum Hals mit Spermizid einreiben, würde sechs Diaphragmen einsetzen und ein Ganzkörper-Kondom tragen. Und das alles für Telephonsex.

»Aber, hey. Es macht ja nun nichts mehr aus, was? Jetzt, wo wir vegetarische Feministinnen sind. Trink aus.« Ich nahm einen Schluck von meinem Cocktail. Tash nickte beifällig, plötzlich aber setzte sie sich aufrecht und aufmerksam hin. Ein junger Typ stolperte durch den Raum. Er schien von Säule zu Tisch zu Hocker zu prallen, stieß mit Tänzern zusammen, um dann als Querschläger wieder rückwärts oder seitwärts in den nächsten hineinzuknallen.

Er war wie einer dieser Silberbälle in einem Flippergerät. An den schleppenden Gliedmaßen und dem Wiederschein seines rasierten Kopfes erkannte ich Pierce.

»Verpiß dich, du Bauer«, riet ihm ein dynamisch aussehendes Mädchen mit langen, tiefschwarzen Haaren, als er ihr einen riesigen Becher eiskalten Cocktails in den Schoß bescherte.

»Na, du bist aber ein verteufelt witziges Mädchen, was?« sagte Pierce langsam, wobei er eine eher uneffektive Aufwischbewegung in ihre generelle Richtung machte. »Hast du dir das ganz alleine ausgedacht?« Als er das Gleichgewicht verlor, griff er nach ihr und grabschte nach dem langen schwarzen Pferdeschwanz. Er ging ab. Er sah ihn an, als wäre er eine tote Ratte. Pierce hob seine Augen mit großer Anstrengung zu ihren.

»Keine Angst, Contessa. Dein Geheimnis ist bei mir sicher aufgehoben, denn auch ich bin von edler Geburt.«

Tash beobachtete mich genau. Der DJ hatte »My Funny Valentine« aufgelegt. »*Your looks are laughable*«, sang die Menge mit, »*unphotographable. Yet you're my favorite work of art.*«

Tashs Finger griffen um meinen Oberarm herum. »Was ist mit dem Vorsatz, keine Männer mehr auf den Speiseplan zu lassen?«

Während ich sie abschüttelte, war ich schon auf den Füßen und bewegte mich auf ihn zu, als mir plötzlich klar wurde, wo ich war. Wenn Pierce mich hier sah, in dieser Bar, dann würde er denken, ich hätte Herpes. Gott. Ich hatte schon genug Probleme damit, ihn in mein Bett zu kriegen, ohne daß er dachte, ich hätte Herpes, wie sollte das nur werden, wenn er dachte, ich hätte es? Aber dann war natürlich auch die Frage, was er hier machte. Also das war der Grund, warum er mich noch nicht angegangen war. Er hatte Herpes. Während der Zeit, die alle diese Erkenntnisse brauchten, um in meinen verworrenen Geist aufgenommen zu werden, hatte Pierce, der wie ein Esel krakeelte, den Zopf des Mädchens an der Gesäßtasche seiner Jeans festgemacht, sich auf allen vieren niedergelassen, einen berühmten Filmproduzenten in die Weichteile getreten und war zum Schluß unter den Arm eines massigen Rausschmeißers gesteckt worden, dem manche Zähne fehlten. Das einzig Gute war, daß ihn mit seinem kahlgeschorenen Kopf – eierschalenblond nennen wir solche Phänomene – niemand erkannt hatte. »*Each day is Valentine's day*«, schnurrte das Lied weiter.

Als ich mich nach draußen manövriert hatte, fand ich Pierce als Haufen von zerknitterten Designerklamotten auf dem Parkplatz wieder.

»Muß mal pinkeln«, sagte er, nachdem ich ihm auf die Füße geholfen hatte. Während er seine Hose aufmachte, sammelte ich seine Besitztümer ein. Neben seinem Portemonnaie und dem Autoschlüssel fand ich mindestens sechs Fläschchen mit verschiedenfarbigen Tabletten. Während ich sie in den Gully kippte, hörte ich das sanfte Zischen seines Urins, als es die Wand hinter mir traf. Es fiel mir auf, daß Pierces Pisse einen Straßenwert von ungefähr 6000 Dollar haben würde. *Das* war es also, wofür das ganze Geld wegging.

»Also, wie geht's dem alten Lama?« fragte ich vernichtend. Die Mitgliedszahl des Südkalifornischen-Skeptiker-Klubs war gerade um eins höhergeschnellt.

»Häh? Lama? Ach so. Scheiße. Das Lama. Krank. Ganz krank. Das Lama sieht überhaupt nicht gut aus, Kid. Scheiße.« Er fing an, auf dem Boden herumzutasten.

»Und wo ist dann deine Freundin?«

»Häh?«

»Deine Freundin. Du weißt schon, deine ›Minimalistin‹?«

»Wer? Ach so, ja. Richtig. Ähm, ja, wir haben uns getrennt.« Selbst so stoned, daß er nicht mehr richtig geradeaus sehen konnte, war dieser Kerl schnell im Ausweichen. »Vor Jahrtausenden. Verstehst du, Kid, der Punkt ist, daß ich zu gottverdammt beschäftigt bin für eine Beziehung. Ich gehe ins Bett und bin vollkommen aus meiner Gehirnschale gestoned und wache so verkatert auf, daß ich einfach wieder high werden muß. Und da ist dann einfach keine Zeit mehr zwischendrin für irgendwas anderes. Wo sind meine gottverdammten Pillen?«

Stückchen der Musik glitten auf den Parkplatz. Ich erkannte ein Lied von diesem Terence-Trent-d'Arby-Typen. »*Sign your name across my heart*«, trällerte es. »*I want you to be my baby.*« Für nur einen kurzen Moment gönnte ich mir die Idee, daß Pierce mein Herz signieren würde, daß er mein Baby werden würde – und ließ sie dann genauso schnell wieder fallen. Es klang so, na ja, *kalifornisch.* »Ich möchte, daß du weißt ... ich bin nicht hier weil ... Ich meine, verstehst du, ich bin mit einer Freundin gekommen ... Was ich versuche zu sagen ist, daß *ich* nicht infiziert bin mit ... Hast *du* das denn?«

»Was?«

»Es.«

»Was es?«

»*Es*, es. Du *weißt* schon.«

»Nein, weiß ich nicht. Wo um Himmels willen sind meine ...? Gott. Ist das hier mein Kopf? Oder hat mein Hals gekotzt?«

»Hör mal, du brauchst nicht zu lügen. Ich meine, warum sonst würdest du hierhin gehen?«

»Wo bin ich denn?«

»Im Simplex Club.«

»Ach, da bin ich also. Mit wem bin ich denn gekommen?«

»Wenn du's *doch* hast, weißt du, ich meine, wenn du's *hast*, ist es auch okay. *Ich* hab's nicht, meine ich, aber wenn *du* ... Und ich meine, es ist ja nur dreimal im Jahr ansteckend, nicht wahr?«

Pierce stand wieder auf. Er schien plötzlich wieder zurechnungsfähig zu sein und starrte mich fest an. »Was? Herpes? Nein. Aber das ist ein eindeutiger Grund, sich niemals mit mir einzulassen, Kiddo.« Er berührte abwesend meinen Arm, genau in der Art, in der andere Leute ihre Finger auf einer Tischplatte trommeln lassen.

»Ich bin sicher, daß ich in einer Risikogruppe bin. Für Herpes *und* AIDS und überhaupt alles, was sonst noch so zu kriegen ist. Und ich bedeute nicht nur *hohes* Risiko, ich bin zehn-Stockwerke-hohes Risiko. Ich bin das World-Trade-Center-hohe Risiko. Also würde ich an deiner Stelle von mir fern bleiben. Verdammt noch mal, wo habe ich ...« Er durchwühlte erneut seine Kleider.

»Pierce«, sagte ich, und trat sicherheitshalber vor den Gully, »warum nimmst du so viele Drogen? Es ist so verdammt gefährlich.«

»Nun ja, das reduziert tatsächlich meine Chancen, von einem Bus überfahren zu werden. Außerdem befinden wir uns hier in L.A., verdammt noch mal. Eine Drogensucht ist hierzulande ein Statussymbol. Wie eine Limousine. Außerdem kann ich damit umgehen. Scheiße.« Pierce nahm meinen Arm, um sich einen Halt zu verschaffen. »Jetzt gehe ich da wieder rein, um herauszufinden, mit wem ich eigentlich gekommen bin. Ich hoffe nur, daß ich vernünftig genug war, mit jemandem auszugehen, der auch Drogen nimmt.«

Insekten flatterten hoch über dem Parkplatz um das fluoreszierende Licht herum. Ich stand unter ihnen im Dunkeln und spürte den Druck seiner Finger auf meinem Arm noch lange, nachdem er seine Hand weggenommen hatte.

Also. Das war's dann wohl, entschied ich später in der Nacht, als ich in meinem Zimmer lag. Ich mußte wohl einfach lernen, Drogen zu nehmen.

Der Müll von Tashs Tag lag verlassen auf ihrem Bett. Ich wühlte durch das Treibgut an schwarzen Stiefeln, Fesselungsseilen, einem großen rosa Dildo, der im Lampenlicht merkwürdig unverdeckt aussah, Schuluniformen, Perücken, eine Box falscher Fingernägel und eine Dose voll durchsichtigen Gelees mit Kugellagerkugeln drin. (Jedenfalls wollte ich noch nicht einmal darüber nachdenken, was sie mit *dem* Kram machte.) Aber wo, fragte ich mich, war Tashs Drogenvorrat? Ich war sicher, daß sie welche für einen langweiligen Abend aufgehoben hatte. Während ich durch ihren Besitz stöberte, sehnte ich mich danach, so zu sein wie meine beste Freundin, tapfer, mutig, zäh wie ein Zehnagel. Ich ging die üblichen Verstecke durch: die Kappen kaum getragener Schuhe, die Böden von Tamponkästen, zwischen den Rücken einer gebundenen Bibel. Ich fand jede Menge Sachen, die ich nicht erwartet hatte – ein Puzzle aus 2000 Stücken mit der englischen Königsfamilie drauf, halb fertiggestellt; einen Annette-Funicello-Mouseketeer-Hut, ein Pfadfinder-»Näh-Fertigkeits«-Zeugnis und ein Abzeichen eines Vertrauensschülers. Aber nichts war so erstaunlich wie das, was ich oben auf dem Schrank fand.

Ganz nach hinten an die Wand geschoben war ein Koffer, der vollkommen von Staub bedeckt war. Er war verschlossen. Indem ich entlang der Kante der Schranktür tastete, stolperten meine Finger über den Schlüssel. Während ich den zerfressenen Deckel abhob, wurde ich von einem Chaos an Gerüchen angegriffen. Auf meinen Zehenspitzen stehend, senkte ich meine Hände in die Kiste. Sie klirrte mit lauter leeren Parfümflaschen in allen möglichen Größen, Formen und Marken, genauso gesammelt, wie ich es als Kid mit Mums abgelegten Kosmetika gemacht hatte, um meine Strümpfe-Schublade zu parfümieren.

Baß erstaunt, ging ich einen botanischen Garten an getrockneten und zusammengeschrumpften Blumensträußen durch. Es gab Babybücher – leer. Hochzeitseinladungen – leer. Photoalben, die mit Hochzeitsglocken und Liebestauben versehen waren – alles leer. So leer, tatsächlich, wie die Augen der falten- und pickellosen jungen Frauen, die sich auf dem Cover von zahllosen Ausgaben einer Zeitschrift namens *Bride to Be* befanden. Ein passendes Bataillon an fönfrisierten, heiratswilligen Herren strahlte mich aus Broschüren an, die Hochzeitsempfangslokalitäten, Flitterwochenziele, Ehe-Versicherungsverträge und Zahnbehandlungspläne für frisch Vermählte anboten.

Mir stockte der Atem. Nachdem, wie ich Tash so kannte, war diese Kiste für mich genauso rätselhaft wie Mings Grab. Ich tauchte noch tiefer und fand weiße Strümpfe, ungetragen; weiße Strumpfbänder, ungerissen; ein sich mittlerweile mausernder Teddybär, der ein »Hab-dich-lieb«-T-Shirt trug; herzförmige Karten des Typs Sonnenuntergang-tränenäugiges-Waisenkind, die nichtexistenten Pärchen glückliche Verlobungen und eine gesegnete Ehe wünschten. Zum Schluß, ganz auf dem tiefsten Boden, lag eine weiße Unterhose mit einem Plastik-Cupido daran befestigt, der »This Magic Moment« spielte, wenn man ihn berührte.

Ich stand da, gelähmt vor Scham. Es war so, als wäre ich auf einen Spion-Durchblick in Tashs Persönlichkeit gekommen. Obwohl unter mir das Bett mit dem sexuellen Schutt von Tashs Tag übersät war, war es diese Box und ihr geheimer Inhalt, der mir vor Peinlichkeit flau im Magen werden ließ. Als ich mein Gleichgewicht verlor, griff ich mit beiden Händen nach dem Koffer, um einen Halt zu haben. Die Unterhose brachte mir ein Ständchen mit »This magic moment, with your lips so close to mine«, während ich auf den Boden flog. Ich kletterte schnell wieder auf den Nachttisch, um den Deckel zuzuknallen, aber nichts konnte diese Unterhose zum Schweigen bringen. Obwohl gedämpft, folgten mir die blechernen Klänge durch das Zimmer, »will last forever, until the end of time«. Sie säuselten noch zehn Minuten später weiter, als ich ins Zimmer zurücksauste und das Schrankholz abblies, um alle meine Fingerabdrücke zu beseitigen.

Lust auf Schokolade

Pyjama«, sagte Tash, während sie ihre Zuhälterschleuder in den Verkehr hinausdrückte, ohne sich überhaupt die Mühe zu machen, in den Rückspiegel zu sehen. »Pyjama«, wiederholte sie, während Hupen tröteten und Bremsen quietschten. »Komm schon, Kat, du gibst dir gar keine Mühe.«

»Vasco da Gama«, schlug ich halbherzig vor.

»Wer?« Nachdem sie immer noch erst 3465 Dollar gespart hatte, war es Tashs neueste Idee, einen Liebes-Hit für Madonna zu schreiben. Ein Exfreund, der für Madonnas Aufnahmefirma arbeitete, hatte ihr versprochen, als Gegenleistung für einen Grapscher oder auch zwei ihr das Lied dann zuzuspielen.

»Pyjama, Drama?« Sie blickte kurz zu mir herüber. »Was ist mit Drama, häh?« Ich seufzte herablassend. »Panorama?« versuchte sie und wich einer Rüttelschwelle aus.

»Tash, würdest du deine Augen auf der verdammten ...«

»Ich muß dieses Lied bis morgen fertig haben, Kat. Pyjama«, wiederholte sie, während sie auf zwei Rädern in den Parkplatz des Supermarkts sauste. Während wir an der Schranke warteten, sah sie mich bittend an.

»Na ja, Herrgott, ich fühle mich nicht sehr inspiriert heute. Pyjama, Karma?«

»Wovon *du* jede Menge hast. Allerdings ist es alles *schlecht.*« Sie schoß aus dem Auto heraus. Es stimmte. Seit Pierce vor einem Monat vom Set geschmissen worden war (wir warteten immer noch darauf, daß sein Haar wieder wuchs), hatte ich Trübsal geblasen, war pleite und unglücklich. Tash hatte ihr Bestes getan, um mich aufzuheitern und nicht wegen meiner überfälligen Miete zu klagen, aber man konnte sehen, daß ich anfing, ihr auf die Nerven zu gehen. Nicht wirklich ernsthaft oder so. Sie sagte mir nur, in ihrer üblichen untertriebenen Art, daß meine Anwesenheit langsam genauso angenehm sei wie ein Pilz. Ich lief ihr mit großen Schritten hinterher, durch das Drehkreuz und in das Labyrinth von lackierten Regalen und Gängen. Die Reihe von aneinandergeketteten Einkaufswagen sah aus wie ein Chrom-Tausendfüßler. Frustrierte Käufer spielten Tauziehen mit ihnen. Manche hatten sich sogar auf die Knie niedergelassen und bettelten die Wagen an, doch bitte endlich friedlich mitzukommen.

Ich holte Tash in der Süßwarenabteilung ein, dort, wo sich die »Osterangebote« in einer Tonne befanden. Eine ganze Brut von Papp-Osterhasen hing, mit Lametta, Fliegen und Zylindern bekleidet, von der Decke. Tash wählte eine Packung von Schokoladeneiern und ließ ihren neu lackierten Fingernagel die Kalorientabelle seines Zellophan-Bauchs entlang laufen. »Gott, wenn Männer doch auch unter dieselben Verpackungsgesetze fielen. Dann könnte man herausfinden, woraus sie wirklich bestehen.« Sie stellte die Tüte zurück und wählte eine andere aus. »Zehn Prozent Bosheit, fünfundzwanzig Prozent künstliche Süßstoffe.«

»Stimmt«, lachte ich, zum erstenmal seit Wochen erheitert. »Die Anzahl an hinzugefügten Haltbarkeitsmitteln. Verstecktes Toupet. Falsche Zähne.«

»Jugendfrische-Haar-Aufbau-Creme. Igitt. Ich hasse dieses Zeug. Es läßt immer diesen ekligen orangefarbenen Ring auf dem Kissen. Wie Rost.«

»Ja, und wenn sie soweit sind, ist es schon zu spät. Dann hast du schon Bett-Botulismus.«

»Ooooh guck' mal. Mit Karamelfüllung.« Tash bückte sich, um ihre Lieblings-Osterkekse aus dem hinteren Ende des Regals herauszuholen. »Hey, Kat, ich glaube, du könntest auf die später noch Lust haben.« Tash war kurz davor, die Kekse in den Einkaufswagen zu werfen, machte aber noch eine Pause, um mir die Packung vor die Nase zu halten. Ich sah mir das nach mehr aussehende Foto an. »Sieht gut aus, was?« Ihre Augen glitzerten. »Also, dann hör' dir mal das hier an.« Sie rasselte eine Liste des chemischen Inhalts herunter, ein teuflischer Cocktail an Zucker und Süßstoffen. »Sie sind tödlich. Diese Kekse könnten dich umbringen. Das ist, was passiert, wenn du dich auf etwas einläßt, das gut aussieht. Genauso ist es mit Typen. ›Au, lecker‹, denkst du dir – ›super Brustmuskulatur.‹ Es ist erst später, wenn du den Inhalt der Packung liest, daß dir klar wird, daß der Typ eine Niete ist.«

Ich stöhnte laut auf. Ich hatte schon darauf gewartet, daß sie endlich mal wieder einen Seitenhieb auf Pierce loslassen würde. Sie hatte ihn seit mindestens einer Stunde nicht mehr erwähnt. Nachdem ich ihr die Packung Killerkekse aus der Hand gegrapscht hatte, schlitzte ich sie trotzig auf und verschlang einen Keks in einem einzigen Haps.

»Hör mal, Kat. Liebe ist wie Lust auf Schokolade ...«

Tash steuerte den Wagen mit einer Hand, während sie mit den lackierten Krallen ihrer anderen entlang einem Regal mit »Hot Fudge Upside Down Easter Sunday Decadence Cake« fuhr. »Liebe ist eine chemische Sucht«, hielt sie mir eine Vorlesung, wobei ihre Finger in der Nähe der Türkischen Schwelgereien verweilten, ehe sie wieder fest die Lenkstange unserer Karre griff. »Und du mußt dem widerstehen. Ich meine«, rief sie aus, während sie rasch zu den Snacks und Nüssen fortschritt, »der Typ ist ein *Trottel*«, rief sie mir über die Schulter zu. »Was kannst du nur an einem Arschloch wie ihm finden?«

Ich nahm mir eine Packung mit langweiligen, trockenen Crackern und untersuchte sie mit ausführlichem Interesse, während ich über Pierce nachdachte. Was mochte ich denn *wirklich* an ihm? ... Ich mochte die Tatsache, daß er ausgerechnet hatte, wie viele Jahre seines Lebens man damit verbringt, Leute anzurufen. Er war der einzige Mensch, den ich kannte, der sich gefragt hatte, ob *Gott* die *Menschen* sah, wenn Er LSD nahm. Ich mochte die Art, wie er mich dauernd berührte. Im Gegensatz zu den ganzen Aussie-Typen beherrschte Pierce die Körpersprache fließend. Ich mochte die Art, wie er sich fragte, warum man sich selbst nicht kitzeln konnte. Und wie konnte ich eigentlich *nicht* einen Typen mögen, der einen Orgasmus bei einer Prostituierten vorgetäuscht hatte, weil er ihre Gefühle nicht verletzen wollte? Ich mochte ihn wegen der zerfledderten Taschenbücher, die er immer mit sich herumtrug. Mein Vater sagte immer, daß Kalifornier nur Speisekarten, Tarotkarten und Kontoauszüge lesen. Ich fühlte mich wie ein Wasser-Rutengänger in der Wüste. Meine Rute wackelte einfach, wenn ich in seiner Nähe war. Vielleicht würde es so sein, wenn ich seine versteckte Quelle fände, daß sie abgestandenes Wasser enthielte oder verschlickt wäre oder giftig oder so was. Das wußte ich nicht. Aber ich würde sie auf jeden Fall finden.

Tash sah mich finster an. »Also?« sagte sie ungeduldig und tippte eine Melodie mit Fußspitze und Hacken ihres Schuhs.

Ich zuckte mit den Achseln. »Er ist lustig. Er bringt mich zum Lachen.«

»Lustig? Jesus. Selbst unbelebte Gegenstände haben mehr Persönlichkeit als Pierce. Eine Klobrille. Ein Nagelknipser!« Indem sie sich auf einem spitzen Hacken umdrehte, griff Tash die Lenkstange des Wagens und manövrierte ihn abrupt wieder in den Strom des Einkaufsverkehrs. Es gab Rufe und Flüche, als drei oder vier Einkaufswagen hinter uns zusammenprallten. Tash beachtete das überhaupt nicht, sondern hastete den Gang hinunter. Das Klump-Rad des Einkaufswagens bedeutete, daß wir dauernd zur Seite ausschwangen und andere Kunden niedermähten. An der Kreuzung schwenkte sie in die Tiefkühlabteilung ein. »Vergiß ihn einfach«, zischte sie mir zu, während sie Pakete mit Fischstäbchen und Pizzen und Hühnchenteilen in den Wagen schleuderte. »Der Typ ist ein egoistisches Arschloch, der das Hollywood-Brat-Pack-Klischee auslebt, zu viele Designerdrogen nimmt, ganz blaß und schwach aussieht, und von dem die Leute immerzu sagen: ›Oh, er hat so ein großes Potential...‹ Er ist einfach *auf ewig* in der Pubertät befangen. Es ist lächerlich. Lä-cher-lich.«

Der Wagen rauschte gefährlich dicht an einen Stand mit Trockenmilch heran. »Hör' mal«, sagte sie, als ich sie eingeholt hatte. »Du kannst jede Menge Zeug in Amerika kaufen.« Sie gestikulierte die Gänge entlang auf die Produkte aller möglichen nur vorstellbaren Sorten in allen vorstellbaren Geschmacksrichtungen. Es gab da Pagoden aus importierten Früchten, Pyramiden aus handgemachten, bunt verpackten Schokoladen, Taj Mahals aus exotischen Tees. »Du kannst hier einen Nerz-Blaumann für 20 000 Mäuse kriegen. Du kannst eine Espressomaschine für dein gottverdammtes Auto kaufen. Du kannst eine Stereoanlage für deine Hausnagetiere bekommen. Aber nicht *Liebe.* Das ist Ware, die Hollywood nicht auf Lager hat. Wir sind zu zynisch. Komm' ich da mal langsam zu dir durch, Mädchen?« Tash marschierte geradeaus vor mir her, mit hochgezogenem Hals und steifem Rücken, wobei ihre Schulterblätter spitz aus ihrem Baumwoll-T-Shirt herausstaksten.

»Tash«, ich trottete hinter ihr her und versuchte, mit winzigem, nervösen Lächeln die wütenden Käufer, die sie gerade überfahren hatte, zu besänftigen, »ich wollte mich doch nicht in Pierce verlieben. Aber die Liebe macht einen einfach, ich weiß nicht, irgendwie ausfindig«, ich zuckte hoffnungslos mit den Achseln.

»Macht einen ausfindig?« spottete sie. »Bei dir klingt es wie ein *Cruise Missile.*«

»Na ja...« ich wand mich unter ihrem Blick. »So ist es auch ein bißchen.«

»Romantik wurde von Reklamefritzen erfunden, um Atemerfrischungssprays und Slipeinlagen zu verkaufen. Ich bin Gott sei Dank gegen den ganzen Scheiß immun. Wenn ich es nicht essen oder bumsen kann, dann interessiert es mich nicht.«

»Hör doch auf, so tough zu tun. Das ist Bullshit. Du magst auch andere Sachen.«

»Ja. Wahr. Du hast recht.« Ihr Gesicht wurde für eine

Sekunde weicher, und ich sah sie hoffnungsvoll an. »Drogen. Ich mag Drogen. Und Orgasmen.«

»Also, und was ist dann mit dem ganzen Zeug oben auf deinem Schrank?« Die Worte waren mir aus dem Mund marschiert, ehe ich begriffen hatte, daß sie sich weit vom Basislager entfernten.

Unser Einkaufswagen knallte in den vor uns. Sie schlossen sich zusammen, als ob sie sich paarten. Tashs Knöchel auf der Lenkstange waren weiß, so fest griff sie zu, und die Venen in ihren winzigen Händen standen vor. »Wie meinst du das?«

»Nichts.« Mein Herz fühlte sich an, als würde es ein Jane-Fonda-Training ganz alleine in meiner Brust abarbeiten. Ich hob ein tiefgefrorenes Hühnchen hoch und untersuchte genauestens die Anweisungen für seine Zubereitung.

Indem sie den Wagen freirenkte, stieß Tash ihn auf mich zu. »WIE MEINST DU DAS?«

»Tash.« Das Hühnchen fiel auf den Boden und schlitterte über den Gang. »Paß doch auf! Jesus!« Ich knallte ihr den Einkaufswagen zurück. Sie griff mich noch einmal an. Ich wich aus wie ein Matador.

Es schien, als wären wir mitten im längsten Supermarktgang der Welt gelandet. Er war so breit wie ein Highway und genauso verstopft, mit Leuten und Kinderwagen und abtrünnigen Einkaufswagen. Die Kunden, die sich bislang vorbeigedrängelt und -geschoben hatten mit Armen voller buntgefärbter Plastiktüten, die alles mögliche von Baked Beans bis zu durchsichtigen BHs anpriesen, standen mittlerweile nur noch da und starrten uns an. Das Schild über uns teilte allen mit: »Wir nehmen Ihnen die Sorgen beim Einkauf ab.«

Ich nahm zögernd ihren Arm. Sag' es nicht, sagte ich

mir, sag' es nicht, und dann, natürlich, sagte ich es. »Die Kiste. Oben auf deinem Schrank. Sie ist voller Babybücher und Brautsträuße und Stiefelchen und –« Tash zuckte von mir weg, als wäre ich eine geladene Steckdose – »und singenden Unterhosen«, fügte ich mit einer kleinen Stimme hinzu.

Tash schrumpfte vor meinen Augen zusammen. Die Farbe verließ ihren Körper. Dann wurde meine Freundin von einer plötzlichen Welle an Wut überspült. »Was fällt dir ein, in meinem Zimmer herumzuschnüffeln!« brüllte sie.

»Ich hab' nicht geschnüffelt, ich hab' nur ...«

»Diese Kiste hat nichts zu sagen. Ich schmeiß sie weg. Ich hatte das verdammte Ding einfach vergessen, das ist alles.«

»Hör mal, ich hätte es nicht erwähnt, aber es kommt einem so'n bißchen merkwürdig vor – die Art, in der du immer auf mir herumhackst, weil ich an die Liebe glaube. Es ist einfach ein bißchen scheinheilig, das ist alles.«

»Scheinheilig?« explodierte sie. »Du bist hier die gottverdammte Scheinheilige. Du läufst hier die ganze Zeit rum und jammerst, was für ein tyrannisierender, egoistischer Fiesling dein Vater immer war. Und dann ziehst du los und verliebst dich in einen tyrannisierenden, egoistischen Fiesling. Erzähl' du mir nichts von Scheinheiligkeit!« Mit einem mächtigen Stoß schleuderte sie mir den Wagen entgegen. Ich wich zu einer Seite aus, und er rumste in einen Berg von Trockenmilchdosen, die in alle Himmelsrichtungen flogen – genau wie in einem *Special Effect* in einer von Abes *Situation Comedies*. Ich beobachtete entsetzt den Dominoeffekt, der den Gang hinunter stattfand; abprallende Dosen stießen auf andere

Blechpyramiden, die wiederum auch in sich zusammenfielen und ihren Inhalt über den Fußboden ergossen.

Ich sah mich um. Tash stolzierte den Gang hinunter. »Tash. Tash! Es tut mir leid!« Ich rannte hinter ihr her, wobei ich bis zu den Knöcheln durch den Müll watete, den wir verursacht hatte. »Was ist mit dem Song?« rief ich hinter ihr her. »Botswana. Armer, ähm, Farmer? Warte, ich hab's, Lama?«

Der Saum ihres Rockes schwang verärgert herum, als er die Ecke des Ganges umrundete. Als ich dort angekommen war, war sie nirgends mehr in Sicht. Ein Bataillon an Mitarbeitern des Ladens stand da und glotzte mich an. Ich lächelte schwach.

Nicht nur mußte ich die Blech-Denkmäler wieder aufbauen, sondern man zwang mich außerem noch, alles in unserem Wagen dorthin zurückzutun, wo ich es herhatte. Tash hatte mir kein Geld dagelassen, und Pierce hatte meins eingesackt.

Während ich zurück nach San Vincente ging, überlegte ich noch einmal, was Tash gesagt hatte. Vielleicht war Liebe wirklich nur das romantische Gegenstück zu Lust auf Schokolade? Ich hatte mich tatsächlich täglich mit einer Familienpackung Selbstmitleid vollgestopft. Warum hatte ich mich sowieso erst einmal verlieben wollen, frage ich mich? Ich war immer stolz auf meine Willensstärke gewesen. Als meine Clique in der Schule, Cara, Fang, Chook und Co, das obligatorische Hippie-Stadium durchmachten, war ich die einzige in der zehnten Klasse, die nicht auf einen der Pseudo-Swamis hereinfiel, der gerade Mode war. Als sie sich auf Heavy-Metal-Kopfknallereien spezialisierten, war ich die einzige, die nicht anfing, mit der Band zu schlafen und zu rauchen. Selbst als wir alle Punks wurden, war ich die einzige, die nicht ihre Zeit damit verbrachte, sich die Nippel durchzustechen und die Arme tätowieren zu lassen. Ich hatte eine genauestens eingestellte Bullshit-Antenne. Ich konnte einen Mann genauestens untersuchen und ihn auch einfach nur dabei ansehen. Die Wahrheit war einfach, ich war schlicht nicht der Typ, mich zu verlieben. Es lag mir nicht im Blut. Ich meine, man sehe sich nur mal meine Eltern an. Meine Alten verbrachten individuell gestaltete Flitterwochen: *er* saß in Untersuchungshaft im Long Bay Gefängnis, und *sie* hatte zwei Jobs, um seine Kaution zusammenzukriegen. Man muß dazu wissen, daß sie erst nach ihrer Eheschließung entdeckte, daß Dad eine Akte hatte, die so dick war wie das Branchenbuch von Sydney, drei Exfrauen, ein Alkoholproblem, Schulden bei der Marrickville Mafia in Höhe von 8000 Dollar, und daß er vor kurzem eine Lebensversicherung auf ihren Namen in ähnlicher Höhe eingegangen war. Als sie ihn mit diesem ganzen Kram zur Rede stellte, was sagte er da? Daß *die ersten paar Wochen in einer Ehe immer eine Periode des Sich-aneinander-Gewöhnens wären.*

Und jetzt wollte mir Tash weismachen, daß ich auf einen Mann reingefallen war, der genauso war wie er? Mein Magen zog sich zusammen. Allein die Idee war schon zum Kotzen. Sie hatte recht. »Liebe« bedeutete nur, daß man ein emotionales Leckermäulchen ist. Es war an der Zeit, eine Romantik-Diät zu beginnen. Mich von seiner Gesellschaft lossagen. Mich in die Betty Ford Clinic für unheilbare Romantiker einliefern. Liebe war beschissen.

Als ich nach Hause kam, war die Wohnung bis auf das Nachrichtenblinklicht auf dem Anrufbeantworter dunkel, das beharrlich in die Dunkelheit hineinzuckte. Ich drückte »Play«. Es war Pierce, der mich fragte, ob ich nicht Lust hätte, über die Osterfeiertage mit ihm zu seinen Eltern zu fahren.

Ich fing an, zu packen. Wie ich schon sagte, war ich immer schon besonders stolz auf meine Willensstärke gewesen.

Erdrückende Liebe

Pierces Eltern wohnten in Palm Springs, eine schimmernde Stadt, die sich mitten in der Wüste ein paar Stunden von L.A. entfernt befindet. Wir fuhren den Frank Sinatra Way hinunter und den Dinah Shore Drive entlang. Pierce zeigte mir ein gigantisches rosa Haus auf dem felsigen Hügelkamm über uns. Es dräute über der ganzen Stadt wie ein mutierter Schmetterling.

»Was ist das? Irgendeine Art Tempel?«

Pierce schnaufte. »Jawohl. Genau das, Kid. Das ist der Ort, zu dem wir Witznigger« – so nannte er Leute, die in *Situation Comedies* arbeiteten – »hinpilgern, um dem großen Meister des Witzes im Himmel unsere Reverenz zu erweisen.« Wir blitzten am Straßenschild vorbei. Darauf stand »Bob Hope Drive«.

Der Wind war heiß, als hätte jemand einen Fön auf uns drauf gedreht. Der ganze Ort gab mir ein Gefühl in meinen Eingeweiden, das ich schon auf Abes Party gehabt hatte. Dasselbe Gefühl, daß irgend etwas fehlte. Aber *hier*, ich wurde daraus nicht schlau. Ich fragte Pierce, ob er das Problem benennen könnte.

»Keine Schwarzen. Keine Hispanics«, sagte er automatisch. Pierce fuhr lässig, mit einem schlanken Unterarm auf dem heißen Metallrand des offenen Fensters. Der Wind peitschte seinen Minizopf wie eine Antenne hoch hinter seinen Kopf. Vielleicht würde er jetzt endlich die Signale erhalten, die ich ihm seit acht Monaten schickte. »Erde an Pierce«, funkte ich insgeheim, »komm' mit mir ins Bett.«

Pierce schwang in die Auffahrt eines Ortes hinein, der Palm Springs Paradise Country Club genannt war. Zäune, oben mit diskreten Geflechten an Designer-Stacheldraht ausgestattet, umgaben das gesamte Areal.

Pierce ließ das Fenster hinunter und steckte eine Plastik-Sicherheitskarte in den Schlitz. Die riesigen Eisentore stöhnten auf. Wir fuhren entlang perfekt geteerten und leeren Straßen, mit vorschriftsmäßig hohen Bäumen und genauestens geschnittenem Rasen. Abgeschottet von der Außenwelt, sicher und steril. Als ob es eine Seitenwaffe wäre, zielte Pierce ein Fernbedienungsgerät auf die Garagentür eines großen Wohngebäudes. »Hier wohnen meine Eltern«, sagte er. Die Garage gähnte auf, während Pierce das Auto hineinmanövrierte. Hinter uns saugte sich die Tür wieder zu.

»Warum wohnen sie denn *hier*?« Wir stiegen aus dem Auto, und die Kälte der Klimaanlage schlug uns entgegen. Es war so, als würde man in einen Eisberg rammen.

»Wegen der Luft«, feixte er. »Sie kamen wegen der heißen, trockenen Luft hierher, und dann, weil es hier so heiß und trocken ist, verbringen sie ihre gesamte Zeit in dieser verdammten Klimaanlagenluft. Und das«, sagte er großartig, »ist Amerika. Meine Mutter«, warnte er mich, während er meine Tasche vom Rücksitz holte, »ist unerträglich. Was ißt du übrigens?«

»Ach, eigentlich alles«, brüllte ich über die Kassette, die immer noch aus den Autolautsprechern herausdonnerte, »außer Chilli. Und alles, was irgendwie Tentakel hat.«

»Tentakel?«

»Du weißt schon, so Meeresfrüchtekram. Das läßt mich immer etwas flau werden.«

Er schnipste die Musik aus. »Na ja, was auch immer wir essen werden, es wird auf jeden Fall ideologisch abgesichert sein, das ist schon mal sicher. Verstehst du, meine Mutter ist eine wiedergeborene Grüne. Das bedeutet kein Essen aus Alaska, Iran ...«

»Alaska? Warum in aller Welt ...«

»Das Totknüppeln von Robbenbabies. Iran – manische Mullahs. Südafrika – Sanktionen ... Im Grunde genommen ist das einzige, was da noch übrigbleibt, ein paar nicaraguanische Kaffeebohnen und Zucchini aus Neuseeland.«

»Au, prima«, sagte ich niedergeschlagen.

»Außerdem mag sie keine Leute, die Leder tragen.« Er rupfte an der Zunge meines Gürtels. »Oder Make-up«, und fuhr mit seinem Finger entlang der Linie meiner Lippen. »Grundsätzlich ist sie eine Ziege. Und mein Vater ist von ihr zum Pantoffelhelden gemacht worden. Ich sehe sie nur, wenn ich Geld brauche.«

Während ich mit meinem Gürtel kämpfte, um ihn aus den Schlaufen zu zerren, öffnete Pierce die Seitentür, und wir traten in eine mit Spiegeln ausgelegte Eingangshalle, die mir ungefähr zwanzig Spiegelbilder von Pierces straffer, sonnengegerbter und total aerobischer Mutter boten, die dort wartete, uns zu begrüßen.

»Lieb-ling!« Sie warf sich auf ihren Sohn, schloß ihre Arme um seinen Hals und hing dann da. Pierce zuckte zusammen. »Mal wieder kein Geld mehr? Ich sehe ihn nur«, sagte sie in meine Richtung, »wenn er Geld braucht. Ist das nicht so, Liebling?« Sie lächelte hoch in das Gesicht ihres Sohnes. »Nun, die Antwort ist

Nein. Was? Kein Küßchen für Mammilein?« Pierce, der so aussah, als warte er beim Zahnarzt auf eine Plombe, senkte pflichtergeben sein ausdrucksloses Gesicht. Die Lippen seiner Mutter verweilten auf seiner Wange. »Oh, ich hatte das vergessen. Du hast wirklich die allerschönste Haut. Hatte er schon immer«, sagte sie ungefähr in meine Richtung. »Vor allem an diesem süßen kleinen Popo.« Damit zerrte sie seine Trainingshose herunter und zeigte mir zwei perfekt gerundete Brötchenhälften.

»Mom. Verdammt noch mal.« Er schob sie grob weg und holte seine Hosen von halbmast wieder hoch. Mrs. Scanlen untersuchte mich derweil mit einem Ausdruck gelinden Hungers. Als ich mich zu ihr drehte, wandte sie mir königinnengleich eine Wange zu und machte ein verschwommenes »Küßchen«-Geräusch irgendwo in der Nähe meines Ohrläppchens. »Und *wer* sind *Sie*?«

»Kat. Katrina Kennedy.« Ihr Gesichtsausdruck war mittlerweile der eines Fleischfressers. Ich tätschelte meinen wilden Bausch an Haaren. Ihre blauen Augen reisten die Länge meines Körpers entlang. Zweimal. Ich steckte meine lackierten Fingernägel in meine Handflächen und wartete darauf, daß sie ihren Namen nennen würde. Was sie nicht tat. »Und, ähm, wer sind sie?« fragte ich endlich, wobei ich undeutlich spürte, daß das vielleicht nicht ganz das war, was man machte.

Ihre linke Augenbraue vollführte einen Gymnastiktrick auf halber Strecke zu ihrem Haaransatz. »Lydia. Lydia Reece-Scanlen.« Sie war eine gepanzerte, fest gespannte Frau mit einer gut erhaltenen Figur, die in einem maßgeschneiderten Jogging-Anzug gut zur Geltung kam. Auf der Jacke gab es verschiedene Anstecker, auf denen zu lesen war »Atomkraft, nein danke«,

»Speist die Armen, keine Kriege mehr«, »Global denken, lokal handeln«.

»Und was *machen* Sie?«

Es gab ein lautes Grummeln aus meiner Magengegend. Es klang so, als ob sich da drin ein Orchester warmspielen würde. Mir wurde klar, daß ich seit ungefähr einem Tag nichts mehr gegessen hatte. »Ich, ähm, arbeite in der Show mit Pierce.«

»Oh. Wunderbar«, sagte sie neutral, während sie Tüten und Pakete aus Pierces Armen herausschaufelte und uns dann vorausging. Das Orchester in meinem Bauch haute nun in das hinein, was wohl die gastronomische Version von Beethovens Fünfter war. Mrs. Scanlen sah mich mit schwacher Geringschätzung an. »Ich hoffe wirklich, Ihr seid hungrig. Ich habe eine *herrliche* Bouillabaisse zusammengerührt. Es hat mich mindestens *zwei Jahre* gekostet, allein den Sud zuzubereiten.«

Die Klimaanlage arbeitete sich mittlerweile vor zu meinem Knochenmark. Ich schauderte. »Bouill-a-was?« fragte ich nervös.

Die Mutter des Mannes, den ich liebte, sah mich an, als wäre ich spastisch behindert und geistig zurückgeblieben. »Delikatessen aus dem Garten des Meeres«, sprach sie herablassend.

Pierce zwinkerte mir verschwörerisch zu, während wir seiner Mutter in die Wohnung folgten.

Seine Mutter schickte Pierce los, um den biologisch-dynamisch hergestellten Maulbeersekt (ohne Farbstoffe oder Konservierungsmittel) zu holen. »Sie werden sich darüber vielleicht nicht im klaren sein«, vertraute mir Mrs. Scanlen an, »aber Pierce ist ein Fehler. Ich nenne ihn ›Das unglaubliche springende Sperma‹. Pierce Senior und ich hatten uns auf das Rhythmus-System geeinigt, weil ich über die Nebeneffekte der Pille beunruhigt war, und die Spirale, na ja. Und so zog sich Mr. Scanlen immer heraus.« Pierces Mutter war einer dieser »Sag-es-alles«-Typen Frau, die an der Westküste Amerikas häufig auftreten. »Seien Sie also vorsichtig. Diaphragmen sind meines Erachtens das beste. Oder Cervikalkappen. Pierce ist ja selber noch ein Baby. Wir wollen doch jetzt keine Unfälle, oder, Liebes?«

Ehe ich ihr erklären konnte, daß wir uns noch nicht einmal geküßt, geschweige denn den horizontalen Tango ausprobiert hatten, griff sie sich mein Kinn und schraubte irgendwie mein Gesicht vor, um mich anzusehen. »Sie sind schrecklich blaß, Liebes. Ist mit Ihren Därmen alles in Ordnung? Ich kriege *unglaubliche* Verstopfungen, wenn ich auf Reisen bin. Aus-tral-jerin. Nun ja. Wir hatten noch nie eine Aus-tral-jerin hier. Sie *sind* was Neues.« Sie überquerte den Raum zum großen Bücherschrank – übrigens der erste Bücherschrank, den ich in Amerika gesehen hatte – und holte ein ledergebundenes Fotoalbum hervor. Sie setzte sich an meine Seite und blätterte durch die grellbunte Sammlung an Fotographien. Pierce strahlte mich von jeder Seite an. Es war so, als ob man sich eine Broschüre für die verschiedenen Puppen der Ken-Serie ansah. Und die passenden Barbiepuppen waren auch da. Eine neue auf jeder Aufnahme, dekorativ an Pierces Armen drapiert, mit verführerischem Lächeln. »Amanda, oh ja, *die* war nett. Reizende Figur.« Sie strich jeder wunderschönen Barbie mit dem Fingernagel über das Gesicht. »Mary-Ellen, wunderschöne, zarte Hände, perfekte Haut, erinnere ich mich, und weiche, hübsche Augen. Oh, und Blair. Also das war eine Schönheit. So gelassen, so anmutig, mit unglaublich sanften, geschmeidigen Händen und weichem, weichem Gesicht und oh, Carrie. Sensationell. Sehen Sie sich das mal an. Wunderschön proportionierte Figur. Feste, traumhafte Brüste.« Sie drehte sich zu mir, um mich erneut zu begutachten. »Sie haben hübsche *Zähne*«, sagte sie dann irgendwann.

Ich kam mir vor wie auf einer Pferdeauktion. Wirklich. Ich hatte das Gefühl, als nächstes würde sie von mir verlangen, mit den Füßen bis fünf zu zählen.

»Liebling«, vibrierte ihre Stimme, als Pierce mit dem Vollwertsekt nahte. »Wir schauen dich gerade in deinen verschiedenen *Stadien* an. Die Sache mit den Motorrädern, erinnerst du dich? Ich habe mir auch Lederklamotten gekauft und bin mit ihm herumgedüst. War das nicht so, Liebes?« Pierce holte sich eine Selbstgedrehte heraus und zündete sie an. Er blies eine dicke Wolke Rauch in die Richtung des »Ich-bitte-dich-aus-tiefster-Lunge,-hör-auf-zu-rauchen«-Stickers auf der Brust seiner Mutter. Mrs. Scanlen fuhr resolut fort, zu erzählen. »Sehen Sie, ich habe immer geglaubt, daß der beste Weg, mit Kindern zu kommunizieren, ist, das Leben mit ihnen zusammen zu erleben.« Pierce nahm einen Schluck seines Vollwertsekts und goß ihn dann in die nächste Topfpflanze. Mrs. Scanlens Zucken war fast unmerklich. »Ach, schauen Sie mal. Hier haben wir die Hippie-Phase, erinnerst du dich? Ich habe damals mit dir auch Hasch geraucht, war das nicht so, Liebling? Nun ja, wenn wir ehrlich sind, ist es nicht annähernd so schädlich wie Alkohol.« Pierce zog den Gürtel, den ich gerade weggetan hatte, durch seine eigenen Hosenschlaufen. Er spielte mit der Lederzunge, die über seinem linken Schenkel lag. »Und die Punk-Phase. *Das* war lustig, nicht wahr, Liebling? Irgendwo habe ich noch meine Outfits liegen. Ich fand das herrlich, nicht waschen zu müssen. Und die Stunden, die ich damit verbrachte, mein Haar hochstehen zu lassen, als hätte ich es seit einem Monat nicht mehr gebürstet ...« Sie drehte sich zu mir und lächelte. »Es muß ja sehr praktisch sein, Haare zu haben, die das von *alleine* machen.«

Als wir uns zum Abendessen setzten, hatte ich eine weiche Birne wie ein Bergsteiger. Es lag nicht an der arktischen Kälte, sondern an den sozialen Höhenunterschieden. Mrs. Scanlen ließ mich über Abgründen in der Konversation hängen oder in steile Eisfelder an kühlem Schweigen hineinstarren. Sie wollte wissen, wieviel ich verdiente, was mein Vater machte, wieviel er verdiente, ob meine Mutter Feministin sei, was meine politische Anschauung sei, und ob mir bewußt sei, wodurch das Loch in der Ozonschicht verursacht würde.

Pierce fing an, sich wie ein Bekloppter zu benehmen. Erst holte er ein Fläschchen Nagellack aus seiner Reisetasche und begann, den Nagel seines linken kleinen Fingers zu lackieren. Dann zündete er sich einen Joint an. Er bot ihn erst mir und dann seiner Mutter an.

Um die Sache noch schlimmer zu machen, war die Vorspeise Sushi. Fisch war schon zum Kotzen, aber *roher* Fisch! Wenn man mich fragt, ist die Grenze zwischen Sushi und Fischköder sehr fließend.

Da seine Mutter fortfuhr, ihn nicht zu beachten, zog Pierce seine Schuhe und Socken aus. Er steckte sich die Stäbchen zwischen die Zehen und versuchte, Sushi mit seinen Füßen zu essen. Ich sah seine Mutter an, mein Mund ausgedörrt. Mrs. Reece-Scanlen zuckte mit keiner Wimper.

»Also«, schoß sie ihren Gegenangriff ab, »wie ist mein Sohn im Bett? Erfindungsreich?«

»Ähm, Verzeihung. Was?«

Pierces Mutter sah mich an, während ich wieder über dem Abgrund hing. »*Unser* Sexualleben«, sie deutete auf ihren Mann, der gerade hereingekommen war, mit einer geringschätzigen Bewegung ihres Kopfes, »ist praktisch nicht existent.«

Ich starrte Pierces Vater an. Von der Taille aufwärts erschien er sehr seriös in Hemd und Schlips, aber von der Taille abwärts trug er gestreifte Synthetikhosen und fluoreszierende Plastiksandalen.

»Oh mein Gott«, schnaubte Mrs. Scanlen verächtlich und sah grimmig die Gewandung ihres Mannes an, »er ist mal wieder unter die Eingeborenen gegangen.«

Pierce Senior hielt schützend eine Flasche Wein (inklusive Konservierungsmittel und Farbstoffe) im Arm, die er neben sich, außerhalb der Reichweite seiner Frau, hinstellte. Sie sah ihn gletscherkühl an. Er schien ein sanfter Mann, zurückgezogen und gedankenverloren, mit dem dauerhaft verwunderten Gesichtsausdruck eines Menschen, der versucht, sich zu erinnern, wo er den Autoschlüssel hingetan hat. »Hallo, mein Sohn.« Er schien völlig ungestört von Pierces virtuoser Fuß-eß-Performance zu sein. Er nickte mir zu und fügte dann leise hinzu, »Könnten Sie mir wohl das Salz reichen, meine Liebe?«

Ich reichte ihm das kleine silberne Schälchen hinüber. Wir sahen alle zu, als er sich das Salz über sein Essen löffelte.

»Nur weiter so«, sagte Mrs. Scanlen. »Verhärte deine Arterien. Sieh doch mal, wie egal mir das ist.« Mr. Reece-Scanlen löffelte ohne innezuhalten noch zwei weitere Ladungen drauf.

Mrs. Scanlen seufzte und reichte mir dann die Fischsuppe. Ich schleppte die Kelle den Boden der Schüssel entlang. Aber das einzige Meeresleben, das ich in diesem exotischen Aquarium erkennen konnte, waren die Austern, die wie Klumpen grauen Schleims auf der trüben Oberfläche schwammen.

»Austern«, teilte mir Mrs. Scanlen mit resoluter Gleichgültigkeit mit, »sind ein Aphrodisiakum.« Sie schob den Topf ihrem Mann hin, »Also, iß schön auf, nicht wahr, mein Schatz!«

Pierces Vater rieb zwanghaft seine Hände gegeneinander, wie ein trauriges kleines Insekt. Als er sich nach der Butter streckte, hieb ihm Mrs. Scanlen aufs Handgelenk. »Ich dachte, du wolltest dich an die ungesättigten Sachen halten?« Sein Adamsapfel hatte die Größe einer Grapefruit. Ich beobachtete ihn fasziniert, als er in seinem Hals auf und ab hüpfte.

Pierce, der langsam durch die fehlende Reaktion auf seine Vorstellung müde wurde, ließ seine Füße wieder auf den Boden sinken und reichte seinem Vater die Butter, der prompt sein Brot mit dicken gelben Klecksen beschmierte.

»Glauben Sie mir«, sagte Mrs. Scanlen zu niemandem besonders, »Beziehungen sind endlich. Das ist der Grund, warum ich meinem Nachkömmling geraten habe, nie zu heiraten.« Ihre Gabel schoß über ihren Teller und harpunierte ein Stück Tintenfisch mit einem knappen, schlechtgelaunten Stoß. Die Gabel mit Tentakeln verschwand in ihrem kleinen Mund. Ihre Lippen schmollten erst vor und nahmen die gesamte Gabel auf, damit sie nicht ihren Biologisch-dynamischen-Tierversuch-freien-Wind-und-Wetter-Schutz-Stift verschmierte. »Er hat noch nie Cunnilingus versucht. Wie es immer so schön in Klosprüchen heißt, denkt er wohl, das wäre eine irische Fluggesellschaft.« Sie explodierte in eine Salve von Maschinengewehrgelächter.

Mein Mund äffte die Garagentür nach, durch die wir vorhin hineingefahren waren. Er ging weit auf und klappte dann wieder zu. Ging wieder weit auf und klappte wieder zu.

»Ich *weiß* einfach, daß sie noch mehr möchten«, insistierte Mrs. Scanlen mir gegenüber und zog sich mit der Schüssel in die Küche zurück, um von dort heiße Verstärkung zu bringen.

»Nun, Mr. Scanlen?« fragte ich verzweifelt. Pierce Senior war in einer Art Trancezustand, aus dem er nur kurz hochtauchte, um sich um sein kostbares Glas Wein herumzuhüllen. »Erzählen Sie mir doch von Ihrem Beruf?«

Seine traurigen Augen leuchteten auf. »Oh«, sagte er enthusiastisch, »interessiert Sie das?«

»Ja, doch. Sehr.« Alles, um von Pierce und seiner Mutter und diesem merkwürdigen Spiel, das sie da spielten, wegzukommen.

»Nun, sehen Sie, meine Liebe«, sagte er, »ich weiß nicht, ob Ihnen das schon aufgefallen ist, aber wir Amerikaner lieben den Konsum. Man könnte sagen, das ist unsere Religion. Und so habe ich eine Firma gegründet, die Produkte herstellt; die nur *einmal* verwendet werden können.« Er breitete dann die ganze bunte Inventarliste seiner Produkte aus: Kondome, Kerzen, Feuerwerkskörper, Rinderkastriergeräte, Designertampons, Scherzartikel aller Art ...

Als seine Frau wieder erschien, schrumpfte Pierces Dad wieder zusammen wie einer seiner eigenen Partyluftballons. Mrs. Scanlen stellte die Schüssel in die Mitte des Tisches. Die Flut war in die Bouillabaisse zurückgekehrt, eine Riesenflut von verräterischen Austern und menschenfressenden Kraken. »Oh Gott, er erzählt euch von seinen brillanten Geschäftsideen, ja? Papiermachéköpfe, die wie Rockstars und Präsidenten aussehen. Nun, *da* haben wir ja wirklich etwas Sinnvolles, was man mit seinem Leben machen kann. Finden Sie nicht auch?« fragte sie verächtlich, während sie einen Schwarm Fische auf meinem Teller ablud. »Sehen Sie, die Aufmerksamkeitsspanne meines Mannes in geschäftlichen Dingen entspricht seiner sexuellen Spannkraft. Kurzlebig, könnte man sagen. Ich meine, es ist ekelhaft. Hier haben wir die Welt, kurz vor einem Umwelt-Holocaust, und was macht er? Stellt Sachen her, die nur einmal benutzt werden können und dann weggeworfen werden. Ich wünschte mir wirklich, er hätte eine Produktpalette mit *Ehemännern*. Mayonnaise?« fragte sie Pierce, der mittlerweile seine Kaugummiballons so groß blies, daß sie sein Gesicht verdeckten.

»Nee«, grunzte er durch seine grellrosa Mundfüllung hindurch.

»Natürlich willst du welche.« Mrs. Scanlen sprang auf und nieder wie ein Stück Brot im Toaster und holte Sachen, von denen Pierce sagte, daß er sie nicht wollte – Sojasauce, eine frische Serviette, Mineralwasser, noch mehr Vollkornwein, Joghurtsauce.

»Der Junge will nichts, Mutter«, sagte Mr. Scanlen dauernd. »Laß ihn in Frieden.«

Ich sah mir die Schüssel mit Joghurtsauce mißtrauisch an. »Was ist das?« flüsterte ich Pierce zu. »Eine Gesichtsmaske?« Mrs. Scanlen sah mich streng an. Gezüchtigt, dolchte ich auf meinen Tintenfisch ein. Er war so zäh wie ein Reifen. Ehrlich gesagt, brauchte er nur noch ein Chassis und ein Radio, und er hätte ganz alleine zurück zur See fahren können. Ich versuchte es noch einmal, aber er quietschte unter meiner Gabelzinke hervor und schoß über den Tisch mit der Geschwindigkeit eines Formel-Eins-Wagens.

»Ach herrjeh. Da scheint Pierce ja mit seinen Füßen besser zurechtgekommen zu sein«, höhnte Mrs. Scanlen und wischte auf. Beim Anblick ihrer schnellen, effizienten Bewegungen fühlte ich mich noch ungeschickter.

Pierce Senior schlabberte noch mehr Wein in sein Glas und nippte nervös daran. »Keine Sorge, Männelein, mir ist es egal, wenn du Alkohol trinkst. Du bist Geschäftsmann – du bist sowieso schon gehirntot. Finden Sie nicht, daß ich recht habe, Katrina?« sagte sie und wandte sich zu mir.

Ich fand, die Frau sollte einfach die Schildkröte machen – Schnauze halten und Kopf einziehen. Pierces Vater ging in die Küche und erschien wieder mit einer Packung Schokoladenostereier, die er trotzig aufriß.

Obwohl wir gerade bei der Hälfte des Hauptgerichtes angekommen waren, stand Mrs. Scanlen vom Tisch auf und kehrte mit einem riesigen Dessert zurück. »Ein schleimfreies Johannisbrotsoufflé aus Sojamilch, entfettetem Sojamehl, Sojalezithin als Bindemittel und Eier von freilaufenden Hühnern.« Das Ding saß quabbelnd mitten auf dem Tisch. »Mein eigenes Rezept.« Mrs. Scanlen schnitt ein Stück ab und reichte es Pierce.

Mr. Scanlen streckte seinem Sohn sofort das Paket mit Schokoladeneiern hin.

Pierce saß nur da und sah von einem raubtierähnlichen Elternteil zum anderen. Es war so still, daß man draußen die neurotisch wirbelnde Bewässerungsanlage hören konnte.

»Mach' nur, Liebling«, sagte Mrs. Scanlen zu Pierce.

»iß die Schokolade. So lange es dir egal ist, ob du dir die Zähne ruinierst. Ich will ja gar nicht erst dein Talent erwähnen. Schlechte Ernährung tötet das Hirn. Ich meine, schau' dir nur mal deinen Vater an.«

Pierces Vater flatterte hilflos mit den Armen. Er war wie ein verletzter Vogel.

Pierces Gesicht, Hände und Körper, sogar seine Haare, ballten sich irgendwie zusammen. Und dann zerriß es ihn. »Ich bin nur froh, daß du im Fallwind sitzt«, schoß er sich auf seine Mutter ein. Das waren die ersten Worte, die er während des gesamten Essens gesagt hatte. »Denn deine politischen Ansichten sind ganz toll, Mom, weißte das? Sie stinken zum Himmel. Du willst es alles haben, nicht wahr? Einen CD-Player *und* Wale im Meer. Geld *und* Grütze. Die Wahrheit ist, du kannst es dir nur leisten, unter die Grünen zu gehen, weil es die verdammten *Greenbacks* gibt, die Dad über die ...«

»Ist das so, Mr. Besserwisser? Ich wünschte nur, ich hätte mein Umweltbewußtsein früher entwickelt. Dann hätte ich *dich* recyceln können. Und vielleicht dadurch einen rechtschaffenen Sohn bekommen. Mit etwas moralischer Substanz. Ein Sohn, der sich für mehr interessiert als Geld und schnelle Autos. Ich habe dir jede Möglichkeit geöffnet; dieser Kurs in Paläontologie, die Malreise nach Marokko, Russischkurse ... Und wie dankst du es mir?«

Pierces Augen leuchteten schlau auf. Mrs. Scanlen, die seinen triumphierenden Gesichtsausdruck mitbekam, und merkte, daß sie in einen Hinterhalt geraten war, holte plötzlich tief Luft, hob ihre Tasse Kräutertee an die Lippen, nahm einen langen, langsamen Schluck und stellte dann ihre Tasse geräuschlos wieder auf ihre Wedgewood-Untertasse. »Aber was sage ich denn da?

Berühmtheit, selbst im Fernsehen, ist ja heute auch schon eine Quelle der Macht. Es ist Pierces Art«, vertraute sie mir an, »das System von innen zu verändern. Er tut so, als stimme das nicht, aber wir wissen es natürlich«, sie zwinkerte, »besser, nicht wahr? Diese kleine Schauspielerphase ist ein Teil eines größeren Vorhabens – man muß ja nur sehen, was immerhin mit Ronnie Reagan passiert ist.«

Pierce sackte in seinem Stuhl zusammen, wobei sein Gesicht wie das schleimfreie Soufflé vor ihm zusammenfiel. Er stapfte vom Tisch und verschwand aus dem Zimmer.

Mrs. Scanlen kreuzte siegreich ihre Arme. »Nun, nun, nun«, sagte sie, während sie mir noch mehr Bouillabaisse auf den Teller löffelte, »ich bin ja so froh, daß Pierce losgezogen ist und sich noch eine kleine Freundin gesucht hat. Wir müssen ein Foto von Ihnen machen – für das Album.« Sie bewegte sich zum Kaminsims und holte aus dem Wald an Ostergrußkarten eine mit Goldschnitt versehene Einladungskarte hervor. Sie stieß sie mir unter die Nase. »Das ist eine Benefizveranstaltung, auf der ich Pierce gerne gesehen wissen möchte. Es würde seinem Image guttun. Sie könnten ihn ja begleiten.« Mrs. Scanlen berührte meinen Arm in derselben Art, in der man das Haustier von Bekannten anfaßt, obwohl man dagegen allergisch ist. »Absolut *alle* werden dasein. Natürlich werden Sie mit den üblichen Heuchlern und Fotografen zurechtkommen müssen, was *schrecklich* ermüdend sein wird.«

»Oh, ja, schrecklich«, sagte ich. Sie hatte recht. Es würde voller Pseudotypen sein, die ihre Designernamen fallen lassen würden und die so tun würden, als würden sie nicht von den Paparazzi fotografiert werden wollen

– und ich wollte unbedingt da hingehen. Meine Augen blitzten beim Gedanken an Rondahs Gesicht, wenn ich da mit Pierce als meiner menschlichen Handtasche erschiene.

Pierce nahm seinen Platz bei Tisch wieder ein. Er nahm sich ein Osterei aus der Packung und begann, daran herumzuknabbern. Er war vollkommen nackt. Splitterfaser. Im Adamskostüm. Jeder einzelne seiner herrlichen 190 Zentimeter.

Wenn seine Mutter schockiert war, dann ließ sie sich das nicht anmerken. Sie drehte sich einfach noch einmal zu mir. »Und, Katrina, das haben Sie mir nicht gesagt, *ist* mein Sohn gut im Bett?«

Das war der Moment, in dem ich auf die Chilieschote biß. Mein Gaumen rammte die mit Stuck versehene Decke, und mein Augen fingen an, umeinander zu wirbeln. Die Welt verschob sich. Es gab einen Nebel an weißem Licht. Ich hörte ein lautes Krachen, von dem ich trübe dachte, es könnte mein Kopf gewesen sein, der auf die Tischkante schlug.

Wie man die Eltern des Mannes, den man liebt, beeindruckt.

Regel Nr. 1. Man frage nie seine Mutter, wer sie ist und was sie tut.

Regel Nr. 2. Man frage nie, ob das Essen, das sie zubereitet hat, auch als Gesichtsmaske verwendet werden kann.

Regel Nr. 3. Man versuche zu vermeiden, daß sie einen mit dem Gesicht im eigenen Teller erwischen.

Als ich wieder aufwachte, mit meinen Mandeln immer noch auf der Höhe meiner Augenbrauen, hörten meine Augen einen Moment lang auf, zu schwimmen, und erkannten Pierces Eltern, die über die Kante des Tisches auf mich hinunterschielten, während ich mich auf dem Teppich ausgestreckt befand.

»Oh«, sagte Mrs. Reece-Scanlen, mit etwas, das wie die kleinste Andeutung von Enttäuschung klang, »einen Moment lang dachte ich, wir könnten Sie in die Sammlung meines Mannes von Wegwerfartikeln einreihen. Australische Freundin. Kaum gebraucht.«

Ich stand rechtzeitig auf, um Pierces gebräunten Hintern aus dem Eßzimmer hinausmarschieren zu sehen.

Als ich mich erholt hatte, stöberte ich Pierce im gurgelnden Whirlpool auf. Ich hockte mich in den Schatten. »Deine Mutter ist interessant«, versuchte ich.

»Sie ist eine alte Schlampe.«

»Oh. Na, ja, so kann man es auch nennen, denke ich mal.« Pierce nahm wütende Schlucke seiner Margherita. »Sie will, daß wir zu so einem Benefizdings gehen.«

»Was ist es diesmal? Der Benefizball für gebesserte Fesselungssklaven und ihre Haus-Frettchen? Jesus. Der Fonds für Söhne, die ihre Scheiß Mütter umbringen wollen?«

Ich hatte ihn noch nie so wütend gesehen. »Ich gehe mit dir hin, wenn du willst. Du weißt schon, um dir Gesellschaft zu leisten. Ich würde ganz gerne da hingehen.«

»Ich *hasse* Benefizgeschichten. Diese Stadt ist süchtig nach Benefizbällen. Die machen Benefizbälle, um für andere Benefizbälle Geld aufzutreiben.«

»Dein Dad ist nett«, wich ich dem aus.

»Er ist lächerlich. Das ist das Schlimmste an Familientreffen. Sie zeigen dir wirklich, wie mutiert und erschreckend dein genetisches Erbgut eigentlich ist.«

»Sie ist wirklich nicht so schrecklich. Ich meine, sie

hat wenigstens versucht, das Zeug zu verstehen, das sich in deinem Leben tat, als du älter wurdest und so.«

»Sie hat mein gottverdammtes Leben für mich gelebt. Sie hat mich mit zwei Jahren in eine Intensivkrippe gesteckt. Du weißt schon, wo sie dir den Kram superschnell beibringen, mit Karten und so einem Zeugs... Sie hat, verdammt noch mal, eine pränatale Universität besucht. Da lesen sie dir Shakespeare und so einen Scheiß vor, während du noch im Mutterleib bist. Sie ist seither enttäuscht, daß ich kein Genie geworden bin.« Pierce entschwand unter dem schäumenden Bläschen-Plumeau. Als er wieder herauskam, trank er seinen Drink aus und seufzte laut.

»Mein Vater hat mich ermutigt, die Schule zu schwänzen«, sagte ich, um das Schweigen zu brechen. »Er findet, daß eine ›Schule‹ das ist, worin Fische drin herumschwimmen.«

»Ja?« sagte er jetzt ruhiger. »Was macht er? Dein Dad? Kommst du jetzt eigentlich mal rein, oder was?«

»Was? Oh.« Vorsichtig stieg ich aus meinen Kleidern aus, allen außer meinen Unterhosen, und senkte mich hinein. Es war so, als würde ich in das einsteigen, was wir soeben zu Abend gegessen hatten. Ich sank in eine schreckliche Bouillabaisse von ausgezogenen Bikiniunterteilen und abgepellten Pflastern, die ohne Zweifel mit einem Jahrzehnt an Schweiß und Haarbällchen gewürzt war. »Gescheiterter Bankräuber und Teilzeitspieler. Er hat sich von mir mein Taschengeld geborgt. ›Das kriegste wieder, Kid‹, sagte er immer. ›Das weißt du ja.‹ Aber es stimmte nicht. Bastard. Ich habe neulich in der Zeitung von so einem Typen aus Boston gelesen, der seine Eltern verklagt hat, weil sie ihn so schlecht erzogen haben. Das würde ich auch gerne machen.«

»Gott. Ich würde gerne meine Eltern verklagen, weil sie mich zu gut erzogen haben.«

»Was meinst du damit?«

»Als ich dreizehn war«, platzte er heraus, »sagte mir meine Mutter, es wäre jetzt an der Zeit, daß ich mal langsam rebellierte. Mit vierzehn hat sie mir zum ersten Mal Hasch angeboten. Als ich fünfzehn war, schlug sie vor, daß es an der Zeit wäre, daß ich meine ersten sexuellen Erfahrungen machte.« Er schlitzte das Zellophan von seiner Zigarettenpackung mit dem langen Fingernagel auf, den er am kleinen Finger seiner linken Hand züchtete. »Und, paß auf. Als ich von der Polizei eingebuchtet wurde wegen Alkohols am Steuer, weißt du, was sie sagte? Daß die einzige Gerechtigkeit auf dieser Welt die poetische Gerechtigkeit ist. Sie sagte, daß im heutigen korrupten System der Begriff ›kriminell‹ einfach ein Euphemismus ist für jemanden, der sich erwischen läßt.«

Ich lachte. Pierce schoß mir einen vernichtenden Blick zu. Er lehnte sich gegen den Kieselbetonrand des Whirlpools und atmete einen zischenden Strom an Zigarettenrauch aus. »Die meisten Kinder werden zur Kirche geschleppt, stimmt's? Nun ja, ich wurde zu Demos geschleppt. Eines Tages habe ich mich mit der verdammten IRA eingelassen. Ich dachte, das wäre endlich zuviel für ihren weich-in-der-Mitte, Chardonnay-Sozialismus mit weichem Kern.«

»Und?«

»Meine Mutter fing an, häufig Grün zu tragen. Also tauschte ich es gegen die PLO ein. Und sie fängt an, Hummus zu machen. Ich sagte ihr endlich, ich würde Priester werden wollen. Sie sind beide Atheisten, meine Eltern, ja? Und weißt du, was sie sagt? Daß ›die katholische Kirche eine faszinierende und intellektuell lohnende Theologie‹ verträte. Ich meine, bitte...«

»Und die Schauspielerei?«

»Ah. Also da dachte ich ja, jetzt hätte ich sie wirklich mal rangekriegt. Sie haßt Fernsehen. Sogar noch mehr, als sie ›gifthaltige Lebensmittel‹ verabscheut. Sie hat noch nicht mal einen Apparat im Haus. Ich dachte wirklich, ich hätte jetzt was gefunden, was sie verrückt machen würde. Aber sie sagte ihren Freunden, Schauspielerei sei eine edle und künstlerische Berufung... Ich meine, Jesus. Erzähl *das* mal Abraham Lincoln!« Er stand auf, um sich eine neue Margherita einzugießen. Im Dunkeln waren die Bräunungslinien auf seinen Armen wie die Streifen eines exotischen Tieres.

»Was *war* denn deine erste?«

»Was?«

»Du weißt schon«, ich schluckte. Mein Hals schnürte sich zu. »Sexuelle Erfahrung.«

»Tierisch, pflanzlich oder mineralisch?« fragte er, ohne auch nur eine Sekunde nachzudenken. »Nett, was?« sagte er und versank wieder im schäumenden Wasser.

»Herrlich«, antwortete ich, fasziniert von seinen weichen braunen Unterarmen auf dem Rand des Beckens. »Ich frage mich, was Rondahs wohl war?«

»Das ist einfach. Sie paarte sich mit einem Mann, und daraufhin verspeiste sie ihn.«

Ich lachte noch einmal. Während ich ihn beobachtete, spürte ich ein total köstliches Weh in meiner Magengrube und in meinen Fingerspitzen. Teile seiner nackten Glieder ragten wie Findlinge aus dem schäumenden Wasser. Ich wollte auf ihnen Schiffbruch erleiden. Wie ein Tiefseesegler begann ich, mir einen Weg über den

Whirlpool zu bahnen. Mein Feuer wurde jedoch leider kurzfristig durch einen Geysir kochenden Wassers, der in Schritthöhe auf mich einwellte, gelöscht. »Jesus«, quietschte ich.

»Jesses!« echote Pierce, als ich versuchte, mein Gleichgewicht wiederzugewinnen und ihm heftig unter Wasser auf den Fuß trat. »Würdest du dich verdammt noch mal hinsetzen?« sagte er in seiner üblichen romantischen Art.

Indem ich mir meinen Weg mit den Füßen ertastete, so wie eine Krake auf dem Boden des Meeres, fand ich den Sitz neben ihm und warf dort meinen Anker aus. Er warf seinen Kopf zurück und schaute mit glitzernden Augen nach oben in die Sterne. Er streckte sich nach seinem Drink aus. Während er sich bewegte, glänzte seine Haut naß in der Dunkelheit. Ich wünschte, es wären meine Hände, während ich meine Blicke über seinen Körper streichen ließ. Jetzt, beschloß ich, oder nie. Ich schürzte meine Lippen und stürzte mich auf sein dunkles Profil. Aber er drehte genau im falschen Moment den Kopf. Mein Kuß endete irgendwo hinten auf seinem Hals. Ich hatte ihn berührt. Aber seine Haut reagierte nicht darauf. Sie hatte genau so viel sinnliche Ausstrahlung wie eine dieser aufblasbaren Puppen, die mir im Pleasure Chest begegnet waren. »Willst, willst du nicht?« Ich erkannte meine eigene Stimme nicht mehr. Sie war so leise; klein genug, um in jemandes Tasche zu passen.

»Hör' mir mal zu«, sagte er dringend, »du hast zum Teufel meine Eltern gesehen. Ich bin emotional total verkorkst. Es ist in meinem gottverdammten Blut.« Er fummelte nach einem Handtuch, trocknete seine Hand und zündete eilig den halbgerauchten Joint im Aschenbecher an. »Ich brauche ein bißchen Luft zum Atmen.«

Meine Bullshit-Antenne fing an, zu wackeln. Was war er, asthmakrank? fragte ich mich. »Findest du mich nicht ... attraktiv?« Ich sank in die Bläschen hinunter, damit sie meine winzigen Brüste bedeckten.

Er zog heftig an seinem Joint. »Ich bin zölibatär«, atmete er aus.

»Du bist was?«

»Zölibatär. Amöben haben das ganz schön raus, würde ich mal sagen. Ich meine, eine Amöbe liegt einfach im Urschlick herum und hat mit sich selber Sex. Wußtest du das schon? Einzellige Reproduktion. Das ist die Antwort. Keine Schokoladen, kein Ärger, keine Kondome, kein ›Hey, hast du schon einen AIDS-Test machen lassen?‹ Um gar nicht an die Sorgen wegen irgendwelcher verdammter Blagen zu denken. Ich werde *nie* Kinder haben. Es ist noch nicht mal, daß ich mir Sorgen machen würde, sie könnten Nasenlöcher mitten auf ihrer gottverdammten Stirn bekommen oder Augen auf ihrem Kinn sprießen lassen, oder dieser ganze Kram. Ich habe einfach Sorgen, daß sie wie meine Mutter werden. Tut mir leid.« Pierce küßte mich auf die Nase und trat dann in den Schatten hinaus. »Nacht«, sagte er. Ich saß einfach in niedergeschmettertem Schweigen da. Schweiß floß von meiner Stirn herab und vermischte sich mit den Tränen. Ich schnüffelte laut. Ich wurde gerade gekocht.

»Oh, Jesus. Du heulst doch nicht hier etwa rum, oder?« Ich konnte seine Anwesenheit im Dustern spüren. »Gott ach Gott. Was willst Du denn von mir?«

Zum Ball gehen, natürlich, dachte ich mir, wie alle Aschenputtel. *Gott. Was passierte hier mit mir?*

»Also?«

Was dachte er denn, was ich wohl wollen könnte? Ich

wollte die Seine werden, seine Sechs-Kids-und-eine-Geschirrspülmaschine – bis-daß-der-Tod-uns-scheide sein, auf immer und ewig. Statt dessen gab ich mich mit einem Schlürfer seiner sitzengelassenen Margherita zufrieden.

»Hör' mal, du bist attraktiv, okay?«

»Also warum willst du dann nicht mit mir zum Benefizdingsda gehen?«

»Hör' mal, wenn es so gottverdammt wichtig ist, dann gehe ich eben hin. Okay? OKAY?«

»Okay.« Nachdem ich die Gittertür zuknallen gehört hatte, schwang ich mir ein Handtuch um, zog los und holte meine Karten. Ich hatte so viele Übungstricks in der letzten Zeit gemacht – nur um Rondahs frömmelnde Unterhosen ein bißchen zu verknoten – , daß ich aus Versehen ein System entwickelt hatte, das die Bank im Nirvana Casino schlagen könnte. Ich verteilte noch ein Blatt Black Jack und saß dann nur da, wobei ich die Packung anstarrte. Großartig. Die Sachen liefen so klasse. Ich hatte Australien verlassen, weil die Männer dort Frauen wie Sperma-Spucknäpfe behandelten, und jetzt war ich hier in Amerika und schmiß mich einem Typen an den Hals und jammerte, weil er nicht mit mir schlafen wollte. Wenn die Aussie-Definition von Vorspiel »Bist du wach, mein Schatz?« ist, dann ist die amerikanische Version davon scheinbar die Ehe. Seit AIDS war das einzige dreckige an L.A. die Luft. Ich hatte plötzlich einen unwiderstehlichen Drang, etwas schrecklich Geschmackloses zu tun.

Indem ich durch den Aschenbecher stocherte, ließ ich den Stummel von Pierces Joint wieder aufleben und zündete ihn noch einmal an. Ich goß mir den Rest der Margherita ein. Ich setzte mich rittlings auf den Barhocker, genauso schamlos wie Madonna. Ich warf mein

Haar aus dem Gesicht wie ein Filmstar und rief das Nirvana Casino in Las Vegas mit noch einer Frage an.

Fleischmarkt

Als Pierce mich nach Hause brachte und mir auf Tod oder Leben versprochen hatte, mich zum Benefizball mitzunehmen (ich hätte fast vorgehabt, ihn mir das auf dem Grab seiner Mutter schwören zu lassen, aber dann begriff ich, daß das wohl kaum Sinn haben würde), fuhren wir am Haus vorbei. Das lag daran, daß eine langgestreckte, getunte Limousine mit schokoladenfarbenen und roten Lederbezügen, Rauchglasfenstern und außerdem einem Chauffeur in der Auffahrt stand. Es sah aus wie die Art Auto, in dem man auf eine Beerdigung fuhr.

»Tash?« rief ich dringend und schob mich durch die Gittertür durch. Tash, die in ihrem Schlafzimmer Schichten von schwarzem Lidstrich auf ihre Augen schaufelte, steckte ihren Kopf um die Tür. Obwohl sie strahlte, waren ihre Augen ein bißchen getrübt und hielten meinen nicht mit ihrem üblichen frechen Starren stand. »Was hältst du davon?« Sie streckte ihre letzte kulinarische Kreation in meine Richtung – ein Spargel-Erdbeer-Kuchen. Es sah aus wie etwas, das von einem Rottweiler wieder ausgespuckt worden war. »Also, was denkst du? Ich hab's für dich erfunden«, insistierte sie und ignorierte die verräterischen Erdbeerflecken um ihren Mund herum.

Alles, was ich momentan denken konnte, war, daß sie sich die Haare blond gefärbt hatte. »Ich weiß nicht«, wagte ich mich vor. »Um dir die Wahrheit zu sagen, fand ich Apfel und Lakritz irgendwie besser.«

»Ja«, lachte sie nervös. Ich lachte nervös. »Spargel und Erdbeeren. Ich frage mich, welche Farbe Pisse wir haben werden?« Und dann fielen wir in einer großen bärigen Umarmung umeinander. Wir übertünchten die Spannung unserer letzten Worte im Supermarkt, indem wir übertrieben über Sachen lachten, die nur schwach komisch waren, und uns gegenseitig die Hände und Arme ein bißchen zu kräftig drückten.

»Wo warst du denn?« sagte sie, und drückte meine Schulter ein bißchen zu kräftig. »Ich war krank vor Sorgen...«

Ich erzählte ihr, daß Pierce mich zu seinen Eltern mitgenommen hatte und wie das wohl wirklich etwas bedeuten mußte. (Ich würde niemanden *meinen* alten Herrn kennenlernen lassen. Soweit ich das beurteilen kann, ist Gerinnung der einzige Beweis dafür, daß Blut dicker ist als Wasser.) Und ich erzählte ihr, daß ich mit Pierce auf eine Benefizveranstaltung gehen würde.

»Oh. Prima«, sagte Tash trocken. Ihre Augen sagten: »Das glaube ich erst, wenn ich es sehe.«

»Was ist mit der Limousine da draußen?«

»Erinnerst du dich an die Polaroidaufnahme, die du mal von mir gemacht hast? Also, die haben angerufen. Ich bin für einen Fototermin gebucht. Heute.«

»Oh. Prima«, sagte ich trocken. Meine Augen sagten: »Untersteh' dich, das zu tun.«

»Hör' mal«, sagte Tash, »so wie ich das sehe, ist Christus für unsere Sünden gestorben, stimmt's? Also können wir es doch gleich so machen, daß es sich für den armen Kerl auch gelohnt hat. Komm mit mir mit!« drängte sie. Ich wurde blau vor Übelkeit allein schon bei dem Gedanken daran. »Als mein, du weißt schon, Leibwächter.« Aber genau in dem Moment, in dem ich sagen wollte, daß ich lieber zehn Stunden in einer Warteschleife stecken, dabei Treibstoff abwerfen und neben mir einen gesprächigen Isoliermaterial-Verkäufer mit Körpergeruch haben wollte, blickte ich auf Tashs Schrank. Ihre Aussteuertruhe war weg. Verschwunden. Tash fing meinen Blick im Spiegel auf. Aber keine von uns beiden erwähnte sie. Wir hielten das auseinander: diese harten Worte zwischen uns würden nicht den Rest unserer Freundschaft beeinflussen.

»Okay«, sagte ich eilig. Tash war meine beste Freundin. In dem Moment hätte ich alles getan, um die Dinge zwischen uns wieder ins Lot zu bringen. Außer vielleicht, Erdbeeren und Spargel als Kuchen zu essen.

Um die Wahrheit zu sagen, hätte ich sofort in der Minute aus der langgestreckten Limousine aussteigen und um mein Leben rennen sollen, als wir zu der Villa kamen, und ich einen Stein sprechen hörte. Kein Scherz. Während wir hinten saßen und mit all den Knöpfen und Apparaten rumspielten, kam eine Stimme aus dem großen Felsen auf der Höhe unseres Fensters. »Guten Tag«, sagte der Stein. »Bitte nennen Sie Ihren Namen und die Angelegenheit, in der Sie kommen.«

Tash zappte das elektronische Fenster nach einigen Fehlstarts herunter. »Natasha Marilyn Kerlowski. Ich glaube, sie wollen meine Titten sehen«, sagte sie schamlos.

Das Tor machte – Abrakadabra – auf, und die Limousine schnurrte an den Sicherheitskameras vorbei, durch die gepflegten Gärten, um die runde Auffahrt herum, ehe sie vor dem Hauptquartier des Magazins zum Halt knirschte. Tash und ich sahen stumm vor Staunen hoch. Wir waren vor einem Schloß aufgefahren, inklusive Galerien und vergoldeten Türmchen, abgeflachten Säulen, Türmen und Lustpavillons. Es erinnerte mich an dieses Phantasieschloß in Disneyland. Und es gab jede Menge Tinkerbells. Eine Reihe von ihnen, mit üppigen Brüsten und schlüpfrigen Oberschenkeln, bildete den Willkommenstrupp.

»Also, hallo dann, Miss Kerlowski«, sagte eine glamourös angezogene Frau mit dazu passender Stimme. Miss Kerlowski. Das brachte mich ganz schön zum Kichern.

»Heilige Scheiße«, flüsterte Tash mir zu, als wir aus dem Auto ausstiegen. Frauen steckten ihr Blumensträuße in die Hand. Ein Gepäckträger schnappte sich ihre Tasche vom Rücksitz, und ein Butler zog dann mit ihr los, um ihr eine Führung durch das Schloß zu geben, wobei ich hinterherzuckelte.

Innen waren die Wände von oben bis unten mit Gemälden bedeckt, die ich bislang nur in meinen Kunstschulbüchern gesehen hatte. Draußen stolzierten Pfauen um palmengesäumte Teiche, und steinerne Nymphen hüpften in glitzernden Springbrunnen herum. An über den Rasen gespannten Leinen angezäunte Klammeraffen legten ihre kleinen Köpfe zur Seite und untersuchten Tash und mich – die neueste Akquisition. Der schweigende Butler führte uns durch Volieren mit seltenen Vögeln – Tukane, Papageien, Pelikane, die alle ihre exotischen Federkleider zur Schau stellten.

»Hallo«, begrüßte uns ein neongelber Papagei, »mein Name ist Cindy und meine Hobbies sind Reisen und

Leute kennenlernen. Hallo mein Name ist Cindy und meine Hobbies sind Reisen und Leute kennenlernen. Hallo, mein Name ist ...« Tash stach mir in die Rippen, während wir beide versuchten, unsere Lachanfälle zurückzuhusten. Als nächstes drückten wir unsere Nasen gegen das Glas eines überdachten Aquariums voller elektrischer Aale und irisierender Fische, die klein wie Fingernägel an uns vorbeiblitzten.

Als wir in das blendende Tageslicht zurückkamen, pfiff Tash: »Jesus Christus. Dieser Ort hier ist unglaublich.«

Und das war er auch, nur daß ich mir nicht helfen konnte – ich mußte die ganze Zeit denken, daß dieses gesamte Zeitschriftenimperium auf *Sperma* aufgebaut war. Ich meine, wahrscheinlich war sogar das Fundament dieses Schlosses in Wirklichkeit mit Samen gekittet. Um die Wahrheit zu sagen, killte das für mich ein bißchen den Glanz.

Wir wurden dann hineingenommen, um den Chef kennenzulernen. Die harten, modernen Möbel sahen fremd aus in dem alten, holzgetäfelten Raum. Der Typ hinter dem Schreibtisch stellte sich als Stefan vor, ein drahtiger muskulöser Mann, der gerade ein bißchen Bauchansatz bekam, mit hochgekämmtem Haar, um einen voranschreitenden glatzigen Fleck zu verdecken. Die Holzplakette auf seinem Schreibtisch annoncierte ihn als »Artistic Director«, was wohl, bei einem Magazin wie diesem, ein Euphemismus war für einen Typen, der seine Tage damit verbrachte, Fotografien des weiblichen Schrittes zu begutachten.

»Nun, Natasha Marilyn Kerlowski.« Trotz seines Lächelns sagte er ihren Namen, als wäre er eine Seuche. Als Südafrikaner war sein Akzent wie ein stimmengebundener Karateschlag. Ich beäugte ihn mit chronischem Mißtrauen. »Hmmmm«, sagte er, während er intensiv in Tashs Augen starrte. »Ja.«

Tash, der bei dieser Untersuchung unwohl wurde, schob eine Hüfte zur Seite heraus und stützte ihre Hand darauf. »Ich dachte, ihr wolltet meine Titten sehen?« sagte sie knarrend.

Der Fotograf, ein echter Mann, dessen T-Shirt das Gesicht einer Comic-Figur darstellte, an die ich mich nicht ganz erinnern konnte, kicherte. Stefan schoß ihm einen vernichtenden Blick zu, und er wurde sofort wieder ruhig.

»Nein. Siehst du, es ist alles in den Augen. Schneide einem Mädchen den Kopf ab und da ist nichts. Nur ein Haufen Fleisch. Die Augen müssen sexy, intelligent aussehen. Das Polaroidbild, das du uns geschickt hast, war nur vom Hals abwärts. Du hast wirklich einen beschissenen Fotografen bemüht.« Tash zwinkerte mir heimlich zu. »Jetzt«, Stefan glitt von seinem Stuhl und umkreiste Tash in Raubvogel-Manier. »Die erste Foto-Session wird die Probleme herausstellen, die es mit der gesamten Figur gibt.«

»Probleme?« sagte Tash herausfordernd und drehte ihren Kopf über ihre Schulter weg, um ihm zu folgen.

»Oh ja. Die Schamgegend kann zu haarig sein, der Hintern zu groß, die Knie können x-beinig sein, die Füße knorrig, die Titten nicht dieselbe Größe ...«

»Was soll das denn heißen?« schnappte Tash defensiv zu.

»Sehr oft hängen sie nicht in derselben Position – ein Nippel kann nach vorne zeigen, und der andere auf die Seite.«

Er machte eine Pause, wobei er zu dicht neben ihr

stand, und strich über ihren Arm. »Ich bin ein Experte, was die weibliche Form angeht. Hat sie eine behaarte Oberlippe? Können wir das färben? Hat sie dicke Knöchel, dicke Arme, dicke Oberschenkel?« Oder dicke Suppe im Kopf, dachte ich, so wie du.

»Ich kann alles regeln«, fügte er in einer Stimme hinzu, die sowohl hochmütig als auch hämisch klang. »Alter?« schnappte er zu und bewegte sich schnell wieder auf seinen Schreibtisch zu.

»Inklusive frühere Leben?« sagte Tash provokativ.

Stefan schickte ihr einen herablassenden Blick. »Natürlich zwinge ich dich nicht, mit mir zusammen zu arbeiten. Ganz offensichtlich ist dir das Geld für dieses Vorhaben nicht so wichtig.«

»Dreiundzwanzig«, gab sie klein bei.

»Na, da sind wir ja gerade noch rechtzeitig. Über fünfundzwanzig, und die Mädchen zeigen erste Verschleißerscheinungen. Erschlaffung, Zellulitis.« Er warf die Hände in die Luft. »Die totale Katastrophe.« Tashs gespielte Prahlerei verdunstete einen Moment. »Größe?«

»Einssechzig«, antwortete sie kleinlaut.

»Süße einssechzig, sehr schön. Mädchen von einssechzig mit langen Taillen und Holz vor der Hütte sind unsere Lieblinge, was, Carl?« Das war's also, was die »Augen sind das wichtigste« anging. Wir drehten uns alle zum Fotografen, den wir prompt dabei erwischten, wie er seine Stielaugen über Tashs Figur wippen ließ. Und er sah sie nicht nur an, er fraß sie geradezu auf. »Die lassen sich am besten fotografieren«, machte Stefan schnell weiter, um die Aufmerksamkeit wieder auf sich zu ziehen. »Weiß dein Freund, daß du das hier machst?«

»Ich glaube nicht an feste Freunde.«

»Weiß deine Mutter das?«

»Meine Mutter hat einen Dreck mit mir zu tun.«

Stefan sah plötzlich mit harten Augen hoch. »Hast du's schon mal für Geld gemacht?«

»Nein«, log sie.

»Wann ist deine Regel? Wir müssen um den Besuch mit dem roten Regenschirm herumarbeiten.«

Tash führte ihren berühmten Augenroller durch, genau wie ich mir gedacht hatte, daß sie es tun würde. »Was bin ich? Eine Idiotin? Glaubst du, das Superoxyd ist mir durch den Schädel gedrungen und hat mein Gehirn auch noch gebleicht? Wäre ich wohl hier, du Penner, wenn ich meine Tage hätte?«

Der Stand, so dachte ich mir, war zwei zu eins für Tash.

»Blond ist doch deine natürlich Haarfarbe, oder?« verhörte Stefan sie weiter. Er sah sie mit einem merkwürdigen Gesichtsausdruck an, sowohl sehnsüchtig als auch verächtlich.

»Ja, natürlich«, flunkerte Tash mühelos, wobei sie den Nagellack auf dem kleinen Finger ihrer linken Hand begutachtete.

Ich sah zu, wie Stefans kalte Augen unglaublich langsam Tashs Hals hinunterglitten und dann endlich auf ihrer Brust anhielten. Er grinste vor Bewunderung. »Die meisten Mädchen setzen wir erst einmal auf die Pille und sagen ihnen, sie sollen mal in einem Monat oder so wiederkommen. Das macht ihre Titten größer. Natasha, du bist nicht wie die meisten Mädchen. Das hier ist ein ernstzunehmender Set von Eimern.«

»Bundesligareife Zinken«, fiel der Fotograf als Chor ein.

»Wir nehmen dich morgen dran. Das hier, wirst du vielleicht schon gemerkt haben«, Stefan wies auf den Mann im blendend weißen T-Shirt, »ist Carl. Wenn du ihn nicht magst, sag' es mir einfach, und wir suchen dir einen anderen Fotografen. Aber«, er grinste, während Carl seine Gürtelschnalle mit einer gespielt befangenen Bewegung richtete, die um so mehr den olympiareifen Knubbel in seinem linken Hosenbein betonte, »die meisten Mädchen mögen unseren Carl.«

Ich weiß nichts von bundesligareifen Zinken, aber diese Typen waren bundesligareife Affen. Als ob er meine Gedanken gelesen hätte, schwang sich Stefan plötzlich herum, um mich anzusehen. »Wer ist die Kumpanin da?« Ich bekam einen fauligen Stoß seines Atems mit, den abgestandenen Zwiebelgeruch, der kaum durch das Pfefferminzbonbon maskiert wurde, das er obszön in seinem Mund herumschleckerte. »Wir erlauben unseren Mädchen nicht, in Begleitung zu kommen.«

»Meine Liebhaberin«, log Tash mit fröhlicher Aggression. Ich glotzte. Die beiden Männer gluckstεn mit kaum verborgenem Ekel. Ich machte mir eine geistige Notiz, es ihr später massiv zu geben. MASSIV. Stefan blätterte eine Ausgabe seiner Zeitschrift auf und hielt am Pin-up an. »Das hier sind die Art Aufnahmen, die wir wollen.« Eine Frau lag über die Seite ausgespreizt, wobei sie das zeigte, was unsere Jungs zu Hause so eloquent ihre »Fleischvorhänge« nennen würden. »Hast du damit irgendwelche Probleme?«

Tash streckte sich über den Schreibtisch und schüttelte dann ihren Kopf. Stefan lächelte eine Art betrügerisches Lächeln und gab ihr dann ein »Freigabe-Formular« für Models zu unterschreiben. Während Tash auf das untere Ende der Seite ihren Namen schmierte, brachte Mr. Zwiebelatem seine letzte Rede.

»Von jetzt an wirst du während deines Aufenthaltes hier wie eine Prinzessin behandelt werden. Aber erinner' dich daran, daß wir jede Menge Geschäftsleute hier zu Gast haben. Und wir möchten gerne, daß sie sich hier wohl fühlen. Mit anderen Worten«, seine Stimme wurde leiser und verächtlich, »wenn du mal von jemandem abgeschleppt wirst, fang' nicht an, dich zu beklagen, okay, Baby?«

»Aber«, meldete ich mich schockiert zu Wort.

»Feminismus ist schlecht fürs Geschäft«, brachte er mich zum Schweigen. »Genauso wie Lesben.«

Also, in dieser Warteschleife zu sitzen, zehn Stunden lang Treibstoff abwerfen, neben dem stinkenden Isoliermaterialverkäufer schien mir zusehends interessanter, kann ich nur sagen.

Tash wurde zum Schönheitssalon für einen *Make-Over* gebracht. Sie hatte Termine, sich die Nägel lackieren zu lassen, die Haare zu färben, das Gesicht mit importiertem Schlamm, der »besondere antientzündliche« Eigenschaften hatte, zu beschmieren, ihre Schamhaare zu epilieren und in Form zu bringen... und das war erst der Anfang. Ich beschloß, sie zu verlassen und auf Entdeckungsreise zu gehen.

In der Mitte des Gartens befand sich ein Schwimmbad. An den Kanten lag auf Sonnenstühlen eine Unmenge an schönen, wenn auch leicht verbraucht aussehenden Models. Alle oben ohne. Ich sah mir die gewichtige Symmetrie ihrer silikonverstärkten Brüste in vorgeschriebener Größe an. Tash hatte mir erzählt, daß ein Pin-up-Foto bis zu zwei Monate dauern kann, ehe es sitzt. Praktisch ein gesamter Flügel der Villa war von den potentiellen Pin-up-Kandidatinnen okkupiert, die sich von den Schönheitsoperationen an ihren Nasen, Zehen, Augen, Schenkeln, Hüften, Lippen, Titten und Gebiß erholten. (Ich hatte es so satt, dauernd auf Leute zu treffen, die gerade ihr Gesicht hatten *liften* lassen. Konnten die nicht mal ihre Körper zur Abwechslung *senken* lassen?) Andere waren hier unter der Maßgabe untergebracht, Sport zu machen oder sich auf die benötigten brezeldünnen Proportionen hinunterzuhungern. Sie verbrachten die Abende als Tischdekoration bei VIP-Dinners für die Firmendirektoren auf Besuch, und ihre Tage als Gartenschmuck, wobei sie von sexuell verhungerten Geschäftsleuten aus dem Mittleren Westen angeglotzt wurden.

Ich setzte mich auf die Kante des Pools, hing meine Beine in das Chlorwasser hinein und beobachtete die Frauen. Sie lagen faul in der Sonner herum wie gelangweilte Zuchtkatzen. Männer summten wie Insekten um das Schwimmbad herum, lachten lüstern und erklärten sich um einiges zu schnell dazu bereit, Sonnenöle aufzuschmieren und Getränke zu holen.

Ich saß Stunde um Stunde in der brennenden Sonne da, und kein einziger Mann sprach mich an. Nicht, daß ich das gewollt hätte, Gott bewahre – aber ich wollte einfach das *Gefühl* haben, daß sie es wollten, wenn ich mich da klar ausdrücke. Rondah hatte recht. Ich hatte den Sex-Appeal eines Zehennagels. Eines eingewachsenen. Es schien so, als ob ganz Amerika damit beschäftigt war, zu bumsen – *außer mir*.

Als ich endlich meinen Weg zu Tashs Zimmer im Gästeflügel fand, konnte ich sie wiehern hören, ehe ich überhaupt die Tür aufgemacht hatte. Ich konnte sie fast nicht erkennen. Ihre neuen blonden Haare waren gelockt und von ihrem Gesicht weggekämmt. Letzteres war mit ungefähr sechs Lagen von Hochglanzlack bedeckt. Sie sprang wie auf einem Trampolin herum, nicht auf dem Bett, sondern auf dem Fußboden. »Versuch das mal!« Sie zerrte mich über die Schwelle. Der schwammartige Teppich gab unter meinen Füßen nach und federte mich dann zurück, so daß ich in die Luft geschleudert wurde. Es war wie ein Spaziergang auf dem Mond. »Das ist für einen Fußbodenfick«, quietschte sie aus den Lüften herab. »Dieser Laden hier ist die Hauptstadt der Teppich-Verbrennungsanlagen in der ganzen Welt. Und guck mal«, kreischte sie, »da gibt es einen 24-Stunden-Dinner-Service. Und Lichtschalter auf Fußbodenhöhe. Und«, sie hopste zum Badezimmer herüber und öffnete den Schrank, »alles, was du jemals brauchen könntest. Rasierer, Vitamine, *Uppers, Downers*, Dildos, Kondome, Schlagsahne. Sogar *Pepto Bismol*, die Tabletten für den verstörten Flittchen-Magen.« Wir sprangen umeinander und machten *Space-Odyssey-Bewegungen*, bis wir in einer Masse an Gliedmaßen auf dem riesigen Bett zusammenfielen. Die Decke war mit Spiegeln versehen.

»Hey, willst du dir den Pornokanal ansehen?« kicherte Tash und griff nach der Fernbedienung.

»Igitt. Nein. Warum?«

»Weiß nicht. Willst du nicht mal gucken, ob du's auch richtig machst?«

Was richtig mache, dachte ich mir verzweifelt. Unsere Spiegelbilder an der Decke anzusprechen, ließ uns fühlen, als hätten wir alle Schwerkraft verloren. Aber eigentlich fühlte ich mich recht schwermütig. Grundsätzlich. »Tash. Laß uns nach Hause gehen. Laß mich dir das Geld geben. Pierce schuldet mir Squillionen.«

»Was bin ich? Ein Sozialfall? Ich mach' einen Pin-up! Wir reden hier von ernstzunehmenden Talern.«

»Aber Tash, letzten Endes ist es ...«

»Letzten Endes«, unterbrach sie mich, »dreht es sich hier um Geld. Es ist der Anfang, die Mitte, zwischendrin, das letzte Ende und was sonst noch. Geld redet nicht nur in dieser Stadt, es SCHREIT. Also schalte jetzt nicht auf Prüden-Modus um, okay?«

»Es ist nicht das! Ich versuche ja, loszuziehen und unanständig zu werden, wirklich. Aber irgendwas stimmt mit mir nicht.« Ein Schluchzen versperrte meinen Hals. »Ich meine, noch nicht einmal der Mann, den ich am meisten in der ganzen Welt liebe, will mit mir ins Bett gehen.«

»Häh?«

»Er ist zölibatär geworden«, stöhnte ich.

»Aber was war mit Palm Springs?«

»Es war nicht gerade ein One-night Stand – eher ein One-night Sit. Wir saßen einfach rum und redeten stundenlang über seine Eltern.« Tash lachte laut heraus und unterdrückte dann ihre Heiterkeit mit einem Kissen. »Es ist nicht sehr komisch«, sagte ich spitz.

Tash hob ihren Kopf aus den Bettüchern heraus und sah mein niedergeschlagenes Spiegelbild oben an. »Na ja, vielleicht hat er nicht gemerkt, daß du na ja, ihn angemacht hast?«

Tash ging davon aus, daß ich, was die Abteilung Sex in meinem Leben anging, zu reserviert war. Sie meinte, ich sollte mehr »aus mir herausgehen«. Daß ich »meine Möse auf der Zunge tragen sollte«, wie sie es formulierte.

»Tash, ich bin praktisch über den Typen hergefallen, verdammt noch mal ...«

»Also, was stimmt dann nicht? Sind seine Spermawerte zu niedrig, oder was?«

»Weiß nicht. Er sagt einfach, er ist zölibatär.«

»Riementang, Milch, Austern, Honig, Nüsse und Weizenkeimöl.«

»Was?«

»Weizenkeimöl ist, na ja, hat sehr viel Vitamin E, was die Spermawerte vom Typen und das Volumen der Samenflüssigkeit erhöht. Riementang ist, ja, mit Jod vollgepackt, das wieder die endokrinen Drüsen stimuliert, die einen Mann aufgeilen. Das macht genauso das gonadotropische Hormon, das sich im Honig befindet, und das Glykogen in den Nüssen. Und Austern sind, na ja, super vollgestopft, was Eiweiß angeht, um gar nicht erst Kalzium, Eisen und Vitamin A zu nennen – die alle sowieso nicht schaden können, stimmt's?«

Ich betrachtete meine Freundin mit Erstaunen. Tash mag ja die Schule mit fünfzehn verlassen haben, aber sie hatte einen Doktorgrad in Heterosexualität erlangt.

»Was guckst du denn so skeptisch?« wollte Tash wissen.

»Es ist nicht so, als würde ich dir nicht glauben, Tash, aber es ist einfach so schwer, sich ein Rezept auszudenken, das Austern mit Milch verbindet.«

»Also, nun mach' dir mal jetzt keine Sorgen darüber. Wenn du aufs Kreuz gelegt werden willst, dann warte bis heute abend«, lachte sie. »Wir werden wie Prinzessinnen behandelt werden.«

Und so geschah es auch. Wir wurden mit Wein und Speisen bewirtet und total verwöhnt. Zum Niederknien gutaussehende Männer forderten uns zum Tanzen auf und flirteten pausenlos. Aber die ganze Zeit beobachteten uns unsere schmierigen Babysitter Stefan und Carl. Während ich mich zu Tode vollstopfen konnte, war es Tash nicht erlaubt, etwas Gehaltvolleres zu essen als ein bißchen welken Salat. Um halb elf wurden wir zu unseren Zimmern geführt und ins Bett gesteckt.

»Hey, sollen wir jetzt noch unser Gebet sagen?« spottete Tash, als Stefan mit strengen Anweisungen, bald Licht aus zu machen, die Tür hinter sich schloß.

Um Viertel vor elf zerrte mich Tash den Flur der Villa entlang. Wir stahlen uns in die Privatküche, wo sie sich daran machte, den Eisschrank auszuräumen. Während wir unseren Weg durch das Gewirr an Treppen und Wänden und Salons zurücknavigierten, tranken wir direkt aus der Flasche Champagner, auf uns, und malten Graffitis.

»F*** die Zensur«, machte Tash eine Tätowierung mit Nagellack auf das Treppengeländer im ersten Stock.

»Porno ist die Theorie, Vergewaltigung die Praxis«, schriftstellerte ich mit Lippenstift auf die mit Eichenpaneelen versehene Bürotür des alten Zwiebelatmers.

»Ich glaube, wir sind unser eigener schlechter Einfluß«, stellte Tash fest, als wir unsere zweite Flasche Bollingerschampus öffneten. Was durchaus möglicherweise der Grund war, aus dem wir den Weckruf am frühen Morgen verschliefen und warum, als Tash endlich eine Stunde verspätet im Fotostudio erschien, vorschriftsmäßig mit nur einem Jogginganzug und keiner Unterwäsche bekleidet – es sollten keine Gummiränder auf ihrem Körper erscheinen –, aussah wie das Frühstück eines Hühnchens.

Der schwule Make-up Künstler fing an, an Tashs Gesicht herumzufummeln. »Oh mein Gott. was für schöne Haut. Wunderschön. Oh, und sehr schönes Haar. Was nimmst du denn für eine Pflegeserie? Großartige Titties, auch noch. Niedlichstes Mädchen seit langem, das ich in meinem Feuerstuhl hatte.«

Tash brachte ihre Hüfte in die eine Richtung und lehnte ihren Kopf in die andere. »Was ist das hier?« fragte sie in einer klaren und herausfordernden Stimme. »Die alte ›Massieren-wir-mal-dem-alten-Mädchen-das-Selbstbewußtsein‹-Nummer?« Carl und der Make-up Typ tauschten einen argwöhnischen Blick aus. »Ich vermute mal, ihr versucht, mich aufzulockern, ist es das?« Sie fing dann an, zu reden, als wären die Männer nicht da. »Hey Kat, beachte mal, daß sie nur einen schwulen Make-up Typen verwenden. Das ist, damit ich mich nicht bedroht fühle. Jede Wette, der fängt demnächst an, Schmuddelkram zu sagen, weißt du, um mich in Stimmung zu bringen.« Sie blitzte einen spöttischen Blick zum Make-up Typen, der in ein schuldbewußtes Schweigen zusammenschrumpfte.

»Süß«, sagte Carl mit einem tödlichen Glanz in seinen Augen, »wirklich sehr süß.«

Ungefähr ein Jahr später wurde Tash aus dem Make-up Stuhl entlassen. Nachdem sie Spitzenunterwäsche angezogen hatte, schnallte Carl sie in hochhackige, cremeweiße Cowgirlstiefel, aus denen ihre Beine wie Streichhölzer emporstaksten. Er arrangierte ihre Gliedmaßen auf dem Sofa, tätschelte ihr knochiges Schienbein und fing an, loszuschießen.

»Ich gehe jede Wette ein, da ist gar kein Film in der Kamera in dieser Phase, stimmt's?« sang Tash, unermüdlich, hervor. »Ich wette, du schießt einfach ein paar leere Rollen, weißt du, um mich aufzuwärmen. Wie Toast, stimmt's?«

Carl hantierte mit kaum gezügelter Gewalt mit seiner Kamera.

»Siehst du, die hoffen nämlich, daß du scharf auf den

Fotografen wirst«, informierte sie mich, für seine Ohren, »und daß du ihn, hoffentlich, während der Mittagspause bumst, damit du dann noch entspannter bist. Stimmt's, Charlie-Warlie?«

Carl hörte einen Moment lang auf zu klicken und blickte auf den Make-up Typen, der jammervoll die Achseln zuckte.

»Okay, Babe«, sagte Carl mit gekünstelter Wärme, »ich will einen Nippel sehen.« Er wechselte in seinen erprobten Redefluß: »Stell dir vor, die Kamera wäre jemand, den du sehr scharf auf dich machen willst.«

Tash schoß beiden einen skeptischen Blick zu. »Hör' mal gut zu, Fick-Gesicht, das einzige, was mich hier antörnt, ist der Haufen Dollars, die ich für das Pin-up bekommen werde.«

Carls Gesicht verwandelte sich in eine starre Maske aus Wut.

Sorgfältig gingen sie von einem Nippel zu zweien über und dann endlich zu gänzlicher Nacktheit. Als Tash ihr Teddy-Ensemble abwarf, starrten wir alle erstaunt auf den roten Fleck an Schamhaaren zwischen ihren kleinen Beinen.

»Natürliche Haarfarbe blond, ja?« sagte Carl, seine Stimme klang schluderig.

»Oh«, sagte Tash lässig. »Das habe ich vergessen.«

Carl bedachte das einen Moment lang und fuhr dann fort, Aufnahmen zu machen. »Nun denn, es paßt ja auch ganz gut zum Nasenring.«

Von einer Katermüdigkeit überfallen, rollte ich mich auf einem Requisiten-Sofa hinter einer spanischen Wand zusammen und versank, völlig geschlaucht, in einen traumlosen Schlaf.

Ich erwachte vom Geräusch zweier Männerstimmen.

»Pin-up, so'n Scheiß.« Ich erkannte Stefans südafrikanischen Akzent und linste um die Ecke der Wand. Carl und er waren über die Probeaufnahmen von Tash gebeugt. »Keine Chance. Ich meine, verdammt noch mal, die hat Titten wie eine Straßenkarte.« Tash war so blaß, daß der Blitz die Venen durch ihre durchscheinende Haut hervortreten ließ. Nach dem, was die Kerle da von sich gaben, sahen ihre Brüste aus wie zwei knollige Schimmelkäse. Dieselben Brüste, über die sie vorher vor Freude gesabbert hatten, nahmen sie jezt eiskalt auseinander. »Jesus, und was soll ich mit dem eingestülpten Nippel anfangen.«

»Den kann ich mit ein bißchen Eis wieder herauskitzeln. Sie könnte eigentlich immer noch das Pin-up schaffen, meines ...«

»Hey. Was zum Teufel glaubst du eigentlich, was ich hier mache? Reden aus Gesundheitsgründen? Selbst wenn du ihn rauskriegst, sind es beides auch noch dunkle Nippel. Sie muß mal'n Blag bekommen haben«, fuhr Stefan mit einer leicht verächtlichen Stimme fort. »Check mal nach Schwangerschaftsstreifen.«

»Und färb' dieses Büschel. Wir geben ihr noch ein paar Tage, braun zu werden, und machen dann eine kleine Serie. Ich meine, fürs Pin-up ist sie beschissen, aber sie hat solche *Guiness-Buch-der-Rekorde-Zinken*, ich nehme sie für eine untergeordnete Serie, so eine Phantasie-Serie. Ich weiß nicht, vielleicht mit einem anderen Babe.«

»Wie wär's denn mit dem kleinen Hühnchen, mit dem sie hier ist?«

Ich steckte meinen Kopf wieder hinter die spanische Wand und hörte auf zu atmen.

»Bring' mich nicht zum Lachen«, sagte Stefan. »Die ist doch, was wir zu Hause eine ›Zweitütige‹ nennen.

Steck ihr eine Tüte über den Kopf – und dann noch eine zweite, falls die erste mal kaputt geht.«

Ich beschloß zu gehen. Ich ließ Tash einen Zettel da, auf dem ich schrieb, ich käme bald wieder, sagte dem sprechenden Stein auf Wiedersehen und ging nach Hause, um meinen Kopf in eine Papiertüte zu stecken.

Der Ball

Die Osterwochen hatten nicht gerade dazu beigetragen, das Klima bei der Arbeit zu verbessern. Die Autoren waren von Gorillakostümen zum *Cross Dressing* fortgeschritten. Mimi drängte mich nun, einen Aromatherapiekurs für Nudisten anzufangen. Das »bißchen Erkältung«, das Cosmo ans Bett gefesselt hielt, hatte sich zu einer »mysteriösen Erkrankung« entwickelt. Pierce verbrachte die meiste Zeit damit, sich in seiner Garderobe für seine lebensgroße Statue im Wachsfigurenkabinett ausmessen zu lassen. (Sie machten Abgüsse seiner Nasenlöcher und nahmen die winzigsten Details der Maße seines inneren Oberschenkels auf. Man brachte sogar ein Tablett mit Augäpfeln mit, aus denen er sich die passenden aussuchen konnte.) Abe versprach mir weiterhin, daß wir »mal lunchen» würden. Und Rondah hatte, zusätzlich mit ihren Schafszelleninjektionen, Termine für Silikoninjektionen in die Lippen. Wie Ping mir mitteilte, war BRL (der Big Red Lip Look) das Allerneueste. Rondah schlug freundlicherweise vor, ich solle doch meine Lippen und meinen Busen gleichzeitig machen lassen.

Was mich beunruhigte, war, wie das Silikon wissen sollte, was nun was ist und welches welches? Ich hatte keine Lust, eines Tages mit Milch absondernden Lippen darzustehen und mit Mammadrüsen, die Monologe von sich gaben.

Da Rondahs Lippen für einen oder zwei Tage nach der Operation außer Gefecht gesetzt sein würden, war sie nunmehr damit beschäftigt, alles in Sicht- und Griffweite zu verschlingen.

»Nun, Herzchen«, vertraute sie mir an, »meine Spione erzählen mir, du gehst heute abend zur Mai-Benefiz-Gala. Mit Pierce.«

Ich beobachtete, wie ein großer Hamburger ihren Schlund hinunter verschwand.

Rondah hätte als Schnecke zur Welt kommen sollen. Schnecken sind hervorragend für Verfressenheit gebaut. Es ist nämlich so, daß ihre Münder in ihre Füße eingebaut sind, so daß sie ein Maximum konsumieren können, während sie sich bewegen. Für einen Fast Food Junkie wie sie war es die perfekte Lösung.

»Stimmt. Na und?« sagte ich und machte Fischmundübungen, um meine Lippen so weit wie möglich zu einem Schmollmund nach vorne zu stülpen.

»Nun, ich muß ja sagen, daß du einen hervorragenden Geschmack hast, was Partner angeht. Pierce ist so schlagfertig und wunderbar und schlau und elegant und sinnlich.« Sie machte eine Pause, um den letzten Bissen ihres Big Macs zu vernichten. »Es ist doch wirklich erstaunlich, wie sich immer die *Gegensätze* anziehen.«

Ich verließ Madame Schneckenfresse und zog los, um Riementang, Milch, Weizenkeime und Austern zu kaufen.

Auf dem Weg zu Pierces Wohnung war ich so aufgeregt, daß meine Knochen brannten. Ich wußte, daß es mich wirklich erwischt hatte, als ich hinten im Taxi mit meiner Kiste Austern und der Flasche Kahlua (paßt gut zu Milch) saß und zu jedem Liebeslied, das im Autoradio gespielt wurde, den Text mitsang. Und, was noch schlimmer war, sie schienen alle *Sinn zu machen.* Wir fuhren eine breite, mit Palmen gesäumte Straße in Beverly Hills hoch. Mexikanische Gärtner fuhren auf Geräten, die wie riesige Staubsauger aussahen, umher und saugten damit Blätter und gemähtes Gras auf. Nur in L.A., dachte ich, ist es möglich, daß man seinen Rasen fönen läßt. Pierces Haus sah aus wie eine Kinderzeichnung. Etwas von der Straße abgerückt, war es die typische hell geziegelte, desinfizierte kalifornische Villa, völlig aus scharfen Kanten und harten Flächen bestehend. Es war die architektonische Version einer Migräne.

Ich brachte den Taxifahrer dazu, mich in der Straße hinter Pierces Haus herauszulassen und kletterte, wie er mir das gesagt hatte, durch das Loch im hinteren Zaun. Der Bürgersteig vor seinem Haus war dauerhaft von einer Herde pubertierender Mädchen besetzt. Heute abend brachen sie ab und an aus ihren giggelnden Konferenzen aus, um »Pierce. Pierce. Pierce.« zu rufen.

Ich bewegte mich entlang dem schleimigen Schwimmbad – seins war das einzige, das ich jemals gesehen hatte, das diese Art von Grütze drauf hatte – in das Haus hinein. Das erste, was ich sah, war Pierces Pudel, der bellend in der Mitte des Zimmers hinter seinem eigenen Schwanz herjagte und nach unsichtbaren Einbrechern schnappte. Dann bemerkte ich die verkommenen Reste von ungefähr einer Woche *Fast food.* Der Teppich war unter fettfleckigen Pizza-Pappschachteln, CD-Boxen, Pepsidosen, überfüllten Aschenbechern, halbgeknabberten Hundekeksen, aufgekauten *Doonesbury*-Comic-Heften und abgelegten Kleidern begraben.

»Pierce?«

Pierces Kopf stieß von seiner hingestreckten Lage auf dem Boden hoch. Seine Augen waren wach und glänzend, die eines kleinen Beuteltiers, das im Dunkel aufgestöbert wurde. »Wow. Hey, sprich ein bißchen leiser, ja? Meine sterblichen Reste sind gerade erst ins Land der Lebenden zurückgekehrt.«

Ich wartete darauf, daß er Tashs hautenges schwarzes Kleid bemerken würde, in das ich mich gegossen hatte, und den umwerfenden provozierenden Schmuck, den ich mir an die Ohren geschweißt hatte (riesige Fotos von James Dean, von Straß umrandet). Tat er nicht. »Also«, sagte ich und führte eine Art Doris-Day-Kreisel aus. (Ehrlich gesagt, dachte ich für eine Minute, ich würde gleich anfangen, zu singen. *What happened to me?)* »Sehe ich nun heiß aus, oder was?«

»Häh?« Pierce versuchte, mich mit seinen starren Augen zu lokalisieren, aber er schaffte es nur, den Raum zwanzig Zentimeter links von meinem Kopf anzusprechen.

»Oh Pierce.« Ich stellte den Kahlua und die Austern bestürzt ab. »Du bist doch nicht *stoned*, oder? Was hast du genommen?«

»Ach, nicht so viel«, sagte er und kratzte geistesabwesend seine Eier. »Paar Uppers, bißchen Valium, eine Ladung Amyl und ein, zwei Nasen, oder drei.«

»Ach, ist das alles.« Ich ließ mich auf den Sessel fallen. Das Zimmer war voller brandneuer weißer Möbel, die alle mit glänzenden klaren Plastikbezügen bedeckt waren, die bei jeder Bewegung schrecklich quietschten. Der alte Abe hatte jemanden angewiesen, Pierces Image aufzupolieren. Haus, Haarschnitt, die ganze Sache. Pierce ging davon aus, daß Abe eine Münze geworfen hatte, um sich zu entscheiden, ob er Pierces Nase brechen lassen sollte, um seinem Gesicht ein bißchen mehr Charakter zu verleihen.

»Hey, es gibt zwei Gesetze bei Drogen, Kiddo.« Pierce wankte in eine sitzende Position hoch, brachte seine Hände vor sein Gesicht und zündete sich einen Joint an. »Man muß sie immer mixen, und man muß immer mehr nehmen.« Er zog an seinem Joint wie ein Verhungernder. »Ich meine, man ißt ja auch nie nur einen Gang bei einem Essen, um Himmels willen, oder?« Das flackernde Licht beleuchtete kurz sein Gesicht, das aussah, als wäre es seit einer ganzen Woche nicht mehr rasiert worden. Das waren nicht mehr nur Stoppeln. Das war mehr eine neue Variante von Harris Tweed. Er bot mir den Joint an.

Ich schüttelte den Kopf. »Ich will beim Ball nicht high sein. Sonst wird es wieder wie letztes Mal. Ich werde dann über Gott nachdenken und Kunst und den Tod und das –«

»Wo? Häh?« Er stand langsam auf und wankte in Richtung Küche.

»– und das Universum und den ganzen Kram.« Ich stellte fest, daß ich ein schreckliches Verlassenheitsgefühl bekämpfte.

»Duck' dich«, sagte er, ehe er sich auf allen vieren niederließ und hinüber zum Eisschrank kroch. »Wo? Häh?«

»Beim Benefizball. Aua.« Ich stieß im Dunkeln mit einer dunklen Form zusammen.

»Bleib' unten. Ernsthaft. Wenn ich das Scheißlicht anmache, dann fangen die an, zu kreischen. Eine hat gestern nacht eine Flasche durch mein Fenster geworfen, mit einem Brief von einer Petra. Weißt du, was drinstand? Daß sie diesen wirklich lebhaften Traum gehabt hatte, sie würde von mir ein Kind kriegen, ich meine, um Himmels willen.«

Ich spürte, wie sich mein Herz zusammenzog. Er kam nicht mit.

»Er ist heute abend. Du hast ihn vergessen. Pierce, du hast mir das versprochen.«

»Hatte ich das?« Er wurde kurz von dem trüben Licht aus dem Eisschrank angeleuchtet. »Du solltest es doch besser wissen, als auf mich zu achten, Kiddo. Du weißt doch, daß mehr Scheiße aus meinem Mund kommt als aus der Kläranlage in Malibu.« Ich beobachtete, wie seine Hand in das schimmelige Innenleben griff und zwei Biere herausholte, ehe die Tür wieder zuschlürte.

»Außerdem ist heute Vollmond. Wenn ich heute abend ausgehe, werde ich irgendeine gräßliche chemische Veränderung durchmachen.«

»Du hast es versprochen.«

»Und werde mich in einen Hexenmeister verwandeln. Oder was noch Schlimmeres.« Er kroch mit den Bierdosen im Hosenband seiner Jeans festgeklemmt zurück über die Küchenfliesen. »Zum Beispiel in einen Fernsehproduzenten.« Zurück in der Sicherheit des Wohnzimmers, holte er eine Dose heraus, zog den Aluminiumring zurück und reichte sie mir hin.

»Ich hab' Kahlua mitgebracht«, sagte ich trostlos. Ich fühlte mich vollgestopft, so wie man sich fühlt, wenn man mit vollem Bauch schwimmen geht. »Es ist, weil ich so dünne Lippen habe, nicht wahr?«

»Was?« Er aschte den Joint gelangweilt ab, wobei seine Finger über der mit Kippen überquellenden Pizzabox verweilten.

»Willst du, daß ich sie mir, du weißt schon, operativ

vergrößern lasse? Ich meine, würde das was helfen?« Meine Stimme klang ganz wacklig. »Pierce?«

Er antwortete mit einem lauten Rülpsen. Er entblößte seine Zähne und steckte einen Finger in den Mund. »Hey, blutet mein Zahnfleisch?« Ohne meine Antwort abzuwarten, rollte er sich in eine halbembryonale Stellung vor dem Fernseher zusammen.

»Warum mußtest du *heute abend* stoned sein?« Eine Welle Hilflosigkeit ging durch mich hindurch.

»Hey, es ist so – dieser Koks wurde mir angeboten. Ich konnte es dem Typen nicht abschlagen. Weißt du, ich bin nicht ganz schlecht. Das ist mein kleiner Beitrag zur Verbesserung der Menschheit, verdammt noch mal.« Er streckte seine Beine auf dem Teppich aus und legte seinen Kopf zurück auf die gekreuzten Arme wie ein Sonnenanbeter. »Wenn ich die Drogen nehme, dann kann *er* sie nicht nehmen, was wiederum seine Chancen verringert, eine Überdosis zu nehmen, zu sterben, süchtig zu werden, einen Anfall zu haben oder seine Schleimhäute wegzuätzen. Es ist einfach ein erneuter Beweis dafür, wie sehr ich mich in Wirklichkeit für andere aufopfere.«

Mein Kopf fühlte sich an, als sei er geschrumpft. Pierce Scanlen – städtischer Wunderheiler. »Meine Freundin Tash und ich haben uns neulich über dich unterhalten.«

»Oh, ja. Worüber? Laß mich raten. Die Größe von meinem Schwanz. Aber nein, nein, ich vermute mal, du machst nicht so viel Small talk.«

Ich wurde rot und dachte an die Austern, die in ihrer Pappkiste langsam gerannen. »Tash findet, du bist ein egoistisches Arschloch, das sich gehen läßt.«

Pierce bedachte dies einen Moment lang. »Mhmmm«, stimmte er zu.

»Sie sagte, du wärst ein verwöhnter reicher Bubi.«

»Jawohl.« Er beäugte mich leer. »Ist das alles? Sie hat ›bitter, zynisch und verdorben‹ vergessen.«

»Du willst nur das Hollywood-Brat-Pack-Klischee ausleben. Du willst weiterhin deine Eltern für alles verantwortlich machen. Du willst zu viele Designerdrogen nehmen und riesige Ringe unter deinen Augen haben und ganz blaß und kränkelnd aussehen und die Leute sagen lassen: ›Oh, er ist ein Symbol seiner verlorenen Generation.‹ Du willst Mitleid. Also, mir kannst du nicht leid tun.« Pierce streckte gleichgültig die Hand nach seiner Bierdose aus. Ich trat sie aus seiner Reichweite weg.

»Mein Gott! Weißt du nicht, daß Aluminiumdosen ungefähr 500 verdammte Jahre brauchen, bis sie sich auflösen?« sagte ich auf.

»Weißt du nicht, daß es immer noch Länder auf der Welt gibt, in denen Frauen beschnitten werden – Saudi-Arabien, Irak...«

Pierce sah hoch, als ob er etwas sagen wollte, pellte aber statt dessen eine kleine Scheibe Pastrami von der alten Pizza und warf sie in die grobe Richtung des Mülleimers. »... Iran, Jordanien. Weißt du nicht, hörst du mir überhaupt zu? Daß es Nazi-Kriegsverbrecher gibt, die immer noch nicht gefaßt worden sind. Und was ist mit der verdammten Ozonschicht? Häh? Was ist mit der? Und wenn die Eiskappen schmelzen, wird Bangladesch einfach verdammt noch mal untergehen!« Während ich ihn ankreischte, warf Pierce einen fleischigen Frisbee nach dem anderen durch das Zimmer. »Weißt du nicht, daß es hunderte Tierarten gibt, die vom Aussterben bedroht sind, zum Beispiel der Spinnenaffe und der ...«

Pierce holte nunmehr einen Ballon aus seiner Gesäßtasche und fing an, ihn aufzublasen. Sein eigenes Gesicht begann, darauf Form anzunehmen. Während ich sprach, wurde es größer und größer und schwoll mehr und mehr an, bis seine Gummivisage grotesk verzerrt vor mir dräute. »Das nördliche Breitmaulnashorn ... Tüpfelhyäne.« Pierce schien mir nicht zuzuhören. »Pierce?«

Während er die verzerrte, aufgeblasene Version seiner selbst in die Höhe hielt, betrachtete er einen entfernten Fleck auf der Wand, und kippelte auf den Fußballen und den Hacken seiner Füße hin und her.

»Hunde haben einen ausgesprochenen Vorteil gegenüber den Menschen«, sagte er plötzlich. »Weißt du das? Jawohl. Wenn sie alt werden oder krank oder einfach nur deprimiert, dann ist es ihnen erlaubt, einen barmherzigen Tod zu erfahren. Vom Gesetz.«

Er drückte die Spitze seines Joints gegen den Ballon, der ohrenbetäubend platzte. »Wär' doch klasse, oder? Und dann könnte ich eine Eieruhr werden.« Er sammelte die Reste seines Luftballons ein, verschiedene Stücke geschrumpeltes Gummi, und fuhr mit krächzender Stimme fort: »Ich hab' heute so einen Brief bekommen, von irgend so einem arschigen Fanclub oder so was in irgendeinem Scheißhaufen im Mittleren Westen, die fragten, ob sie meine Asche haben könnten, um sie in eine Eieruhr zu packen.« Er fing an zu lachen. Er krümmte sich vor Lachen. »Nicht nur das, aber ein anderer Typ hat angerufen mit dem Angebot, meinen Schweiß zu sammeln und ihn in Flaschen zu verkaufen, für zwanzig Eier das Stück. Er will das Ganze ›*The Sweat Smell of Success*‹ nennen.« Er griff sich an den Bauch und brüllte vor Lachen.

»Ich persönlich sehe daran nichts Komisches.« Ich knipste die gold-gestanzte Einladungskarte genervt über meine Fingerknöchel. »Hör mal, es wird langsam spät. Kommst du jetzt mit«, ich zielte genau auf seine Schuld-Drüse, »*wie du's mir versprochen hast*, oder wirst du hier einfach die totale Blödmann-Show abziehen?«

»Eine Eieruhr«, wimmerte er und versuchte, seine Stimme unter Kontrolle zu bringen, »eine verdammte Eieruhr.«

»Es ist perfekt, lass' es dir gesagt sein. Du bist sowieso immer dabei, die Leute warten zu lassen.«

Meine bösen Worte hingen in der Luft – häßlich, laut, unangebracht. Während wir verschiedene Ecken des Zimmers betrachteten, schien uns beide ein Schleim aus Selbstmitleid zu überfluten. Ich stand da und versuchte, mir weiszumachen, daß Erniedrigungen den Charakter stärken. Ich bedachte meine Möglichkeiten. Ich konnte
a) die Lichter andrehen und die Fans da draußen schreien lassen wie Bullensirenen
b) ihm in die Eier treten
c) rausgehen und zum Teufel hoffen, daß er mir folgen würde.

Ich maschierte zur Tür, na ja, eher trippelte ich, bedenkt man die Designer-Zwangsjacke, die ich gerade trug. Zu meiner Erleichterung hörte ich, wie Pierce hinter mir hergepatscht kam.

»Hey...«

Ich drehte mich grinsend um und dachte an den wunderbaren Auftritt, den wir haben würden, Pressefotografen klickend, Fans klatschend, Rondah glotzend.

Pierce streckte mir ein Stück Papier hin. »Kannst du mir den bitte einlösen?« Ich schaute auf das Papier. Es war ein Scheck über 3000 Dollar. Auf meinen Namen. Unterschrieben von Pierces Vater. »Ich sagte Dad, du wärst pleite und bräuchtest ein Darlehen.«

Mein Mund wurde ganz trocken. »Ist das der Grund ... ist das, warum du mich mitgenommen hast, um deine Eltern kennenzulernen?«

»Na ja, Mum leiht mir kein Geld mehr. Ziege. Und na ja, ich wußte, daß sie dich mögen würden, vor allem Dad.« Ich starrte ihn nur noch in stummer Verzweiflung an. »Hör' mal, ich hab' dir gesagt, ich bin ein Scheißer. Ich habe noch nie vorgegeben, etwas anderes zu sein.« Ich preßte meine Finger in meine Augen, die sich trocken und kratzig anfühlten. »Es tut mir leid mit heute abend, okay? Aber es wird sowieso eine verdammt schreckliche Veranstaltung. Von einem Ende bis zum andern Blödmänner in Abendanzügen und Blödmann-Lehrlinge in Abendanzügen und ihre designergekleideten Blödfrauen. Diese Leute sind wie Nagetiere – sie würden sich gegenseitig auffressen, um am Leben zu bleiben.« Ich spürte einen Klumpen Wut in meinem Hals hochsteigen. »Außerdem, der ganze Sinn, Amerikaner zu sein, ist doch, so verdammt berühmt zu werden, daß du nie dein Haus verlassen kannst, wußtest du das noch nicht?«

Meine Liebe zu ihm wurde plötzlich durch eine blinde, weiße Wut abgestumpft. Ich nahm die Schachtel hoch, die ich mitgebracht hatte, und schmiß sie ihm an den Kopf. Er bückte sich, und sie explodierte an der Wand. Ich schien auf dem Gebiet des kulinarischen Erfindungsreichtums in Tashs Fußstapfen zu treten – das hier waren Austern Nagasaki. Als die Gittertür hinter mir zuschlug, sah ich den Fellstrudel, der Pierces Pudel war, wie er seinen Schwanz um das Zimmer herum und herum verfolgte.

»Und hier haben wir ...« die Ansagerin sah ihre kosmetisch rekonstruierte Nase hinunter auf den Notizblock, den sie zwischen ihren bemalten Krallen hielt. »... Bob Hopes Socke. Ja. Was bietet man mir für Bob Hopes Socke?« Im ganzen Empfangssaal konsultierten smokinggekleidete Gäste kurz ihre Begleitungen in Pailletten, ehe sie ihre manikürten Hände erhoben. Alle Frauen sahen halb verhungert aus. Man hätte auf die meisten von ihnen eine Briefmarke kleben und sie abschicken können, kein Scherz. Ich bemerkte wider Willen, daß der Laden gerammelt voll war, von einem Ende bis zum andern, mit Blödmännern in Abendanzügen und Blödmann-Lehrlingen in Abendanzügen und ihren designergekleideten Blödfrauen.

»Einhundert Dollar«, röhrte der Mann mir gegenüber, während die weibliche Postkarte an seiner Seite schrill kicherte.

Seit meiner verspäteten Ankunft hatten die anderen Gäste bislang Gebote ausgegeben für ein Glas von Geleebohnen, das Ronald Reagan gestiftet hatte, ein Strumpfband von Zsa Zsa Gabor, Rin Tin Tins Halsband und einen Rippenknochen, der angeblich einmal Cher gehört hatte.

Auf einer Benefizveranstaltung wie dieser kann man daran, wie man plaziert wird, ermessen, wie wichtig man ist. Kaum hatte ich der goldlamé-bekleideten Hosteß erklärt, daß es keinen Pierce gab, wurde ich schnellstens auf einen anderen Platz im Hintergrund verwiesen, neben den Toiletten, mit einer total versperrten Sicht auf die Bühne und drei einsilbigen Abendessen-Gefährten, die sich als ein ehemaliges Tombola-Mädchen aus einer abgesetzten *Game Show*, der obligatorische Astronaut von einer aufgegebenen Raumfähre und einem alternden Kinderstar aus einer

Fünfziger-Jahre-*Situation-Comedy*, die jetzt Reklame für orthopädische Hüftgürtel und Fusselentferner machte, herausstellten. Es war die Sorte Gesellschaft, mit der man ungefähr eine Stunde verbringen konnte, sich ein paar Minuten zu unterhalten, wenn ich mich da klar ausdrücke. Um gerade noch meinen Abend abzurunden, bemerkte ich genau in dem Moment Rondah. Sie rauschte in einer Wolke an wehender Seide in den Raum hinein, am Arm eines glamourösen Spielzeugmannes schwebend. Sie begann, die Runde zu machen, begrüßte Prominente und Honoratioren mit wenig wählerischer Zuneigung. Sie war wie eine Katze, sie pißte ihre territorialen Marken in jede Ecke des Raumes. Sie orchestrierte ihr Seidenkleid um sich herum, als sie zu Füßen der Bühne plaziert wurde, genau in Schußlinie der Kameras und der Scheinwerfer. Der ganze Saal strengte sich an, das Murmeln müßigen Schwatzens und selbstgefälligen Gelächters, das von ihrem Tisch kam, mitzubekommen.

Ich fühlte mich wie eine Lakritz-Geleebohne, nicht wahr, die, die immer am Boden der Packung liegenbleibt. Indem ich mit meinem Brötchen herumspielte, versuchte ich so auszusehen, als erfände ich eine neue Formel für den Treibstoff der Exocet-Rakete und vor allem so, als ob es mir nichts ausmachte – nein, als ob ich es *vorzog* – allein hier zu sein. Als Rondah mich sah, begann ich sofort eine faszinierende Unterhaltung mit der Pfeffermühle. Ich nickte und lächelte, ich täuschte Gelächter vor, ich ließ mich kurz von der Wasserkaraffe ablenken. Ich ließ meine Augenbrauen kleine Flatterübungen machen, um mein großes Vergnügen an dieser amüsanten Unterhaltung zu demonstrieren.

Das ehemalige Tombola-Mädchen und der alternde

Kinderstar sahen mich mit verschwommenen Erschrecken an. Der nie gestartete Astronaut hätte das auch getan, aber seine Augen waren in der Umlaufbahn seines zehnten Martinis angekommen, und er hatte bereits jegliche Kommunikation mit der Bodencrew verloren. Gerade, als ich eine sprühende Unterhaltung mit dem Butterteller begann, sah ich, wie Rondah durch den Saal auf mich zukam.

»Ach, hal-lo.« Sie begutachtete schnell meine drei Langweiler-Begleiter. »Was? Ganz allein, Süße?« fragte sie hoffnungsvoll. »Männer«, fuhr sie fort, ehe ich ein Wort sagen konnte. »Der Ärger mit Pierce ist, daß er einfach über nette Mädchen hinwegspaziert. Hast du ihm gedroht? Hast du geweint? Bist du rausstolziert? Hör' mal, Schätzchen, ich will dich nicht irgendwie in deiner Persönlichkeit behindern – wobei man natürlich sagen muß«, sagte sie, indem sie mich von oben bis unten musterte, »unter uns beiden, es gibt da ja nicht so viel zu behindern – aber Drohungen funktioneren einfach nicht bei Pierce. Es ist besser, geradeheraus zu sein und sich zu erniedrigen und zu *betteln.*«

Ich verabscheute Rondah in dem Moment. Für einen Moment konnte ich genau in sie hineinsehen. Rondah war die Art Person, dic es genossen hätte, allen den anderen Kids auf der Straße zu sagen, daß es keinen Nikolaus und keine Zahnfee gibt.

»Er wird später noch vorbeikommen«, log ich. »Er mußte nur noch was, ähm, was erledigen.«

Rondah hob eine skeptische Augenbraue. »Mein Himmel, was für ein süßes Kleid«, sagte sie und raschelte mit ihrer Seidenrobe. Sie war so extravagant gekleidet, daß ich mir nur schon bei ihrem Anblick ungepflegt vorkam. »Es reflektiert wirklich deine Persönlichkeit – simpel.«

Rondah holte tief Luft, aber ehe sie mich noch weiter erniedrigen konnte, wurde das Trommeln von höflichem Applaus im Hintergrund plötzlich durch einen rüpeligen Hochruf unterbrochen. Eine mir halbwegs bekannte Stimme stieg über ihn hinauf und donnerte über den Verstärker. »Also, hallo Ihr alle.« Indem ich mich um die Säule vor unserem Tisch verrenkte, konnte ich Chuck, den Chicago Bear, erspähen. Er stand auf der Bühne, wobei seine muskulösen Konturen durch das dicke Gewebe seines Abendanzuges zu erkennen waren.

»Und was bietet man mir für eine Nacht – eine ganze Nacht – mit dem geilsten Mann in Amerika?« brüllte die Ansagerin. Der Raum pulsierte mit Applaus und Aufregung, während die Frauen wild kreischten. Chuck pumpte lässig seine massigen Arme. Er stand aufrecht da, seine mächtigen Oberschenkel breit aufgestellt. Das hier war kein Mann. Das hier war ein einziger gigantischer Muskel in Cowboystiefeln. Er ließ ein Böse-Buben-Lächeln spielen. Die Kreischerei erreichte ihren Höhepunkt. »Fangen wir mal bei 1000 Dollar an«, lärmte die Ansagerin.

»Um Gottes willen«, stöhnte Rondah, »wer hat *den* bloß aus seinem Käfig gelassen heute abend ... LIEBLING!« Ihre Aufmerksamkeit und ihr Arm wurden von einer Tratschkolumnistin einer bekannten Showbiz-Zeitschrift gekidnappt, und Rondah, die gleich wieder in den territorialen Katzenmodus schaltete, kehrte zu ihrem Berühmtheiten-Rundgang zurück.

Die Gebote waren jetzt bei 2500 Dollar. Paillettierte Arme schlugen um sich. Pressefotografen ließen automatische Salven an Aufnahmen los. Frauen, die kaum mehr als einen raubvogelartigen Gesichtsausdruck trugen, versuchten, sich einen Weg auf die Bühne zu bahnen. Da sie höflich von Rausschmeißern in Abendanzügen zurückgehalten wurden, wichen sie darauf aus, ihre Hausschlüssel und Telefonnummern auf die Bühne zu werfen. Der gesamte Raum war mittlerweile mit roher sexueller Energie geladen. Der Betrag stieg in die Höhe, wie es auch die Schreie taten, bis Chuck strahlend endlich bei 10 000 Dollar unter den Hammer kam. »Eintausend Dollar pro Zentimeter«, sang er ins Mikrophon, während die Dame, die ihn sich gekauft hatte, in Ohnmacht versank.

Es folgte die Pause. Die Musik schauderte ins Leben zurück, und die Leute fingen an zu tanzen, wobei sie dieselben sacharinsüßen Texte mit den Lippen nachformten, die mir früher am Abend so ergreifend erschienen waren. Da ich mittlerweile unter bleierner Langeweile litt – nun ja, es braucht auch nicht lange, bis man die Möglichkeiten einer Pfeffermühle in einer Unterhaltung erschöpft hat – ,wand ich mich durch die Tische auf den Ausgang zu. Ich ging an Chuck vorbei. Die Paparazzi brodelten um ihn herum, wobei sie sich um die bessere Position stritten. Während ich in der Telefonschlange wartete, um mir ein Taxi zu rufen, kam Rondah vorbeigeschwebt, nunmehr am Arm eines berühmten Produzenten.

»Was?« fragte sie mit Pseudo-Mitleid und hielt neben mir. »Ist er immer noch nicht da? Ich dachte immer, Pierce hätte einen Gottkomplex – *Er* soll ja auch eines Tages zurückkommen, ist das nicht so? Ehrlich gesagt, Süße, hast du mehr Chancen, was die Wiederkehr Christi angeht.«

Ich beschloß, zu Fuß nach Hause zu gehen. Ich ging schnurstracks auf die Tür zu und bemerkte dabei aus dem Augenwinkel eine riesige Form. Sie wurde größer und größer, bis ich eine riesige haarige Hand auf meiner Schulter spürte. »Hey Babe! Bei mir, weißt du, sind es nie die Titten oder die Beine oder der Hintern einer Lady. Was mich antörnt, ist ihr Gesicht. Ich vermute mal – «

»– eine Schönheitsoperation wäre außer Frage«, fiel ich ein. Der geilste Mann in Amerika warf seinen Kopf zurück und brüllte vor Lachen. »Teufel noch mal. Hey, willst du mal was wissen? Du bist komisch. Weißt du das? Du bist eine verteufelt komische kleine Lady.« Er entfernte sich, um zwei Autogrammjägern entgegenzukommen und gleichzeitig einem ausgelassenen Austausch von *Hosiannahs* und *Highfives* mit einem vorbeikommenden Trupp an Seifenopernstars zu frönen. »Arschlöcher«, flüsterte er, als er sich zu mir drehte, das falsche Lächeln immer noch warm auf seinen Lippen. Er steckte seinen Stift in seine Tasche, sah auf die Uhr, legte den Kopf auf die Seite und begutachtete mich. »Okay, ich bin hier weg. Gehen wir in die Kiste?«

»Was?«

»Laß uns den einäugigen Express fahren. Laß uns Körperflüssigkeiten mischen. Laß uns...«

»Liebling.« Rondah entwand sich ihrem Produzenten und machte einen Satz auf Chucks Lippen. Sie hing so lange da rum, bis die Kameras geklickt hatten. »Ich bewundere so sehr, was Sie für die Gemeinschaft tun, Charles. Es macht Ihnen doch nichts aus, wenn ich Sie Charles nenne, oder?« Der Akzent sauste sekundenschnell nach Süden, kein Scherz. »Die meisten Männer in Ihrer Position kümmern sich einfach nicht genug um die Hilflosen dieser Welt.« Sie weitete hilflos ihre Augen. Sie schnurrte praktisch, verdammt noch mal. Ich beschloß in dem Moment, daß, mit ihrem zu sehr geschminkten

Gesicht, ihrem übertriebenen tiefen Ausschnitt und ihrer koketten Art, Rondah die erste *weibliche* Damendarstellerin der Welt war.

»Ich dachte, du fändest, er gehört in einen Käfig?« erinnerte ich sie.

Rondah drehte mir ihren Rücken zu und fixierte Chuck mit ihrem alten Augen-auf-und-unschuldig-gucken-Blick. Ich kann einfach nicht glauben, daß Männer diese Art von Gesichtsausdruck attraktiv finden. Wenn man mich fragt, dann sah sie genau aus wie ein Hund, der kürzlich kastriert worden ist. »Wollen Sie sich mir nicht anschließen auf einen kleinen Cock-«, sie rollte die erste Silbe in ihrem frisch gelippenstifteten Mund herum, ehe sie die zweite anhängte, »tail?«

»Würde ich gerne, meine Süße«, sagte Chuck, indem er sie abschüttelte und meinen Arm nahm, »aber geil, eh, ich habe momentan die Hände gerade besonders voll, hier.«

In dem Moment erschien mir Chuck Larson, der von den bunten Lichtern der Empfangshalle beleuchtet wurde, als der unglaublich gutaussehendste und wunderbar geheimnisvollste Mann in der gesamten Welt. Na ja, ungefähr.

»Weißt du, mit wieviel Hühnchen ich schon im Bett war?« fragte er mich, nachdem er Rondah spazierengehen geschickt hatte, die wieder zurück zur Bar gewippt war und mich gewarnt hatte, daß Gott jede meiner Bewegungen beobachtete. »9999.« Er legte seine schwielige Pfote um meine Schulter. Ich dachte an Pierce. An seine weichen Hände. An seine geschwungenen Lippen. An die Art, wie er auf seinen Fußballen hin- und herschaukelte, wenn er aufgeregt war. »Und ich war ein Spätzünder. Kein Scheiß. Hab's nie mit einer Maus geschafft, ehe ich sechzehn war. Nicht schlecht für zehn Jahre, was?« Ich dachte an den kleinen Rattenschwanz, der sich hinten auf Pierces Nacken ringelte. »Und ich bin noch nie, nie abgeschmettert worden.« Ich dachte daran, wie er grinste, in dieser besonderen, schrägen Art. »Du willst doch nicht meinen Rekord brechen, kleine Aussie, oder? Also, spielen wir jetzt mit dem Schweinkramknüppel, oder was?«

Er war ein wirklich geschliffener Schmeichler, dieser Bastard, wirklich. Ich sah mir mein Profil in der gespiegelten Tür an. Was war denn eigentlich so schlecht an kleinen Brüsten? Wenigstens konnte man immer den ganzen Spruch auf meinen T-Shirts lesen. Nicht nur das, ich mußte mich nie fragen, *warum* ich wohl einen Job bekommen habe.

»Hey«, sagte ich, cool wie der Teufel, »wenn du das so sagst ...«

Chucks Wohnung roch wie die Innenseite eines sehr alten und miefigen Suspensoriums. Ich stieg vorsichtig über die Hanteln und Gewichte – Chuck hatte mir gesagt, daß er einen Privattrainer beschäftigte, der jeden Morgen kam und ihm eine Trainingsstunde verpaßte, man kennt das, wie ein Hund, der an eine Leine gespannt und morgens zum Joggen mitgenommen wird. Das Badezimmer war dampfig, übersät mit feuchten Handtüchern und mit abgelegten Trainingsanzügen. Suspensorien tropften von der Reling in der Duschkabine. Es war ein tropischer Dschungel da drin.

Mein Herz schlug einen dreimal so schnellen Rhythmus an. Mein Gesicht im Spiegel war so eine Art Prä-Herzinfarkt-Rosa. Ich bespritzte es mit kaltem Wasser, wischte einen Fleck in die Nebelwand und sah mir meinen betäubten Gesichtsausdruck an. »Okay«, sagte ich ruhig, »dein Name ist Katrina Kennedy. Du bist zwanzig Jahre alt und du lebst in Los Angeles – obwohl dein Alter vielleicht sagen würde, das wäre ein Widerspruch in sich. Der Mann, den du liebst, findet deinen Busen zu klein, deine beste Freundin stellt momentan alles für eine der scheußlichsten Fleischbeschauungs-Zeitschriften in der gesamten westlichen Hemisphäre zur Schau, und du bist gleich dabei, mit einem Mann, der soeben für 10 000 Dollar für eine Nacht verkauft worden ist, zu schlafen.« Ich holte tief Luft und schritt energisch zurück ins Wohnzimmer. Die Lampen waren nun so niedrig gedimmt, daß es eine Weile brauchte, bis ich ihn geortet hatte. Ein 185 Zentimeter hoher Turm von nacktem männlichem Fleisch stieg aus der dunklen Leistengegend des Zimmers hoch.

»Ich will, daß du weißt, ja«, sagte Chuck, während er mein Kleid hinten aufknöpfte, »daß ich kein Arschloch bin, kapiert? Weißt du, die meisten Leute denken, daß Footballspieler einfach Fleischköpfe sind. Das scheißt mich an, ja. Das brennt mir den Arsch ein.« Er ließ das Kleid meine Schultern hinunter und über meine Hüften gleiten. »Ich sag' dir jetzt was, was ich normal so niemandem sage – aber ich weiß jede Menge über Kunst, ja? Ja, ist wahr. Ich hab' die Pietà von, oh, vielen und *noch* mehr Malern und ich habe, oh, Dalis und Rodins und Magrittes und Hockneys und – die sind über die ganze verdammte Bude verteilt. Zeig' ich dir später, ja?« Er fädelte meine Beine aus meiner Unterhose heraus. »Und es ist auch alles gut. Weißt du, wenn ich dir sage, ich habe diese Merv-Moon-Unit-Skulptur, kennst du seine Sachen? Er ist dieser wirklich heiße kalifornienmäßige Künstler. Das, was ich habe, ist so'n bißchen von zwei Frauen, die irgendwie von zwei Ratten in Tutus mit Kettensägen durchgesägt werden, und das hängt direkt platsch neben einem Giacometti. Du sagst jetzt, ›keine Chance, nie, igitt‹, aber wenn du es siehst, funktioniert es. Weil Kunst, verstehst du, ist wie Leute. Große Kunst und große Kunst verschmelzen einfach miteinander, stimmt's? Genau wie super Leute und super Leute.« Als ob er einen *Touchdown* versuchen würde, schwang er mich in seine stämmigen Arme und deponierte mich auf dem riesigen Bett. Und es war kein 08/15-Bett. Es war ein durchsichtiges Wasserbett, das von Goldfischen bewohnt war.

Er stand über mir, eine dreieckige Masse an braungebrannten Muskeln, mit den Händen auf den Hüften. Ich lächelte ihn lahm an.

»Das hier«, sagte er und plusterte seine Brust auf, »sind meine Pektos – *pectoralis major*«, erklärte er. »Fühl' mal.« Er legte meine Handfläche auf einen muskulösen Berg von Brustfleisch. Ich piekste in die Masse, wie man es bei einem verwundeten Tier machen würde, das auf der Straße liegt, um zu sehen, ob es noch lebt oder schon tot ist. Sie wogte hoch. Ich zog meinen Finger in diffusem Entsetzen zurück. »Und die hier...« er drehte sich um, so daß ich auf eine braune Wand von Sehnen starrte »... sind das, womit ich mich momentan am meisten beschäftige – meine Latis.« Zwei kleine Fleischflügel erschienen auf den Seiten seines Rumpfes. »Latissimus Dorsi«, erklärte er und fuhr mit der Besichtigungstour seiner Muskulatur fort. »Und dann gibt es natürlich noch die alten Delts.« Chuck straffte seine Schultern hoch und ragte über mir auf. Er hechelte wie ein Hund. »Kuck' dir mal die Gluten an. Supergeil, was?« Während er meine Hände auf seinen felsenfesten

Hintern legte, dachte ich darüber nach, was er mir gesagt hatte, 9999 Liebhaberinnen. Ich bewegte mich ein bißchen zur Seite, so daß er nun seine wogenden Abdos an meinen reiben konnte. Das hieße, mal sehen, rechnete ich im Kopf durch, während seine Quads sich um meine Oberschenkel schlossen und vor und zurück rieben. Zehn Jahre Sex, 9999 Lover, das hieße ungefähr tausend im Jahr. Seine hervorquellenden Trizeps und Bizeps senkten sich über meinen Körper, als er seine Hände unter meinen Gluteus Maximus legte. Er hob mich ein bißchen hoch und, indem er seine anterioren posterioren Medialen dehnte, rollte er auf mich herauf. Das bedeutete, analysierte ich, drei und eine zehntel Frau am Tag. Mein Gott! Mußte dieser Typ nicht mal aufs Klo? Ich meine, er konnte ja gerne ein Sexbolzen sein, aber mußte er nicht mal einen Tag damit verbringen, Einkäufe zu erledigen? Kriegte er denn nie eine Erkältung? Oder hatte einfach mal keine Lust auf Sex? »Ooh, Baby!« Ich sah seine wogenden Scheiben Fleisch, die über mir in Wartestellung standen, seine pulsierenden Pecs, seine klopfenden Abdos, seine Oribismuskeln – die sich gerade auf mich in zusammengezogener Konzentration herabsenkten und dachte, Kat Kennedy, du bist kurz davor, mtı dem größten *Lügner* Amerikas Sex zu haben. Ich wich seinem Kuß aus, rollte mich zur Seite und stieg aus dem Bett.

»Hey«, grunzte Chuck, als seine Lippen mit dem Kissen zusammenstießen. »Baby...? Kat... Pussikätzchen.«

»Hör mal, es tut mir leid«, stotterte ich und strampelte in meine Kleider hinein. »Aber, weißt du, ich bin nicht dein Typ, bin ich wirklich nicht.«

»Häh?«

»Ich weiß nichts über Football. Tatsache ist, ich verabscheue Sport. Weißt du, ich hab' mal Tennis gespielt, und der Schläger war noch in der Tülle. Kein Scherz. Das meiste an Sport, das ich mir antue, ist, mir die Zähne zu putzen. Ich meine, mein Körper taugt einfach nichts. Kuck' mal«, ich streckte meinen Arm aus und wackelte das Fleisch auf seinem oberen Teil. »Kimonoärmel«, sagte ich. »Ich bin einfach nicht gut genug für dich. Mit mir würdest du unter Stand bumsen. Es ist eine Beleidigung deiner deltoiden Latisimas und wie sie alle heißen. Okay?«

»Was ist mit meiner Kunstsammlung, häh? Ich hab' dir noch gar nicht Mervyn Moon-Units Stat ...« Ich sah zu, daß ich zur Tür kam. »Hey, dir auch noch einen frohen Maitag«, rief er mir hinterher. »Du hast ein Problem, Lady, weißt du das? Ein richtig großes Problem.«

Ich wußte das. Ich wußte, daß ich ein großes Problem hatte. Und ich wollte ihn jetzt sehen und genau das mit ihm durchsprechen.

Maden im Fleischmarkt

Ich trampte zu Pierces Wohnung. Das hintere Tor stöhnte auf. Ich schob die hintere Tür auf. Der Fernseher schickte einen fahlblauen Schimmer durch das Zimmer. »Pierce?« Der Hund lehnte den Kopf auf die Seite und begutachtete mich, hob dann sein Bein und pieselte auf den Boden. Ich stieg vorsichtig durch den Irrgarten aus umgedrehten Stühlen und Hundewürsten zur Küche durch. Dort konnte ich eine dunkle Gestalt über den Küchentisch gebeugt erkennen. Ich drehte das Licht an, was einen Schrei von den Fans draußen zur Folge hatte. Ich sah sie durch das Fenster hindurch, tête-à-tête in kichernden Grüppchen. Sie legten mit ihrem rituellen ohrenbetäubenden Ruf los: »*Eene, meene, muh...*« Eine Lache kalten Kaffees gerann mit einer Blutspur, da, wo sein Kopf auf den Tisch aufgeschlagen war. Ich bewegte mich wie ein Tiefseetaucher, der mit einem Lufttank und Flippern und Bleigürteln belastet ist. Ich hob seinen fein gearbeiteten Kopf und nahm ihn in meinen Schoß. »*Wen liebst du?*« Sein Haar war vom Schweiß gegen sein Gesicht geklebt. Ich roch den sauren Gestank von Erbrochenem aus der Ecke seines Mundes. Ich sah die Pillen, die auf dem Boden dort herumlagen, wie sie gefallen waren. »P-I-E-R-C-E.« Ich dachte, er wäre tot. Und dann zuckte er wie ein Fisch auf einem Bootsdeck.

»PIERCE!«

Als ich das Krankenhaus verließ, war es Morgen geworden. Ich tastete mich mit Pierces schwarzem Porsche in den Verkehrsstrom hinaus. Ganz gut, daß das Auto eine Automatikschaltung hatte, denn gestern nacht war ich das erste Mal ein Auto wirklich selber gefahren. Da ich kaum über das Armaturenbrett gucken konnte, kam es mir vor, als würde ich ein Haus den Highway entlang schieben. Ich sprach mit dem Felsen und wurde in die eingemauerte Villa hineingelassen. Das herbe Morgenlicht offenbarte nun die langen, grimassierenden Risse in den Schloßwänden, die Algen, die die Springbrunnen verstopften und die fehlenden Nasen der dekorativen Steingöttinnen. Die Atmosphäre war schmuddelig und schäbig. Man konnte es fast riechen.

Tash war mitten in ihrer morgendlichen Aufnahmesitzung, als ich mit aschefarbenem Gesicht in das Studio keuchte.

»Du mußt hier warten, Fräuleinchen«, sagte mir der Make-up-Typ hämisch, als ich an ihm vorbeischob.

Tash, die schwarze Unterhosen und Netzstrümpfe trug, stand mit den Händen auf der Hüfte, während Carl ihre Brüste eine nach der anderen hob, um darunter ein Stück Klebeband in die Falte zu kleben. Danach überdeckte er das durchsichtige Klebeband mit hautfarbener Tünche. Er ließ jede Brust vorsichtig herab und stellte sich dann zurück, um seine Kunst zu begutachten.

»Kat. Hey, hallo«, rief Tash und wandte ihren schwerkraftüberwindenden Busen in meine Richtung. Das Klebeband hatte einen Ausleger hergestellt, eine Art fliegender Busenstütze. »Kannst du dir das vorstellen?« lachte sie. »Da sitzt nun jede Frau in der gottverdammten Welt und sieht sich die Frauen in Pornozeitschriften an und denkt verzweifelt: ›Warum sehe ich nicht wie diese Frauen aus‹, und dabei sieht *keine* Frau in der ganzen Welt so aus wie diese Frauen. Es ist alles geschummelt«, gluckste sie, ehe sie in einen großen, rosa Kaugummi-Ballon blies. »Hey. Wassislos?« fragte sie, als sie endlich auf mein Gesicht sah.

»Pierce ... er hat eine Überdosis genommen. Gestern abend. Ich hab' ihn gefunden. Es war meine Schud. Er ist ausgeflippt, weil ihn jemand zu einer Eieruhr machen will und ...«

»Eine was?« Carl schnürte sie nunmehr in ein eisenhartes Korsett ein. Ihre neuen, aerodynamischen Brüste schmollten über den Rand hinweg.

»Und ich hab' ihm von den Seeottern und den Regenwäldern erzählt.«

»Ist er tot?« Ihr Lippenstift war arterienrot.

Ich schüttelte den Kopf. »Ich war die ganze Nacht über im Krankenhaus. Ich mußte ihn da hinfahren. Ich kann doch nicht fahren.« Ein schreckliches Schluchzen entrang sich mir. Indem sie Carl wegbürstete, stand Tash an meiner Seite und schlang ihre Arme um mich.

»Natasha«, ermahnte Carl und klopfte müde auf seine Armbanduhr.

Tash sprang auf ihre Füße und führte mich trotzig zur Tür. »Macht mal 'ne Pause, Jungs, okay?«

Carl warf sein Klebeband auf den Boden. »Dieses Benehmen ist einfach inakzeptabel!«

Tash antwortete mit einem Ein-Finger-Gruß und führte mich – immer noch schluchzend – über den Rasen und in die überdachte Voliere. Die Vögel gackerten ohrenbetäubend, als wir eintraten. »Wie findest du das Kostüm?« lachte sie und zeigte ihr spitzenverbrämtes Korsett. »Ich bin dazu geboren, billig zu sein. Was kann ich dazu? Hier, das wird dich aufheitern«, zwinkerte sie mir zu und führte mich zum Papageienkäfig.

»Hallo, hübsches Mädchen.« Der Papagei plusterte sich auf, pickte übellaunig auf Tashs Finger und erwiderte dann: »Hallo, Polly will einen Keks. Ich bin ein hirnloser Bimbo. Hallo, Polly will einen Keks. Ich bin ein hirnloser Bimbo.«

»Gefällt's dir?« Tash lachte und drehte sich zu mir. »Das ist es, was ich in den letzten paar Tagen gemacht habe.« Ich gab ein schiefes kleines Lächeln von mir. Tash nahm mich bei den Schultern und schob mich fest auf einen kalten Steinsitz herab. »Also«, sagte sie streng, »ich glaube, es ist mal wieder Zeit für eine Überlebenstechnik.« Ihr Bauchnabel, bemerkte ich, glänzte vor lauter Babyöl. Sie setzte sich neben mich, wobei sie ihren Strumpf auf einem Stein einriß. »Scheiße. Also«, sie schaute mir intensiv in die Augen, »ich weiß, daß man in solchen Momenten denkt, unser Leben wäre das letzte und daß nichts, ab-so-lut nichts in der ganzen weiten Welt schlimmer sein könnte als das, was wir gerade durchmachen. Aber weißt du, es gibt etwas, das viel schlimmer ist als alles, was wir uns vorstellen können. In Kalkutta, und das ist jetzt wahr, wo die Arbeitslöhne total niedrig sind und es Squillionen von Leuten gibt, wenn die Abwasserrohre der Stadt ganz verstopft werden, weißt du, wie sie die wieder frei kriegen? Sie knoten, weißt du, ein Seil um einen Typen herum, einen Menschen, und dann ziehen sie ihn durch die Rohre mit der Scheiße, damit er die sauber macht!«

»Wirklich? Wie ein Pflug mit Armen als Rotorblättern?« fragte ich entsetzt und erinnerte mich an das grauenhafte Kloreinigungsgerät, das ich in einer Fernsehreklame gesehen hatte.

»Jawohl! Also sollte sich keine von uns beiden jemals wieder beklagen. Okay?«

Erschöpft und ausgelaugt nickte ich.

»Jetzt«, sagte sie, »sollte ich mich mal wieder auf den Weg machen, ehe Carl-Baby mich umbringt. Weißt du, es ist fast Mittag, und wir sind immer noch erst bei Titten und Schamhaaren. Immer noch keine ›Muschiaufnahmen‹. Ich weiß, was passieren wird – nach meinem Mittagessen von ungefähr einer Selleriestange wird Carl zurückkommen und mir erzählen, daß die Aufnahmen bislang prima sind, aber daß Stefan in die Luft gegangen ist wie ein Atompilz, weil die Bilder zu *soft* sind. Charlie-Warlie wird dann so tun, als wäre er richtig sauer. Verstehst du, die meisten Models wären mittlerweile hoffnungslos verliebt in den Fotografen. Die meisten hätten ihm schon die Augen ausgebumst in den letzten paar Tagen. Und er hat ihnen schon gesagt, daß er sie liebt und, oh, die ganze Katastrophe. Also, jetzt wo er sauer auf sie ist, werden sie, weißt du, alles tun, damit er sie wieder liebt. Wie zum Beispiel, die Beinchen breit zu machen. Hier«, sie holte ihr Kaugummi aus dem Mund und steckte es großzügig in meinen. »Ihre Psychologie stinkt. Ich meine, halt dich fest. Gestern, in der Polaroid-Sitzung, hat Carl mir dauernd gesagt, ich solle meinen Finger naß machen und mich selbst feucht machen. ›Du wirst schon wieder trocken, Liebling.‹ Aber verstehst du, die haben dafür so einen synthetischen Saft, irgendein Silikon oder so was. Die wollen nur, daß ich mich dadurch errege, indem ich mich selbst berühre. Wie soll da irgend jemand sich selbst antörnen, in einem Zimmer voller Lichter, mit konstruktionsgeklebten Titten und diesen beiden Schmieri-Ärschen, die dich anglotzen? ... Ich meine, bitte. Das einzige, was mich an dieser Sache antörnt, ist der Gedanke an das Geld, das ich für das verdammte Pin-up bekommen werde.«

»Was?« schnüffelte ich.

»Hab' ich dich schon darüber informiert, wieviel Mäuse ich hiermit verdienen werde?«

»Tash, haben die dir das noch nicht gesagt?«

»Mir was gesagt?« fragte sie abwesend, während sie das Loch in ihrem Strumpf untersuchte.

»Die nehmen dich nicht für das Pin-up.«

»Häh?« sagte sie und steckte einen neugierigen Finger in das Loch.

»Ich hab' sie gehört.« Während ich immer noch schnüffelte, tastete ich in den Armen von Pierces Jacket nach einem Taschentuch. Ich hatte es mir in der vorangegangenen Nacht im Krankenhaus über die Schultern geworfen.

»Was?« Ihr Kopf ruckte wie ein Periskop nach oben.

»Als ich eingeschlafen war. Im Studio. Hinter der ...«

»Was haben die gesagt?« Sie riß aus Versehen das Loch mit ihrem Fingernagel noch größer. »Was haben die –«

»Die haben gesagt, deine Titten wären zu blaß, oder so.«

Ich wühlte den Müll an toten Streichhölzern, Parkhaustickets, kaputten Cocktailrührern, Martinioliven und verschiedenen Fläschchen bunter Pillen in Pierces Jackentaschen durch.

»Aber ich hab' mich doch *gebräunt*. Was meinst du denn, was ich hier gemacht habe in den letzten ...«

»Und daß dein Nippel, ich weiß nicht welcher, ein bißchen eingedetscht ist.«

»Aber das haben wir doch mit Eis wieder hingekriegt. Diese Typen reden mit ihren Ärschen.«

»Das ist nicht alles. Sie meinten außerdem, daß deine Nippel zu dunkel wären, von einer Geburt. Idioten. Ich meine, das zeigt mal wieder, wieviel *die* eigentlich wissen, stimmt's?«

Tash gefror. »Das haben sie gesagt?« fragte sie leise.

»Ja.« Ich gab die Suche auf und wischte meine Nase an Pierces Ärmel ab. »Sie haben sich dauernd über eine zweitrangige Serie ausgelassen.«

»Nein. Nein. Über das Baby.« Ihre Stimme erinnerte mich an Autoreifen, die auf Kies knirschten.

»Ja. Typisch. Und da haben wir Stefan, der so angibt, wie gut er die weibliche Anatomie kennt, und –«

Tash stand auf. Ihre plötzliche Bewegung ließ die Vögel in wilder Kakophonie quaken und kreischen. Sie marschierte aus dem Schutzkäfig heraus und über den Rasen ins Studio, wobei ich ihr heiß auf den Hacken folgte, auf ihren sehr hohen Hacken, die das Gras durchstachen.

Als sie in das Studio hineinplatzte, stand der Make-up-Typ auf und klickte seine Zunge mit vorgetäuschtem Ärger. »Also man sehe sich den Zustand dieses Gesichts an! Oh, und die Haare!«

Tashs verworrene Haare staksten durcheinander wie ein Kopfputz. Was ein passender Vergleich war, denn sie befand sich auf dem Kriegspfad. »Fick' dich selbst«, sagte sie ihm ruhig, ehe sie die Lage Klebeband abriß. Sie fiel wie Haut auf den Boden.

»Was glaubst du eigentlich, was du da – Oh mein Gott. Und deine Strümpfe haben eine Laufmasche! Carl! Carl! Komm schnell!«

Carl kam herüberspaziert, ganz glatt und cool und voller Zärtlichkeit. »Baby, Liebes, hey, Bärchen. Okay, krieg' dich ein. Du bist schön, Babe, wirklich, siehst super aus. Hol Stefan«, zischte er den Make-up Typen an.

»Wieso zum Teufel habt Ihr mir nicht erzählt, daß Ihr Eure Meinung über das Pin-up geändert habt?«

»Ach, es ist wegen des Pin-up? Hey, das wollte ich dir doch sagen. Natürlich wollten wir das.« Dieser Typ hatte die moralische Integrität einer Kakerlake. »Aber eine sekundäre Serie, ich meine, heißt nur, wir nehmen dich nicht für das Pin-up, und alles.« Er zog sich zurück, seine Augen wanderten unruhig hin und her. »Eine sekundäre Serie ist immer noch ganz groß, Babe.«

»Eine sekundäre Serie ist 1500 Dollar«, sagte Tash mit eisiger Stimme. »Ein Pin-up ist *sechs*.«

Carls Gesicht gerann plötzlich zu haßerfüllter Verachtung. Seine vorgebliche Höflichkeit verdunstete. »Weißt du, ich hab' schon Mädels wie dich kennengelernt. Ihr Lesben seid alle gleich. Grundsätzlich wünscht ihr euch alle, ihr wärt ein Mann.«

»Ich nicht«, sagte Tash ruhig, »aber ich wette, du wünschst es dir.« Eine Sekunde lang dachte ich, Carl würde sie verprügeln. Verschwunden waren die Gucci-Manieren. Er sah nunmehr aus wie der Fotograf aus der Hölle. »Weißt du, wieso Frauen Muschis haben?« spuckte er aus. »Also, weißt du's? Damit Männer mit ihnen reden.«

»Frauen, kann ich dir nur mitteilen«, zischte Tash zurück, »sind Männern bei weitem überlegen. Ein Penis ist einfach eine überdimensionierte Klitoris. Und eine Klitoris ist der einzige Teil des menschlichen Körpers, der ausschließlich zum Vergnügen existiert. Also kau' mal da drauf rum, Fick-Gesicht!« Sie marschierte aus dem Studio. Ich strampelte ihr hinterher. Die anderen Gäste, die sich an der Poolkante braun grillten, starrten erstaunt auf sie, als sie in ihrem Kuck'-mal-da-Korsett vorbeistolzierte. Ein dickwanstiger Geschäftsmann streckte seine Hand aus, um ihr den Hintern zu tätscheln. Sie wirbelte herum und knallte ihm eine über den Kopf, ehe sie zum Klammeraffenkäfig hinüberschritt. Sie öffnete die Tür. »Los, ihr Deppen.« Aber sie saßen nur da und starten sie mit tellergroßen Augen an. Als sie die Pfauen losband, kam schon eine Armee Gärtner über den Rasen galoppiert.

Sie stampfte auf die Auffahrt zu und setzte sich auf den Beifahrersitz von Pierces Auto. Als sie drinnen war, zog sie ihre Beine an die Brust hoch, faltete ihre Arme um sie, barg ihren Kopf darin und fing an zu weinen.

»Tash, hey, es ist nur ein Pin-up«, beruhigte ich sie und kletterte neben ihr hinein. »Es ist nichts Besonderes, weißt du.«

»Es ist nicht das«, sagte sie mit Grabesstimme. Und dann fing sie an, vor und zurück zu schaukeln, mit ihren Armen um die Beine geschlungen, vor und zurück, wobei sie still schluchzte. *Dann* fiel bei mir endlich der Groschen. Der Privatdetektiv, das Geld, das Geheimnis, die Aussteuertruhe, die Hochzeitsaccessoires, das Babybuch.

»Dein kleiner Bruder«, wandte ich mich an ihre Ellenbogen, »ist in Wirklichkeit dein eigenes Kind.«

»Die haben mir das Baby weggenommen, gleich nachdem es geboren war.« Sie schaukelte weiter. »Sie haben mir noch nicht einmal erlaubt, ihn anzusehen. Der einzige Grund, warum ich weiß, daß es ein Junge ist, ist, weil eine der verdammten Schwestern sagte, ›Gib' ihn mir mal‹.« Sie schaukelte nach vorne. »Ich habe ihn nie sehen dürfen.« Sie schaukelte zurück. »Sie haben mir nicht erlaubt, ihn anzusehen.«

Dritter Teil

Mit wem muß ich schlafen, um aus dieser Show rauszukommen?

Tash zog sich in ihr Bett zurück und stand nicht wieder auf. Sie gab ihre täglichen Stimmübungen und Lieblings-Seifenopern auf. Sie nahm noch nicht einmal mein Klopfen an ihrer Tür zur Kenntnis. Sie bestellte nur Call-a-Sushi und Whiskeyflaschen. Einmal drückte ich meine Lippen gegen das Schlüsselloch, um ein paar Reklamejingles zu singen. Aber es gab keine Antwort. Ab und an sah ich sie, wenn sie zum Klo ging oder von dort wiederkehrte, in ihrem fleckigen und welken Kimono, dessen Seidengürtel hinter ihr auf dem Teppich schleifte wie ein ausgefranster kleiner Schwanz. Was sie im Auto gebeichtet hatte, war, daß sie mit fünfzehn, als sie sich in staatlicher Obhut befand, »was im Rohr hatte«, wie sie es nannte, und dazu gedrängelt worden war, die Adoptionspapiere zu unterschreiben. Niemand hatte ihr gesagt, daß sie da eine andere Wahl hatte. Sie nannte ihr Kind Elvis Raymond, aber er hatte jetzt einen anderen Namen. Und sie hatte ihn seither gesucht.

Es war überhaupt eine miese Zeit. Cosmo hatte sich immer noch irgend etwas eingefangen, was er einfach nicht los wurde. Die Autoren waren mittlerweile dazu übergegangen, vollständige historische Kostüme zu tragen. Abe war immer noch damit beschäftigt, sich mit

Power-Lunches auf eine dauerhafte Verstopfung zuzubewegen. Mimi war hinter mir her, ihrem Regenbogen-Reflexions-Zentrum beizutreten, in dem Wiedergeburtslehrgänge für 25 Dollar angeboten wurden. Um weiter jung zu bleiben, unterzog sich Rondah einer Hydergine-Kur, einer veschreibungspflichtigen Arznei gegen die Alzheimersche Krankheit. Es gab einige wenige Nebenwirkungen, die von totaler Nasenverstopfung zu einem kleinen Koma rangierten. Es ist wohl nicht notwendig zu erwähnen, worauf ich hoffte. Die Tage wurden heißer und heißer. Der Himmel war so blau, daß meine Augen davon weh taten.

Aber am schlimmsten war, daß nichts über Pierces Fehlen gesagt wurde.

In dem Drehbuch der ersten Wochen wurde seine Figur einfach auf eine unerwartete Geschäftsreise geschickt. Die nächste Woche wurde er bei einem Autounfall verletzt – was bedeutete, daß Abe einen Statisten anstellen und ihm das Gesicht in Verbandsmull verpacken konnte. In der dritten Woche hatte man im Studio langsam keine Ideen mehr, was erklärte, warum Pierces Figur plötzlich von marodierenden Mullahs entführt wurde. Als sich der Juni seinem Ende neigte, in dem Moment, in dem die Autoren überlegten, ihn zu einem Spion vom Mars zu erklären, der in sein Raumschiff zurückbeordert worden war, erschien Pierce wieder auf dem Set. Er war seinem gewohnten frechen Selbst treu geblieben, ein bißchen blaß, aber immer noch der schwarzgürteltragende Meister in der Kunst des verbalen Kung-Fu.

In Los Angeles gibt es ein besonderes Gesetz, was Information angeht. Es kann als Informationsbegrenzung bezeichnet werden. Abe bezahlte jeden, den man sich überhaupt vorstellen kann, um Pierces »Ausrutscher« aus den Zeitungen rauszuhalten. Niemand war bereit, über das, was passiert war, zu reden – am allerwenigsten Pierce.

»Warum hast du alle diese Pillen genommen?« Ich kriegte ihn im Make-up Raum zu fassen. »Wolltest du so viele nehmen?« Wir waren allein, außer Cosmo, der schlafend in einem der Make-up Sessel zusammengesunken war. An den seltenen Tagen, an denen Cosmo tatsächlich zur Arbeit erschien, döste er dauernd weg, selbst wenn man sich gerade mit ihm unterhielt. Aber auch dies wurde von niemanden erwähnt. Ich konnte diese Stadt einfach nicht verstehen. Alle waren sie so scharf darauf, sich über ihre Impotenz, ihre Penisimplantate und ihre Herpespickel zu unterhalten, aber wenn es zu den wirklichen Problemen kam – dann gab es da eine Schweigsamkeits-Verschwörung.

»Das Problem ist, Pierce, daß du dein Leben so gelebt hast, als wäre es ein Film.«

Er saß mit gekreuzten Beinen da und hatte seine Arme wie ein Indianerhäuptling über der Brust gekreuzt.

»Häh. Wenn das wahr wäre«, spottete er, »meinst du nicht, ich hätte mir dann ein bißchen was interessanteres ausgesucht? Einen Marx-Brother-Film vielleicht, oder so was wie Sex-wilde verliebte Frauen vom Amazonas.«

Ich sah ihn strafend an. »Du weißt, was ich meine.«

»Okay, paß auf, ich sag' dir die Wahrheit. Ich hab' die Drogen aus einem Grund genommen.«

Ich lehnte mich aufmerksam vor. »Und?«

»Um mich intelligenter, charmanter und sexier zu machen, verdammt.«

Die Wahrheit war allerdings, daß er genau wie das

Gegenteil des oben Genannten aussah. Er sah todmüde aus. Seine grünen Augen waren blutunterlaufen, als ob er zu lange unter Wasser gewesen wäre. Seine Haare waren verklebt und sein Gesicht, als ich darüber strich, war glitschig vor Schweiß. »Es war aber aus Versehen, stimmt's?« ließ ich nicht locker, voller Hoffnung.

»Ich brauchte nur ein paar Drogen, um mir beim Vergessen zu helfen«, sagte er ernsthaft.

»Was vergessen?« Meine Stimme war ein Feuerwehrmann, der jemanden vom Rande eines Abgrunds wegholt.

»Zu vergessen, daß ich Drogen nehme, natürlich.« Er schwang in seinem Drehstuhl herum und herum und grinste manisch.

Rondah glitt in das Zimmer wie ein großer Ozeandampfer, der sich nach einem Liegeplatz umsieht. Sie dampfte in unsere Richtung. Pierce gewann schnellstens Land. Ich wollte eigentlich dasselbe tun, aber Rondah kreuzte über mein Fahrwasser. »Ach, läßt du dich heute gar nicht schminken, Süße?«

»*Habe* ich doch schon.« Wo waren die guten Antworten, wenn man sie brauchte? Warum fielen sie einem nie und niemals rechtzeitig ein, sondern immer nur dann, wenn man zu Hause war, sich die Zähne putzte und gerade die Katze rausließ?

»Oh.« Sie lächelte ihr *Academy-Award*-gewinnendes Lächeln.

»Immer noch an Pierce interessiert, was?« Ich versuchte, mich an ihr vorbeizumanövrieren, aber sie blockierte meinen Fluchtweg. »Ich weiß, daß ich immer mal die Tendenz habe, ihn ein bißchen schlecht zu machen, ein winziges kleines bißchen ab und an, aber eine der guten Sachen bei ihm ist, daß er an oberflächlichen

Dingen nicht interessiert ist – wie *Aussehen*. Trotzdem nehme ich an, daß es ganz gut ist, daß Pierces Schönheit für zwei Leute ausreicht, nicht wahr, Schätzchen?«

Sie warf im Make-up Stuhl Anker. Sie würde für die Rolle, die ich ihr zugedacht hatte, kein Make-up brauchen – die Butter in *Der letzte Tango in Paris*.

»Aber die Wahrheit ist«, schnurrte sie weiter, »ich kann mir das kaum ansehen, wie du dich so lächerlich machst, Süße.«

Die Naht ihrer Stretch-Jeans teilte ihre Labia perfekt auf – was wir in Australien einen »Vorderhintern« nennen. »Kannst du nicht sehen, daß Pierce einfach den Optionsschein auf eine Freundschaft mit dir nicht aufnehmen will? Eure Beziehung stagniert. Akzeptier' die Tatsachen mal. Pierce braucht eine starke Frau. Nicht ein kleines Mäuschen, auf dem er herumtrampeln kann. Weißt du, er ist doch gerade einfach aus dem Entzugsprogramm in Cedars Sinai ausgebüchst. Und lieber Himmel, Abe hat zwanzigtausend Piepen dafür bezahlt. Ach herrje«, sagte sie zufrieden, als sie den schockierten Ausdruck auf meinem Gesicht registrierte, »du wußtest doch aber, daß er ein amtlich bescheinigter Drogenabhängiger ist, oder, Süße?«

Als ich da herauskam, hatte Pierce schon neben dem Sicherheitstor Stellung bezogen. Ich öffnete die Beifahrertür und glitt in den Sitz neben ihm. Er sah mich kurz an, mit einem erschöpften Blick in seinen Augen. »Na, hallo da, Partner«, sagte er nach Art der Cowboys.

»Warst du in einem Entzugsprogramm?« hakte ich nach.

»Gott, friß einen Menschen, und sie nennen dich einen Kannibalen. Schlaf' mit einem Typen, und sie nennen dich eine Schwuchtel. Ich brauche kein verdammtes Entzugsprogramm, okay?«

»Warst du da?«

Pierce schnipste das Radio an, während er darauf wartete, daß der Schlagbaum hochging. Sobald er sich in Salutierposition befand, röhrten wir aus dem Gelände heraus. Der Ledersitz klebte heiß auf der Rückseite meiner Beine. Ich lehnte meinen Unterarm entlang dem Fensterrahmen, aber auch der verbrannte mich. Die knackende Stimme des Radiosprechers sagte gerade die genauen Details der angesagten Hitzewelle durch. Pierce blieb hinter seinen rauchigen Raybans undurchschaubar und schweigsam, bis wir in einen Parkplatz einbogen. Das Schild über dem Tor besagte, »Forest Lawn. Das endgültige Heim. Eine berührende Möglichkeit für Menschen auf beiden Seiten des Lebens, auf Wiedersehen zu sagen.«

»Ein Friedhof? Du hast mich zu einem Friedhof gebracht?«

»Ich mag das irgendwie. Es ist schön still.«

»Pierce, normalerweise halte ich nichts von solchen Sachen – aber du gehst doch noch zu deinem Psychiater, oder?«

»Wozu die Mühe?« Er schwang seine Beine aus dem Auto und stand auf. »Die kurieren dich doch nie von irgendwas. Es ist nicht so besonders in deren Interesse. Ich meine, wenn man kuriert ist, heißt das, daß die einen Klienten verloren haben, stimmt's?«

Wenn Tashs Illustrierten-Villa das Disneyland des Sex war, dann war dieser Ort das Disneyland des Todes. Der Rasen rollte luxuriös herab, ein Hektar nach dem anderen, mit musikalischen Springbrunnen, Schildern, die die Gräber der berühmten Toten auswiesen, und fein ausgearbeiteten Obelisken, die in der strahlenden Sonne wie Marzipankonfekt aussahen. Links befand sich ein Drive-In-Begräbnis-Salon mit Bildfenster-Zimmern, in denen die Hinterbliebenen die sterblichen Reste der Verblichenen anschauen konnten, ohne sich der Mühsal unterziehen zu müssen, das Auto zu verlassen. Man hat nicht gelebt, wenn man nicht in L.A. gestorben ist. Ernsthaft. Ich folgte Pierce über das Gras, wo er sich in ein Stück Klee hineinplaziert hatte. Eine Schweige-Wolke umgab ihn. Ich saß nur da und wartete, daß er das Kräftefeld einmal irgendwann abschalten würde.

»Ich liebe diesen Ort«, sagte er endlich. »Der heitert mich richtig auf.«

Im Garten unter uns zuckelte eine Großfamilie italienischer Mafiosi in dunklen Anzügen und breiten Krawatten, mit spitzenbekleideten kleinen Mädchen und kleinen Jungen in Fliegen, hinter einem ominösen schwarzen Sarg hinterher. Sehr aufheiternd, kann ich nur sagen.

»Pierce«, ich drehte mich finster und entschlossen zu ihm. »Diese ganzen Tabletten. Warum?«

»Warum. Na ja, Pillen sind jede Menge weniger scheußlich als die meisten anderen Arten von Selbstzerstörung, findest du nicht?«

»Also wolltest du dich wirklich... « Meine Bluttemperatur fiel auf Gletscherniveau herab.

»Selbstmord begehen? Nee.« Er legte sich auf die Rasenböschung hin. »Hör mal, wenn ich wirklich Selbstmord begehen wollte, dann würde ich, weißt du, das Fundament schon vorher vorbereitet haben, stimmt's? Ich hätte Interviews gegeben darüber, du weißt schon, was für ein verdammt sensibler und seelenforschender

Typ ich in Wirklichkeit bin. Man hätte mich häufig gesehen, wie ich in der Öffentlichkeit weine. Ich hätte angefangen, du weißt schon, Gedichte zu schreiben und Leonard-Cohen-Platten zu spielen.«

Meine Bullshit-Antenne wackelte so wild, daß ich kaum noch stillsitzen konnte. Ich war fast seekrank. »Könntest du nicht mal aufhören, so aalglatt zu sein. Nur ein einziges Mal.«

»Ich meine das ernst. Hör' mal, Kid. Hör' auf, dir Sorgen zu machen. Wenn ich wirklich vorgehabt hätte, mich wegzufummeln, dann hätte ich doch einen Abschiedsbrief hinterlassen? Etwas wirklich Tiefsinniges und Herzerwärmendes, um Himmels willen. Etwas, das absolut alle dazu bringen würde, sich total schuldig zu fühlen?« Obwohl er lächelte, war sein Körper angespannt, und seine Nackenmuskeln breiteten sich aus wie bei einer Kragenechse. »Ich hätte mich auch passender für die Gelegenheit angezogen. Irgendwas, das zur Farbe von Kotze paßt. Irgendeine Beige-Nuance vielleicht, denke ich, mit kleinen orangenen Flecken.«

Die ganze Zeit über, in der er sprach, beobachtete ich die sich bewegenden Ebenen seines Gesichts. Obwohl seine Stimme leicht und schnodderig war, war sein Kiefer verkrampft. Er bewegte sich zackig von links nach rechts. Rechts nach links. Seine Stimmungen schienen schneller hoch und runter zu sausen, als die Unterhosen eines Fernseh-Predigers. »Pierce«, insistierte ich. »Wie ist es passiert? Ich muß muß das wissen?«

»Würdest du es endlich mal lassen? Jesus. Wer bist du eigentlich? Meine Mutter?«

Pierce sprang auf und sprintete in Richtung Auto. Als ich ihn eingeholt hatte, lief das Auto schon ungeduldig. Ich kletterte hinein. Während er sich in den Verkehr hineinschob, wurde der Horizont spektakulär von Streifen Neonorange und vulgärem Gelb gefärbt. »Ironie des Schicksals«, sagte Pierce, »daß die Luftverschmutzung die phantastischsten verdammten Sonnenuntergänge in der ganzen Welt produziert.«

»Also was ist passiert?« Ich ließ einen Gebrauchtwagenverkäufer schüchtern aussehen, wirklich.

»Es ist genauso wie mit Sex und dem Kram«, fuhr Pierce fort und ignorierte meine Frage. »Zu viel Sex erhöht die Chancen eines Mädchens, daß es eines Tages Krebs am Muttermund bekommt, stimmt's? Und zu wenig Sex erhöht für den Typen das Risiko, Prostatakrebs zu bekommen. Merkwürdig, was?«

»Pierce?«

Pierce beantwortete meine Frage, indem er eine Kassette in den Recorder schob. Irgendwelche hirnlose Rapmusik donnerte aus den Lautsprechern. »PIERCE«, brüllte ich über den Krach hinweg. »Du kannst nicht herumgehen und so tun, als wäre das alles nicht passiert.« Er knallte seine Handflächen im Rhythmus der Musik, gegen das Leder auf dem Armaturenbrett. »Willst du emotional betäubt enden? Wie dein alter Herr? Ist es das, was du ...« Er röhrte zu irgendwelchen baßtriefenden Silben mit und übertönte mich völlig.

Zurück auf dem Studiogelände brachte Pierce die Stereoanlage zum Schweigen und drehte sich zu mir. »Hör' mal, Kiddo«, sagte er freundlich, »du mußt einfach aufhören, so rücksichtsvoll und so was zu sein. Das hier ist *L.A.* Wir benehmen uns hier nicht so. Die Leute werden anfangen, dich als irgendeine soziale Merkwürdigkeit zu bezeichnen oder so was. Du wirst noch mal eingesperrt werden.«

Ich streckte meine Hand zu ihm aus, vorsichtig, als ob er ein kleines durcheinandergebrachtes Nachttierchen wäre, das sich unerwartet im Tageslicht wiederfand. »Ich mache mir Sorgen um dich.«

»Wozu denn die Mühe?« sagte Pierce und kratzte sich am Hintern.

Ich holte tief Luft. Ich konnte jede Pore, jede Zelle, jede Follikel mit Peinlichkeit prickeln fühlen. »Weil ... weil ... ich dich liebe, glaube ich.«

Pierce runzelte in den leeren Raum hinein die Stirn. Seine Stirn legte sich praktisch in Falten. Dann drehte er sich um und lehnte sich zu mir. Einen Herzstillstand verursachenden Moment lang dachte ich, er würde mich küssen. Aber statt dessen hielt er seine Hände in die Luft, Daumen und Zeigefinger herausgestreckt, als ob er ein Stück Faden darin gespannt hätte. Nachdem er den imaginären Faden durch mein eines Ohr hinein und durch das andere wieder hinausgefädelt hatte, begann er, rhythmisch vor und zurück zu sägen.

»Was machst du da?«

»Ich reinige dein Gehirn mit Zahnseide.«

Es war in dem Moment, daß ich merkte, wie mein Kinn zitterte. Ich versuchte, etwas zu sagen, aber meine Stimme war ganz wacklig und merkwürdig. Bitte, wein' jetzt nicht, bettelte ich mich an. Bitte nicht weinen. Ich machte ein Angebot an meinen Körper und versprach, nicht die übriggebliebenen Ostereier zu essen, die ich aufgehoben hatte, jeden Tag Sport zu treiben und außerdem früh ins Bett zu gehen, wenn er mich nur jetzt nicht verriete. »Was ist los mit dir?« blubberte ich, während mein Kinn zerkrümelte und mein Gesicht einfiel. Indem ich in meinem Gesicht mit einem Tempo herumwischte, schwor ich mir, mich bis zu den Kiemen mit Schokolade vollzustopfen, und so oft wie möglich bis spät in die Nacht aufzubleiben. »Ich meine, da ist immer irgendeine Ausrede. Als ich dich zuerst kennenlernte, da hast du mir suggeriert, du würdest nur dein Auto lieben.«

»Ich vermute mal, dir ein Auto zu kaufen, stünde außer Frage? Es ist mein bester Anmachspruch in Bars«, witzelte er.

»Dann gab es die mysteriöse Freundin. Dann sagst du mir, du bist in einer AIDS-Risikogruppe. *Dann* beschließt du, daß du zölibatär bist. Mittlerweile schleppst du mich weiter mit und tust so, als würdest du mich mögen, damit du an mein ganzes Geld rankommst und benutzt mich dazu noch, um aus deinen Eltern Geld zu quetschen.«

»Hey, ich versuche dauernd, die Enden beieinander zu halten, kein Scherz. Aber die verdammten Enden bewegen sich dauernd.«

»Ich hab' dich jetzt endlich durchschaut: Der einzige Mensch auf Erden, den du liebst, bist du selbst. Ganz tief unten bist du nur porentief, Scanlen, weißt du das? Also hör' mit dem Scheiß auf und sag' mir einfach, *was zum verdammten Teufel mit dir los ist?*«

Wir saßen lange in dem heißen, trostlosen Parkplatz, ohne ein Wort zu sagen. Der Teer blubberte in der Sonne. Die Fans am Tor kreischten. Die Crack Dealer dealten. Die ganze Stadt war vor Hitze dumm. Eine Fliege zickzackelte ihren Weg über die Windschutzscheibe. Ich peitschte mit meiner Hand auf sie ein. Sie bremste mitten im Flug und fiel dann aufs Armaturenbrett, wo sie zuckte und sich wand. Wir betrachteten sie in unglücklichem Schweigen. Sie brauchte länger für ihren Tod als eine Opernsängerin, kein Scherz.

»Okay«, sagte er endlich.

»Was?«

»Okay, Kiddo. Ich sag' dir alles.« Er zog sich langsam aus dem Auto heraus. »Mein Dealer ist da am Tor.« Er fummelte lässig in meiner Handtasche herum. »Weißt du, wo der seinen Koks aufbewahrt? In seinem Schuh. Er ist der einzige Mann in der Welt, der für nichts meilenweit gehen sollte, weil das wirklich zu teuer wäre.« Indem er gelassen einige Geldscheine aus meiner Handtasche zog, glitt er aus dem Auto. »Lass' mich nur mal eben ein Näschen holen, und ich setz' mich dann mit dir hin und erzähl' dir alles. Okay?«

Das war das letzte Mal, daß ich ihn für die nächsten drei Tage sah.

Und es waren schreckliche drei Tage.

Ich verbrachte die meiste Zeit damit, Pierce zu suchen. Ich suchte ihn überall – in seiner Autowerkstatt, in seinem Fitneß-Studio, auf dem Friedhof, in seinen Lieblings-Zivilisten- (nicht auf dem Studiogelände) Kneipen »Nature Strip« und »The Munch Hour«. Aber niemand hatte ihn gesehen. Niemand. Ich wählte jeden Tag den ganzen Tag lang seine Nummer und ließ das Telefon klingeln und klingeln und klingeln, bis sich mein Ohr ganz gequetscht und taub anfühlte. Nichts. Ich rief seinen Arzt an. Ich rief seinen Dealer an. Ich ging zu seinem Haus und trommelte an die Türen. Aber die Fensterläden waren zu. Die Türen verschlossen. Das Tor verriegelt. Ich schloß mich dem zotteligen Krokodil an pubertierender Weiblichkeit auf dem Bürgersteig an und hielt Wache. Das ganze Haus, so verschlossen, wie es war, sah aus, als ob es mich direkt böse ansah. Endlich rief ich in meiner Verzweiflung seine Eltern an.

»Hast du den Scheck erhalten, meine Liebe?« fragte Pierce Senior.

»Den was? Ach so, ja. Ja. Vielen Dank. Ich werde Ihnen, sobald ich es nur irgend kann, alles zurückzahlen.«

Gott, dachte ich, jetzt war ich so weit, daß ich auch noch für ihn log. Noch schlimmer war, ich machte es so lässig. Es war mein Vater, dachte ich mit Schrecken, der sich in mir vordrängte.

Pierce mußte wieder aus der Show geschrieben werden. Die verrückten Mullahs kamen zurück, und dieses Mal stellten *sie* sich als die Spione vom Mars heraus, die in höchst geheimer Mission geschickt worden waren, so sagte man uns: um Rondahs berühmtes Rezept für Doughnuts zu stehlen. »Ach Gottchen – wer hat denn *den* Scheiß geschrieben?« kreischte Rondah von der Bühne herab und führte die Schauspieler beim üblichen Auszug an.

Die angesagte Hitzewelle begann sich durch die Fenster von draußen herein zu knistern. Schweißringe färbten jede Achselhöhle, während die Truppe und die Crew sich auf dem Set niederließen, um abzuwarten, was als nächstes passieren würde.

Während Abe versuchte, zwischen den Schauspielern zu vermitteln (allen außer Mimi, die beschlossen hatte, nur noch zu schweigen, um ihre innere Aura zu reinigen) und den Autoren (die mittlerweile auf Feuerschlucker-Vorstellungen verfallen waren, bis sich George aus Versehen den Kopf flambierte), erhielten wir die Nachricht, daß Cosmo gestorben war. Die ganzen Influenza-Viren und »Magenverstimmungen« und Erkältungsentzündungen und die Schlafkrankheit waren Symptome von etwas sehr viel Ernsterem gewesen. In den Innungszeitungen las sich seine Todesanzeige »Cosmo Vinyl. Junggeselle. Alter 42. Todesursache –

Leberkrebs.« Sein Sarg würde nach kalifornischem Recht mit einem großen und nicht zu verkennendem »A« gekennzeichnet werden. In diesen Tagen waren die Worte »Junggeselle« und »Krebs« ein Euphemismus für AIDS.

Während die gesamte Crew und die Cafeteria-Angestellten in stiller Trauer umhergingen, erschien Rondah mit einer Mundmaske vor dem Gesicht.

»Also«, sagte sie defensiv, »niemand weiß genau, *wie* sich das überträgt. Diese Bakterien könnten überall in diesem Make-up Zimmer umherschwirren.« Außerdem gab sie bekannt, daß sie den ganzen Laden desinfiziert haben wollte und daß in Zukunft kein Make-up Mensch sie mehr anrühren durfte, ohne Schutzhandschuhe zu tragen. Rondah Rivers ließ Charles Manson sympathisch aussehen, wirklich.

Am nächsten Tag erschienen die Autoren, die die ganze Nacht über verrückte Mullahs gegen Marsmenschen ausgetauscht hatten und Marsmenschen gegen verrückte Mullahs, bei den Kameraproben mit T-Shirts, auf denen zu lesen war: »Wirklich schlechte Menschen erwarten schreckliche Strafen«, und fingen dann bei jeder Zeile ihres von ihnen selbstgeschriebenen Dialogs an, hysterisch zu lachen. Je mehr sie lachten, desto klobiger sprachen die Schauspieler ihren Text. Es würde ein langer Tag werden. Ich preßte meine Finger in meine Augen hinein. Sie fühlten sich auf der Innenseite sonnenverbrannt an.

Der dritte Tag war Aufnahmetag. Er war außerdem mein einundzwanzigster Geburtstag. Die meisten von uns kamen verspätet im Studio an, weil wir an Cosmos Beerdigung im Disneyland des Todes teilgenommen hatten. Es ist wohl unnötig zu sagen, daß Rondah und die ganzen anderen Schauspieler es nicht für nötig befunden hatten, aufzukreuzen. Die Produzenten und die Fernsehdirektoren, die sich tatsächlich bemüht hatten, redeten über das Geschäft – Cosmos Tod war zu einer Power-Beerdigung geraten.

Als wir auf das Gelände zurückkamen, strömte das Publikum für die Aufnahme um vier Uhr schon durch das Tor, Autogrammbücher und Sofortbildkameras fest im Anschlag. Das Gefühl hinter der Bühne läßt sich als tödliche Panik umschreiben. Keiner von uns wußte seinen Text oder seine Bewegungen, das Drehbuch wurde jede Minute geändert, und Pierce fehlte immer noch. Jackie, die Fernsehdirektorin, wühlte dauernd durch die Apotheke, die sie als Handtasche bezeichnete, schob sich verschiedenfarbige Pillen in den Mund und keuchte auf ihrer Ventalinpumpe herum. Sie trank mittlerweile ihr Mylanta direkt aus der Flasche. Demnächst würde sie wohl anfangen, einen Tropf-Aufhänger neben sich herumzuschieben.

Um alles noch zu verschlimmern, war die Klimaanlage zusammengebrochen. Sich im Studio aufzuhalten, war nicht sehr viel anders, als in einer Mikrowelle zu sitzen.

Mimi weigerte sich, auf der Bühne Unterhosen zu tragen, da dank einer Akupunktur ihre vaginalen Säfte zurückgekehrt waren. Rondah weigerte sich, ihre AIDS-Schutzhandschuhe auszuziehen.

Es war noch eine halbe Stunde bis zur Aufnahme.

Abe sauste zwischen dem Kontrollraum und hinter den Kulissen hin und her, und die Schauspieler und die Crew riefen alle ihre Agenten an, um herauszufinden, mit wem sie schlafen mußten, um aus dieser Show wieder rauszukommen. Die Nachricht sickerte durch, daß sich die Autoren in *Das Boot* eingeschlossen hatten, nackt, und offiziell in den Streik getreten waren. Rondah gab bekannt, das könnten sie auch gerne bleiben. Sie weigere sich, Worte in den Mund zu nehmen, die von solchen verdorbenen Leuten geschrieben worden seien.

Während hinter den Kulissen die Panik weiter um sich griff, beobachtete ich, wie die Zuschauer ins Studio kamen. Sie reckten und streckten sich, um einen Blick ihrer Stars zu erwischen. Jeff, der Komiker (diesen Begriff verwende ich in seinem weitesten Sinne), der die Zuschauer mit recycelten Witzen anheizen sollte, war damit beschäftigt, sein Charisma nur so ins Mikrophon zu schleudern. »Willkommen. Willkommen. Ach hallo, Sir«, sprudelte er und hüpfte die Treppe hoch, um ein Mitglied des Publikums in der dritten Reihe anzusprechen. »Und wo sind Sie her?« Jeff streckte das Mikrophon in das verwirrte Gesicht des Alten.

»Ich bin Geistlicher geblieben.«

»Ach, Sie sind Geistlicher geblieben?« wiederholte Jeff ermutigend.

Der alte Typ murmelte irgend etwas Unhörbares. Ein Scheinwerfer hatte ihn nun ausfindig gemacht. »Sir«, schleimte Jeff ölig, »würde es Ihnen etwas ausmachen, etwas lauter zu sprechen?«

»Ich bin *geistig zurückgeblieben*«, brüllte der Alte.

Mittendrin in diesem ganzen Trubel kehrte Abe von seinem Gipfeltreffen in *Das Boot* zurück. Er war mit einem Paar Handschellen an einen Drehstuhl gefesselt. Seine einzige Möglichkeit, sich zu bewegen, bestand darin, sich mit den Füßen vorwärts zu paddeln, als befände er sich auf einem Skateboard.

»Sie haben mich festgebunden, diese Bastarde.«

Ein Schlüssel wurde zwar im Schloß gefunden, aber die Autoren hatten den Bart rundgefeilt. Einer aus der Crew holte ein Springmesser heraus. »Da wird ein bißchen Blut fließen, Mann, aber nicht viel«, sagte er Abe. »Okay?«

Während er an der Kette herumsägte, und Abes Gesicht sich vor Angst verzerrte, wurde berichtet, daß die immer noch in ihrem Häuschen verbarrikadieten Autoren angefangen hätten, Champagner und Kaviar zu bestellen. Was beides auf Abes Ausgabenkonto lief.

Noch fünf Minuten bis zur Aufnahme.

Schäumend vor Wut machten sich die Schauspieler von DINKS zum Set auf. Die Zuschauer klangen wie ein Orchester, das sich einstimmt – Schreie und Quietscher und Quaker explodierten in hundert verschiedenen Tonlagen. Während wir uns in unsere vorgesehenen Stellungen setzten und auf unser Stichwort vom Aufnahmeleiter warteten, lehnte sich Rondah zu mir herüber.

»Hast du etwas von Pierce gehört?« Ich fing einen merkwürdigen Ausdruck in ihren Augen auf – ein Blitz hochmütiger Verzweiflung, der mich denken ließ, daß sie sich vielleicht genau so verloren und verlassen vorkam wie ich.

Es hatte in letzter Zeit Andeutungen in den Klatschspalten gegeben über Rondahs »Reife«, ein Euphemismus in L.A. für »hinüber«. Deshalb verbrachte sie auch jeden freien Moment damit, in schwedische Alpin- und mexikanische Wüsten- und rumänische Schlammquellen-Schönheitsfarmen zu trekken, um dort mit zermalmten Ziegenfötussen und tierischen Placenta-Eiweißen massiert zu werden. Ich schüttelte den Kopf und warf ihr einen sanften Blick voller Kameradschaftlichkeit zu.

Aber Rondah führte eine plötzliche Neueinstellung

ihres Mundes durch und setzte ihren Gesichtsausdruck neu zusammen. Der Schimmer Verwundbarkeit verschwand. »Ach na ja, dann ist er wahrscheinlich mit Loverbaby unterwegs. Oh, davon hat er dir natürlich erzählt, nicht wahr, Schätzchen?« Sie sprach mal wieder in ihrer Stewardessen-Stimme. Rondah sollte ständig eine Boing 747 mit sich herumtragen, wirklich.

»Er hat vor Jahrhunderten mit ihr Schluß gemacht, nur zu deiner Information.«

»Ihr?« flüsterte Rondah gut hörbar, wobei sie die ganze Zeit das Publikum falsch anlächelte. »Du meinst wohl *ihm*. Pierce« – sie artikulierte jedes Wort mit besonderem Genuß »ist bi-sexuell.« Sie stahl einen Blick in meine Richtung und mimte Erstaunen über meinen schockierten Gesichtsausdruck. »Du meinst, das wußtest du nicht? Ach, na ja, so was, ich bin sicher, daß er vorhatte, dir das noch zu sagen.«

Der Aufnahmeleiter knallte die Klappe zusammen, und die vertraute Eingangsmelodie donnerte aus den Lautsprechern. Ich sah die Mündung der Kamera hinunter. Plötzlich sah ich das Bild meiner Mutter vor mir, als ich sie das letzte Mal gesehen hatte, im Krankenhaus, zwergenklein, wie ich es nun war, vor grauen, indifferenten Maschinen. Das Studio war heiß vom Atem anderer Leute. Das Neon-Schild »Lachen« blinkte neurotisch über der Bühne. Während ich mich auf dem Set umsah, begann ich, mich losgelöst zu fühlen, als ob ich die Kamera wäre. Aber ohne irgendein weiches Filterobjektiv. Endlich, nach fast einem Jahr in Hollywood, hatte ich es kapiert: das verwirrte Publikum, die bombenneurotische Crew, und Abe und seine Schauspieler – Die SS der *Situation Comedy*.

Zum ersten Mal sah ich mich von außen – in der

Traumfabrik festgefahren, während sie unerbittlich Unterhaltung in die vier Enden der Welt pumpte. Genauso, wie Terroristen mit dem Wasservorrat einer Stadt herumfummeln können, hätte Abe Einstein, wenn er auch nur halbwegs intelligent wäre, den Geschmack der Phantasie der ganzen Welt verändern können. Aber es würde nie passieren. Es war alles vergiftet. Wenn wir Fische wären, würden wir aufgebläht mit dem Bauch nach oben schwimmen.

Um die Wahrheit zu sagen, war ich so damit beschäftigt gewesen, alle anderen Menschen zu durchschauen, daß ich mir nicht die Mühe gemacht hatte, mich einmal selber anzugucken. Ich war unglücklich. Ich war bis aufs Knochenmark unglücklich.

Die Eingangsmelodie endete, der Applaus hörte auf, die Lichter gingen an, und der Aufnahmeleiter gab mir mein Stichwort. Ich stand auf, überquerte die Bühne und verließ das Studio.

Ich öffnete den Notausgang und lief auf die Straße hinaus. Die Hitze knallte mir entgegen wie ein Faustschlag in den Magen. Ich lief über den Parkplatz und auf den Hollywood Boulevard. Ich hielt keuchend an einer Straßenecke an, um mir eine Lage Kleider auszuziehen. Die Luft war bleiern mit zweimal, *dreimal* ausgeatmeter Luft.

Während ich die staubige, schattenlose Straße auf und nieder blickte, fluteten die Alice-im-Wunderland-Gefühle zurück. Ich fühlte mich orientierungslos. Jeder hier sah so beschäftigt aus, schien so zweckorientiert. Ich hörte mir die Mischung von Akzenten und Hupen und Kassettenrekordern und Sirenen und Erkennungsmelodien an, und mir wurde klar, daß ich mich noch nie so einsam gefühlt hatte. Ich fühlte mich wie ein einzelner

Strumpf. Ich wurde von Heimweh überspült, aber das Schreckliche war, daß ich nicht wußte, nach *wem* oder nach *was*.

»Yo. Mach' mal'n bißchen Blasorchester, Ziege.« Die Stimme gehörte einem Mitglied einer Heavy Metal Gang, der sich mit dem vorschriftsmäßigen Hundehalsband und Def-Leppard-T-Shirt bekleidet hatte. »Mach' mal einen Lippenverschluß um meinen besten Freund«, lud er mich ein und deutete auf seinen Schritt. Ich hastete an ihm vorbei und fand mich in einer Gruppe enttäuschter Touristen wieder, die sich auf der Ecke Hollywood und Vine zusammenhielten. Mit Kameras und Autogrammbüchern als Ausrüstung hatten sie sich aufgemacht, jemanden Berühmtes zu erhaschen. Statt dessen war alles, was sie sehen konnten, ein paar männliche Prostituierte, die lustlos ihrem Gewerbe vor den speckigen Diners nachgingen; Dealer in zebragestreiften Spandex-Hosen, und Straßenkinder, die um Essen und Geld bettelten und auf den Baustellen in der Franklin Avenue schliefen – nicht weggelaufene, sondern weggeworfene Kinder. Dies war, wie mir Pierces Vater beigebracht hatte, die ultimative Wegwerfgesellschaft. Durch alles hindurch annoncierte eine Stimme über Lautsprecher, daß eine »Bustour der Häuser der Stars – fünfzig der bekanntesten Häuser in der Welt« gleich beginnen würde. Der Preis betrug nur fünfundzwanzig Ohren.

Indem ich in Richtung *Downtown* marschierte, kam ich an einem Schild vorbei, auf dem eine »Einfädeltherapie« angeboten wurde, die Autofahrern beizubringen versprach, wie man sich in den Verkehr auf dem Freeway eingliedert. Das, wurde mir klar, war genau das, was ich brauchte. Nicht fürs Autofahren, sondern fürs tägliche Leben.

Ich fing an, mir selbst Geburtstagsgeschenke zu kaufen – Sachen, von denen ich noch nie gewußt hatte, daß ich sie wollte. Ich kaufte mir einen »Blaster-BH« mit Lautsprechern statt Mulden und eine elektronische selbstrührende Pfanne. Ich gab alle großen Scheine in meinem Geldbeutel aus und befreite mich dann von meinem gesamten Kleingeld. Ich stolperte mit meinen ganzen Paketen und Päckchen weiter, aber die Erleichterung, die ich gespürt hatte, als ich mein gesamtes DINKS-Geld ausgegeben hatte, verflog plötzlich. Es gab einen fatalen Fehler in dem amerikanischen Konsummythos.

Man kann nicht alles haben. Ich meine, *wo würde man es alles hintun?*

Ich schleppte meine Geburtstagspäckchen in ein Café auf der Melrose. Die Wände mit bunten Bildern von hepatitisgelben Kartoffelchips und pockennarbigen Würstchen gesäumt.

»Was darf's sein?« Die kaugummikauende Kellnerin nahm meine Bestellung für einen Eistee mit einem verdrießlichen Verziehen ihrer Lippen auf. Aber kaum war sie an mir vorbeigeschoben, als sie schon wieder ihre stiletto-hackigen Beine zurücktrug. »Hey«, schwärmte sie, »sind Sie nicht diese kleine Australierin aus dieser Fernschshow?« Ehe ich jegliche Existenz einer solchen Person leugnen konnte oder eines solchen Ortes sogar, war sie schon in einen Bericht ihres Lebens gestartet, wobei sie mit der Größe des Penis ihres Freundes anfing und dann gleich auf ihre vermuteten lesbischen Vorlieben überging. »Mein Name ist Marie, ich pumpe zwei Stunden am Tag Eisen, für Sushi könnte ich sterben, und ich bin gerne die dominante Partnerin.«

Ich starrte sie an. Kalifornier haben diese Angewohnheit, einen aus heiterem Himmel anzusprechen. Sie sausen gleich in die intimsten Unterhaltungen hinein – na ja, man konnte das eigentlich nicht wirklich Unterhaltung nennen. Es sind eigentlich eher Monologe. Was in Ordnung ist, denke ich mal, wenn man als Ziel im Leben hat, ein Ganzfigurspiegel zu sein. Aber das war nicht meins. Nicht mehr. Ehe ich antworten konnte, daß ich nicht viel davon hielt, irgend etwas roh zu essen – inklusive ihr selbst –, war sie schon wieder dabei und erklärte mir jetzt, daß ihre neurotische Psychose daher rühre, die Drittgeborene zu sein, was der Grund war, warum sie kontinuierlich in ihrem Leben »alles nur unter Schnitt brachte«.

Ich hob ein *National Geographic Magazine* von der Theke auf und tat so, als wäre ich von einem Artikel über künstliche Befruchtung bei Sauen fasziniert. Aber Marie powerte weiter, unaufhaltsam.

»Ich wußte, Sie würden das verstehen, wo Sie doch so berühmt sind und so.«

Maries andere Kunden waren nun soweit, daß sie riefen und sich beklagten. Ich ließ ihr meinen letzten verbliebenen Dollar und schleppte meine Geburtstagspäckchen in die brodelnde Sonne, überquerte die Straße und stand einfach nur auf der Ecke. In der Hitze lief mein Studio-Make-up herunter. Die Wimperntusche ließ zwei schwarze Streifen auf meinem Gesicht entstehen, die wie Bremsspuren aussahen. Ich begriff dann, daß ich immer noch mein winterliches Wollkostüm für die heutigen Aufnahmen trug.

Aber ich sprang fast aus meiner Haut heraus, als eine starke Hand sich plötzlich auf meiner Schulter niederließ.

»Moment mal, Ma'am. Könnte ich mal Ihren Führerschein sehen?«

Ich drehte mich verdattert zur Stimme. »Verzeihung?«

»Ihr F-ü-h-r-e-r-s-c-h-e-i-n. Was? Spreche ich etwa Polnisch?«

Es war ein Polizist, in diesen lächerlichen Breeches, vollkommen ausgestattet mit Helm und vorschriftsmäßiger schüchter den-Verdächtigen-ein dunkler Sonnenbrille. »Wozu denn das?«

»Sie haben sich verkehrswidrig verhalten, Ma'am.«

»Was?«

»Sie sind bei Rot rübergegangen. Führerschein?«

»Warum wollen Sie denn meine *Fahr*erlaubnis sehen? Ich gehe doch *zu Fuß*.«

»Ma'am, sie bewegten sich mit einer Geschwindigkeit von zwei Meilen die Stunde in einer Nicht-Fußgängerzone, wofür die Stadt von Los Angeles eine Strafgebühr berechnen muß.«

»Happy Birthday. Heute habe ich Geburtstag. Wußten Sie das?« sagte ich ihm aus keinem besonderen Grund. »Das hier ist eine widersinnige Stadt. Ich meine, der Laden hier ist voll mit Nackt-Auto-Waschanlagen und Auto-Gebläsen und Whirlpool-Orgien und – ich weiß nicht – Leuten, die sich mit jeder Art von Drogen Überdosen verpassen, und Sie wollen mich bestrafen, weil ich meine *Füße* benutze? *Ich habe keinen Führerschein*«, schnauzte ich ihn an. »Das ist das ganze Problem. Ich kann mich nicht *einfädeln*. Die Leute haben in dieser Stadt keine Freunde, sie haben *Kontaktpersonen*. Niemand hat einen Liebhaber, sie haben ›erleuchtete, nichthierarchische, nichtsexistische Co-Partner‹. Adressenbücher – ist Ihnen das schon einmal aufgefallen? – werden nur mit *Bleistift* geschrieben. Aber dann haben wir diese ›unwählerische Inimität‹ – so nennt Pierce, mein Fr… dieser Typ, den ich kenne, das hier.

Wie zum Beispiel gerade eben. Ich treffe diese Kellnerin, die mir alles über das Penisimplantat ihres Liebhabers, ihre lesbischen Tendenzen und ihr unentdecktes Star-Potential erzählt hat. Kein Scherz. Jeder in dieser Stadt, von Bankangestellten zu Friseuren, hat ein Schauspieler-Diplom oder eine Idee für einen Film. Ich bin verzweifelt auf der Suche nach jemandem, der einfach sagt: ›Hallo, ich bin Klempner.‹ Ich meine, Sie sind wahrscheinlich nur tagsüber ein Bulle und ein Pantomime in der Nacht, stimmt's? Diese Stadt ist überhaupt nicht ›laid back‹. Jeder kommt irgendwo anders her. Es ist die ›Go-West‹-Mentalität Amerikas. ›Geh' in den Westen und verdiene dort dein Vermögen.‹ Aber sehen Sie, wenn man hier versagt, dann *kann man nicht mehr weiter westlich gehen.* Das *war's. Finito.* Es ist *jetzt* oder nie. Was erklärt, warum sich die Leute dauernd auf dem Freeway erschießen. Jeden Tag gibt es neue Erfindungen und Geräte und Spielereien, die einem Zeit sparen sollen, so daß die Leute mehr Zeit haben, sich noch mehr zeitsparende Erfindungen und Geräte und Spielereien auszudenken. Leute wie mein Fr... wie dieser Typ, den ich kenne, die müssen dann Drogen nehmen, um mit der Langeweile fertig zu werden, die ihnen diese ganze Zeit, die sie dann haben, verursacht. Er kauft einfach immer größere und schnellere Autos, damit er weniger und weniger von mehr und mehr sehen kann, schneller und schneller. Er leidet unter einem tödlichen Fall von Hollywood – alles deswegen, weil ihm niemand ›Nein‹ sagen will. *Inklusive ich.* Und dann ist da meine Freundin. Sie tut so tough und frech, aber was ist sie unter dieser ganzen vorgespielten Mutigkeit? Ein einziger langer Schmerz an Unsicherheit. Jetzt hat sie sich in ihr Zimmer eingeschlossen und will nicht wieder rauskommen, weil ihre Nippel dunkel sind. Und am *schlimmsten ist*, daß mein *Vater* zum ersten Mal in seinem Leben recht gehabt haben könnte. Ich hasse das. Ich hasse ihn. Ich hasse diese Stadt. Mimi Zarbo. Kennen Sie die? Na ja, die sollte mal aufhören, sich wegen ihrer *eigenen* Analforschung Sorgen zu machen. Ich meine, wenn man jemals der Erde einen Einlauf machen wollte, dann würde man die Tube genau hier reinstecken. Los Angeles ist das Arschloch der Welt. Der Punkt ist, *ich will keine Amerikanerin mehr sein.* Okay?«

Der Polizist starrte mich an. Er hob die Arme in die Luft und ergab sich. »Hey, Lady. Beruhigen Sie sich, okay. Warum gehen Sie nicht einfach nach Hause und ruhen sich nett aus. Klingt gut, was?« Ich schüttelte schluchzend den Kopf. »Okay, okay, was wollen Sie dann?«

»Was ich will«, heulte ich, »was ich will, ist so zu sein, wie ich war, ehe ich so sein wollte, wie ich es jetzt bin.«

Ich ging den Rest des Wegs betäubt nach Hause, ob nun von Hitze-Müdigkeit, dem Einatmen von zuviel Autoabgasen oder der Tatsache, daß ich gerade vor einem Polizisten einen totalen Nervenzusammenbruch bekommen hatte, bin ich mir nicht sicher.

Die Dinge könnten schlimmer stehen, sagte ich mir. Die Dinge waren so tief gesunken wie die Prostata einer Schlange, wie wir zu Hause sagen. Das heißt, bis ich den Briefkasten öffnete. Drin befand sich ein an mich adressierter Brief. Während ich gegen jede Wahrscheinlichkeit hoffte, daß er von Pierce wäre, der mir schrieb, um mir zu sagen, wo zum Teufel er war, glitt ich den Rest eines abgeknabberten Fingernagels in das Siegel und klappte ihn auf. Er war von Ugly Unlimited. Man freute sich, mich als neues Mitglied zu begrüßen.

Ich wäre geradewegs ins Bad gegangen und hätte mir

unser bestes Pulsaderschneide-Rasiermesser genommen, wenn nicht Tash endlich wieder aufgetaucht wäre. Als ich sie sah, wurde ich aus meiner selbstsüchtigen Dumpfheit geschockt. Sie war in ihren zigarettenverbrannten Kimono eingemümmelt, der mit Suppen- und Weinflecken übersät war, ihre Haare baumelten ihr über das verhärmte Gesicht, und sie saß niedergeschlagen am Küchentisch. Ein Glas mit Whiskey befand sich in einer Hand, ein Stück Kuchen in der anderen. Sie war so dünn, dachte ich, wenn ich sie berührte, könnte ich vielleicht ihre Haut durchstechen.

»Happy Birthday«, sagte sie und prostete mir zu.

»Du hast dich daran erinnert?«

»Hier.« Sie setzte ein Eierschneidegerät in Bewegung und sägte mir eine Scheibe Schokoladenkuchen ab, die sie mir mit einem gewaltigen Krümelrieseln über den Tisch reichte. Ich nahm sie in die Hand, ließ mich in den Stuhl neben ihn fallen und starrte das Stück einfach an. Sie goß mir ein Glas Whiskey ein und schlidderte es mir über den Tisch rüber. Ihr Kimono fiel auf und ich sah, daß sie nichts drunter anhatte als die singende Unterhose, die ich in der Aussteuerkiste gesehen hatte. »Also wo ist Loverboy?«

Ich zuckte traurig mit den Achseln.

Tash kaute nachdenklich ihre Unterlippe und ließ dann einen langen müden Seufzer von sich. »Kannst du dir das vorstellen?« Schokolade war um ihren blassen Mund wie Lippenstift geschmiert. »Zwei heiße, geile, absolut hübsche, witzige, wunderbare Frauen wie wir sitzen hier ganz alleine an deinem einundzwanzigsten Geburtstag herum, fressen Kuchen und saufen sich einen an. Es ist ein Verbrechen. Es sollte verboten werden. Es ist eine –« sie rülpste laut »– eine *Tragödie.*«

Wir saßen in düsterer, halb-beschwipster Apathie herum und konzentrierten uns voller Wut auf den Kuchen vor uns.

»Weißt du, ich hab' in den letzten zwei Wochen nachgedacht – die hassen uns eigentlich«, sagte Tash plötzlich durch eine riesige Portion Kuchen hindurch.

»Wer?«

»*Männer*. Warum denkst du denn, daß sie diese gräßlichen Witze erzählen. Wie Carls besonders witziger, erinnerst du dich? ›Warum haben Frauen Mösen?‹«

»Oh, der ist eklig. Ich kann den nicht ausstehen.«

»Dauernd und dauernd erzählen sie, wie schlecht wir riechen und wie schlecht wir schmecken. Ich meine, Sperma schmeckt nicht gerade wie Zabaione, aber machen *wir* darüber Witze? *Nein*. Weil wir nett sind. Zu nett. Was der Grund ist, warum ich mich entschieden habe, für Geld mit Männern zu schlafen.«

Ich erstickte fast an einem Stückchen Kuchen, das die falsche Röhre runterging. Ich erinnerte mich daran, was Tash mir über ihre Toleranzschwelle gesagt hatte. Daß es eines Tages einen Überschallknall geben würde, und sie wäre dann in die schocklose Zone durchgebrochen. Also das war's dann. Sie war durch die Schwelle durch. Nichts konnte sie mehr schmerzen oder schockieren. Während Tash sich vorlehnte, um mir auf den Rücken zu klopfen, stotterten ihre Unterhosen in das Lied hinein. »*For she's a jolly good fellow, for she's a ...*« säuselten sie blechern. »Korrektur. Nicht *Männer*. Mann. Ich werde einen reichen Typen finden und ihn ficken für alles, was er hat.« Die Batterie in den herzförmigen Unaussprechlichen ging langsam ihrem Ende zu.

»Es ist die einzige Art, wie ich dieses Geld verdienen kann. Du solltest auch ein bißchen mehr Biß kriegen,

Kiddo«, sagte sie und betrachtete mich mit einem Gesichtsausdruck voller heftiger Zuneigung. »Hey, was gibt's zu essen? Mein Streßniveau ist hochgegangen. Ich könnte diesen gesamten Tisch essen.« Die Dinge mußten wirklich schlecht stehen. Das einzige, wovon Tash sonst zugab, daß sie es aß, waren Männer. »Bestell' die *Supremo*«, forderte sie und reichte mir die Pizzaservicekarte.

»Wie groß?«

»Waisenhausgröße.«

»Was ist nur mit dem amerikanischen Mann?« fragte ich und legte den Hörer wieder auf. »Ich dachte, diese Generation wäre anders. Aber diese hier ist auf eine bestimmte Art noch schlimmer.«

Tash plazierte ihre unrasierten Beine auf den gegenüberliegenden Stuhl und legte ihr Gesicht an den mittlerweile leeren Kuchenteller, während sie mir ermutigend zunickte. Ihre rosa Zunge schoß heraus und wieder hinein.

»Ich meine, sicher, sie können herumsitzen und jede Gefühlsnuance analysieren, aber gleichzeitig scheinen sie mir, na ja, irgendwie emotional lesebehindert. Weißt du, wie ich das meine? So irgendwie, sie können dir alles über den G-Spot erklären, aber selber kriegen sie keinen hoch.«

»Erzähl's mir doch«, unterbrach mich Tash. »Manche meiner Typen lassen den Riesenpanda geradezu super-männlich scheinen.«

»Die sind in einer Art Zwischenzone. Nicht die Macho-Dösköppe, zu denen sie erzogen wurden, *oder* die männlichen Feministen, die sie auf Fernseh-Talk-Shows zu sein behaupten... Sie sind irgendwie ... ich weiß nicht, gebrochen.«

»Ich gehe also davon aus«, sagte Tash ruhig, wobei ihr Gesicht bei dem Versuch, jetzt nicht zu lachen, lang und länger wurde, »daß Pierce-Baby ins Gras gebissen hat.«

Ich weigerte mich, ihr in dem Punkt die Befriedigung einer Antwort zu geben und ging hinüber zum Eisschrank, aus dem ich mir das Glas Erdnußbutter holte – welches, dank Tashs Zurückhaltung bezüglich fleischlicher Aktivitäten, noch voll war.

»Mach' dir keine Sorgen«, fügte sie bösartig hinzu. »Die Zeit heilt alles – außer Herpes, Menstruationsbeschwerden und Radioaktivität.«

»Weißt du was«, sagte ich ihr als Beweis dafür, daß ich mehr Biß bekam, »daß der Penis eines Schweines die Form eines Korkenziehers hat? Ich hab' das im *National Geographic* gelesen. Wär' doch klasse, oder? Du könntest Sex haben und danach die Weinflasche aufmachen.«

»Gefolgt von«, schnaufte Tash, »einem Schinkensandwich.«

»Ich frage mich, ob Schweine Probleme damit haben, ihn ›hochzukriegen‹?« fragte ich, wobei ich gierig einen goldenen Löffel voll verschlang.

»Keine Ahnung«, gähnte Tash. »War noch nie im Bett mit einem – oh, warte! Jetzt fällt's mir ein. War ich doch!«

»Ich auch.«

»Gibt es irgendwas anderes überhaupt?«

Unser Gelächter verdunstete bald wieder. Wir versanken erneut in einen Schleim aus Selbstmitleid.

»Vielleicht sollten wir einfach lesbisch werden«, seufzte Tash trostlos. »Ich meine, wenn du sie nicht schlagen kannst, dann leck' sie eben, stimmt's?«

»Ich würde lieber jüdisch werden. Die komischsten

Leute der Welt sind alle Juden. Tatsächlich fühle ich mich *schuldig*, daß ich nicht jüdisch bin.«

»Ich auch.«

Als Tash Unterhosen wieder das Lied loskeuchten, schmissen wir uns beide wieder in unsere Stühle und beobachteten, wie die Ebbe in der Whiskeyflasche einkehrte.

»Und *jetzt* was?«

»Schokolade«, sagte Tash. »*Irgendwo* hier hab' ich auch welche.« Sie stand schon auf den Füßen und ging die Schubladen durch. »Fachleute behaupten, Frauen würden Schokolade essen, statt Sex zu haben. Die Wahrheit ist, daß Frauen Sex haben, statt Schokolade zu essen!« In diesem Moment fanden wir den Zettel von Tashs mexikanischer Putzfrau. Keine von uns beiden hatte seit dem letzten Mal, daß sie da gewesen war, gespült und wir hatten ihn unter den speckigen Töpfen und Pfannen nicht gesehen. Tash las ihn zuerst und reichte ihn mir dann ernst hinüber.

»Liebe Misses«, stand darauf, »Danke Erhöhung. Danke. Maria. Ps. Washmaschine leckt sehr.« Tash Augen leuchteten auf. Indem sie die Kekse festhielt, die sie vom Boden des Wäschekorbes ausgegraben hatte, nahm sie meinen Arm in einen Zangengriff und schleppte mich durch das Haus in den Wäscheraum. »Kat«, begeisterte sie sich, »das hier ist der Traum eines jeden Mädchens.«

»Was?«

»Hast du dich nie auf die Waschmaschine gesetzt als Kind? Du weißt schon, wegen der Vibration?« Ich schüttelte den Kopf.

»Gott, Mädchen«, sagte sie, wo kommst du denn her? Aus einer *Kiste*?« Tash fummelte an den Knöpfen herum und stemmte sich dann oben auf den Deckel der Maschine. »Also, los jetzt. Steh da nicht einfach so rum! Eine Waschmaschine, die lecken kann. Wir werden nie wieder Männer brauchen.« Sie streckte einen Hühnchenarm aus und zerrte mich auf die Maschine hoch. »Ich meine, du mußt nicht mit ihr reden oder ihr das Selbstbewußtsein massieren. Du mußt auch nicht über Stunden und Stunden den Bauch einziehen.«

Ich saß an ihrer Seite, während die Erschütterungen durch den kalten Stahl gingen. Ein Ausdruck perfekten Glücks ging über Tashs Gesicht. »Happy Birthday, Kat«, sagte sie und biß selig in den Schokoladenkeks.

»Danke, Kumpel«, ich ließ mein Glas gegen ihres stoßen, kurz bevor die Maschine in den Trockenschleudergang hineindonnerte. Wir sahen uns gegenseitig an und fingen an zu lachen, eine laute, unkontrollierbare Kaskade an Gelächter, wobei wir Geschosse aus Schokoladenkrümeln in alle Richtungen sandten. Es brauchte eine Weile, bis ich begriff, daß nicht nur die Waschmaschine, sondern die gesamte Wäsche, tatsächlich das ganze Haus in Bewegung waren. Ein gerahmtes Poster von Bette Midler glitt auf den Boden und spuckte Glasscherben. Die Schranktüren sausten auf und schwangen auf ihren Scharnieren hin und her. Schubläden katapultierten sich aus ihren Halterungen heraus. Die Flaschen auf den Regalen cha-cha-ten immer dichter an die Kanten und knallten dann in tausend Stücken auf die Fliesen tief unter ihnen. Tash und ich wurden von der Maschine heruntergeworfen. Das ganze Haus hatte sich in einen 1200er Schleudergang geworfen.

»Oh, Gott. Es ist ein verdammtes Erdbeben«, brüllte Tash redegewandt und griff den Rand des Spülsteins.

Ich gab ihr einen »Ach-nein-wirklich-kein-Scherz«-Blick. »Machen wir, daß wir hier rauskommen«, kreischte ich und stolperte auf die Füße. Ich wankte auf Beinen, die nicht mehr meine zu sein schienen.

»Wohin?«

Ich erinnerte mich an die Geschichten von fliegenden Autos und gefallenen Stromkabeln, die wie Schlangen zischten. Stop, dachte ich mir. Nachdenken. Was würde ein Erwachsener machen? Ich klammerte mich an die Beine des kreisenden Bügeleisens.

»Telefonbuch«, sagte Tash. Gott sei Dank hatten die Unterhosen aufgehört zu singen.

»Du willst jetzt jemanden *anrufen*?« heulte ich ungläubig auf. »Jetzt?«

Sie krabbelte auf Händen und Knien den Flur entlang, wobei sie dem fliegenden Schutt auswich. Als ich sie eingeholt hatte, war sie dabei, durch die ersten Seiten des Telefonbuches zu blättern und ließ ihren Zeigefinger auf der Seite »Erdbeben« die Zeilen entlanglaufen. Ich linste ihr über die Schulter. Es war voller wirklich brauchbarer Sachen. »Halten Sie eine Dose mit *Baked Beans* bereit, eine Taschenlampe, Pudermilch und einen Universalschraubenschlüssel« stand dort zu lesen. »Einen tragbaren Herd, eine Feuerfluchtleiter, einen nichtelektrischen Dosenöffner, und versichern Sie sich, daß der Rauchdetektor in Ihrem Haus korrekt angeschlossen ist.«

»Klasse«, heulte ich auf. »Das sagen sie uns jetzt.«

»Hier steht, man soll sich unter einen Türrahmen stellen.«

Wir taumelten mit dem Telefonbuch in der Hand zum Türrahmen, standen da und klammerten uns aneinander fest, während das Gebäude mit den Nachbewegungen schauderte.

»Was steht da noch drin, um Himmels willen?«

Sie ließ ihren Finger weiter die Seite herunterlaufen.

»Hier steht, laß mal sehen: ›Machen Sie vorher einen Treffpunkt mit Freunden aus.‹«

»Oh, das Ding hier ist so hilfreich, daß ich es kaum noch aushalten kann.«

»›Oder mit Ihren Lieben.‹«

»Ich habe keine Lieben!« Mittlerweile näherte ich mich einem hysterischen Anfall. »Das ist doch das ganze Problem.«

»Na ja«, unterbrach mich Tash und setzte ihre sachlichste Stimme auf, »wo wollen wir uns treffen?«

Ich sah sie jämmerlich an. »Sydney«, wimmerte ich und fing an zu weinen. Das hier war ein richtig schönes Ende für den Tag. Ich fühlte mich vollkommen verraten. Ich meine, es gibt einfach bestimmte Dinge, die man vom Leben erwartet. Man erwartet, daß man zunimmt, kaum daß man eine Hungerkur angefangen hat. Man erwartet, daß Männer lügen, wenn sie sagen: »Nein, ich bin nicht verheiratet.« Und man erwartet, daß die Erde da ist, wenn man den Fuß aufstellen will. Die Tatsache, daß sie es nicht war, ließ einen sich komplett betrogen vorkommen. Wir standen im Türrahmen und warteten auf die nächste Welle. Ich war zu verängstigt, um aus dem Fenster zu sehen. Ich dachte, ich würde San Francisco sehen. Schließlich traute Tash sich durch das zerschlagene Wohnzimmer durch, sammelte die Fernbedienung ein und zappte den Fernseher wach. Kalifornien, schien es, war immer noch ganz da. Das heißt, soweit man von Kalifornien eben behaupten konnte, daß es noch »ganz da« sei.

»Tut uns leid, Nachbarn«, sagte der Nachrichtensprecher, »aber wir steigen hier unter unsere Schreibtische.« Indem er seinen Teleprompter verließ, duckte sich der nadelgestreifte Ansager aus dem Sichtfeld heraus. Eine Stimme kam unter dem Tisch hervor. »Und nun, die Weltnachrichten.« Aber der Sender zeigte statt dessen einen Helikopterbericht von dem angerichteten Schaden. Freeways waren blockiert, Überführungen waren nunmehr Unterführungen, Straßen hatten Blasen geworfen. Gebäude waren in die Knie gegangen. Spiegelglasfenster *Downtown* waren lose geworden und somit zu tödlichen Frisbees mutiert. Bürgersteige hatten den Quetschkommodeneffekt ausprobiert. Ganze Häuser waren verschluckt worden. Das Erdbeben hatte einen Wert von 5,9 auf der Richterskala, teilte man uns mit. Tash pfiff durch ihre schokoladenüberzogenen Zähne. Unter seinem Schreibtisch hervor sagte der Nachrichtensprecher ein weiteres großes Beben für diese Nacht voraus. Er riet allen Zuschauer, sich irgendwo »aufzuhalten, wo es sicher« sei.

Und so war es, daß wir genau dort blieben, unter dem Türrahmen aneinandergedrängt, wobei wir unseren Universalschraubenschlüssel festhielten und das Telefonbuch, die Whiskeyflasche und was von den Schokoladenkeksen übriggeblieben war. Und genau so fand Pierce uns, als er um halb elf durch die Tür spazierte. Genau wie der *Stunt*, den mein Alter vollführt hatte, als er zu Mum nach zwei Jahren zurückkehrte.

»Ach hallo«, sagte ich. »Hatte er deine Sorte nicht?«

Der Lama-Deal

Mittlerweile zu betrunken, um sich darum zu kümmern, ob die Erde noch einmal in einen Spülschleudergang schalten wollte oder nicht, sagte Tash zu Pierce, er sei ein Stück Scheiße, küßte mich aufs Ohr und schritt vorsichtig durch die ganzen Trümmer in ihr Bett.

»Bist du in Ordnung?« Pierce sah mein Gesicht eingehend an.

»Prima«, sagte ich, wobei mich das Zittern in meiner Stimme überraschte.

»Na, man stelle sich das mal vor«, sagte er. »Die Erde hat sich bewegt. Ich mußte sofort zu dir rüber fahren.«

»Wieso?«

»Um zu sehen, ob man dich endlich aufs Kreuz gelegt hat«, grinste er mich einfältig an.

Ich betrachtete ihn mit einer Gefaßtheit, die mich selber erstaunte. »Wozu bist du gekommen? Um mir zu sagen, daß du schwul bist?«

Diese unerwartete Anschuldigung kitzelte ein Lachen aus ihm heraus. »Was?«

»Also. Bist du's?« Diesmal taumelte Pierce vom Peitschenhieb in meiner Stimme zurück. »Ist das der Grund, warum du mich nicht an dich herangelassen hast? Ich meine, hattest du nicht den Mumm, mir das zu sagen?«

Pierces Heiligenschein aus Haaren federte über sein Gesicht. Er blies es aus den Augen heraus und starrte unglücklich seine alten Sportschuhe an. Er hatte seine Lieblingsschuhe angezogen, mit den abgenutzten Hacken und hochgerollten Zehen. Sie sahen aus wie etwas, das ein Astronaut tragen würde. »Ach, was soll denn der ganze Kram!« Ich fing an, mich wegzubewegen, aber seine Hand schoß vor wie der mechanische Probearm einer Raumfähre und griff mich.

»Kat«, sagte er hoffnungsvoll.

»Was?«

Er ließ meinen Arm wieder fallen und fing an, das Wechselgeld in seinen Taschen umherzuklingeln. Nachdem er noch ein bißchen seine Fußbedeckung angestarrt hatte, drehte er sich um und ging vorsichtig in die Küche. Ich hörte, wie der Küchenmixer aufheulte und stand wie gelähmt da, als er mit zwei schäumenden Margheritas zurückkam. Er nahm einen großen Schluck und sah mich bittend an. Ich fühlte mich ausgelaugt. Pierce, allerdings, war aus Kryptonit. Frauen, die sich innerhalb eines Aktionsradius von einem Meter von ihm entfernt bewegten, verloren alle Kraft. Finster darauf bedacht, mich abzulenken, sprang ich auf die Füße und fing an, Möbel, die von dem Beben ineinandergeschoben worden waren, wieder richtig hinzustellen.

»Du hast mir immer noch nicht geantwortet. Was willst du hier?« zischte ich, während ich mich anstrengte, zwei Sessel wieder auseinander zu hebeln. »Haben mir deine Eltern schon wieder einen Scheck geschickt?«

»Man hat sogar schon ein Gesellschaftsspiel nach mir benannt. Siehst du es denn nicht?« platzte er endlich heraus.

Alles, was ich sehen konnte, war eine Riesenunordnung. Mit einem Besen gewappnet, schob ich die Glasscherben und Geschirrteile zu einer Pyramide mitten im Zimmer zusammen. Pierce folgte mir, wobei er nonstop weitersabbelte.

»Die Spieler müssen so ein herzförmiges Puzzle von meinem verdammten Gesicht aufbauen, indem sie Fragen über mich beantworten. Kat, hörst du mir zu? Wer ist meine Lieblingsgestalt in der Geschichte? Was ist meine liebste Vorwahlnummer? Wie viele Unterhosen besitze ich? Also, Scheiße, das einzige, was die richtig hingekriegt haben, war meine verdammte Schuhgröße!«

Ich warf eine Zeitungsseite auf den Boden und stellte meine Füße auf die Kanten. Mit gewalttätigen ruckartigen Bewegungen fegte ich den Müll darauf, wobei ich das Photo eines Mannes, der lebendige Goldfische aß, um Geld für den »Verein lesbischer alleinstehender Mütter« einzutreiben, vollkommen bedeckte. ... »Mein *Lieblingsheld in der Geschichte*«, sagte ich, »ist der Typ, der als blinder Passagier auf dem Schiff mitreiste, das alle Gefangenen nach Australien mitnahm. Der *absolute Optimist.* Er ist wahrscheinlich verdammt noch mal einer meiner Vorfahren, jetzt wo ich darüber nachdenke.«

Pierce schnappte sich den Besen und drehte mich so, daß er mich ansehen konnte. »Kat! Bei dem ganzen Scheiß, der über mich geschrieben wird, vergesse ich einfach, *wer ich bin*!«

»Ich dachte, du wärst ein Überlebenskünstler!« sagte ich sarkastisch und machte mich mit einem Ruck von ihm los. »Ich dachte, nach dem Atomholocaust gibt es nur noch dich und ein paar Kakerlaken?«

Pierces Gesicht war eine verzweifelte Maske. »Verdammt. Kannst du nicht einsehen, daß ich genauso bin wie diese Aussie-Männer, über die du immer rumheulst. Wie nennst du die noch? Emotionales Vakuum.« Um seinen Jammer zu verbergen, konzentrierte er sich darauf, ein Stück tote Haut von seinem Daumen abzuknabbern.

»Ist das der Grund, warum du die Überdosis genommen hast?« Meine Stimme war jetzt enger geschnürt als Rondahs Bauch-und-Po-Strumpfhose.

»Ich mußte nur aus dem gottverdammten Lama-Deal herauskommen.«

»Was? Der Lama – wie nennst du das?«

»Darin befinden wir uns. Du und ich. Wir sind im Lama-Deal eingespannt. Es ist so«, sagte er und verlegte sich auf einen anderen Finger, an dem er neurotisch herumknabberte. »Die Reichen in Amerika haben gerne modische Haustiere. Miniatur-Krokodile, eine stubenreine Boa constrictor. Dann waren es rosa Ratten mit Stammbaum. Irgendwann waren Lamas der letzte Schrei. Alle hatten sie Lamas. Jeder Rockstar, jeder Gesellschaftslöwe, jeder super-coole, affenschwule Klassetyp brauchte unbedingt ein dämliches Lama. Also dachte so ein Arsch an scheißklugem Unternehmer, genau auf die Art könne er die schnellen Dollars machen. Er ließ ganz viele Lamas auf so eine Insel in die Karibik fliegen. Na ja, die warteten und warteten, und weißt du was, *niemand kam*. Weil die Lamas, die alle Welt gewollt und gesucht hatte, plötzlich passé waren. Weißt du, genauso passé, wie es DINKS war, ehe es überhaupt ausgedacht worden war.«

»Okay, okay«, unterbrach ich ihn kalt und bewegte mich erneut aus seinem Kryptonit-Radius heraus. »Komm' mal zur Sache.«

»Also, es war da heiß. Die Lamas wurden krank. Sie hatten Durst. Und jetzt hat man sie da einfach auf einer Insel namens Antigua gelassen, wo sie zu Tode verhungern, Meilen und Meilen von zu Hause entfernt. Heute top-modern, morgen total gearscht.« Pierce gestikulierte zum Fenster heraus. Die Lichter von L.A. glänzten unter uns. »Willkommen«, sagte er brutal, »im Lama-Deal.«

»Und das ist der Grund, warum du mich an dich nicht herangelassen hast? Falls ich herausgefunden hätte, daß du in einem VERDAMMTEN LAMA-DEAL steckst?!« Er nickte.

Das war der Moment, in dem ich ihm eine geradeaus und zielgenau in seine Fresse knallte.

Er sah mich betäubt an.

»Du Bastard! Du großer haariger Menschenaffe. Du Schleimscheißer. Du verdammter Riesen-Drongo. Warum hast du das nicht gesagt? Ich war kurz davor, mir *Brust-Implantate* verpassen zu lassen.«

»Was?« Eine Strieme erschien auf seinem Gesicht da, wo ich sie ihm hingeklebt hatte. Er rieb sie abwesend.

»Alle haben sie mir dauernd gesagt, Rondah und Phoebe und Mimi und Ping und Abe und alle, ich würde nie in Hollywood weiterkommen oder bei dir landen, wenn ich mir nicht die Haare blond färbte und die Brüste vergrößern ließe.«

Das schockierte erneut einen Lacher aus ihm heraus. »Aber Kat. Brustimplantate. Kuck' mal, die sind eklig. *Und* nicht biologisch abbaubar.« Ich sah ihn zweifelnd an, aber zum ersten Mal machte er keinen Witz. »Das Silikon braucht ungefähr 500 Millionen Jahre, um abgebaut zu werden. Rondah und Mimi und die ganzen anderen Babes, die du mit schwerkraft-leugnenden Körperteilen umherspazieren siehst, na ja, in fünfzig Jahren, wenn sie tot und begraben sind und Würmer ihre Knochen fressen, dann wird eins noch übrigbleiben: diese quitschigen Stücke Silikongel. Diese Frauen sind wandelnde Umweltschäden. Die kannst du noch nicht einmal ins Krematorium stecken. Die brennen nicht. Die Krematorien werden bald mit klebrigen, pappigen Tittenimplantaten verstopft sein. Man wird die herausnehmen müssen, *ehe* der Körper verbrannt oder beerdigt wird. Es wird einen Implantaten-Berg geben. Frauen werden sich wahrscheinlich die verdammten Dinger vererben. Der ›Vorbau-Fonds‹. Aber, welcher Mensch, der noch ganz bei Sinnen ist, würde etwas wollen, das einstmals *Rondah* gehörte?«

Wir sahen uns gegenseitig an und platzten in Gelächter heraus. Wir lachten, bis uns die Tränen herunterliefen. Dann ließen wir uns auf die Couch fallen und nippten schweigend an unseren Margheritas und hörten den Hunden und Sirenen zu, wie sie schwach und weit entfernt herumheulten.

»Das Gute an dir«, flüsterte Pierce, »ist, daß du die einzige Person bist, die kein Stück von mir als Souvenir will ...«

Ich sah mir sein Chaos an ungekämmten Locken an. Seinen roten Mund. Das abgeloddelte Pflaster, das sich einsam um seinen Zeigefinger wand. »Ich will nur mal kuscheln«, sagte ich mit winziger Stimme.

Und dann, ganz langsam, nahm Pierce meinen nackten Fuß von dem Dielenfußboden hoch und küßte ihn in der Wölbung. Er lehnte sich zu mir. Er roch nach frischgebackenem Brot. Er legte seinen Kopf auf meine Schulter und drehte dann sein Gesicht zu mir. Seine Arme umschlangen meinen Körper, und seine Zunge glitt meinen Hals hinunter.

Um die Wahrheit zu sagen, habe ich nie und niemals ein solches Mandelhockey-Spiel erlebt.

Ich weiß nicht, wie lange wir uns küßten. Wir haben die Zeit vergessen – ein unglaubliches Phänomen in L.A., wo Zeit Geld ist und Geld alles. Als wir endlich wieder hochkamen, waren wir beide ein bißchen benommen und hatten Gänsehaut, so, als wären wir zu lange getaucht.

»Okay«, sagte Pierce und holte Luft, »laß uns mal die Karten auf den Tisch legen. Ich bin fünfundzwanzig, seit zwei Jahren, was mich in Wirklichkeit siebenundzwanzig sein läßt. Ich schulde dir ein paar tausend Dollar. Ich kann nicht kochen, ich nehme zu viel Kokain und, ähm, oh, ja, ich spreche keine Fremdsprachen.« Er hob eine Augenbraue, die sagte: »Du bist dran.«

»Na ja, ähm, ich bin durcheinander und, ähm, arbeitslos. Ich habe gerade ein Erdbeben und einen Nervenzusammenbruch an einem Tag hinter mich gebracht, und ich bin hoffnungslos verschossen in den größten Schmiertypen Amerikas.«

Pierce tauchte seinen Finger ins Glas und zog ihn entlang meinem Hals hinunter. Ich konnte mich nicht bewegen. Ich war gespannt wie ein Draht. Er küßte meine Augenlider, meine Nase, mein Kinn und stupste dann langsam meinen Hals entlang, um sich in meinem Genick anzukuscheln. Er öffnete meine Bluse und sah auf meine Brüste. *»Art deco«*, flüsterte er zärtlich. Er fuhr mit seinem Zeigefinger den Rand seines Cocktailglases entlang. Dann knetete er das Salz in meine Nippel. Ich spürte, wie mein Körper sich ihm entgegenbog. Ich zuckte wie ein Jazz-Solo. Er holte die Zitronenscheibe vom Glasrand und drückte eisige Tröpfchen auf meine Haut, um sie dann zögernd und langsam aufzulecken.

Die Zitrone und das Salz stachen und kitzelten. »Salz«, er leckte eine Brust. »Und Zitrone«, er leckte meinen Bauchnabel. »Und sahniger Schaum«, er legte seine Hand zwischen meine Oberschenkel. »Kat, die Margherita.« Die Türklingel ging. Es war die waisenhausgroße Pizza. Es summte noch einmal. Es klingelte und klingelte und klingelte.

Wunderschöner Anfang

Eine der besten Sachen Amerikas ist, daß man einmal ganz drum herumsingen kann, von »New York, New York« bis »San Francisco«. Von »Highway 51« bis »Route 66«. Von »Galveston oh Galveston« bis »Meet me in St. Louis«. Von »I'm Goin' to Kansas City, Kansas City, Here I Come« bis »Kentucky Woman«. Es gibt über jeden Ort, den man sich nur vorstellen kann, ein Lied. Die Straße, die Pierce ausgesucht hatte, war mit Schlaglöchern nur so übersät, so daß wir langsam fahren mußten, was mir gerade recht war, da ich nicht wollte, daß diese Reise jemals endete. Jemals. Während Pierce und ich Löchern auswichen und uns durch ein riesiges Repertoire schmetterten, fiel mir auf, daß ich gar keine Lieder über mein eigenes Land kannte. Dapto, Toowoomba, Wollongong und Wagga hatten irgendwie nicht den selben Rock-'n'-Roll-Klang.

Die Straße nach Las Vegas war das, was wir zu Hause einen Kristall Highway nennen: eine lange Strecke tödlichen Asphalts, auf der Windschutzscheiben-Zerstörungen häufig vorkommen. Jedesmal, wenn aus der Gegenrichtung ein Auto auf uns zuschleuderte, lehnte ich mich vor und drückte meine Finger gegen das Glas, falls es abprallende Steine gab. Den Rest der Zeit hielt ich meine Hände fest, besitzergreifend, auf einem Teil von Pierce. Ich kuschelte mich wie ein Teenager in einem schlechten B-Movie an ihn heran, knabberte an seinem Hals und strich ihm übers Haar. Daß Pierce meinen Hals streichelte, meine Finger küßte und mein Kinn umfaßte, war, also, es war unglaublich. »Fühlst dich gut?« fragte er mich.

Wie ich mich fühlte? Wie einer dieser Armee-Überlebensrationskekse, diese trockenen, die erst dann weich werden, wenn man sie in Wasser legt. Ich dachte, ich würde vor Glück platzen, so fühlte ich mich. Ich nickte. »Und du?«

Als ich sah, wie er mich anstrahlte in seiner einmaligen Art, fühlte ich mich so, als hätte ich irgendeine Art Emmy gewonnen.

»Wo sind wir?« fragte ich Pierce verträumt, ungefähr zwei Stunden und zweitausend Lieder nach dem Beginn unserer Reise. Pierce, eine Hand auf dem Steuer, die andere um meine Schulter gelegt, sah kurz auf die Karte in seinem Schoß.

»Also, laß mal sehen, wir sind ungefähr zwischen dem ›F‹ und dem ›O‹ von ›Kalifornien‹«, sagte er.

»Jui, bist du nicht einfach super, was Orientierungssinn angeht«, flüsterte ich in seinen warmen Hals hinein. »Muß dir im Blut liegen. Amerika ist ein Unfall, wußtest du das? Ihr wurdet nur gefunden, weil der alte Columbus seinen Kurs verlassen hat. Kein Scherz. Wenigstens ist das, was mein Dad sagt.«

»Was hielt eigentlich deine Mum von deinem alten Herrn, ich meine, daß er dir alle seine Spielertricks beibrachte und so?« Es war das erste Mal, daß Pierce überhaupt ein Interesse an meiner Vergangenheit bekundete. Ich fühlte mich unbestimmt bloßgestellt und plötzlich schüchtern.

»Nicht viel, aber jedenfalls hielten sie beide nie viel von dem, was der andere jemals tat. Zum Beispiel meine Mutter. Sie fand es ganz nett, einen Garten zu haben, Joga, vegetarisches Essen, diese Art Sachen. Mein Vater trinkt gerne, spielt gerne und ißt gerne rotes Fleisch.«

Pierce lachte. »Sie müssen doch irgend etwas gemeinsam gehabt haben, um Himmels willen.«

»Na, ja, sie gingen beide gerne an den Strand – nur nicht miteinander.«

»Ja. Es ist mir völlig schleierhaft, warum die Welt als eine große glückliche Familie zusammenleben will. Familien sind zum Kotzen.«

Aber es war eine andere Sorte Familie, mit der Pierce momentan beschäftigt war. Es war die Sorte kniescheibenzerschmetternder Familie. Pierce schuldete der örtlichen Drogenmafia jede Menge Geld. Er hatte mir gestern, nachdem wir uns geliebt hatten, erzählt, daß sie ihm freundlicherweise angeboten hatten, ihn so voller Löcher zu pumpen, daß man ein Sieb aus ihm machen könnte.

Ich hatte die Latino Mobster schon einmal auf dem Hollywood Boulevard gesehen, frech wie Dreck mit ihren gigantischen Rolex-Uhren und Hüft-Piepern. Sie fuhren Mercedes und langgestreckte Cadillacs, von deren Rückspiegel Jesusphotos herunterbaumelten. Das waren die Typen, denen Pierce Geld schuldete. Er gab zu, er habe »die eine oder andere Droge von denen« in seinen Körper geschüttet. (Die eine oder andere Droge? Ich würde sagen, die Irakis könnten ihn als eine Chemiewaffenfabrik eröffnen.) Was der Grund war, warum er mit der Abzahlung seinen Hauses in Verzug geraten war, seine drei Autos verpfändet hatte, seine heißgeliebten 400-Dollar-Luftpumpen-Reeboks ins Pfandhaus getragen hatte und sich versteckt hielt. Es war der Grund, warum wir auf dem Weg ins Nirvana Casino, Las Vegas, waren.

Über das letzte Jahr hatte ich das Kasino ungefähr vier Mal angerufen. Wie sie es mir versprochen hatten, beantworteten sie alle meine Fragen. Ja, sie würden mir die Regeln über Doppeln und Teilen dort sagen. Ja, man konnte sich gegen den Black Jack versichern. Nein, der Black Jack zahlte nicht drei zu zwei. Er zahlte gleich zum Einsatz. Das war eine Statistik, die ich in meine gesamten Berechnungen eingebaut hatte und mit der ich wieder und wieder in Übungsrunden experimentiert hatte. Ich hatte das ganze Jahr über ein System entworfen, so ungefähr.

Eine Schwadron Insekten warf sich plötzlich gegen die Windschutzscheibe. Ich warf mich, erschrocken, heftig zurück und sah dann ihre verspritzten Technicolor-Innereien an. »Pierce«, sagte ich und wurde plötzlich ernst, als ich seine im Vibrato vorgetragene Version von »Long Distance Information, Give Me Memphis, Tennessee« unterbrach. »Hör' mal, ich werde dieses Geld aus drei Gründen gewinnen: erstens, um deine Schulden abzubezahlen. Zweitens, um dich aus deinem DRINKS-Vertrag auszulösen. Drittens, um Tash etwas zu geben. Nicht für Drogen, okay?«

»Beruhige dich«, sagte er mit gleicher Feierlichkeit, »ich muß mit dem Koks aufhören. Ich weiß das auch. Gestern habe ich mir die Nase geputzt, und mein halbes Gehirn kam mit.«

»Aber was ist mit dem anderen Zeug? Die Pillen und so, ich meine, Jesus, wenn du Chemie willst – *atme* einfach. Das hier ist Kalifornien. Smog-Hauptstadt der westlichen Welt.«

»Ich *sagte*, ich würde aufhören, okay?«

»Rondah geht davon aus, daß du süchtig bist. Sie erzählt, daß du dich aus dem Entzugsprogramm rausgemacht hast, weil du damit nicht fertig wurdest.«

Pierce schaltete die Scheibenwischer an, und die zerfetzten Insektenleichen verschwanden. »Ich bin *nicht* drogenabhängig, okay? Und ich werde *keine* Drogen mehr nehmen. Einer der Gründe ist, daß ich es wissen will, wenn ich mich amüsiere.« Er legte seine warme Hand auf die Innenseite meines Oberschenkels. »Wie gestern abend. Ehrlich, Kat. Das mit dem Stoff langweilt mich. Ich habe jede Droge, die der Zivilisation bekannt ist, genommen, um Himmels willen. Von Aspro bis Airfix-Kleber. Von Marihuana bis zu Auto-Enteiserflüssigkeit. Es gibt keine Highs mehr.«

»*Liebe* ist eine Droge«, wagte ich mich vor und stahl einen Blick hoch auf sein Gesicht. Ich sollte das wissen, wollte ich sagen. In dieser Hinsicht sprach ich als ein echter, vollkommener Junkie.

»Ja?« Pierce sah mich von der Seite an und lächelte dann sein breitestes Lächeln. Die Luft um ihn herum schien plötzlich zu leuchten. Ich sah sein Haar an, das oben von der Sonne golden gebleicht war. Selbst die Spitzen seiner Wimpern waren blond getönt. Ich fraß jedes Detail seines Gesichts und seiner Figur, und ich merkte, ich hatte mich noch nie im Leben so gefühlt, so na ja, ... so schnultzig es war, das einzige Wort dafür war *glücklich*. Gott. Ich würgte fast. Ich konnte es nicht fassen, daß ein solches Wort aus meinem Mund kommen könnte. Es klang so, na ja, so ... kalifornisch.

Und man höre und staune: *Es war mir egal.*

»Laß uns glückliche Kindheiten haben«, sagte Pierce plötzlich, »nur jetzt als Erwachsene.«

Während ich die weiße Linie anstarrte, die sich bis an den Horizont dehnte, und hinter uns die Gischtkronen aus Staub von unseren Rädern hochtrieselten, wurde ich von einer eisigen Vorahnung erfaßt. »Ich fühle mich, als hätte ich dich erfunden«, gab ich leise zu. »Ich denke, ich werde mal zur Seite sehen, und dann bist du weg.«

Pierce riß ohne Vorwarnung das Steuer des Bronco herum und fuhr einen Weg von der Straße weg. Er drehte den Motor aus. »Ich will dich zwischen den Beinen küssen«, sagte er sachlich. »Als wir uns heute morgen noch einmal geliebt haben, war es zu schnell. Als ob wir eine klasse Mahlzeit gegessen, aber einen Gang ausgelassen hätten, verstehst du?«

Wir waren in einen dichtbestandenen Wald an Kakteen hineingefahren. Während er mich auf dem Rücksitz ausstreckte, sah ich sie als Gemüse-Soldaten das Auto flankieren, wobei sie ihre stacheligen grünen Arme in Kapitulation erhoben.

Nevada war von der Sorte Landschaft geprägt, in der sich Raumschiffe zum Landen niederlassen. Nachdem wir in Las Vegas angekommen waren, das Auto geparkt und uns auf die Socken gemacht hatten und dabei auf einige erste Exemplare der lokalen Bevölkerung gestoßen waren, wurde mir klar, daß nicht nur ein Raumschiff gelandet war, sondern daß die Fremdlinge hier die Macht übernommen hatten. Anquatscher in Abendanzügen, die in der Mittagssonne vor sich hinglühten, bedrängten Passanten, in ihre Kasinos zu kommen. Leicht bekleidete mittelalte Frauen, deren geschwollene Beine in Stützstrümpfe gezwängt waren, versuchten uns zu überreden, die Shows anzusehen. »Debbie macht Alice« oder »Böse, böse Barbara braucht ein Pyjama«, mit

Bambi Junior und den Bimbos als Stars. Während wir die Hauptstraße entlanggingen, hatte ich das Gefühl, mich in einem Flipperautomaten zu befinden – Lichter, Summer, Glocken, blinkende Neontafeln, große leuchtende Formen und sich drehende Figuren, Radkappen, die wie silberne Sphärenkörper vorbeirollten. Ich griff mir Pierces T-Shirt-Ärmel, um mich fester an ihm zu verankern. Oben über uns mutierten psychedelische Feuerräder aus Neon zu einer Comicfigur nach der anderen, von denen jede einzelne vorschlug, daß man »unsere heißen Spielautomaten mal probieren« sollte. Daß man »mal reinschauen solle und gewinnen«.

Die eine gute Sache an der Landung in solch fremden Territorium war, daß niemand Pierce Reece-Scanlen Junior (den Dritten) erkannte.

»Also, was denkst du?« fragte mich Pierce, als wir das Ende der Hauptamüsiermeile hinter uns hatten und uns umdrehten, um das Chaos an Lichtern unter der gleißenden Wüstensonne zu betrachten.

»Was ich denke, ist, daß dieser Laden hier die höchste Elektrizitätsrechnung in ganz Amerika haben muß.« Pierce lachte und küßte meine rechte Handfläche. Ich rollte meine Finger über die Stelle, die seine Lippen berührt hatten, und schwor mir, seine glückbringende Berührung nie abzuwaschen.

Jedes Hotel der Stadt war an ein Kasino angeschlossen. Manche schwammen, andere drehten sich, eines konnte nur mit einer Gondel über den See voller rosa Blasen erreicht werden. Mein Lieblingshotel hatte Aufzüge, die wie Raketen aussahen. Es gab einen Countdown vor dem Take-off.

Wir versetzten Pierces Uhren und Ringe, hoben meine mageren Ersparnisse von der Bank ab und zählten dann unsere Reisekasse. 6465 Dollar. Es gab einen Stich an Schuldgefühlen, als ich an Tash dachte. Aber wenn ich erst mal im Black Jack gewonnen hätte, würde ich ihr all das Geld geben können, das sie brauchte, um ihr Kind zu finden. Pierce drückte mir beruhigend den Arm, und wir starteten los, um unser Hotel zu finden.

Das Nirvana Casino befand sich nicht auf der Hauptstraße. Ein drei Meter großes Schild über dem Eingang annoncierte die tollen Ereignisse des Tages. Es war leer.

Wir nahmen den Aufzug hoch zur Etage, die »Wolke Siebzehn« genannt wurde, und fanden unser Zimmer, die »Royal Flush Suite«. Es war nicht gerade eine Vier-Sterne-Unterkunft – mehr wie vier Ausrufezeichen. Das Bett hing durch. Die Tagesdecke hatte merkwürdige Flecken. Es gab Brandflecke von Zigaretten auf den Plastikschränken, und eine tote Kakerlake schwamm einsam in der Kloschüssel.

»Was für eine verdammte Hochzeitssuite«, lachte Pierce und machte den abgenutzten Vorhang auf. Das Schild gegenüber blitzte ununterbrochen sein Angebot eines »Frühstück, so viel man essen kann für 1 Dollar«. Daneben befand sich eine Schnell-Hochzeits-Kapelle, die »Wunderschöne Anfänge« hieß. Wir lasen die neonbeleuchtete Liste der Dienstleistungen, die die Kapelle vierundzwanzig Stunden am Tag anbot, von den Verleihpreisen für Smoking und Brautkleid (50 Dollar die Stunde) bis zum Kissen des Ringträgers (10 Dollar). Es gab einen kostenlosen Limousinenservice vom Hotel und wieder zurück, ein Video als Geschenk des Hauses, einen Penny für die Schuhe der Braut und eine einrahmbare Kopie des Hochzeitsschwurs. »Was wäre wohl unser Schwur?« fragte Pierce, der sein Kinn auf meinen Kopf stützte und mich um die Taille umarmt hielt.

»Jeden Tag einen Orgasmus zu haben«, sagte ich, »und gegenseitig über unsere Witze zu lachen.«

»Und eine Jukebox zu kaufen, die alle unsere liebsten Roadsongs spielen kann. Abgemacht. Ich meine, wir müssen ja feiern, irgendwie, wenn wir gewonnen haben.«

»Stimmt, das müssen wir natürlich.«

»Also.« Er sah mich herausfordernd an.

»Also?«

»Also, laß uns heiraten. Also *das* ist etwas, was ich noch nie vorher gemacht habe.«

Vollkommen von den Socken ist kein Ausdruck, um mein Spiegelbild im welligen Glas der Royal Flush Suite auf dem Stock Wolke Siebzehn des Nirvana Casino, Las Vegas, Nevada, zu beschreiben.

Also ich muß schon sagen, das Nirvana Casino mit seinen dicken Teppichen und dem polierten Chrom und der pulsierenden Galaxie an fluoreszierenden Lichtern war wohl einen Tuck anders als die illegalen Wettläden in Redfern und Rozelle, zu denen mich mein Alter immer mitgenommen hatte. Das waren heruntergekommene Zimmer über fettigen Hamburgerläden, zu denen steile und schlechtbeleuchtete Treppen führten und vor denen ein Ausguck, meistens irgendein Teenager, Schmiere stand, falls die Bullen kämen.

Wir gingen zum nächsten Black-Jack-Tisch. Es gab sieben Spieler. Ein mürrischer Croupier mischte vier oder fünf Packen durcheinander. Sie knatterten wie Maschinengewehrfeuer. Während der ersten Stunde stand ich einfach da und sah zu und versuchte zu überblicken, ob die Bank sich in einer Gewinnserie befand oder nicht. Ich hatte grob ausgerechnet, wie oft die Bank gewinnen müßte; in der Regel zwei oder drei Prozent mehr als die Wettbrüder. Wenn ich merkte, daß die Bank sich auf eine Verluststrähne zubewegte, würde ich ganz cool einsetzen und spielen. Zumindest war das der Plan.

Aber während ich zusah, wie das Spiel voranschritt, ging ein Angstkrampf durch meinen ganzen Körper. Nach den ganzen Zillionen Übungsspielen, die ich gemacht hatte, den genauen Berechnungen und den Anrufen zur Black-Jack-Aufsicht, stellte ich üblerweise fest, daß es eine Frage gab, die ich vergessen hatte, zu stellen. Eigentlich, von der ich überhaupt nicht gedacht hatte, daß ich sie stellen müßte. Es ist nämlich so beim Black Jack, wenn der Spieler und die Bank auf Gleichstand sind, dann ist die Wette nichtig. Um wohl das Privileg, das man uns Wettvögeln gab, einmal auf die zweite Karte linsen zu dürfen, auszugleichen, hatte das Nirvana Casino – die dreckigen, miesen Bastarde – festgesetzt, daß bei Gleichstand in den Wetten es *selbst* gewann. Mir wurde ganz anders. Diese Information war in meine Berechnungen nicht eingegangen. Ich will hier nicht mit jeder Menge Kartenspielerscheiß aufwarten, aber das ist der Grund, warum ich mich am Rande des totalen Herzstillstandes bewegte. Alle meine Instinkte sagten mir, ich sollte mich zum Teufel da aus dem Staub machen. Ich hatte ein plötzliches Verlangen, in der Wüste Gobi wandern zu gehen, oder, falls das nicht klappen sollte, mich hinzusetzen und dem heißen Wasser zuzusehen, wie es aus meiner Badewanne läuft, ungefähr ein Jahr lang. Irgendwas. Irgendwo, aber nicht hier. Genau in dem Moment spürte ich allerdings, wie Pierces Hände leicht mein Kreuz und dann meine Hüfte umschlangen und fest drückten. Ich erinnerte mich, daß er demnächst einen Termin hatte für ein Paar Mafia-Schuhe. »Ich frage mich, welche Größe ich bei Zementschuhen brauche?« hatte er im Auto überlegt. »Aber dann ist es ja so, daß eine Größe wohl allen paßt, eigentlich, was?« Und so geschah es, daß ich mich langsam in das Spiel einflocht, als würde ich mich in ein kaltes Schwimmbad hineinlassen.

Der Hocker wackelte unsicher, als er mein Gewicht aufnahm. Die anderen Spieler, alle mittelalt und männlich, sahen mich mit unverhohlener Mißachtung an.

»Diese Hocker sind für Spieler reserviert, kleine Lady«, tadelte der Croupier höhnisch. Er hatte einen fauligen Atem, der gut zu seinem Anzug paßte.

»Karte bitte«, sagte ich knapp und legte einen Stapel von Plastikjetons auf den Tisch.

Das alte Faul-Maul sah mich an, als wäre ich eine Laborprobe, sah die anderen Spieler nachdenklich an und zuckte mit den Achseln. Er gab uns allen lässig zwei Karten aus dem metallenen Schuh mit dem automatischen Verschluß. Er teilte sich selber zwei Karten aus und dann, wie es in der Anzeige angekündigt worden war, flippte er sie beide mit dem Bauch nach oben. Ein Drink erschien aus dem Nichts. Ich leerte ihn.

Ich fing klein an und paßte meine Wette an, während ich meine Berechnungen austestete. Im ersten Spiel bekam ich eine Bildkarte und ein As. Black Jack. In der zweiten Runde, bekam ich zwei Achten. »Teilen«, sagte ich dem Croupier und begann, zwei Blatt gegen die Bank zu spielen. Ich zog schon wieder eine Acht. »Teilen«, befahl ich. Ich spielte nunmehr drei Blatt gegen die Bank.

Der Croupier hörte plötzlich auf, in sich hineinzugrinsen und konzentrierte sich auf die Karten. Alle drei Achten zogen Asse. Ich stand auf neunzehn. Der Dealer, auf vierzehn festgerannt, mußte noch einmal ziehen.

Noch eine Acht. »Bank hat überkauft« murmelte er und zahlte uns alle aus.

Pierce stand die ganze Zeit hinter mir, ein schweigsamer Bewacher, dessen Atem sanft und regelmäßig über meinen Hals strich. Wir blieben drei Stunden lang so. Als ich mich zu einer Pinkelpause verabschiedete, setzte ich mich auf den Klodeckel und ging noch einmal meine Berechnungen durch. Ich war immer noch vier Prozent überm Strich. Okay, ich hatte sechs gerechnet, aber vier war immer noch in Ordnung. Es schien mir, daß die Anzahl von Wetten mit Gleichstand im Black Jack sehr niedrig war. Es würde ein bißchen länger dauern, bis Pierce und ich in den MM (Millionärs-Modus) gehen könnten und diese Jukebox da anzahlen würden. Aber mein System stimmte noch. Zurück am Tisch erschien schon wieder ein Drink an meiner Seite. Ich hob mein Glas und meine Wettsummen. Und meine Gewinnserie blieb.

Nach fünf Stunden knabberte Pierce an meinem Ohrläppchen. »Wie geht's der hübschen Braut? Du bist ein Genie«, lachte er und sammelte ein paar Chips ein. »Ich geh' mal über die Straße und reservier' uns schon einmal einen Termin. Erinner' dich dran«, zwinkerte er mir zu, »einen Orgasmus am Tag, und über die Witze des anderen lachen.«

Strahlend beobachtete ich, wie er über den Langflorteppich schlenderte, seine Hände in seine Hüftentasche gleiten ließ, ehe er von der Szene verschluckt wurde – den mittelalten Getränkekellnerinnen, deren schwarze Lycra Hotpants geschwollene Hintern aufnahmen, die Menge glotzender Touristen und der Anti-Glücksspieldemonstranten, die plötzlich mit Schildern auftauchten, auf denen uns mitgeteilt wurde: »Jesus rettet die Menschheit.«

Der Typ auf dem Hocker neben mir, ein dilettantischer Spieler, aber mit einem freundlichen, bißchen schiefen Lächeln, schwankte in meine Richtung. »Ist das dein Freund, meine Süße? Es gibt über eintausend Hochzeitskapellen in dieser Stadt, weißt du das«, er zwinkerte breit. »Vielleicht hast du Glück, was?«

Aber es gab da kein »vielleicht« in der Sache. Das Glück, das ich irgendwie verloren hatte, als ich nach Amerika gekommen war, kehrte zurück. Es bedeckte mich wie ein Ausschlag. Schwarze Katzen, spitze Knochen, Voodoopuppen, nichts konnte mir etwas anhaben. Wenn es eine Leiter in der Nähe gegeben hätte, wäre ich ohne jede abergläubische Furcht direkt darunter durch spazieren gegangen, kein Scherz. Es schien so, als könne ich nur Bildkarten und Asse ziehen und doppeln oder teilen. Ich zog mir noch einen Drink rein und genoß in den nächsten Stunden meinen Erfolg. Ich würde Pierces Mafia-Schuhanpassungstermin absagen. Ich würde Tashs Detektiv ausbezahlen und ihr einen Aufnahmevertrag verschaffen. Ich würde alle meine alten Freunde in die Staaten herüberschaffen. Chook, Fang, Deb. Ich würde endlich reich genug sein, um »mein Niveau zu verbessern«. Ich würde nicht nur eine Jukebox, sondern gleich ein ganzes Orchester kaufen, das tagein, tagaus Road Songs spielen müßte. Ich würde nicht nur jemanden einstellen, der mir die Pistazien schält, ich würde mir die gesamte verdammte Pistazienfarm kaufen. Ich würde Zillionen lebender Zellen kaufen und sie all den Schafen wieder einspritzen, die von Rondah benutzt worden waren. Und vor allem würde ich – und das war das Beste an der Sache – endlich meinen Stammbaum abhacken – zumindest den Ast von meinem Vater.

»Wirst du da nicht gerade ein bißchen beschwipst,

Schätzchen?« fragte mein Nachbar, während ich die Reste noch einer Margherita zur Feier des Erfolges leerte. »Kuck' mal hoch«, sagte er, indem er seinen kleinen Finger zur Decke hochstreckte, »das da oben ist eine durchsichtige Decke. Jawohl. Da sind Gehstege oben. Und sie beobachten jede Bewegung, die wir machen.« Er lehnte sich auf seinem Stuhl zurück und winkte fröhlich hoch. Ich streckte mich ebenfalls hoch. Der Hocker wackelte gefährlich. »Die lassen uns Drinks servieren, verstehst du«, warnte mein Nachbar und stellte mein Gleichgewicht wieder her, »während sie den Raum mit Sauerstoff vollpumpen. Wir sind vollkommen blau, aber ganz wach, damit wir noch weiter spielen können. Das haut mich richtig um. Schlaue Bastarde, was?«

Es war wahr. Von den Bewegungen des Croupiers hypnotisiert, von den kostenlosen Drinks eingelullt und von meinem ersten Erfolg beschwipst, brauchte ich noch eine halbe Stunde oder so, bis ich merkte, daß die Dinge langsam in die falsche Richtung gingen. Irgendwas schien mit meinem System passiert zu sein. Ich hatte ein paar Verluste in meinen Plan einkalkuliert, aber nicht eine Verluststrähne wie diese. Jedes zweite Blatt schien ein Gleichstand zu werden. Diese Frage, die ich dem Kasinomanager zu stellen vergessen hatte, knabberte in meinem vollgesogenen Hirn herum. Um das auszugleichen, fing ich an, zu hoch zu spielen. Die Zeit schlidderte vorbei, wie es auch meine Lebensersparnisse taten.

»Las Vegas«, intonierte mein berauschter Nachbar und richtete die Worte gleichermaßen an mich und an seinen Drink, »muß zwei verdammte Telefonbücher pro Jahr herausgeben. Wußtest du das? Übergangsmäßigster Ort der Welt. Siehst du, die Leute kommen her, um ihr Vermögen zu gewinnen, werden dann übers Ohr gehauen, und dann sitzen sie hier fest, bis irgend jemand sie wieder rausholt.«

Ich wurde von Panik ergriffen und machte dann etwas, von dem mir mein Alter immer und immer wieder eingebläut hatte, ich solle es niemals machen. Ich ließ von meinem System ab. Ich konnte ihn hören. »Regel Nummer eins – ignoriere deine Gewinn- oder Verluststrähnen. Widersteh' dem. *Bleib' bei deinem System.*« Aber ich verdoppelte, verdreifachte, vervierfachte meine Einsätze. Wie ein klassischer verlierender Spieler hatte ich nicht aufgehört, als ich vorn lag und mußte nun versuchen, wieder aufzuholen, indem ich Stunts baute, die atemberaubend waren – atemberaubend gefährlich.

Die Wahrheit dämmerte mir gegen vier Uhr früh: ich war pleite. Ausgebrannt. Hinüber. Die Luft schien zusammenzuschrumpfen. Der Croupier trommelte mit seinen tabakgefärbten Fingernägeln auf dem Tisch. Die anderen Spieler warteten auf mich.

»Kann ich nicht auf Kredit spielen?« bettelte ich.

Aber das alte Faul-Maul gähnte nur, während er etwas untersuchte, das sein Zeigefinger aus seinem Ohr gegraben hatte. Er schnipste das fremde Objekt auf den Boden.

Ich stand vom Tisch auf und wanderte auf unsicheren Beinen durch das Hotel. Ich konnte mir genau vorstellen, wie die mysteriösen Männer über mir auf den unsichtbaren Gehsteigen sich kaputtlachten. Mein Spiegelbild dräute aus zahllosen lichtergeschmückten goldgerahmten Spiegeln: irgend jemand Enteignetes, Verlorenes, Unbeholfenes. Um aus dem Irrgarten herauszukommen, stolperte ich in den Ballsaal hinein. Auf der Bühne machte ein Zeremonienmeister im Smoking Witze in das Mikrophon hinein. Ich stand und hörte seinem Geplapper zu, während er eine »Country-and-Western« Sängerin namens Crystal Gayle ansagte. Zu betrunkenem, tumultartigem Applaus kam Crystal in ihrem Gardemaß von 1,85 auf die Bühne gefegt. Ihre Haare reichten ihr bis zu den Knien. Obwohl ich gerade meine gesamten Ersparnisse verloren hatte und Pierces liebsten Besitz, konnte ich mich als einziges nur noch fragen, ob sie wohl dazu passende Schamhaare hätte. »Hallöchen, Ihr alle«, sagte sie und legte gleich mit »Don't it Make Your Brown Eyes Blue« los, ein Lied, soweit ich halb abwesend verstand, das sich mit farbigen Kontaktlinsen befaßte. Wieso hatte ich bloß dem Croupier gesagt, daß ich gerne weiterspielen wollte? Das war nicht nur ein verbaler Ausrutscher ... das war ein völliges geistiges Entgleisen.

Von Müdigkeit überwältigt, quetschte ich mich in den Aufzug hinein. Ich beobachtete, wie die Etagennummern vorbeiblinkten, als wäre es ein atomarer Countdown. Aber als ich im vierten Stock angelangt war, dachte ich mir gerade einen Rettungsplan aus. Ideen blubberten nur so in meinem Hirn. Ich griff nach dem Gedanken, wegzulaufen. Wir würden einfach weiterfahren. Wir würden uns hier und da den einen oder anderen Job geben lassen. Wir würden von Sex und Margheritas leben. Wir würden endlose Abenteuer erleben und uns alle unsere Geheimnisse erzählen. Wir würden gegenseitig über unsere Witze lachen und würden jeden Tag Liebe machen. Wir würden einfach weiterfahren, bis wir in jeder Ecke und an jeder Kante von Amerika gewesen wären. Ich meine, wir hatten noch Zillionen an Liedern, die wir singen könnten.

Die Tür zu unserem Zimmer war offen. Ich stupste sie mit meinem Fuß auf. Das Zimmer wimmelte von Polizisten, von denen alle Pistolen trugen. Sie waren dabei, Kissen aufzuschlitzen, Kleider auseinanderzunehmen, Flaschen zu köpfen und deren Inhalt in den Ausguß zu kippen. Die meisten von ihnen waren Zivilfahnder – braungebrannt, in engen Jeans und Turnschuhen. Sie beobachteten mich scharf. Eine Polizistin tastete mich ab. Während sie dabei war, erklärte mir der Chefpolizist, sie wären eine SCAT-Truppe: *Street Corner Apprehension Team*, und daß Pierce von einem verdeckten Ermittler festgenommen worden war, als er zwei Gramm Speed und ein Fläschchen Kokain gekauft hatte. Pierce saß in der Ecke des Zimmers wie ein tristes, nicht abgeholtes Paket, zusammengekauert. Er sah mich nicht an.

»Das glaube ich nicht«, sagte ich dem Polizisten, wobei meine strangulierte Stimme zwei Oktaven höher als normal war. »Er ist doch *clean*!« Ich wirbelte zu Pierce herum. »Du bist clean, nicht wahr?«

»Gib der Dame eine Antwort, Punk«, befahl einer der toughen jungen Bullen in Lederjacke.

Pierce zuckte mit den Achseln und schloß engelsgleich die Augen.

»Sie haben einen Fehler gemacht, Officer.«

Der Polizist tippte auf die Brusttasche eines seiner Untergebenen. »Ma'am, O'Conner war mit einem Übertragungssystem ausgerüstet.«

»Das hast du *nicht* getan«, bettelte ich Pierce an. »Hast du das getan?«

Ich beobachtete ihn, wie er ruhig sein Päckchen Drum entklebte, das Papier faltete, es mit Tabak füllte, es geschickt rollte, den Streifen leckte, die Zigarette auf seine Unterlippe legte und anzündete. »Sind die Kennedys etwa mißtrauisch?« war alles, was er sagte.

Der Atem verließ meinen Körper. Das Blut pochte in meinen Schläfen. Ich fühlte kühlen, nassen Schweiß in meiner Rückenmulde. Es war wahr. Er war genau wie mein Vater. Er setzte sich die niedrigsten Maßstäbe, die überhaupt möglich waren – und konnte noch nicht einmal denen genügen. Es war sinnlos, auf einen von beiden Wetten abzuschließen. Sie waren alle beide unverläßlich wie Kirmeslose.

Ich sah ihn an. Er wirkte zerstört. Das Verlangen, ihn in die Arme zu nehmen, war überwältigend, wie ein verzweifelter Durst. Ich konzentrierte mich heftig darauf, nicht zu speien (was Pierce »rückwärts schlemmen« nannte). Ich richtete meine Augen auf das verzogene Glas der Fensterscheibe. Ich konzentrierte mich auf den beleuchteten, rotierenden Doughnut auf dem gegenüberliegenden Frühstücksschild. Und daneben die Hochzeitskapelle. Ich las noch einmal die Neonliste dessen, was angeboten wurde. »Sparversion – $ 125. Normal – $ 175. Deluxe – $ 225. Joan Collins Spezialausführung – $ 300. Blutproben nicht nötig.«

»Kat.«

»Was?« Obwohl ich ihn nicht ansehen wollte, kam der Durst wieder, brennend.

»Ich, ah, ich vermute, das heißt wohl, die Hochzeit ist abgesagt, was?«

»Du hast die Integrität von, von – *Abe Epstein*«, explodierte ich. »Weißt du das?«

»Kat, hey, ich hab' nur einen Witz gemacht.« Da war ein Pulsieren in seiner Stimme, das ich noch nie gehört hatte.

»Beiß dich doch in den Arsch«, sagte ich aus tiefstem Herzen und ging ins Bad, um mich zu übergeben. Nachdem ich die Handfläche, die er vorhin geküßt hatte, so gründlich gewaschen hatte, daß ich mich fast verbrüht hätte, verließ ich das Zimmer, ohne noch einmal zurückzusehen.

Während ich das Hotelzimmer durchquerte, kam Pierce auf mich zu. »Kat, warte!« Die dunkelgekleideten Männer schlossen ihn ein wie Perlen in einem Kaleidoskop. »Verpißt euch, Scheißbullen«, heulte er auf, wobei er um sich schlug in dem Versuch, an ihnen vorbeizukommen.

»Diese Hollywoodtypen«, sagte der Polizist gedehnt, der Pierce in den Schwitzkasten nahm. »Denken, sie sind zu fein zum Scheißen. *Hier* stehst du aber nicht über dem Gesetz, Punk.«

Ich sah ihn dann im Spiegel, gehetzt, mit tiefliegenden Augen. »Sieh' es ein«, sagte ich seinem Spiegelbild, wobei ich ihn genauso ansprach wie mich selbst. »Du bist *abhängig*. Du brauchst *Hilfe*.«

Als ich zum Bronco zurückkam, war der fast vollkommen auseinandergenommen worden. Das Radio und der Kassettenrecorder waren weg, die Ledersitze durchschlitzt, die Chromverzierungen und die Sonderanfertigungs-Nummernschilder waren lose gezerrt. Die Rücklichter waren zerschlagen, und ein Kratzer lief auf die gesamte Länge des Wagens im Lack auf der Fahrerseite, wie ein feiner Haarriß. Nachdem ich mich durch die zerborstene Windschutzscheibe hineingehievt hatte, ließ ich den Motor aufheulen, biß die Zähne zusammen und schlingerte unsicher in die Straße hinaus. Die improvisierte Belüftung ließ meine Augen tränen. Es gab ein gedämpftes *Klackerlaklack*, als die Achse sich lockerte. Funken flogen. Sie wurde wie der Schwanz eines verwundeten Tiers hinterhergeschleppt.

Auf dem Weg zurück nach L.A. bemerkte ich die

ganzen toten Tiere auf dem Straßenrand, die ich irgendwie auf dem Weg hierher nicht gesehen hatte. Große Hunde, kleine Hunde, verwesende Katzen, riesige pelzige Haufen, die wohl ein Biber oder ein Skunk oder ein kleiner Bär gewesen sein könnten. Es fiel mir in dem Moment ein, daß ich so damit beschäftigt gewesen war, so verzweifelt darum bemüht, nicht mein Vater zu werden, daß ich statt dessen meine *Mutter* geworden war – verwaschen, abgestumpft, niedergebissen, verliebt in einen lügenden Bastard. Ich sah in den Rückspiegel. Mein Gesicht war eingezwängt, meine Lippen geschürzt, als würde ich nähen und hätte den Mund voller Nadeln. Ich brauchte keinen Arzt, um das zu diagnostizieren. Ich wußte, was ich mir eingefangen hatte. Einen tödlichen Fall von Pierce Scanlenitis.

»A mess of animals bleachin' in the sun ...

All squashed out on Highway sixty-one«, sang ich traurig.

Sie sahen aus, wie ich mich *fühlte*.

Unbekanntes vor der Tür

Als ich am nächsten Tag nach Hause kam, waren die Details meines Aufenthaltes in Las Vegas schon verschwommen. Die einzigen Hinweise, die ich über das hatte, was geschehen war, war ein Bierdeckel, auf dem die Worte »Joan Collins Spezialausführung« gekritzelt waren, zwei Olivenkerne, ein Paar Papierservietten, auf denen Glücksspiel-Nummern geschmiert waren, das Wort »Hilfe« und der Name des Gefängnisses in L.A., in das Pierce geschafft werden sollte.

Ich deponierte all das im Mülleimer, kochte mir einen Kaffee und setzte mich ins Dunkel des Wohnzimmers. Ich sah mir den Notizblock neben dem Telefon an. Es gab keine Nachrichten für mich. Die Hitzewelle war immer noch nicht vorbei. Die Luft war so heiß, daß man praktisch hören konnte, wie sie von den Straßen reflektierte und durch die Risse eines jeden Gebäudes durchknisterte. Das Haus roch nach Alkohol, abgestandenem Zigarettenrauch und Pizza. Während ich nach kühleren Stellen auf der Couch suchte und unruhig von einem Kissen zum anderen wechselte, knibbelte ich an meinen Splißhaaren herum, glotzte Wiederholungen von alten Krimis oder sah Wetteransagern mit Fliege zu, wie sie mit Stöcken auf Satellitenfotos zeigten und noch mehr Hitze voraussagten. Ich sah mir sogar das Testbild an.

Ich kratzte dann die Etiketten von den ganzen Fertig-Margheritas, die ich auf dem Weg getrunken hatte. Danach schlug ich den Begriff »Romanze« im Lexikon nach. Zu lesen war: »Weit entfernt vom täglichen Leben«. »Übertreiben, erfinden, lügen.«

Ich rutschte zum Schluß im Dunkeln auf den Boden und mischte noch einmal mein speckiges Kartenspiel durch. Ich fühlte mich vorgeführt. Ausgetrickst. Eingefallen, wie ein Kartenhaus. Die Nachtgeräusche meiner Nachbarn schwebten ins Haus. Ich konnte Wassersprinkler faul sausen hören, Whirlpools pulsierten, Dosengelächter kam aus anderer Leute Fernsehgeräte. Meine Einsamkeit versetzte mir einen Stich, der mir durch Mark und Bein ging. Es schien mir, daß alle irgendwohin gehörten oder zu irgendwem, außer mir. Zum ersten Mal vermißte ich meine Mutter. Ich wollte in ihrem Bett eingepackt sein, Vegemite auf Toast essen und mit ihr Kreuzworträtsel lösen. Der Becher Kaffee in meiner Hand war kalt. Die Oberfläche war eine einzige Fettschicht. Ich trank ihn trotzdem.

Ich hätte wahrscheinlich den Rest meines Lebens da herumgesessen, wenn Tash nicht nach Hause gekommen wäre und mich gefunden hätte. Sie galoppierte ins Zimmer, atemlos und durcheinander, beladen mit Päckchen und Tüten. Sie drehte das Licht an, sah mich im Dunkeln auf dem Boden zusammengekauert sitzen und blieb stehen. »Schöner Tag, was?« spottete sie und hob eine bemalte Augenbraue.

Als ich ihr berichtete, was passiert war, ging sie schweigend zur Küche herüber und kehrte mit einem riesigen Whiskey zurück. Ich leerte ihn in einem Schluck. Ich fühlte, wie das flüssige Feuer meinen Hals verbrannte und in meinem leeren Magen aufknallte. Er ließ meine

Augen kribbeln. Tash holte mir noch einen und stand dann mit den Händen auf den Hüften vor mir, wie eine Stationsschwester, die eine Medizin verabreicht.

»Ich brauche einen Job«, sagte ich ihr. »Hast du irgendwelche Ideen?«

Tash schickte mir einen schlauen Blick. »Wie verzweifelt bist du?«

»Verzweifelt.«

Sie riß eins der Päckchen auf, die sie auf den Teppich geschmissen hatte und rollte ein Korsagen-Satinensemble mit Hosenträger-ähnlichem Schnitt auf. Es war wie etwas, das man auf den Titelbildern von Harold-Robbins-Romanen sieht. »Mach' schon. Wir kommen zu spät. Zweihundert Mäuse die Nase für eine Stunde Arbeit. Alles, was du machen mußt, ist dastehen und sauer aussehen.« Sie blickte kurz auf mein Gesicht. »Glaub's mir, heute abend bist du ein Naturtalent.«

»Tash«, sagte ich erschöpft, da ich feststelle, daß ich seit ungefähr achtundvierzig Stunden nicht mehr geschlafen hatte. »Wovon redest du eigentlich?«

Tash sauste mittlerweile im Zimmer umher, wobei sie Plastiktüten aufschlitzte und Pakete aufschnitt. »Ich bin zu einer Agentur gegangen. Gestern. Das hätte ich Jahrhunderte früher machen sollen. Kuck' nicht *so*. Es ist alles völlig in Ordnung. Candida – sie ist die Vermittlerin – ist wie eine Grundschullehrerin, kein Scherz. Faltenrock, gestärkte weiße Bluse, *alles*. Ich hab' fast angefangen, mein Einmaleins aufzusagen. Jedenfalls, sie kriegt ungefähr siebzig Eier dafür, daß sie dich deinem Kunden vorstellt, und dann, weißt du, dann triffst du einfach deine eigenen Vereinbarungen.« Nachdem sie ihre Kleider abgepellt hatte, zischte sie ins Schlafzimmer, wo sie ihren nackten Körper mit Babypuder bestäubte. Ich zuckelte hinterher und beobachtete, wie sie sich auf dem Teppich hinlegte und ihre Beine in einen winzigen Gummirock hineinschlängelte und dabei quasselte, als wär's schneller billiger. »Und es ist eigentlich nicht so, als wäre man eine Prostituierte oder so was. Ich meine, du kannst es dir *aussuchen*«, betonte sie. »Candida hat mir ungefähr zehn Typen aus ihrer Kartei angeboten. Der erste Typ, den sie rausgefischt hat, mag es, wenn seine ›Escortdame‹ – die nennen dich ›Escortdame‹, witzig, was? – die Wäsche bügelt, weißt du, wenn er, so, ins Haus einbricht. Ein anderer Kerl will, daß du ihn mit einem Federstaubwedel haust, während er die verdammten Dielen ableckt. Netter Typ, findet Candida, sehr erfolgreich und so.« Sie machte keuchend eine Pause, wobei der Rock auf Halbmast an ihren Oberschenkeln stand. »Dieser andere Typ in ihrer Kartei hat diese, na ja, diese Erbstückphantasie. Die ›Escortdame‹, weißt du, muß den Ring dann in ihrer – du weißt schon – verstecken, während er das verdammte Zimmer durchsucht. Wenn er ihn dann nicht finden kann, dreht er *quasi durch*. Zum Schluß mußt du ihm den Ring geben und sagen ›Verzeihung, mein Herr und Meister‹ und dann wirst du so eine Art von ›schein-vergewaltigt‹, als Strafe.« Mit einem endgültigen, kräftigen Zug sog sie die Luft ein, und der enge Gummirock schnappte gegen ihre Hüfte. »Das war mir einfach zu merkwürdig, weißt du. Jesus, ich werde das hier nie wieder abbekommen. Ich hab' mir die ganze Blutzufuhr abgeschnitten. Sag' mir, wenn ich blau werde, okay?« keuchte sie und klappte wieder hoch. »Dann waren nur noch zwei Typen übrig. Der erste zieht sich gerne die Unterwäsche von Mädchen an und macht ihren Haushalt. Na ja, also das sagt mir nicht so zu – weißt du, da hast du den Typ in deiner eigenen Bude und so weiter. Außerdem hab' ich Candida gesagt, unser Haus wäre jetzt so durcheinander und alles, daß es ungefähr, na ja, eine Woche dauern und ihn ein Vermögen kosten würde, bei zweihundert Piepen in der Stunde. Also –« Sie ließ sich auf dem Stuhl vor ihrem Schminktisch nieder und schraubte einen Lippenstift auf. Sie sprach, als wäre er ein Miniaturmikrofon, während sie ihre Farbe auftrug. »... As 'ieß 'iesen 'ypn 'oel 'ulmann 'rig.« Sie schnalzte die Lippen zusammen und ließ ihre Zunge fest über ihre Vorderzähne laufen. »Also, das ließ diesen Typen Joel Schulman übrig«, wiederholte sie. »Alles, was er will, ist ein bißchen leichte Fesselung.«

»Was für ein niedriger Typ.«

»Nicht im mindesten, meine Liebe.« Tash schwang sich herum, um mich mit energischen Augen anzusehen. »Mit Joel Schulmann kratze ich am *oberen* Ende vom Faß. Kein Scherz. Weil, weißt du was?« Sie lehnte sich zurück in den Spiegel, massierte Make-up in ihr Gesicht und puderte es vampir-weiß. »Der Typ ist der Leiter eines der größten Studios in Hollywood. Ich war gestern für meine erste Sitzung schon da, glaub' mir's oder laß es bleiben.«

»Aber Tash«, flüsterte ich entsetzt. »*Fesseln?*«

Tash zuckte mit den Achseln und begutachtete ihr Spiegelbild. »Manche Leute mögen Country-Musik. Manche Leute Klassik. Andere Rap, oder Rock 'n' Roll. Was ist denn da der Unterschied?« Sie sauste nun los und tauchte ein in Schubladen und Schränke, um Schuhe und Strapse aufzusammeln. »Es ist einfach, daß man sich einen offenen Geist bewahrt, okay?«

»Okay«, erwiderte ich stoisch.

»Hör' mal, die Wahrheit ist, er hat Mundgeruch, Körpergeruch und ein Bild seiner Frau neben dem Bett. Aber er zahlt gut, es tut nicht weh, und hinterher, als ich ihm von meinem Sängervertrag und allem erzählt habe, hat er mir einen Aufnahmevertrag angeboten für eine Demokassette. Nicht nur das, aber er bringt mir auch noch was über klassische Musik bei – du weißt schon, Andrew Lloyd Webber und diese ganzen Typen.«

Ich spürte plötzlich einen Zug durch meinen offenen Geist wehen. Also schloß ich ihn wieder. »Aber Tash, diese Männer sind, na ja, sie sind krank.«

»Männer sind wie Babies. Das ist alles. Sie brauchen Phantasie. Ich denke, irgendwas muß mit ihnen passiert sein, als sie jung waren und so. Und sie, na ja, werden das aus ihrem System irgendwie nicht los. Candida sagt, wir sind Analytikerinnen. Praktische Analytikerinnen. Sie sagt, wenn sie uns Mädchen und so nicht hätten, dann würden sie wahrscheinlich losziehen und irgend jemanden anfallen.«

»Aber gestern nacht, hat das nicht, weißt du, also ... hat dich das nicht angeekelt?«

Tash zuckte mit den Achseln. »Das einzige, was mich anekelt, ist sein *Ego*. Ich meine, wie kann sich ein Sechzigjähriger erdreisten zu glauben, er heizt mich an. Igitt.«

»Sechzig. Jesus, Tash. Bist du sicher, daß er das verkraftet?«

»Gott, natürlich. Kuck' mal, der ist richtig fit. In 1-A-Kondition. Joggt zehn Kilometer täglich. Also ...« Sie wandte mir ihr Gesicht zu, in eine kalte und eisige Sexsirene verwandelt. »Kommst du jetzt mit, oder was? Er hat mir gesagt, ich könnte eine Freundin mitbringen, wann immer ich wollte. Er mag es mit zwei Mädchen. Eine zum Zusehen. Und er zahlt doppelt. Wir reden hier von ernstzunehmendem Geld.«

Ich sah auf Tashs winzige glänzende Figur, ihre drahtigen kleinen Beine und mutigen Augen. Meine Vergangenheit zuckte mir durch den Sinn, als befände ich mich in einem Autounfall – Chuck und seine Gluteus-maximus-Muskeln, Rondah und ihre fettabgesaugten Hüften und ihre Silikonlippen, Mimis Analerforschung, die Haustierpsychiater, Pierce Scanlens gezupfte Nasenlöcher – ich konnte jetzt den Whiskey in meinem Blutstrom spüren, dick und verräterisch. Ich nahm noch einen Zug, wobei ich das Zeug eins zwei drei hinunterwarf. Es war Zeit, ein bißchen tougher zu werden. »Okay«, hickste ich und stellte das leere Glas ab. »Warum nicht?«

Es konnte ja nicht mehr schlimmer werden.

Tod – ein Schicksal schlimmer als das Leben

Und wie es das doch konnte!

Tash tippte Joel Schulmans toten Körper mit ihrem dicken Zeh an. »Muß so was nicht langsam steif werden?« Sein Teint hatte mittlerweile die Farbe geronnener Milch.

»Gib dem Typen Zeit, um Himmels willen. Er ist erst seit«, ich prüfte meine Uhr, es war fast Mitternacht, »zwei Stunden tot.«

Tash fummelte nachdenklich an ihren lackierten Zehnägeln herum. »Wußtest du, daß die Haare und Nägel einfach weiterwachsen, wenn du stirbst?«

»Nein Tash. Das wußte ich nicht«, sagte ich und wandte die Augen von ihren Füßen ab. »Vielen Dank für die Aufklärung.«

»Versuch es noch mal bei Epstein.«

Zögernd, ungefähr das zwanzigste Mal, wählte ich die Nummer meines Exproduzenten. Mit einem sinkenden Herzen hörte ich, wie das Telefonsummen erneut in den Anrufbeantworter einklickte. Ich legte auf. »Was machen wir *jetzt*?«

Tash zuckte die Achseln. »Um die Wahrheit zu sagen – ich habe nicht die leiseste Idee. Ich frag' mich, was es in der alten Glotze gibt?«

Ich sah sie an, als ob eine fremde Lebensform ihren

Körper kolonisierte. »*Wie kannst du jetzt über Fernsehen nachdenken*?«

»Okay, okay.« Sie streckte die Hände in die Luft und ahmte ein Raubüberfall-Opfer nach. »Versuch' es nur noch einmal, okay?«

Nachdem ich die Nummer gewählt hatte, die ich mittlerweile auswendig konnte, war ich so überrascht, eine menschliche Stimme zu hören, daß ich fast wieder aufgelegt hätte.

»Ach, hallo, könnte ich bitte mit Abe Epstein sprechen? Hier spricht Katrina Kennedy.«

»Was? Was?« forderte Tash, die sich mittlerweile mit ihren Zähnen an ihren Fingernägeln zu schaffen machte.

Ich bedeckte die Sprechmuschel mit einer Hand. »Sie hat mich in die Warteschleife gesteckt.« Die Musik, die ins Telefon hineinspielte, war »Got so Many Troubles I Wanna Die«. Wenn wir uns jetzt in einem Woody-Allen-Film befunden hätten, wäre das komisch gewesen. Aber wir waren es nicht, und es war auch nicht komisch.

»Mr. Epstein kann jetzt nicht gestört werden. Er ist in seinem Whirlpool.«

»Also, es ist eine Art von Notfall. Es ist irgendwie eine Frage von ...«

»Leben oder Tod!« drängte Tash, die aufmerksam auf ihren Hinterläufen dahockte.

»... Leben oder Tod.«

»Im wahrsten Sinne des Wortes«, fügte Tash hinzu, die an den Fingernägeln beider Hände gleichzeitig knabberte.

»Hören Sie mal«, sagte die weibliche Stimme am anderen Ende der Leitung – ich konnte die blonden Haare und Silikonbrüste quasi *hören*, kein Scherz – »Mr. Epstein kann nicht einfach Anrufe von Fremden mitten in der Nacht entgegennehmen. Nur zu ihrer Information ist Mr. Epstein *der* berühmteste Fernsehdirektor in ganz Holly-«

»Ja, ja, das weiß ich alles. Können Sie ihm einfach sagen, er soll mich zurückrufen?«

Zögernd schrieb Fräulein Freundlichkeit des Jahrzehnts die Nummer auf, die ich ihr von der Plastik-Aureole des Telefons vor mir ablas. Wir waren völlig erledigt. »Und was machen wir *jetzt*?«

»Okay, es ist Zeit, aufzuhören, hier rumzupupsen. Was wir brauchen«, sagte Tash, indem sie vom Fußboden lospreschte und über die Möbel zu ihrer Handtasche hechtete, »ist ein Rechtsanwalt.« Sie griff sich ihr Adreßbuch und schnipste die Seiten um. »Erinnerst du dich an Hank, den Haufen Männlichkeit?« Tash, was vorauszusehen war, brachte alle ihre Männer alphabetisch in Ordnung, unter »R« für »Rechtsanwalt«, »D« für »Koksdealer«, »T« für Typen, die ihr Tickets für Konzerte organisieren konnten und so weiter. Ich persönlich fand, man müßte sie umsortieren – »A« für »Arschloch«, »S« für »Schleimscheißer«, »D« für »Mega-Drongo-Arschloch-Flachwichser-Furzgesicht-das-Dritte«. In diesem Fall wäre Hank, der Haufen Männlichkeit, in die letzte Kategorie gefallen. Ein gebürtiger New Yorker in seinen Mittdreißigern; mit einer Haarverpflanzung, die niemand je erwähnte, verdiente Hank sein Geld, indem er sich als »Notarztwagen-Verfolger« medizinischer Kunstfehler annahm. Nachdem er es mittlerweile leid war, in Krankenhäusern rumzuhängen, hatte er sich nunmehr auf Unterhaltszahlungen für die abgelegten früheren Wohnungsgefährten und Liebhaber reicher Witwen spezialisiert. Er war im übrigen auch dafür bekannt, daß er seine Gebühren auch in Form von sexuellen Dienstleistungen entgegennahm. Von beiden Geschlechtern.

Tash rief ihn an. Innerhalb von zehn keuchenden Minuten kam er in die Wohnung hineingeschlichen. »Also, kleine Ladies«, schleimte er und warf einen herablassenden Blick auf uns beide, »wohl ein bißchen mehr abgebissen, als wir kauen können, was?«

»Hi, Hank«, sagte ich. »Wie geht's der Haarverpflanzung?«

Sein rosenwangiges Babygesicht verdunkelte und seine kleinen Äuglein verengten sich. Tash trat mich fest gegen das Schienbein, ehe sie Hank mit einem leckeren Zungensandwich beruhigte.

»Also«, sagte Hank, als er wieder aufgetaucht war. »Ich habe mich auf dem Weg hierher über euren Fall informiert. Männlicher Tod während geschlechtlicher Aktivität ist nicht so selten, wie man sich das vorstellen würde«, sagte er schleimig. Hank zauberte ein großes Lexikon aus seiner Aktentasche, schlug es an der eingeknickten Seite auf und fing an, laut vorzulesen: »Felix Faure starb an einem Herzinfarkt während er ...«

»Wer?« fragte ich.

Tash brachte mich zum Schweigen.

»... in einem besonderen Sexstuhl mit seiner Geliebten saß. Attila, der Hunne, Schlaganfall während Sexualverkehrs. Leo VIII. starb genauso...«

»Scheiße«, sagte Tash und streckte sich über seine Schulter, »und der war auch noch Papst, um Himmels willen. Siehst du?« Sie strahlte mich an. »Es könnte noch schlimmer sein.«

Ich konnte nicht ganz die Gründe für diesen Optimismus erkennen. Hank warf mir den riesigen Band in den Schoß. »Hier, du könntest was daraus lernen«, knurrte er und setzte, obwohl es mitten in der Nacht war, seine Raybans auf. Ich sah ihn mit Abscheu an. Dieser Typ brauchte eine Sonnenbrille für seinen Hintern. Ich meine, das war offensichtlich der Ort, von dem er glaubte, daß die Sonne daraus schiene.

Während ich die pastellfarbenen Illustrationen des Lexikons von Sputniks und Brontosauriern, von Kopfjägern und Neuguinea und Hammerhaien durchgeblättert hatte, war Tash von der menschgewordenen Haarverpflanzung endlich überzeugt worden, alle Ideen bezüglich eines Aufnahmevertrages aufzugeben und sich telefonisch mit Joel Schulmans Vizepräsidenten des Studios, Arnie Grossman, in Verbindung zu setzen.

Ich hatte Bilder von Joel und Arnie über das ganze Apartment verstreut gesehen. Die Mehrzahl der Fotos zeigte die beiden strahlend mit Armen umeinander geschlungen, wie sie Preise in Empfang nahmen. Es gab jede Menge freundschaftlicher Fisch- und Jagdausflugsbilder, und noch jede Menge von den beiden Kameraden auf dem Set ihrer diversen Superkassenschlager, Arm in Arm mit den jeweiligen Stars. Die Verzweiflung packte mich im Magen. Es gibt nettere Dinge, die man machen könnte, als die Todesnachricht eines liebsten Freundes zu überbringen. Aber wie es sich herausstellte, hätte ich mir gar keine Sorgen zu machen brauchen. Das erste, was Arnie Grossman machte, als er ankam, war, den Leichnam seines besten Freundes mit der Spitze seines italienischen Tennisschuhs zu treten. »Seid ihr sicher, daß er tot ist?« fragte er sensibel.

»Nein«, sagte Tash und rollte ihre Augen in meine Richtung, »er tut nur so. Der Typ«, fügte sie hinzu, wobei sie kaum ihre Hysterie verbarg, »ist so tot wie eine *Hammel*keule. Er ist so *tot* wie ein Wochenende in *Toledo, Iowa.* Kapierst du jetzt mal die Lage, Freundchen?«

Ich sah sie rätselnd an. »Wo?«

»Na ja«, seufzte Grossman, während er das Zellophanpapier von seiner kubanischen Zigarre wickelte, und steckte sich den duftenden Knüppel zwischen seine Gummilippen. »Wenigstens muß er sich jetzt nicht mehr um die Kasseneinnahmen kümmern.« Es fiel mir dann ein, daß Grossman natürlich der nächste in der Warteschlange für den Studiothron sein würde. Obwohl er sich Mühe gab, wenigstens ein Minimum an Trauer zur Schau zu stellen, konnte er nicht verhindern, daß sich ein selbstzufriedenes Grinsen in seine Augen schlich. Obwohl er offensichtlich durch Aerobics schon abgespeckt hatte, war Grossman immer noch mit hängenden Backen ausgestattet, und sein überhängender Bauch wurde von einem Gucci-Trainingsanzug eingezwängt. Er trug ein tragbares Telefon um die Hüfte geschnallt wie eine Pistole in der Halterung.

Die menschgewordene Haarverpflanzung – der noch nie in der Gegenwart eines solchen hohen Tiers gewesen war – wurde ganz aufgeregt und grinste zum Kotzen unaufrichtig, während er Grossman über die Details der Situation aufklärte.

»Das ist unmöglich«, unterbrach ihn Grossman.

»Was?« fragte die menschgewordene Haarverpflanzung. »Daß er einen Schlaganfall bekommen hat?«

»Nein. Daß er ein *Herz* hatte«, gluckste Grossman. Tash und ich tauschten einen Blick angeekelten Unglaubens aus. Er hustete sein Gelächter weg und wurde plötzlich wieder ernst. »Diese Nachricht darf nicht rauskommen. Es wäre eine Katastrophe. Wir müssen das stillhalten. Wenigstens, bis morgen die Wall Street zugemacht hat. Ansonsten, Jesus Fucking Christ!« Indem er im Apartment auf und ab schritt, Zigarre in der einen Hand, tragbares Telefon in der anderen, war Grossman wie die Karikatur eines Studiodirektors. »Die Firmenaktien werden in den Keller fallen. Es hat schon seit Wochen Spekulationen gegeben, daß wir übernommen würden. Natürlich haben wir das immer abgestritten, aber die Dinge sind gerade ein bißchen ungemütlich, wißt ihr?«

»Ich verstehe«, stimmte die menschgewordene Haarverpflanzung kriecherisch zu, »und das wird das Boot zum Kentern bringen?«

»Das Boot zum Kentern bringen?« knurrte Grossman. »Das verdammte Boot zum Kentern bringen? Das wird uns in die verdammte Titanic verwandeln.«

Tash stand ein bißchen hinter der trainingsbehosten Masse von Arnie Grossman. Sie erhaschte meinen Blick, und indem ihr Gesicht sich verdrehte, sagte sie mir lautlos: »Kannst du dir diesen Typen überhaupt noch vorstellen?«

»Hör' mal, Großmaul –«, sagte sie und drehte ihn zu sich, so daß er sie ansah. Sie reichte ungefähr bis zu seinem Nabel hoch – »oder was auch immer dein verdammter Name ist, ich kümmere mich einen Scheiß um deine Studioaktien, WAS MACHEN WIR JETZT MIT SEINER LEICHE?«

Grossman sah sie so an, wie man etwas Übelriechendes auf seiner Fußsohle ansieht. »Du willst meine Hilfe? Häh?« schnauzte er sie an. »Häh? Dann *halt' verdammt noch mal den Mund*. Das ist schon erledigt. Ich habe einen Kumpel in der Mordkommission.«

»Die Bullen?« Die Worte blieben in Tashs Hals hängen. »Ihr wollt die Bullen rufen? Klasse. Das hätten wir auch sel...«

»Hör' mal, dieser Typ ist ein Lieutenant.« Er redete mit ihr, als würde sie eine Sprachtherapie durchmachen. »Wir haben ihn benutzt, als wir die Fernsehserie über das Drogenkommando gedreht haben. Der Typ ist völlig cool. Vertrau' mir, Baby.«

Grossman zog sein tragbares Telefon und lud die Nummer.

Die nächste Stunde kann ich nur noch als unreal beschreiben. Der zahme Lieutenant, sein gelbes Gesicht feucht von dem Schweiß seines Treppenaufstiegs, keuchte in das Zimmer mit zwei Detectives hinter sich. Er stand da, wischte sich die Stirn und sagte einfach: »Wo ist der Sargbewohner?« Alle sieben zogen wir in das Wohnzimmer und betrachteten düster die Leiche von Joel Schulman. Sein Gesicht hatte einen verwirrten Gesichtsausdruck angenommen – so wie jemand, der in einem Kreuzworträtsel nicht mehr weiter kommt. In der Gegenwart eines Sargbewohners zu sein, schien die jüngeren Männer hungrig zu machen. Während der Lieutenant die Leiche untersuchte, untersuchten die Detectives den Eisschrank. »Was zum Teufel ist das denn?« fragte der jüngere, als er seinen Kopf aus dem zweiten Fach herauszog. Seine Hand folgte ihm kurz darauf, mit einer Schale Seetangkelp. »Guck' dir das mal an, was?« Er begann, den Eisschrank abzutasten, wobei er die verschiedenen Nahrungsmittel wie Tatverdächtige auf der Arbeitsplatte in der Küche aufreihte. »Gesundheitsbrot, Misosuppe, Lecithin, Salat« sagte er in einem ungläubigen Anwesenheitsappell auf, »Bienengelee, Ginseng. Der Typ ist ein verdammter Müslifresser.«

»Oh, ja, und es hat ihm auch ganz schön geholfen im

Leben, was?« fügte dem der andere Detective hinzu. Er hob eine Schüssel mit Misosuppe hoch und schnüffelte vorsichtig an ihr. »Scheiße. Was ist das denn? Fledermauspisse?«

Die Frage, was mit der Leiche zu geschehen habe, wich daraufhin einem viel dringenderen Problem – was für ein Essen man bestellen sollte. Der Lieutenant wollte chinesisch. Grossman war dagegen, wegen »diesem Monosodiumglutamatscheiß«. Hank sprach sich für Sushi aus. Der jüngere Detective gab sich noch nicht einmal Mühe, seine Abscheu zu verbergen. »Gott«, flüsterte er nur halb, »Rechtsanwälte sind doch wirklich nur zum Speien.«

Während Tash und ich in einer Ecke des Wohnzimmers zusammengekauert saßen, nahmen die Männer ihre Jacken ab und lockerten ihre Krawatten. Sie besprachen das Für und Wider von Pizza und Rippchen, Cajun oder Kentucky Fried Chicken, ehe sie dem nächsten Einsatzauto eine Bestellung per Funk durchgaben. Grossman, Hank und der Lieutenant zogen sich ins Schlafzimmer zurück, um ungestört planen zu können. Tash sauste auf die Tür zu, aber sie schlossen sie resolut vor ihrer Nase. Die Detectives unterhielten sich dann über Baseball.

Mitten im Satz schnipste der ältere der beiden die Finger und zeigte auf Tash. »Du«, sagte er, »lutschst meinen Schwanz, und du –« er machte mich aus und bewegte seinen Daumen in Richtung seines Partners – »lutschst seinen.« Lässig machte er seinen Hosenstall auf und nahm dann die Unterhaltung über Manager und Homeruns und gestohlene Würfel, wieder dort auf, wo er sie eben fallengelassen hatte.

Ich zog mich hastig über den Teppich und griff mir

Tashs dünnen kleinen Arm. »Die denken, wir wären Prostituierte!« keuchte ich. »Das ist ja schrecklich!«

»Na ja, natürlich denken sie, wir wären Prostituierte. Sind wir doch auch.«

Ich sah sie total verdutzt an. »Tash, das einzige, was ich im Bett mache, ist schlafen. Ich hatte im ganzen letzten Jahr nur einmal Sex. Das läßt mich kaum eine ...«

Aber Tash war schon auf den Füßen und bewegte sich gehorsam über das Zimmer. Ich beobachtete sie, und mir war flau im Magen. Sie stellte sich direkt neben dem Bullen auf. »Sag' mir doch mal«, sagte sie freundlich und goß ihm ihre Diätpepsi über den Kopf, »bei einer Penisimplantation, gibt es danach Schmerzen?«

Er glotzte sie an, wobei sein totales Erstaunen bald vollkommenem Ekel wich. »Verfickte Zicke!« zischte er.

»Hey«, erwiderte Tash. »Wenn Gott gewollt hätte, daß wir Männern einen blasen, dann hätte Sie uns keine Zähne gegeben.«

Eine halbe Stunde später erschienen zwei Männer in Blau mit dem Essen. Natürlich, da wir uns hier in L.A. befanden, kannten sie sich alle untereinander. »Wie geht's dem Frauchen, Johnno?« fragte einer der Bullen, während sie sich durch die fettigen Pappkartons gruben und mit wackligen Plastikgabeln darin fuhrwerkten.

Der Geruch von Essen lockte die menschgewordene Haarverpflanzung aus dem Konferenzzimmer. Er flüsterte uns zu, daß Grossman gerade in Kontakt mit dem Büro des Staatsanwalts stand und versuchte, einen Deal zu machen. Aber der Staatsanwalt bestand auf einer Obduktion, was eine Untersuchung bedeuten könnte. Das war der Moment, in dem Grossman seinen Brainstorm bekam. Joel Schulman hatte jede Menge Spenden an die

Republikanische Partei gemacht. Vielleicht war es jetzt an der Zeit, ein paar Gefallen einzufordern.

Während die Großkopfeten hinter verschlossenen Türen intrigierten und Ränke schmiedeten, verteilten die jüngeren Detectives und ihre Bullenfreunde Karten für eine Runde Siebzehnundvier. Da ich mich ekliger und pekiger als je in meinem gesamten Leben zuvor fühlte, ging ich raus, um ein Bad einlaufen zulassen.

Während sich die Wanne füllte, putzte ich mir die Zähne, bis das Zahnfleisch blutete. Ich tauchte im heißen, seifigen Wasser ein und hatte dabei das deutliche Gefühl, daß ich mich auflöste. Tash kam auf Zehenspitzen herein und schloß hinter sich die Tür ab. »Hi«, sagte sie sanft. Ich ignorierte sie. »Was dagegen, wenn ich dazukomme?« Ich ließ die Augen geschlossen. »Keine Angst«, sagte sie sarkastisch. »Ich nehm' dann auch das Ende, wo der Wasserhahn ist. Das ist ja wohl das mindeste, stimmt's?« Ich fühlte, wie sie in die Wanne trat und sich mit einem langen Seufzer niederließ. »Schlechte Laune?« fragte sie vorsichtig.

Schlechte Laune? Die Laune, die ich hatte, ließ Sylvia Plath geradezu temperamentvoll erscheinen.

»Ich hab' dir ein paar Kekse mitgebracht«, sagte Tash fröhlich, als ich nicht antwortete. Sie lehnte sich über den Wannenrand und holte den Teller vom Fußboden hoch. »Dachte mir, du könntest Hunger haben. Ich meine, jemanden umzubringen, läßt ein Mädchen wirklich zu Appetit kommen.« Sie fing an, sich laut durch den ganzen Haufen durchzuschmatzen. Was als ein kleiner Mückenstich an Genervtheit begonnen hatte, wurde plötzlich zu einem ausgewachsenen Ausschlag an Wut.

»Weißt du, was ich an dir hasse?« zischte ich plötzlich und setzte mich aufrecht, wobei ich eine Flutwelle über den Wannenrand spritzte. »Ich hasse einfach die Art, wie du nie und niemals sagst, daß du Hunger hast und nie und niemals irgendwas zu essen bestellst, und dann mein ganzes Essen aufißt. Es macht mich *wahnsinnig.*«

Tashs Gesicht fiel für einen Moment in sich zusammen. Sie sah mich schockiert an, und dann leuchtete Trotz in ihren Augen auf. »Hey, ich hab dich nicht gezwungen, mitzukommen!« schmetterte sie zurück. »Du hast gesagt, du bräuchtest das Geld.«

Ich grunzte und schmierte wütend meine linke Achselhöhle mit der Seife ein. »Glaubst du nicht, ich wüßte das? Glaubst du nicht, daß ich weiß, daß mein ganzes Leben im Arsch ist?« Indem ich meinen Arm hob und in die Spiegelwand linste, führte ich den Rasierer um die fleischigen Formen meines Unterarms. »Pierce hat recht. Eltern können einen verderben. Ich habe die kriminellen Gene meines Vaters geerbt – ich bin abwärts mobil.«

Tash wich zurück. Ihre Lippen zuckten ärgerlich. Sie führte ihren Finger durch das Kondensat auf dem Glas. »Weißt du, was *ich* hasse?« sagte sie plötzlich. »Ich hasse die Art, wie du dauernd deinen alten Herrn schlecht machst. Das ist, was ich –«

Ich linste sie überrascht an. »Der Typ ist ein verdammter hoffnungsloser Fall. Er ist hinüber. Er ist spielsüchtig, um Himmels willen!«

»Na und? Der Typ hat eben eine suchtgefährdete Persönlichkeit. Ich vermute mal, du stehst *über* all diesen Dingen. Ich vermute mal, Liebe ist kein Suchtmittel, sehe ich das richtig?«

»Ist es *nicht.* Ich will Pierce Scanlen nie wieder sehen. Ich will nie wieder ...« Ich starrte sie an und konnte vor lauter Wut nicht mehr reden.

»Du kannst die Leute nicht verändern«, redete sie eilig weiter. »Okay, er ist nicht der Vater, den du dir höchstpersönlich im Himmel mit Sorgfalt ausgesucht hättest, aber er ist *deiner*. Also, warum akzeptierst du ihn nicht einfach mal so, wie er ist?« Sie wischte die Dampfgravuren mit ihrer Hand weg. »Eltern sind nicht perfekt. Sie machen manchmal Fehler, so wie alle anderen auch.«

Ich fühlte mich durch ihre unerwartete Verteidigung des alten Scheißkerls verraten. Und dann, genau als ihre weggewischten Malereien auf dem Glas wiedererschienen, wurde mir die wahre Bedeutung ihrer Worte klar. Ich nahm einen tiefen Atemzug und sah meine Freundin ruhig an. »Er wird dich akzeptieren«, sagte ich leise. »Natürlich wird er wissen wollen, wer seine leibliche Mutter ist.«

»Ich weiß doch nicht mal seinen Namen.« Tash knabberte an dem, was von ihren Fingernägeln übriggeblieben war. »Was ist, wenn sie ihm einen schrecklichen Namen gegeben haben wie – ich weiß nicht – *Dwayne*? Oder Gott, ich weiß nicht. *Percival* oder so was.«

»Der Name macht nichts aus.«

»Vielleicht wäre es am besten, wenn ich ihn einfach nie treffe.« Indem sie ihr linkes Bein über die Kante der Wanne hing, bearbeitete sie voller Wut ihren Oberschenkel mit einem Luffahschwamm. »Ich meine, er wird wahrscheinlich groß werden und ein verdammter Reklamedirektor werden oder ein, ich weiß nicht, ein Spielshow-Moderator mit Fönfrisur. Ernsthaft«, sagte sie trostlos, »je mehr ich darüber nachdenke, desto mehr denke ich, es wird vielleicht das Beste sein, die ganze Sache einfach zu lassen.«

»Hör mal, es wird alles ganz okay sein.« Ich nahm ihr den Luffahschwamm aus den Händen. Ihr Bein war dort, wo sie es attackiert hatte, knallrot. »Das verspreche ich dir. Im Moment ist das wichtigste, C.J. die letzte Zahlung zukommen zu lassen und ihn einfach zu *finden.*«

Tash kippte ihr Kinn nach oben, wie sie es immer tat, wenn sie Tränen niederkämpfte. Ihre Finger waren um die Knie geschlungen, die sie eng an ihre Brust hochgezogen hatte. »Ich habe ihn gefunden«, sagte sie schlicht.

»Was?« Die Seife schoß mir aus der Hand und torpedierte in das Wasser hinein. Ich grabschte in dem Knoten von Beinen und Füßen nach ihr herum.

»Adresse, Name der Adoptiveltern, Telefonnummer. Die ganze Sache. Ich hab' mir die letzten zwei Riesen von einem verdammten Zinshai geliehen. Aber die Sache ist, jetzt, wo es endlich passiert ist, habe ich zuviel Angst davor, hinzufahren und ihn zu besuchen.« Ihre kleine, mit Gänsehaut bedeckte Figur zitterte. »Hey, es tut mir leid, daß ich dich in das alles hineingezogen habe. Ich wurde nur einfach« – große dicke Tränen rollten ihr das Gesicht hinunter und vermischten sich mit lila Strudeln von Augen-Make-up – »du weißt schon, verzweifelt. Ich mußte mir Geld besorgen. Ich wußte nicht, was ich sonst hätte tun sollen.«

Ich spürte, wie die Zuneigung zu ihren nachgestrichenen Augenbrauen, ihrem kleinen silbernen Nasenring, ihrem zweifarbigen Haar, das an den Wurzeln rot auswuchs, durch mich strömte. Indem ich Wasser über den Wannenrand schwappte, lehnte ich mich vor und nahm sie in den Arm. »Es ist okay«, sagte ich und wiegte sie hin und her, wobei ich Schaumbläschen auf den Teppich rieseln ließ. Wir saßen da und hielten Händchen wie zwei Leute in einer Geisterbeschwörung. Vielleicht könnten wir einfach für immer in dieser Badewanne bleiben. Tash verlagerte ihr Gewicht und lehnte sich erschöpft an mich.

Draußen konnte ich einen der Männer schnarchen hören. Ich erinnerte mich daran, wie mein Vater immer schnarchte. Er nannte es »laut schlafen«. Mit der schlafenden Tash in meinen Armen und dem warmen Wasser, das an mein Kinn schlug, begannen Gedanken an meinen Vater auf mich einzuschleichen. Ich führte sie im Polizeigriff aus meinem Geist wieder heraus, aber sie kamen unermüdlich wieder zurück. Ich sah ihn plötzlich, wie er »God save the Queen« in den Gängen unseres lokalen Supermarkts sang. Er war kein Prügler, mein Dad. Wenn ich einen Wutanfall oder so was bekam, dann fing er einfach an, die Nationalhymne zu singen – in Fußballstadien, Kirchen, Zügen, bei Familienfesten schmiß er sich einfach hinein, so laut wie nur was. Es war so peinlich, daß ich sofort aufhörte, zu weinen. Ich erinnerte mich auch an ihn, wie er Gedichte für mich aufsagte, wenn ich krank war. »The Man from Snowy River« oder Byron, in seiner lauten und herrlichen Stimme, mit einem schwachen irischen Singsang in den Vokalen. Dann sah ich ihn, das Jahr, wie er am Weihnachtstag nach Hause kam, seine Arme vom Gewicht der Geschenke fast erdrückt. Er war zwei Jahre eingebuchtet gewesen – vom Spielkommando aufgesammelt, weil er ein illegales Kasino betrieben hatte. Der Ausguck war verduftet, und mit Mann und Maus waren sie eingesackt worden. In der ganzen Zeit hatte ich ihn nicht gesehen. Mum marschierte zur Gittertür. Es gab einen Wortwechsel. Und dann war er verschwunden. Ich sah durch die Jalousien durch und sah, wie er sich langsam die Straße in Richtung Bahnhof zurückzog, wie eine Fata Morgana schimmernd, unter der brennenden Sommerhitze gebeugt. Es war das einzige Mal, daß ich ihn jemals in einem Anzug gesehen hatte.

Die Sache mit meinem Vater war, daß er einfach seinen Platz in der Welt nicht gefunden hatte.

Wie Pierce.

Wir wurden von einem Hämmern an der Tür geweckt. Ich bemerkte mit einem dumpfen Schreck, wo wir waren und warum. Meine Finger waren ganz faltig – ein Zustand, den wir als Kinder »Leichenfinger« nannten. Ziemlich ironisch, was? Wir waren eingeschlafen, wobei die Wasserhähne immer noch tropften, und das Badewasser nunmehr über die emaillierten Seiten lief.

»Verdammt noch mal«, sagte eine rauhe Stimme, »was zum Teufel macht ihr beiden da drin?« Ich erkannte sie als die Stimme des älteren der beiden Detectives. Wir spürten, wie seine Schulter die Tür rammte. Ich sah auf die Uhr. Es war sechs Uhr morgens.

»Okay, okay«, sagte Tash und griff nach den Wasserhähnen und kletterte in ein Handtuch. »Jesus Christus. Was ist denn so eilig? Irgend jemand gestorben?«

Ich stieg aus der Wanne in einen Hochflorteppichmatsch.

»Ha-ha-ha, Fräulein Ach-so-komisch.« Dieses Mal erkannte ich Grossmans befehlsgewohnten Ton. »Wir müssen diese Leiche in die Badewanne schaffen. Sie verwest schon.«

Einen Moment lang dachte ich, ich würde mich übergeben. Als wir die Tür öffneten und immer noch unsere diversen Kleidungsstücke anzogen, drängten sich die Bullen an uns vorbei und hebelten den nackten Körper in die Wanne. Es war das Gegenteil dessen, einen Wal wieder in die See hinauszuschaffen. Grossman und Hank kamen mit Eiswürfeltabletts nach und warfen die gefrorenen Würfel ins Wasser. Wie Miniatureisberge stießen sie gegen die zutage liegenden Teile von Joel Schulmans Fleisch. Der alte Joel, blaß und düster wie er war, sah selber ein bißchen wie ein Eisberg aus. Während ich ihn beobachtete, öffnete sich plötzlich ein Augenlid und ein blasses und geleeartiges Auge betrachtete mich beschuldigend.

Tash kochte uns beiden einen Kaffee. Während ich den Becher in den Händen hielt, begrub ich mein Gesicht im Dampf. Das bleifarbene Morgenlicht sickerte unter den Türen durch. Tash trommelte mit ihren abgebissenen Fingernägeln auf der Frühstücksbar herum. »So wie ich das sehe, werden wir eingebuchtet«, erklärte sie tonlos. Ich sah sie mit trüben Augen an. Mein Hirn war benommen, total auseinandergerissen von den Ereignissen der letzten drei Tage. Also was gab es sonst noch Neues?

Und genau wie vorausgesehen, entstand in der nächsten Stunde ein Streit darüber, was man mit dem Leichnam machen sollte. Grossman wollte, daß er »verschwinde«. Die beste Lösung dafür war, ihn zu »Hühnerdraht-Charlie« zu bringen. Seine Technik, so erläuterte Lieutenant Scrutin, war, den Körper in Hühnerdraht zu wickeln, ihn mit Gewichten zu versehen und ihn dann auf hoher See abzuwerfen. Auf diese Art konnte das Beweisstück einfach von verschiedenen Formen der Meeresfauna weggeknabbert werden und würde in irgend jemandes Fischfilet enden. Den Körper einfach in die See zu werfen, bedeutete, daß Arme oder Beine, die man identifizieren konnte, im Bauch eines Hais aufkreuzen könnten.

Ich persönlich betete, daß Joel Schulman einfach durch Magie verbrennen würde. Obwohl, da er ja ein

Harvard-Absolvent, Hollywood-Studio-Direktor und Mitglied des Palm Springs Country Club geworden war, dies definitiv das Spontanste sein würde, was er jemals in seinem Leben gemacht haben würde.

»Oder eine einfachere Art«, schlug der ältere Detective vor, der, den Tash in Diät-Pepsi eingelegt hatte, »wäre es, das Schließen der Wall Street abzuwarten und dann einfach alles zu sagen. Laß doch die Mädels sich mit der Sache rumärgern.«

Alle Augen im Raum schwenkten auf uns ein. Ich weiß ehrlich gesagt nicht, was passiert wäre, wenn nicht das passierte, was passierte, wenn ich mich da verständlich ausdrücke. Es gab ein Geräusch, das einem langen und lauten Rülpser nicht unähnlich war, und das Gebäude wackelte. Ich war gerade dabei, in den Erdbeben-Modus zu schalten und mich unter einem Türrahmen mit dem Telefonbuch zu vergraben, als ich merkte, daß diese Störung aus dem Badezimmer kam. Grossman, Scrutin, die beiden Detectives und Mister Haarverpflanzung brachen alle bekannten Rekorde, als sie den Flur hinuntersprinteten. Als Tash und ich das Badezimmer erreichten, schwang die Tür lässig in ihren Scharnieren. Die Luft war voller schwebenden Staubteilchen. Was wir sahen, während wir durch den Dunst blickten, ließ uns staunen.

Die Badewanne war durch den Boden gefallen.

Joel Schulmans Wohnung befand sich ganz oben auf einem gläsernen Turm, der sich dreißig Stockwerke über der Straße erhob. Der größte Teile seines Penthouses hing in der Luft über den Rest des Gebäudes hinaus. Tash geht davon aus, daß es unsere Schuld war, weil wir die ganze Nacht die Wasserhähne haben laufenlassen, und das übermäßige Gewicht so die Wanne in den Orkus geschickt hat. Aber ich denke, die ganze Bausubstanz ist durch das verdammte Erdbeben gewaltig beschädigt worden. Freeways hatten sich seit dem Wackelauftritt von letzter Woche zusammengefaltet, und Gebäude hatten Risse bekommen. Die weißen Wände waren mit Haarrissen übersät, und riesige Stücke der Kacheln waren weggeplatzt. Wir linsten über die Kante des mit Teppich umrahmten Lochs. Alles, was wir unter uns sehen konnten, waren die Bürstenköpfe der Palmen und die Chromschlange von Autos, die sich den Freeway entlang schlichen.

Aber keine Spur von Joel Schulman. Aus dieser Höhe müßte er wohl pulversiert sein. Im Grunde würde er wahrscheinlich etwa so aussehen wie die Pizza in Waisenhausgröße.

»Nun, meine Herren«, freute sich Tash hämisch, »es scheint mir so auszusehen, als befände sich der Ball im anderen Feld.«

»Was meinst du?« schnappte Grossman.

»Nun ja«, fügte Tash süß hinzu, »sagt Ihnen das Wort PLATSCH irgend etwas?«

Obwohl Grossman an filmische Special Effects gewöhnt war (man berichtete von ihm, er sei allein verantwortlich für den C-movie Thriller in 3-D »Rache des Mutierten Gemüsemannes«), war er völlig aus der Fassung gebracht. Wie auch die Bullen. Mister Haarverpflanzung übergab sich prompt über Arnie Grossman. Tash war die einzige, die sich in der ganzen Angelegenheit cool verhielt.

»Der perfekte Mord. Ein Mord ohne Leiche ... Todesursache: Unfall. Naturkatastrophe. Laßt uns mal geschäftlich reden, meine Herren, wollen wir?«

Mir war übel, und so sauste ich auf den Balkon hinaus, wo ich stand und den Smog einsog. L.A. muß der einzige Ort der Welt sein, wo man *ins Haus* gehen muß, um ein bißchen frische Luft zu bekommen. Schon so früh am Tag war die Sonne wie Sirup, der schwerfällig von einem Löffel tropft. Die Stadt schien ein grauer Schmierfleck zu sein, der von einem gigantischen Daumen gemacht worden war.

Es muß ungefähr acht Uhr dreißig gewesen sein, als Tash wieder herauskam und zwei Stückchen Papier in der Hand hielt. Sie reichte mir eines. Es war ein Scheck. Ich sah mir den Betrag an. 50 000 Dollar. Sie stand mit gespreizten Beinen und ihren kleinen Händen auf ihren schmalen Hüften vor mir, ihr Nasenring glitzerte in der Sonne. Ich sah sie erstaunt an.

»Ich habe die Filmrechte verkauft«, sagte sie sachlich.

»Für was?«

»Für *das* hier. Für *uns*. Alles, was ich machen mußte, war, diesen Grossman-Idioten von dem Publicity-Potential zu überzeugen. Ich hab's ihm so beigebogen: zwei naive, junge Mädchen sind auf ihrem ersten Nutten-Auftrag unterwegs. Sie sind pleite und unerfahren. Und der Typ, weißt du, startet einfach durch und stirbt ihnen unter der Hand weg. Jetzt, was sollen sie mit der Leiche anfangen?« Ihre Augen glitzerten ungezogen. »Es ist eine Komödie, eine schwarze Komödie. Mit dem perfekten Ende. Grossman redet schon von der Besetzung.«

Meine erste Reaktion war, daß sie entweder total übergeschnappt war, oder daß sie, wie sie es nennen würde, mich »mal hochnahm«. Aber dann sah ich mich um. Immerhin befand ich mich hier in Hollywood. Eine Stadt, in der man den Leuten einen schönen Tag wünschte und sie dann erschoß.

»Also«, sagte Tash und hievte sich auf die Balkonmauer. Ihre Beine baumelten gefährlich über der Straße unten, wo eine Menschenmenge ein halbes Dutzend Rettungswagen umgab. »Was wirst du mit deinem Geld anfangen?«

Ich sah auf das Stück Papier in meiner Hand. »Weiß nicht.« Ich hörte den Sirenen unten zu, dem Staccato-Hupen der Autos, den pulsierenden Radios, den kreischenden Reifen. »Nach Hause fahren, denk' ich mal.«

»Kat«, sagte Tash liebevoll, im Rücken von der Sonne angestrahlt. »Ich weiß nicht viel über das Leben und so, aber ich weiß eines. Du kannst nicht rückwärts leben. Weißt du, wo Pierce gerade ist?«

Ich zuckte mit den Achseln.

»Hör mal, nur weil er so ehrlich klang, mit den Drogen aufhören und so was, heißt das nicht, daß es wahr ist, verstehst du?«

Ich linste ihr ins Gesicht. »Ich dachte, du könntest den Typen nicht ausstehen? Ich dachte, eine Klobrille hätte eine größere Ausstrahlung? Ich dachte, du fändest ...«

»Ja doch, ich denke das auch. Aber *du* nicht. Du liebst den Wichser.«

»Tue ich nicht«, zischte ich. »Nicht mehr.«

»Hör mal«, sie legte ihre Hand auf mein Haar. »Es gibt nur eine Sache, die schlimmer ist, als verliebt zu sein.«

»Ach? Und was ist das?«

»Nicht verliebt zu sein. Ich sollte darüber Bescheid wissen«, sagte sie niedergeschlagen.

Wir hingen noch ein Weilchen in depressivem Schweigen herum.

»Was wirst du denn machen?«

Tash warf trotzig ihren Kopf zurück und richtete ihre

Schultern auf. »Losziehen und meinem Kid hallo sagen, denk' ich mal.«

Ich sah meine Freundin an, ihre straffe drahtige Figur, ihr wildes trauriges Gesicht. Und ich wußte, dies würde das Mutigste sein, was sie jemals in ihrem Leben machen würde.

Einer der Detectives steckte seinen gräßlichen Kopf aus der Schiebetür hinaus. »Telefon«, sagte er knapp. Tash bewegte sich auf die Tür zu. »Für *sie.*« Er zeigte mit dem Daumen in meine Richtung.

»Hallo?« Ich nahm den Anruf im Schlafzimmer an. Die seidenen Seile hingen immer noch wie feuchte Stränge Spaghetti von den vier hölzernen Bettpfosten. Mit den zurückgeworfenen Decken und den verwuselten Laken sah das Bett aus wie eine Wunde. Ich konnte es nicht ansehen.

»Was?« brüllte eine Stimme. »Du glaubst, du kannst einfach von meinem Set runtermarschieren und dann wieder angeschissen kommen? Du bist nicht ganz bei Trost.« Im Hintergrund konnte ich hören, wie leere Flaschen zusammengeräumt und Frauen in Schubladen zurückgesteckt wurden. »Du wirst in dieser Stadt nie wieder arbeiten!«

Als ich Abe erzählt hatte, was passiert war, änderte sich seine gesamte Art. »Filmrechte?« stotterte er. »Filmrechte? Warte mal einen Moment.« Abe legte seine Hand über den Hörer und ließ alle weiteren Anrufe für ungefähr das ganze nächste Jahr stornieren. Ich hatte das Gefühl, er könnte plötzlich einen Termin zum Lunch frei haben. Seine Stimme wechselte den Gang. Sie war voller langvergessenen Lachens, diese Art von Freundschaftlichkeit. Die alte Bullshit-Antenne fing an zu wackeln.

»Mach's nicht«, keuchte Abe ins Telefon, »für ein ganz kleines bißchen kann ich dir einen viel besseren Deal bei der Konkurrenz organisieren. Denk darüber nach.«

»Nee, Abe, ich glaube nicht.«

»Aber ich habe dir doch alles gegeben.«

Stimmt, dachte ich, ein paar lebenslängliche psychische Probleme, einen Minderwertigkeitskomplex, eine Identitätskrise und einen totalen Nervenzusammenbruch. Mit langsamer Absicht, so daß ich jede Sekunde davon genießen konnte, legte ich in sein Ohr hinein auf.

»Also, wenigstens haben wir eins gelernt«, philosophierte Tash, während sie ins Zimmer kam. »Egal, wie schlecht es einem gehen kann, ist der Tod doch immer noch ein schlimmeres Schicksal als das Leben.« Sie schob mir meine Handtasche in die Arme. »Mach' dich auf, Mädchen. Ich halte hier die Stellung.«

»Wird bei dir alles okay sein?«

Tash gab mir einen dieser »Wem-willst-du-eigentlich-was-vormachen«-Blicke. »Wo glaubst du eigentlich, wohne ich – in einer *Kiste*?« Sie zwinkerte mir zu und schnipste dann die Jalousien auf. Die Sonne beleuchtete ihre Augen und ihre Haare. Das ist es, wie ich mich immer an Tash erinnern werde. In Technicolor.

Indem ich meinen Weg die Treppe hinunter wand, hatte ich das deutliche Gefühl, daß mein Glück wiederkommen würde – irgendwann in einem der kommenden Jahrzehnte.

Die Gockel von heute sind die Staubwedel von morgen

Auf dem Weg ins Gefängnis machte ich zwei Dinge. Zuerst schickte ich die Reklame vom Nirvana Casino an meinen alten Herrn, zusammen mit den Details ihrer beschissenen rattenhaften Regel, was Gleichstände anging. (Das einzige an Glücksspiel, zu dem Dad Zugang hatte, war Two-Up und Domino. Die waren zwar auch immer noch verboten, aber leichter vor den Bullen zu verstecken. Es war ungefähr zwei Jahre her, sagte er, daß er in Sydney ein Rouletterad gesehen hatte, und drei, seit er das letzte Mal einen Black-Jack-Tisch zu Gesicht bekommen hatte. Das hier würde ihm vor Ärger die Socken vom Leibe rotten lassen.) Das nächste, was ich tat, war, ein Ticket zurück nach Australien zu kaufen. Das Flugzeug ging am Abend.

Während ich das Reisebüro verließ, bemerkte ich, daß der Himmel eine metallische graue Tönung angenommen hatte. Die Straßen waren voll. Überfüllte Bars rülpsten die Leute wieder auf den Bürgersteig hinaus. Feuerwerkskörper explodierten. Es war wie ein Mini-Vietnam. Es dämmerte mir, daß heute der vierte Juli war. Ich war seit genau einem Jahr hier.

»Trägst du Unterhosen, Süße?« erkundigte sich ein Biker vor dem International Burger. Die Straßen brodelten mit der üblichen menschlichen Minestrone: eingeschüchterte Touristen; Style-Schamanen; Vorne-kurz-hinten-lang-Soldaten; Rastafaris in haarigen Regenbogenoveralls und afghanischen Pantoffeln; lederbekleidete Biker, die ihre träumerischen nach-high Lächeln spazieren trugen; sorgfältig geschrubbte Jesus-Freaks; Fans von Heavy Metal, Black Metal, Speed Metal, Satanic Metal, von Bands, die sich »Electric Vomit«, »Satans Penis« und »I Spit on Your Gravy« nannten.

Die bleiernen Wolken grummelten, und das erste Mal, seit ich nach L.A. gekommen war, fing es an zu regnen – große, saftige, unanständig runde Tropfen. Ein warmer, erdiger Geruch füllte die Luft. Sogar die Gebäude schienen weicher zu werden. Ich hob mein Gesicht in den Himmel und holte tief Luft.

In der Abteilung für Untersuchungshaftangelegenheiten hinterließ ich einen Umschlag für Pierce mit einem Scheck, der hoch genug war, um ihn rauszuholen *und* seinen Mafiatermin für eine Schuhanpassung permanent zu verschieben. Dann ging ich los, um im Besucherraum auf ihn zu warten. Es erschien mir so bekannt – der nasenbetäubende Geruch von Desinfektionsmittel, die gedämpfte Trostlosigkeit, die überall anwesende Überwachungskamera, die nackten Wände, die nur ein bißchen phantasieloses Graffiti trugen. Dann waren da die Insassen, zuckend, als ob sie von Schwärmen unsichtbarer Ameisen befallen wären, ihre abgehärmten Frauenbesucherinnen, und das unendlich traurige Geräusch eines weinenden Babys. Ich erkannte Pierce sofort in der Menge. Er sah mich und bewegte sich auf meinen Tisch zu. Er hatte ein blaues Auge und einen Schnitt über der Nase. Ich fühlte einen Anfall von wilder, beschützender Liebe und wäre fast auf ihn zugelaufen. Aber dann stählte ich mich. Ich hielt mich unter Kontrolle. Diesmal würde ich meine Karten dicht bei mir halten. Mich an mein System halten.

»Ich dachte nicht, daß du noch kommen würdest«, sagte Pierce und sank in einen Stuhl mir gegenüber. Sein ungepflegtes Haar sah aus wie der Lügendetektor-Testbericht eines chronischen Lügners, ganz struppig in seinen Auf-und-Ab-Zacken.

»Ich auch nicht.«

»Sauer?«

»Eine ganze Zitronenkiste voll.«

Wir saßen ein paar Minuten schweigend da.

»Ich freue mich aber, daß du's getan hast«, sagte er endlich mit kleiner Stimme. »Gekommen bist, meine ich.«

Der Test, dachte ich kalt, würde sein, ob er mich nach Geld fragen würde oder nicht. »Also, wie geht's dir so?« fragte ich und ignorierte resolut die beiden bleigrauen Ringe unter seinen Augen.

»Na ja, der eine oder andere Typ hat sich bemüßigt gefühlt, mein Gesicht als einen gottverdammten Aschenbecher zu benutzen. Aber davon abgesehen, prima, großartig«, erwiderte er mit unterdrückter Ironie. »Noch nie besser gegangen.«

»Ich war mir nicht sicher, ob du noch hier sein würdest. Ich dachte, sie würden dich gegen eine Kaution freilassen.«

Pierce zuckte mit den Achseln. »Werden sie auch. Aber wen soll ich anrufen? Epstein? Meine Mutter? Ich *bitte* dich! Ich hab' irgendeine verdammte Sozialarbeiterin, die sich mit meinem Fall beschäftigt. Sie heißt, stell' es dir vor, *Moira Lesbos*. Kannst du's glauben? Ich finde, das ist mehr die Art Name, die man sich für eine Bewerbung um Förderungsmittel für Moderne Kunst ausdenkt, oder? Sie ist wahrscheinlich Autorin eines Buches mit dem Titel *Sind Männer nicht Arschlöcher.*«

»Klingt wie ein gutes Buch«, sagte ich kalt. Ich wartete weiter darauf, daß Pierce mich um das Geld für die Kaution bitten würde. Tat er nicht.

»Sie will, daß ich mich zu einem Entzugsprogramm melde. Ich bin ja letztes Mal irgendwie da abgehauen«, berichtete Pierce mir unbehaglich.

»Und? Wirst du es machen?« fragte ich und erwartete eine längere Auseinandersetzung.

»Ja, doch, werde ich«, sagte er feierlich. Obwohl der Regen auf dem Blechdach ohrenbetäubend war, schien mir das Schweigen zwischen uns noch lauter zu sein.

»Also«, brüllte er endlich über den Lärm hinweg, »Wie hast du mich gefunden?«

Ich zuckte mit den Achseln. »Hab' dich einfach verfolgt. Die haben mir erzählt, du würdest nach L.A. zurückgebracht, weil du ungedeckte Schecks ausgeschrieben hast.«

Pierce bewegte sich unruhig. Ein nächstes Schweigen hing schwer zwischen uns. »Also«, sagte er mit einem Ton übertriebener Sorglosigkeit in der Stimme, »wie haben sie uns aus der Show rausgeschrieben? Bizarrer Unfall beim Unter-dem-Bett-Verstecken? Attackiert von einem gigantischen Waffeleisen? Was?«

»Also, was ich gehört habe, habe ich Gott gefunden und bin nach Botswana losgezogen, um dort die Tsetsefliege zu bekämpfen, oder so was. Und du bist in den Keller gegangen, um die Skier hochzuholen und bist einfach nie wieder aufgetaucht.«

»Hey! Hey!« Pierce reckte seine Hand in die Luft wie ein Verkehrspolizist, der die Autos aufhält. »Das hier ist eine Serie, in der ich acht Mal gekidnappt worden bin, dreimal angeschossen wurde, von einem Kliff gestoßen wurde, zweimal taub wurde, Krebs hatte, von russischen Spionen mit einer Gehirnwäsche behandelt wurde, von Marsmenschen geklont wurde und von den Toten auferstanden bin. Und jetzt *schicken sie mich einfach in den Keller*?«

»Anscheinend ist dasselbe mit irgendeinem französischen Mädchen passiert, das Abe vor Jahrtausenden auch schon mal in die Serie integrieren wollte. Als Rondah es geschafft hatte, daß sie gefeuert wurde, ließ das Drehbuch sie einfach auf den Boden gehen, um das Scrabble zu holen, und sie ist nie wieder runtergekommen. Sie ist seit zwölf Jahren da oben, so wie Amy mir das erzählt hat.«

»Also Kid, es sieht so aus, als wäre es die Ecke oben links von *Hollywood Squares* für uns.«

»Wie wir bei uns zu Hause sagen – ›Die Gockel von heute sind die Staubwedel von morgen‹.«

Wir lächelten dann beide im Duett. Pierce legte seine Hand über meine. Die beiden Finger neben dem Daumen, bemerkte ich, waren vom Tabak gelb gefärbt. »Gott, ich könnte jetzt eine Margherita gebrauchen«, sagte er und flashte mir ein komplizenhaftes Lächeln.

Einen Moment fühlte auch ich mich vom Durst überwältigt. Aber dann erinnerte ich mich daran, wo wir uns befanden und aus welchem Grund, und ich zog meine Hand zurück. Eine Weile lang war das einzige Geräusch der Regen, der auf das Dach donnerte. Miefquirle drehten die stehende Luft um. Ich beobachtete Pierce, wie er sich eine Zigarette rollte.

»Du bist heute ziemlich schweigsam«, sagte er unbehaglich.

»Ja. Wie das stille Bis-fünfzehn-Zählen vorm Hinsetzen in der Kirche.«

»Was?«

»Ach, nichts. Das ist nur etwas, das mein Dad immer sagte. Ich habe ihn häufig im Gefängnis besucht als Kid, weißt du. Er nannte es immer das ›B and B‹ – Bed and Breakfast.«

Pierce sah schnell weg und zerfledderte die Zigarette, die er gerade gerollt hatte.

»Also«, ich wechselte den Gang, »was wirst du machen, wenn du hier rauskommst?«

»Moira Lesbos will, daß ich mich für ein »Jugendarbeitslosigkeits-Projekt' bewerbe. Was ganz okay klingt. Ich meine, ich wäre gerne arbeitslos, und ich wäre gerne jugendlich. Hey«, sagte er pseudo-fröhlich, »vielleicht könnten wir einfach weiterfahren? Weißt du, durch ganz Amerika durch.« Er leuchtete bei dem Glimmer an Optimismus auf. »Wir haben noch gar nicht das *Country and Western* Repertoire angefangen, oder die Blues – Memphis Blues, Tennessee Blues. ›I've Got Dakota on my Mind‹.«

»Pierce ...«

»Nein. Hör mal zu. Ich muß dir was sagen. Ich habe mich dir gegenüber wie ein totaler Arsch benommen, von Anfang an. Wenn Oscars verliehen würden für das größte Arschloch, dann würde ich den mit links gewinnen. Kein Scherz. Ich würde wahrscheinlich auch den für das größte Neben-Arschloch gewinnen. Ich habe dich angelogen, ich habe dein Geld genommen, ich habe dich enttäuscht. Und die ganze Zeit hast du mir die Treue gehalten. Aber ich werde mich verändern ...«

»Ja sicher. Wie denn das?« sagte ich zweifelnd. »Ein wiedergeborenes menschliches Wesen, was?«

»Ich weiß, daß du mir nicht glaubst. Also werde ich es dir einfach beweisen müssen. Was der Grund ist, warum ich auf dieses Entzugsprogramm gehen werde. Mein Gott. Ich hasse diese gottverdammten Anstalten. Glaube mir, das ist das größte Opfer, das ich bringen kann – na ja, das keine Jungfrau und keinen Vulkan beinhaltet.«

»Pierce ...« Ich legte mein Flugticket auf den Tisch zwischen uns.

Sein Gesicht zeigte ein erschrecktes Zucken. »Wo geht's denn hin?«

»Nach Hause.«

»Wann?« Als er sich herüberlehnte, um sich mein Ticket anzusehen, bemerkte ich das Glitzern grauer Haare auf seiner berühmten Stirn. Die Sache mit den kalifornischen Kids ist, daß sie so jung schon alt werden.

»*Heute abend*?« Pierce sah mich an, als ob er mich heute zum ersten Mal sähe. Plötzlich lehnte er sich vor und wand seine Finger um meinen Oberarm. Ich zog mich zurück. Es fühlte sich heiß an, wo er mich berührt hatte. Ich sah herab und erwartete halb, dort einen blauen Fleck in Form seines Handabdrucks zu sehen. »Du *kannst* hier nicht weggehen. Du bist die einzige normale Person in Los Angeles. In ganz Kalifornien, wo wir gerade dabei sind ... Du bist der einzige geistig gesunde Mensch in meinem Leben!« Gesund? dachte ich und erinnerte mich an die unglaubliche Absurdität der vergangenen vierundzwanzig Stunden. »Du kannst nicht weggehen. Nicht *jetzt*.« Er sah hinunter auf seine abgetragenen Sportschuhe.

»Du kannst ja immer nachkommen und versuchen, mich zu finden – wenn du die Kaution zusammenhast und so.« Jetzt, dachte ich. Jetzt fragt er mich nach dem Geld. »Das heißt, wenn du das wirklich so meinst.«

»Ich krieg' die Kaution zusammen. Heute. Ich komme dir hinterher. Kat!« Mein Name blieb in seinem rauhen Hals stecken. »DU KANNST JETZT NICHT WEGGEHEN!« brüllte er in die schweißfeuchte Luft.

Der Insasse, der am Tisch neben uns saß, grinste. Er hatte keine Zähne. Ich sah ihn wütend an, bis er wieder wegsah. »Du glaubst doch nicht an Beziehungen, erinnerst du dich? Die sind doch genau mitten drauf auf deiner Bullshitliste.«

Pierce sah mir intensiv ins Gesicht. Er war mittlerweile so nah, daß es mir vorkam, als hätte er drei Augen.

»Kat«, sagte er und nahm mein Gesicht in seine Hände. Ich wartete auf meinen üblichen Anfall von Peinlichkeit, aber zum ersten Mal, seit ich nach Amerika gekommen war, ging ich nicht in den Errötungsmodus. Meine Wangen wurden nicht knallrot, und kein Geysir an Schweiß durchnäßte meine Achselhöhlen. »Die Sache ist, ich ... ich ... also, ich habe mich in dich verliebt, glaube ich«, sagte er.

Bullshit, dachte ich nur.

Ich schielte ihn mißtrauisch an. Aber es gab nicht die geringste Spur des üblichen höhnischen Gelächters, nicht einen Ansatz der gewöhnlichen lässigen Arroganz in seinen Augen.

»Ich muß jetzt los«, sagte ich eilig, stand auf und ging durch den Raum auf das Sicherheitstor zu.

Pierce brach in Lieder aus, eine verrückte Mischung voller Balladen über Liebe und tunichtgute Männer und bleib bei mir Baby und es wird alles gut und bleib bei mir heute nacht und sign your name across my heart.

Während er weiterschmetterte und die feindseligen Blicke der anderen Gefangenen sowie das verachtungsvolle fischmundige Glotzen der Wärter völlig ignorierte, fühlte ich wieder eine riesige Welle der Sehnsucht nach diesem oscarträchtigen amerikanischen Arschloch. Aber ich stählte mich. Ich hielt mich unter Kontrolle. Ich war wie ein kurierter Spielsüchtiger, immer noch ins Spiel verliebt, aber nicht mehr willens, sich davon versklaven zu lassen. Dieses Mal würde ich meine Karten richtig ausspielen.

Vielleicht würde er mir hinterherreisen, und vielleicht würde er es nicht. Alles, was ich weiß, ist, daß, als er aufgehört hatte zu singen und mich eingeholt hatte, zwei riesige Tränen in seinen Augen hochgekommen waren und über seine stoppeligen Wangen liefen. Nicht nur hatte er aufgehört, mich ›Kid‹ zu nennen und mich auch nicht nach Geld gefragt, kein einziges Mal, sondern als ich ihn da bei dem Gitter zum Abschied küßte, unter dem bösen Auge der Überwachungskamera, sah ich heimlich seine Nasenlöcher hoch. Sie waren voller Haare. Beide. Nicht nur das, aber zum ersten Mal, seit ich in diese verrückte Stadt gekommen war, war es mit der alten Bullshit-Antenne anders ... sie wackelte nicht.